KB118427

러브 레플리카

러브 레플리카  LOVE REPLICA  윤이형 소설

문학동네

# 차례

●

대니

기름기가 동동 뜬 뜨거운 믹스커피 속에 얼음덩어리 몇 개가 녹으며 돌고 있었다. 달고 뜨겁고 찬 커피를 들이켜자 관자놀이께가 얼얼했다. 한 모금 겨우 마시고 나는 잔을 내려놓았다.

그럼, 시작해볼까요.

최형사가 리모컨을 집어들었다.

말투를 주의해서 들어보세요. 사용하는 단어들 같은 거요. 음성은 다르지만 잡아낼 만한 특징이 있을 겁니다.

나는 고개를 끄덕였다. 불이 꺼지고, 눈앞에 걸린 커다란 스크린에 영상이 재생되기 시작했다.

나란히 앉은 젊은 부부가 카메라를 응시한다. 삼십대 초반쯤 됐을까. 동안으로 보이지만 남자와 여자는 내 예상보다는 나이가 많을 것 같다. 피어싱을 한 것도 머리를 분홍색으로 물들인 것도 아니고, 철없는 짓을 벌일 것 같지도 않다. 남자는 얌전해 보이는 안경을 썼다. 여자는 눈이 토끼처럼 동그랗다. 단아한 흰색과 베이지색 위주의 옷차림에, 둘만 집에 있어도 조곤조곤 존댓말로 대화할 것 같은 인상이다. 프레임 밖에서, 질문이 시작된다.

질문  그날 여기 이분, 이 할머니를 봤을 때, 무슨 생각을 하셨다고 했죠?

여자  음…… 힘들겠다, 힘드시겠다 하는 생각? 실은 동네에서 오며 가며 많이 뵌 분이었거든요. 그쪽에선 저를 모르시겠지만. 보면 항상 어린 아기, 손주를 데리고 계셨는데, 몸이 좀 불편해 보이셨어요. 제가 친정엄마가 안 계시거든요. 그래선지 돌아가신 친정엄마 생각도 나고, 좀…… 도와드리고 싶다는 생각도 들었고.

질문  그래서 도와드리려고 말을 걸었나요?

여자  음, 꼭 뭘 구체적으로 도와드리려고 한 건 아니고요.

질문  그러면요?

남자  음, 저기요. 사람이, 그냥 말 한번 걸어보고 싶을 때도 있잖아요. 동네에서 자주 뵙는 할머닌데. 꼭 이유가 있어야 되는 건 아니잖습니까.

질문  알겠습니다. 그런데 왜 다른 때, 직접 얼굴을 대하고가 아니라 그런 특수한 방법으로 말을 걸고 싶으셨을까요? 그것도 그런 단어를 사용해서요.

남자  ……

여자  ……

질문  거기다가, 그때 두 분의 따님인 지희양이 놀이터에서 놀고 있었단 말이에요. 아이에게 집중해야 하는 상황이었는데 왜 그런 행동을 하셨죠?

여자　심심해서요.

남자　여보.

여자　가만있어봐요. 사실 그대로만 말하면 되잖아. 잘못한 것도 없는데.

질문　심심하셨다고요?

여자　저, 죄송한데요, 질문하시는 분은 혹시 아이 있으세요? 네 살짜리 아이가 놀이터에서 놀 때 한 시간이고 두 시간이고 뒤 졸졸 따라다니면서 아무것도 못하고 지켜보는 거, 그거 하루도 빠짐없이 하면 굉장히 지루하거든요.

질문　그런가요.

남자　슈퍼바이징 모드일 때는 우리가 걱정할 일이, 없었어요. 대니가 워낙 아이를 잘 봐주다보니까.

여자　그때가 오후 네시쯤이었나 그럴 거예요. 회사일은 대충 정리된 시간이었고, 노파심으로 접속해서 애를 본 보는데, 정말 신경을 안 써도 될 정도였어요. 그러다보니 그 상태로 다른 사람들도 보고, 딴생각도 조금씩 하고, 그렇게 되던데요. 다른 부모들은 욕할지도 모르겠지만. 아마 욕을 하겠죠. 근데 글쎄요, 저희는 그랬네요.

남자　사람들이 서로 얘기할 때도, 그냥 오로지 얘기만 하지는 않잖아요? 보통은 폰을 보든지, 딴걸 하면서 얘기를 하잖아요.

질문　알겠습니다. 굉장히 지루하고 심심해서, 그래서 이분한테 말을 거신 거군요.

여자  대니가 되어보고 싶기도 했던 것 같아요.

남자  여보.

여자  ……아주 잠깐요. 그냥 장난이었어요. 그래요, 좋은 장난은
아니죠. 근데 사이버공간에서도 다들 아바타를 쓰지 않나요. 그게 그
렇게 큰 잘못인가요? 그냥 그 할머니를 쳐다보는데, 내가 이 할머니
라면 어떨까 싶었어요. 내가 이 할머니인데, 대니같이 생긴 남자애가
와서 말을 걸어주면 기분이 어떨까. 기운이 좀 나지 않을까? 그래서
대니인 척해본 거예요. 충동적으로요. 그렇지만 딱 한 번이었고, 그날
이후로 저희는 그분한테 말을 걸지 않았어요. 블랙박스를 열어보시면
나올 거예요, 아마.

질문  알겠습니다.


화면이 멈추고, 불이 켜졌다.

차가운 물 한 잔이 추가로 내 앞에 놓였다. 내 낯빛 때문인 듯했다.
내가 물을 다 마시기를 기다려 최형사가 물었다.

어떠세요? 생각나시는 게 좀 있나요?

어떤가? 나는 자신에게 물어보았다.

그러고는 생각을 거듭한 끝에 겨우 대답했다. 잘 모르겠다고. 최형
사가 거의 들리지 않는 소리로 한숨을 쉬었다. 방안에 있던 다른 사람
들도 조금씩 지친 표정이었다. 처음부터 다시 한번 들어볼까요? 아니
면 다른 인터뷰를 볼까요? 두 사람 딸 인터뷰도 있는데 그것부터 보
시겠어요?

……그리고 그 비슷한 제안과 질문들, 인터뷰 영상들. 방안을 채우

고 있던 여러 명의 사람들. 언어학자, 심리상담가, 범죄학자, 변호사, 기계생명공학자, 정부기관에서 나온 사람들. 그렇게 많은 전문가들과 이야기를 나눈 일은 내 인생에 처음이었다. 아마 마지막이기도 할 것이다. 다시 커피 한 잔, 질문과 대답. 다시 제안, 차가운 물 한 잔 더. 다시…… 그런 일들이 그날의 나머지 시간 내내 계속되었다. 민우를 안은 채 울상을 짓고 있던 딸아이와, 연신 담배를 피우러 드나들던 사위의 지친 얼굴이 떠오른다.

그날 나는 옆에 있던 조금 작은 방에서 마지막으로 대니를 만났고, 그뒤로 다시 그를 보지 못했다.

이것이 내가 갖게 되어 있는, 그가 등장하는 기억의 마지막일 것이다. 막다른 골목. 수술칼로 깨끗하게 자른 것 같은, 아무것도 개입할 여지가 없는 서사의 끝.

그러나 내게는 다른 기억이 있다.


*


대니를 만난 여름, 나는 예순아홉 살이었다. 그해 여름엔 비가 많이 내렸고 슬개골연골연화증을 앓고 있던 나는 통증을 잊기 위해 종종 콧노래를 흥얼거리곤 했다. 대니는 스물네 살이었고, 탄탄한 팔다리와 아이들의 사랑을 독차지하는 재주, 영원히 늙지 않는 심장을 지니고 있었다.

대니가 내게 마지막으로 한 말이 무엇이었는지는 생각나지 않는다. 아마도 별 특징 없는 말이었던 모양이다. 마지막이 언제였고 어떤 모양이었는지도 사실은 흐릿하다. 하지만 그가 처음으로 내게 건넨 말은 다른 것과 혼동할 일이 없다. 그건 네 음절로 된 단어였다.

아름다워.

그 말을 얼핏 들었을 때 나는 놀이터에 있었다. 민우를 유모차에 태우고 막 버클을 채우려던 참이었다.

아이가 허리를 비틀고 발을 구르며 날카로운 소리로 짜증을 뱉어냈다. 가만있어, 할머니 힘들다. 많이 놀았지? 이제 집에 가는 거야. 타이르며 서둘러 허리를 펴는데 끙, 소리가 입에서 절로 나왔다. 아이가 제대로 앉은 걸 확인하고 유모차 핸들을 두 손에 쥐고 브레이크를 풀었다. 좀 전에 누가 뭐라고 하지 않았나 싶어 고개를 돌린 건 그다음이었다.

물 빠진 노란색 티셔츠를 입고, 청바지에 운동화를 신은 젊은 남자가 이쪽을 보고 있었다. 눈이 마주치자 그가 웃었다. 확인하듯, 그가 다시 말했다.

아름다워요. 정말로.

남자의 피부는 지나치게 희었고 눈과 입은 좀 어색하다 싶을 만큼 컸다. 특히 까만 눈은 내가 본 적 없는 거대한 열대과일에서 떨어져 나온 씨앗 같았고, 구불구불한 머리카락은 커다란 검은 물고기의 몸에서 뜯어낸 비늘처럼 보였다.

가스불 중불 정도 크기로 마음속에서 경계심이 켜졌다. 저 남자는 나를 보고 왜 저렇게 웃는가. 천지 구분 못하고 뛰어다니는 말만한 중

고등학교 애들까지만 해도 아직 사람이 덜 된 보송한 어린것이라는 생각이 들어 괜찮았다. 하지만 그보다 위, 이십대나 삼십대들의 환한 웃음을 보면 나는 이유 없이 시선이 떨궈지고 잘못한 것도 없이 주눅이 들었다. 주름도, 상처도, 나쁜 의도도 없고 아직 부서지지도 무너지지도 않은 얼굴들. 그 얼굴들은 빛으로 만든 칼날들처럼 허공에 걸려 무심하게 흔들렸다. 멀리서는 봐도 가까이 다가가진 않는 게 좋겠다는 생각이 자꾸 드는 건 아마도 무심히 상처 입히는 능력을 잃어버린 자의 질투였을 것이다.

민우야, 고맙습니다 해. 아저씨가 칭찬하네.

아뇨, 저기, 당신이 아름답다고요.

누구, 나요?

네.

예에?

……

아이구, 고마워라. 내가 오래 살아 젊은 사람한테 별 칭찬을 다 듣네.

서둘러 자리를 피할 요량으로 나는 다소 과장된 웃음을 지었다. 무해한 농담에 공연히 날을 세울 필요는 없었다. 남자는 부모 중 한쪽이 한국인이 아닌 듯했다. 외모도 그랬지만 구사하는 한국어도 다소 어색했다. 그의 얼굴에 걸린 웃음이 조금씩 줄어들더니 미소가 되어 멎었다.

몇 개월이에요?

우리 손주요? 지지난달에 돌 지나고, 보자, 이제 14개월이네.

아아, 한창 힘드시겠다.

그러게. 요것이 요즘에 땡깡이 늘어가지고 조금 힘드네. 근데 힘든 걸 어떻게 아나?

저도 조카를 봐주고 있거든요. 저기 있는 저희 조카는 지금 36개월 8일 됐어요.

36개월하고, 8일? 정확도 하다. 참 꼼꼼한 삼촌을 뒀네.

사람들이 그러던데요. 자식을 키우는 엄마는 강해야 하지만 손주를 키우는 할머니는 강하고 인자하고 명랑하기까지 해야 한다고. 삼촌은, 음, 그런 건 없네요.

그가 웃었다. 힘드시죠? 그래도 힘내세요.

땀이 스며나온 얼굴이 따가웠다. 간장처럼 짠 햇빛이 쏟아졌다. 항의나 추궁, 변명이 아닌 내용으로 낯선 사람과 그만큼 오래 대화한 건 몇 년 만의 일이었는데 나는 자꾸만 졸아붙는 느낌이었다.

샴촌! 대니 샴촌! 멀리서 여자애 하나가 소리치며 뛰어왔다. 흰 원 피스를 입고 머리를 양 갈래로 묶은 까만 얼굴의 여자애였다. 아이는 순식간에 벤치 위로 뛰어올라 남자의 등에 올라타고는 목을 조르며 악을 써댔다. 가쟈! 대니! 가쟈! 로봇아! 일어나! 스탠 덥! 고고! 고고 고! 남자가 행복해죽겠다는 표정으로 엉거주춤 일어나 아이를 지탱했다. 나는 목례를 하고 놀이터를 나와 집으로 가는 언덕길로 유모차를 밀기 시작했다.


올드타운으로 이사 왔을 때 나는 내 집의 싼 방세와, 그에 어울리게 도 동네의 다른 모든 것들이 푹 낡았다는 사실에 감사하는 편이었다.

있을 것들은 다 있었다. 제법 큰 전통시장, 오래된 떡집과 작은 빵집들, 사우나와 찜질방, 산에서 나물거리를 캐다 길에서 파는 여자들, 옛날식 놀이터와 공원, 등산로까지. 오래된 삶의 방식을 보존할 목적으로 시에서 세피아벨트를 둘러 지정해놓은 이 지역은 타임캡슐에서 빠져나온 듯한, 노인들이 살기에는 최적의 조건을 갖춘 동네였다. 딱 한 가지가 문제였다. 내가 사는 건물에는 엘리베이터가 없었다. 매일 집으로 돌아오는 길에 언덕을 오르며 무덤들처럼 꾸역꾸역 붙어 선 케케묵은 건물들, 반세기쯤 전에 지어진 듯한 빌라들을 볼 때마다 나는 계단을 오를 생각에 다리가 후들거리고 가슴이 턱턱 막히곤 했다.

사이비 종교 권유라도 하려는 거였을까. 아니면 그냥 삶이 무료한 사내였나. 문득 조금 전 남자와 대화할 때의 내 목소리가 떠올랐다. 깨진 기왓장을 어디 대고 탁, 탁 두드리는 듯 물기 없이 흙 부스러기가 날리는 음성이었다. 나는 내 목소리가 갑자기 낯설게 느껴졌고 마음에 들지 않았다. 아무도 강요하지 않았는데 어디선가 스스로 주워와 입에 붙여버린 노인 특유의 성조도 마찬가지였다.

마음에 안 들면 뭘 어째. 실없는 웃음이 나왔다. 번쩍 안아올려 아기띠에 옮겨 앉히자 울상이 된 아이가 허리를 활처럼 뒤로 휘며 몸부림치기 시작했다. 집에 들어가기 싫어 튀어나가려는 11킬로그램짜리 아이를 캥거루 새끼처럼 앞에 매달고 5.7킬로그램 나가는 유모차를 접어 한 팔에 들었다. 민우는 쉬지 않고 구슬눈물을 흘리며 악을 질러댔다. 오층까지 올라가는 동안 너무 힘들어 두 번 쉬었다. 마지막 반 층을 올라갈 때는 속옷이 조금 젖고 말았다.

그날 밤은 유달리 어려웠다. 하다 하다 안 돼서 딸아이를 호출해 홀로그램 통화까지 했는데도 민우는 계속 울었다. 들쳐업고 자장가를 부르며 시커먼 방안을 뱅글뱅글 돌다 포기하고 자리에 누웠다. 아이는 두 시간 반이 지나서야 울다 지쳐 잠들었다. 가녀린 목에 흘러내린 침을 닦아주다 나도 기절하듯 까무룩 잠이 드는 와중에, 낮에 들은 말이 꿈결 속으로 스며들었다.

아름다워요. 정말로.

\*

다른 피해자들 증언은 완료됐죠?

네, 적게는 백만원에서 많게는 천만원까지 요구했다고 합니다. 블랙박스 자료에 의하면 첫 만남에서 두번째 만남 정도를 빼고는 슈퍼바이징 상태에서 사용자가 대화를 직접 입력한 기록은 없다는 게 공통점이고요.

거짓말탐지기 분석은 끝났습니까?

네. 해당 사항 없다고 나왔습니다.

그렇다면 AI에서 자의적으로 생성해낸 반응 패턴이라는 말이군요. 그런 일이 가능한가요?

이 모델에 탑재된 AI 버전이 4.65예요. 인간 감정의 팔십 퍼센트를 느끼고 재현할 수 있고, 중간 정도 수준의 농담을 할 수 있고, 질문에 대답하지 않고 침묵을 선택할 수도 있죠. 하지만 '금품 갈취' 같은 건 당연하게도, 할 수 없어요. 돌보미형으로 특화되어 있기도 하고, 인간의 도덕에 비춰 문제가 되는 패턴은 만들어지는 것 자체가 불가능하니까요. 그런데 모르는 사람에게 돈을 요구하고 협박하는 게 아니라 친구에게 돈을 빌린다, 이런 패턴이라면 가능할 수도 있어요, 이론적으로는.

친구요?

네. 혹은 그만큼 친밀한 관계로 인식이 된다면요.

그 정도로 막역한 관계를 스스로 만들 수 있다는 건가요?

그보다는, 어떤 패턴을 이끌어내는 걸 목표로 설정해두고 사용자가 첫 만남에서 대상을 고의적으로 메모리에 강렬하게 각인시켰을 수 있어요. 그럴 경우 사용자 개입이 다시 이뤄지지 않아도 AI 자체 내에서 반응 트리가 그쪽 방향으로 생성될 가능성이 있죠. 말하자면 사람들이 많이 다니는 대로변에 난데없이 집채만한 바위 하나를 뚝 떨어뜨려놓는 것과 비슷해요. 그러면 그 주위에 자연히 사람들이 몰려들고, 바위에 대한 이야기가 오가고, 바위를 치워야 하지 않겠느냐는 쪽으로 의견이 모아지고, 결국에는 치워지거든요. AI의 논리회로에도 별로 어렵지 않게 같은 일이 일어나게 할 수 있지요. 마음만 먹는다면.

정황이 상당히 미심쩍군요.

네, 피해자들이 모두 육십대에서 칠십대 사이, 혼자 아기를 키우는 노인들이라는 점도 마음에 걸립니다. 하지만 사용자의 고의라는 물적 증거가 없어요. 그냥 버그일 가능성도 배제할 수 없죠.

그럼 일단 반품 처리해서 분석하게 되나요?

네. 아무래도 예전 그 일도 있었던데다, 꽤 민감한 사안이라서요. 오늘중으로 전량 회수에 들어가게 될 것 같습니다. 이후에는 연구개발팀으로 넘어갑니다.

아이는 아름다웠다. 곱고 사랑스럽고 반짝반짝 빛났다. 내 핏줄이 뻗어간 가지 끝에 이런 것이 맺혀 있다니, 믿을 수 없을 정도로 감사하고 뭉클한 존재였다. 흩날리는 벚꽃잎 같고, 밤새 쌓인 첫눈 같았다. 세상에 하나뿐인 보석들만 모아 정성껏 세공해서 만든 귀한 그릇 같기도 했다.

그 빛나는 그릇에 매일같이 담기는 타는 듯이 뜨겁고 검은 약을 남기지 않고 받아 마시는 것이 내 일이었다.

어느 날 집 앞 교회 바자회에서 김치를 사왔다고 했더니 딸아이가 대뜸 물었다. 엄마, 그 김치 몇 킬로야? 십 킬로? 십 킬로를 쓰러지지 않고 들고 다닐 수 있다는 거야? 그럼 엄마, 우리 민우 봐줄 수 있겠네. 내가 복직을 해야 빚을 갚지. 이대로는 도저히 숨도 못 쉬겠고 정말 죽을 것 같아.

나는 노인복지센터에서 마련해준 일자리를 그만두고 싶지 않았다. 지역 도서관에서 대출 카드를 순서대로 정리하거나 홍보 책자를 종이봉투에 넣고 봉하는 일차원적인 노동이었고 벌이도 적었지만, 내겐 그냥 하찮지만은 않은 일이었다. 나는 유유자적 시장을 구경하거나 산바람 강바람을 쐬고 싶을 때 적적하게나마 산책할 자유를 포기하고 싶지도 않았다. 그러나 성치 못한 무릎 정도로는 거절할 핑계가 되지 못했다. 고관절염이나 동맥경화 같은 병명들을 매달고 중환자실에 누워 있거나 지팡이를 짚고 팔자걸음을 하는 노인들에 비하면 나는 대단히 건강한 편이었으니까. 사위는 고등학교 때 부모를 한날한시에 사고로 잃고 혼자 자란 처지였고, 딸아이 입장에선 내가 유일하게 비빌 언덕이었다.

출산하고 육 개월이 지나자 딸은 복직을 했고 나는 민우를 맡았다. 한 달에 백만원 조금 못 되는 생활비를 받아 분유와 기저귀를 사고 고기와 야채로 죽을 끓였다. 딸아이는 주말마다 민우를 데리러 와 눈물을 글썽이다가도 월요일 아침 도로 데려다놓고 갈 때는 뒤도 돌아보지 않았다.

새벽 여섯시쯤부터 자정까지 나는 집안에서 서서 일했다. 생각할 겨를 없이 그저 반사적으로 몸을 움직이면 아이의 요구를 겨우 반 정도는 채워줄 수 있었다. 민우는 잘 먹고 잔병치레 없는 아이였으나 순한 아이는 아니었다. 쉬지 않고 돌고래처럼 악을 썼고, 원하는 게 있으면 손에 들어올 때까지 발을 구르고 물건을 집어던지며 울었다.

나는 기계가 아니다.

집이 비는 주말이면 나는 가게에서 소주를 사다 한 병씩 마시며 그렇게 중얼거렸다. 중얼거린 다음에는 차라리 기계라면 좋겠다는 생각이 들었다. 몸이란 건 웃기고 요망한 덩어리라 음식물처럼 혼자만의 시간도 주기적으로 넣어줘야 제대로 일을 하겠다고 우아를 떨어댔다. 평소에는 내가 그저 기름 약간 거죽 약간을 발라놓은 뼈 무더기 같다가도, 조용한 방에 앉아 컵에 따른 소주를 천천히 목으로 넘기고 있으면 그나마 사람이라는 더 높은 존재로 회복되는 기분이었다. 가끔 검푸른 한강 물 생각이 났다. 천사 같은 손주 키우기가 유일한 소일거리이자 낙인 늙은이, 그게 내게 주어진 역할이었다. 아무도 내가 울 만큼 힘들 수도 있다는 걸 알지 못했다.

아이 혼자 키우기는 젊은 시절 이미 한번 넘어본 산이었다. 그러나 그때는 젊음 특유의 회복력과 반드시 더 나은 날이 오리라는 대책 없이 질기고 바보스러운 기대, 그리고 어찌됐든 이건 내가 선택한 길이라는 쇳덩어리 같은 각오들이 하루의 틈마다 빼곡히 들어차 있어 앞이 안 보이는 전쟁통에도 넘어지지 않을 수 있었다는 걸 나는 뒤늦게 깨달았다. 이제 내겐 그런 게 없었다. 이런 것을 생존이나 생활이 아니라 삶이라 부를 수 있는 것인지도 확실치 않았다. 나는 일종의 숟가락 같은 것으로 변해 있었다. 나는 휘청이는 몸에 위태롭게 아이를 얹고 낮에서 밤으로, 하루에서 다른 하루로 끝없이 옮겨놓을 뿐이었다.

유제품 진열대에 붙어 있던 거울이 기억난다. 탈모가 반쯤 진행된 내 회색 머리카락은 반송장이라는 말이 딱일 지경으로 산발이었다. 늘 입는 갈색 몸뻬바지 위에 진홍색 스판 티셔츠를 걸치고 나는 땀을 줄줄 흘리며 서 있었다. 그러다 그와 눈이 마주쳤다. 그는 거울 속 조금 떨어진 뒤쪽에서 나를 보고 있었다.

마흔 이후로는 거울을 신경쓰지 않고 살았다. 어느 날 마주본 거울이 텅 비어 있었다 한들 별로 놀라지 않았을 것이다. 노화해가는 육체를 의지대로 통제할 수 없게 된 지 오래라는 사실이 내 추레함에 당위를 부여해주었다. 나는 아무거나 집어먹고 손에 잡히는 대로 대충 입으며 살고 있었다. 그러나 그날 그와 나를 함께 비추던 그 거울이 나를 놀라게 했다. 거울은 그런 몰골을 한 내가 허깨비가 아니라 진짜 사람이고, 다른 사람의 눈에도 비치는 존재이며, 따라서 자신의 모습에 책임을 져야 한다고 알려주었다.

이리 주세요. 제가 옮겨드릴게요.

아니, 괜찮아요.

그러지 말고 주세요, 저한테.

저기, 왜, 왜 그래요?

네?

학생인가? 나 알아요?

아, 지난번에 놀이터에서, 만났는데.

아니, 근데, 괜찮다는데 왜 그러느냐고요. 내 짐 내가 들고 간다는데?

결국 길 한복판에서 나는 소리를 질렀다. 목소리에 유릿조각이 섞여 나왔다. 북어 몇 마리, 부추와 파와 두부를 사고 기저귀 한 팩을 손에 들었다. 그 정도면 무거운 짐은 아니었다.

놀이터에서 마주칠 때마다 웃어주는 것까지는 그러려니 했다. 나나 아이나 하고 다니는 양을 보면 가계 사정이 삐져나온 속옷마냥 뻔하니 민우를 어떻게 하려는 건 아닐 거라고 나는 생각했다. 성도착자나 정신에 문제 있는 사람처럼 보이지도 않았다. 웃는 걸 좋아하고, 사람을 좋아하는 무료한 청년. 그런데 그날 그는 슈퍼마켓에서부터 강아지처럼 나를 졸졸 따라왔다.

왜 그렇게 짜증이 나는지 알 수 없었다. 순수한 친절이자 호의에서 나온 듯 보이는 그의 살가운 태도가 몹시도 견디기 어려웠다. 그것이 실은 내게 친절도 호의도 베풀어주지 않는 타인들에 대한 짜증이라는 사실을 그 순간에는 알지 못했다.

불편, 하신가요. 불편하게 해드렸다면 죄송합니다.

그가 내 눈치를 살피며 중얼거리고는, 아기띠 속에서 잠든 민우를 보며 덧붙였다. 저는 해치지 않아요. 아기도, 당신도.

해치지 않는다는 건 알겠는데.

네.

다른 사람의 감정도 조금은 읽을 줄 알아야지.

……

남자가 말없이 고개를 숙였다. 민우가 게슴츠레 눈을 떴다. 아이 이마에 물방울이 떨어졌다. 회색 보도에 점점이 짙은 얼룩들이 번지기 시작했다. 어느 지붕 밑으로 피해야 하나 둘러보는데 남자가 한 손에 들고 있던 우산을 펼쳤다. 아주 큰 우산이었다.

쏟아지는 장대비가 재미있는 모양이었다. 우유를 다 마신 민우가 창밖을 보고 까드득 소리를 내며 웃었다.

빗줄기가 잦아들 때까지만 앉아 있기로 했다. 남자는 아무것도 주문하지 않았고, 나는 모과차를 시켰다. 방금 전까지 폭발할 것 같던 기분이 차 한 잔에 사르르 풀리는 게 어이없었고, 어린애에게 필요 이상으로 꼰대질을 한 것 같아 민망하기도 했다. 웃고 있는 민우를 보니 집에 돌아가면 빨래도 반찬도 관두고 이대로 하루 일과가 끝났으면 싶었다.

혹시, 아세요?

오래 말이 없던 남자의 입에서 나온 건 뜻밖에도 옆 도시에서 일어난 킨더가튼 참사 이야기였다. 비 오는 오후에 찻집에 앉아 나누기에 맞춤인 얘기는 아니었지만 나도 알기야 알았다. 보육시설에서의 아동

학대와 폭행, 사망사건이야 옛날부터 비일비재했지만, 오 년 전의 그 사건은 규모에서나 계획적 범죄였다는 점에서나 예전과는 구별될 수밖에 없었으니 말이다. 같은 친목 모임에 속해 있던 세 명의 킨더가튼 보육교사가 시간차를 두고 각자 다니던 직장에 불을 질렀고, 0세에서 4세 사이의 아이들 마흔두 명과 교사 여덟 명이 목숨을 잃었다.

범인들은 모두 잡혔으나 사건의 충격이 가라앉는 데는 상당한 시간이 걸렸고, 그 결과 전국 보육시설 가운데 적지 않은 수가 사실상 폐원 상태에 들어가게 되었다. 가족이 아닌 남의 손에 아이를 맡기는 일은 정상적인 부모라면 해서는 안 되는 일로 여겨졌다. 민우가 내 손에 맡겨진 것도 따지고 거슬러올라가보면 그 사건 때문이었다.

남자는 천천히 말했다. 그 세 명이 일을 하며 겪어왔을지 모르는 열악한 상황과 피로가 끔찍한 범죄의 동기를 정당화해줄 수는 없다고. 그러나 그 사건 이후 국가적 차원에서 대책위원회가 꾸려졌고, 아이의 안전과 양육자의 복지 사이의 관계에 대해 사람들 모두가 조금 더 심각하게 생각하게 되었다고.

그런가 하며 그저 듣고 있는데 그가 말했다.

그래서 제가 태어나게 됐어요. 이렇게 얘기하면 좀 이상하지만, 저는 그 참사에서 비롯된 셈이죠.

나는 이해할 수가 없었다.

음, 아이가 아무리 힘들게 해도 저는 고통스럽지 않아요. 화가 나지도, 짜증을 느끼지도, 지치지도, 침울해지지도 않죠. 그렇게 만들어지지 않았으니까요. 그러니까, 안심하세요. 나쁜 짓은 하지 않아요.

남자가 미소지었다.

장맛비 때문에 외출이 뜸해지자 갑갑증이 난 민우는 아침부터 저녁까지 내 다리에 바싹 들러붙어 치대고 보챘다. 평소의 두 배로 떼를 쓰는 아이를 달래며 나는 그에 대해 생각했다.

　대니. 그게 그의 이름이었다. 미국에서 최초로 만들어졌고, 우리 상황에 맞게 약간의 개조를 거친 뒤 전국 오십 개 가정에 시범적으로 파견되었다고 뉴스에는 나와 있었다. 나는 그 순간 각자 어딘가에서 아기를 안은 채 기저귀 찬 엉덩이를 토닥이거나, 자장가를 부르거나, 장난감을 흔들며 놀아주고 있는 오십 명의 대니, 똑같은 얼굴을 한 대니들을 상상해보았다. 어쩐지 이 세상의 것 같지 않은 풍경이었다.

　떼쓰는 건 타고난 기질일 수도 있지만 다른 이유 때문일 수도 있어요. 사람은 누구나 마음속에 불안정한 부분이 조금씩 있는데 아이들은 자기를 돌보는 사람에게서 그걸 놀랍도록 예민하게 감지해요. 아기 이름이 민우라고 했나요?

　아기 의자에 앉은 민우는 테이블 위의 냅킨을 찢으면서 놀고 있었다. 슬슬 짜증을 낼 타이밍이었는데 아니나 다를까, 더이상 찢을 부분이 없어지자 입이 샐쭉 나오더니 힝힝 울음을 흘리기 시작했다. 그러고는 내가 내민 손을 탁 때리고, 테이블을 쾅쾅 치더니 제풀에 얼굴이 새빨개져서는 본격적으로 울어젖히는 것이었다. 찻집 안 사람들의 시선이 일제히 우리에게로 쏠렸다. 땀이 났다. 아이를 데리고 나가려고 나는 일어섰다.

　제가 잠깐 안아봐도 될까요?

　대니가 나를 보았다.

모과차 다 드실 동안만요.

민우가 울면 딸이 어려서 울던 게 생각났다. 평생 반쪽 사랑밖에 주지 못해 딸은 무얼 해도 아픈 손가락이었다. 나는 마지못해 자리에 앉았다. 댁이 기계라는 건 그렇다 치자. 어떻게 기계가 아이 돌보는 일을 할 수 있나. 아이는 애정을 필요로 하고, 그 애정은 아무리 서툴고 부족하다 해도 인간의 우물에서밖에 길어올릴 수 없는 자원이 아닌가. 내 마음속의 그런 의구심이 나를 코웃음 치게 했고, 그래, 어디 한번 해봐라 하는 마음을 불렀던 것이다.

대니가 품에 안자 아이는 잠깐 당황하는 것처럼 보였다.

그러고 사오 초쯤 지났을까. 웃는다. 민우가 방싯방싯 웃음을 짓고 있었다. 낯선 사람의 가슴에 머리를 기대고, 더없이 편안한 표정으로 웃고 있었다.

보세요. 불안해하지 않죠? 저에게는 감정적 불안정이 없거든요.

대니가 말했다.

너무 힘드실 때는 제가 도와드릴 수 있어요.

그날 아이는 대니의 품에 안긴 채 잠들었다. 집에 돌아와 눕힐 때까지 깨지 않았고, 다음날 아침까지 달게 통잠을 잤다.

종일 빗소리가 그치지 않았다. 따뜻한 물에 머리를 감고 심호흡을 오래 하고 싶었다. 입지 않던 옷을 옷장에서 꺼내 입고 싶어졌다. 나는 망설이다 전화기를 집어들었다.


샴촌! 대니 샴촌! 나 돈!

아이가 뛰어와 조막만한 손바닥을 벌렸다. 대니가 지갑에서 동전을 꺼내주자 아이는 그걸 대니의 얼굴로 가져갔다. 입에 밀어넣으려는 거였다.

노래해.

지희야, 삼촌한테는 돈, 넣지 않아도 돼.

대니가 웃으며 말했다.

그래도, 그래도! 정당한 대가를 지불하려고 그러는데 왜 싫다고 해.

아이가 고집을 피웠다. 대니는 못 이기는 척 동전을 입에 넣었다가 고개를 돌려 빼냈다.

무슨 노래 할까? 〈은하 친구들 영원하라〉, 할까?

싫어. 그건 지겨워. 지긋지긋해!

그럼 뭐가 좋을까?

내가 모르는 노래!

잠시 생각하던 대니가 야구모자를 고쳐 쓰고는, 자세를 바로 하고 노래를 부르기 시작했다.


*아, 목동들의 피리 소리들은 산골짝마다 울려나오고*
*여름은 가고 꽃은 떨어지니 너도 가고 또 나도 가야지*
*저 목장에는 여름철이 오고 산골짝마다 눈이 덮여도*
*나 항상 오래 여기 살리라*
*아 목동아, 아 목동아, 내 사랑아* *


---

* 〈아 목동아〉, 현제명 옮김. 원곡은 〈Danny Boy〉.

키즈카페 안에 흩어져 놀던 아이들이 사방에서 다가와 대니를 둘러쌌다. 노래가 끝났을 때는 경이에 가득찬 표정을 한 아이들과 그 부모들로 몇 겹의 동심원이 만들어져 있었다.

우리 로봇 샴촌이야. 너흰 이런 거 없지? 짝짝짝, 박수!

선망과 질투가 뒤섞인 표정으로 아이들이 박수를 쳤다. 민우가 두 손을 맞잡고 흔들며 흥에 겨워 까르르 웃어댔다.

또 해줘.

아이들은 자리를 떠나지 않았다. 결국 대니는 다섯 곡을 더 부르고 마지막에는 자리에서 일어나 엉덩이춤까지 추었다. 나는 마술쇼를 구경하는 기분으로 얼이 빠져 앉아 있었다. 그는 조금도 지치지 않았다.

동요도 아닌데 좋아하네.

아이마다 원하는 게 달라요. 아까는 그런 분위기였어요.

그걸 알 수 있어?

저에게는 냄새를 맡거나 소리를 듣는 것과 마찬가지예요. 기저귀 가져오셨어요?

응, 왜?

일 분 뒤에 민우가 응가를 할 거거든요. 제가 갈아드릴까요?


대니가 권유했지만 나는 그의 손에 민우를 맡기지는 않았다. 아이 없이 두어 시간쯤 목욕물에 몸을 담그고 땀을 빼거나, 한의원에 가 새로 약을 지어오거나, 안 나간 지 십수 년인 대학 동창 모임에 나가볼 수도 있었지만 그러지 않았다. 사는 게 힘들다고 툭하면 눈물바람인 딸아이에게 행여나 책잡힐 거리를 만들고 싶지 않기도 했지만, 결국 나는 기계를 믿을 만큼 개방적인 인간은 아니었던 것이다.

그럼에도 나는 그와 자주 만났다. 대니가 지희와 장 보는 데 따라가기도 하고, 아이들을 위한 공연을 보러 가기도, 장마 사이사이 땡볕이 내리쬐는 날엔 분수대가 있는 옆 동네 공원으로 물놀이하는 사람들 구경을 나가기도 했다. 민우를 안은 채, 반쯤은 대니가 화수분처럼 흩뿌리는 행복의 기운을 보면서도 믿지 못하는 심정으로, 또 반쯤은 바운서나 흔들침대 같은 편리한 도구를 싼값에 얻은 아기 엄마처럼 적나라하게 고마워하는 심정을 품고.

대니에게 안겨 있으면 민우는 울지 않았다. 아이 울음소리가 없는 그 짧막한 시간들은 아찔하게 달콤하고 두려웠다. 내가 평생 삶이란 것의 본질이라 믿어온 악다구니와 발버둥이 그 시간들에서는 도려낸 것처럼 빠져 있었다. 이를 악물고 두통약을 삼키지 않아도 아무도 나를 몰아세우거나 벌을 내리지 않았다. 나는 다시 밥을 천천히 씹어서 먹을 수 있게 됐고, 아이가 저지레를 쳐도 예전처럼 한숨만 한번 쉬고 안아줄 수도 있었다.

달라진 게 또 있었다. 나는 젊은 시절부터 사람을 잘 사귀는 성격이 못 됐고, 나이들며 더 심해졌다. 삼 년 전 이사 온 뒤로도 동네 친구 하나 만들지 못했고, 주인과 안면을 튼 가게가 몇 집 있긴 했지만 속내를 털어놓을 정도는 아니었다. 하고 싶은 말이 있으면 모았다가 매주 화, 목, 일요일에 음식물쓰레기와 함께 배출했다. 늙으면서 자꾸만 속에 고이는 탁한 성정을 누구와 공유하는 것이 나는 내키지 않았다.

그런 내가 대니와는 실없는 말들을 제법 주고받고 있었다.

이를테면 이런 말들.

당신, 당신 하지 말고 그냥 할머니, 하면 안 되나. 듣는 입장에선 삿대질 당하는 거 같고 영 이상한데.

그런가요. 전에 어떤 분한테 실수한 적이 있어서 조심하고 있는 건데.

무슨 실수?

할머니라고 불렀는데, 그분이 자기는 할머니 아니라고 그러시는 거예요. 그래서 죄송합니다, 아주머니, 그랬는데 아주머니도 아니라고 하셔서. 그래서, 차라리 '당신'이 낫지 않을까 했는데.

나는 할머니 맞으니까 괜찮아.

네, 할머니.

……

……

왜?

그렇게 웃으시는 건 처음인데요.

그런가.

할머니는 놀라시지 않네요.

뭐에?

제가 저에 대해 말하면 곧바로 도망치는 사람들도 많은데, 할머니는 별로 동요하시지 않아서 의외였어요.

놀라기야 놀랐지.

그래요?

사실 지금도 놀라. 같이 잘 다니다가도 아 참, 사람이 아니지, 아참, 숨을 안 쉬지, 그런 생각이 퍼뜩 들 때도 있는데 뭐. 근데 나는 그래. 평생 이런 일 저런 일 다 겪고 살다보니 웬만한 일에는 잘 놀라지 않게 돼버렸어. 그래서 그래.

어떤 이런 일 저런 일요?

그런 게 있어.

나는 조금 웃었다. 친한 친구가 고작 서른 살에 암으로 죽어버렸어. 자고 일어났는데 살림살이에 차압 딱지가 죄 붙어 있기도 했고, 연락이 두절된 남편을 겨우 찾고 보니 다른 집에서 다른 사람들과 살고 있기도 했지. 그런 빤하고 낡아빠진 얘기들이 순식간에 목에 차오르는 게 싫어서 입을 다물었다. 기계로 된 뇌와 심장과 혀를 지닌 예쁘장한 청년이 웃으며 내 얘기를 들어주고 오후를 함께 보내주는 이런 세상이 별천지인 건 사실이었다. 잠결인지 꿈결인지 알 수 없었지만 나는 이곳에 살고 있었다. 그러나 나는 어떻게 해도 대니가 온 세상, 올드타운 밖의 세상에 속할 수는 없었다.

음, 할머니?

왜?

고마워요, 놀라지 않아주셔서.

좀더 놀랄 걸 그랬나봐.

잠깐만요.

대니가 조금 떨어진 자판기에서 뜨거운 코코아 한 잔을 뽑아가지고 왔다.

지희랑 민우 일어나면 달라고 난리일 테니 얼른 드세요.

나는 딱 입을 벌리고 그를 바라보았다.

왜요?

이 더운데 이런 게 마시고 싶다니 얄궂다고 생각하고 있었는데.

음, 맞아요?

어떻게 알았어?

다행이네요.

대니가 미소지었다.


\*


질문  아이 돌보는 일을 하기 위해 올드타운에 왔죠? 그 일이 적성에 맞았나요?

대니  네.

질문  아이들을 보면 어떤 생각이 드나요?

대니  예뻐요. 사랑스럽고. 어렵기도 하고요.

질문  어려워요?

대니  네. 아이들의 욕구가 보이니까요. 길에서 마주치는 아이들도, 달콤한 걸 먹고 싶다든지, 어디 가고 싶다든지 그런 게 몸짓이나 표정에 하나하나 드러나요. 안아줄 때 팔을 어떻게 해줬으면 좋겠다. 내가 지금 못되게 굴긴 하지만 그냥 무시해줬으면 좋겠다, 이런 것까지요. 아주 구체적이고 명확하죠. 그런데 그걸 제 마음대로 다 채워줄 수 없잖아요. 저는 그 아이들의 부모가 아니니까요. 그래서 행복하게 해주고 싶지만 참아요. 행동하지 않죠.

질문  그러면, 어려워요?

대니  네.

질문  그럼 사진 속 이 사람을 보면 어때요?

대니  ……

질문  아는 분인가요?

대니  네.

질문  이분을 처음 봤을 때 기억나요?

대니  네. 손자를 데리고 놀이터에 계셨어요.

질문  그때 어떤 생각을 했죠?

대니  ……

질문  이분에게 아름답다고 말했나요?

대니  ……네.

질문  왜 그랬죠?

대니  아름다웠으니까요.

질문  어떤 점에서요?

대니  ……

질문  대답하기 어렵나요?

대니  ……네.

질문  그건 당신 자신의 생각인가요?

대니  저, 부탁이 있는데요. 잠깐 쉬었다가 하면 안 될까요?


*


누룽지탕을 먹는데 잘 넘길 수가 없었다. 가슴이 두근거려 약을 한 알 삼켰다. 그때까지만 해도 별생각이 없었다. 늙으면 누구나 아기로 변해간다는 생각, 남에게 내 기저귀를 보여서는 안 되니 조심해야 한다는 생각이 들었을 뿐이다.

나는 무방비 상태였다. 아침에 일어나면서부터 아이의 똥냄새, 우유 냄새로 둘러싸여 있었다. 설마 무엇이 더 있을까. 옹알거리는 소리, 사방에 묻은 밥풀이며 잘게 썬 감자와 당근 쪼가리, 오줌과 땀과 습진 크림, 그 사이로 하루도 거르지 않고 이어지는 이 둔하고 숭고한 노동 속에. 매일 삶는 거즈 손수건처럼 하얗게 바짝 말라 귀퉁이마다 파삭거리는 존재 말고 내가 달리 무엇이겠나. 나는 그렇게만 생각했다. 아이는 날마다 나가서 놀아야 했고 놀이터는 집에서 너무 가까웠다. 나는 내게 일어나고 있는 일이 뭔지 몰랐고, 알고 싶지도 않았다.

그런 식으로 일어나는 일들도 있었다.


여긴 왜 이래요?

젊었을 때 프라이팬에, 뭐였지, 생선 튀기다 기름이 튀었나 그래.

그럼 여기는요?

애 업고 급하게 밥 차리다 압력솥 증기가 나와 데었지.

그게 언젠데요?

한참 전이지. 사십 년도 넘게 전이네.

그런데 아직까지 이래요?

그러게. 없어질 줄 알았는데 안 없어지네.

지도 같은데요.

내가 봐도 그래.

여기는 대륙이고, 여기는 섬이네요.

그러게. 일부러 이렇게 그리래도 못 그리겠어.

이 발톱은 왜 빠졌어요?

몰라. 산에 갔다 내려와서 양말을 벗어보니 그냥 빠졌어. 병원에 갔더니 그런 일이 간혹 있다고 하데.

아팠겠네요.

그때는 무지 아팠는데, 지금은 보면 그냥 웃겨. 그때 같이 간 사람들이 김밥이랑 만두를 싸왔는데, 김밥에 든 멸치가 너무 매워서 다 같이 배탈이 났었거든. 산에 화장실이 없어서 막 뛰어서 내려왔지. 열 명이나 되는 사람들이 전부.

와.

지금 그 사람들 다 뭐하나. 둘은 죽었고, 나머지는 연락이 안 되는데.

궁금해요?

여긴 왜 이래?

네? 뭐가요?

어째 이리 상처도 흉도 하나 없어. 애 보는 사람이.

그러게요. 아, 여기 하나 있다.

이게 뭐야?

〈은하 친구들〉 캐릭터 도장요. 지희가 안 받는다고 해서 제가 대신 받았는데 안 지워져요.

잘했다. 안 지워질 거야. 너 이제 큰일났다.

사십 년 지나도 안 지워질까요?

사십 년 지나도 안 지워져.

그러면 좋겠다.

왜?

할머니랑 이 얘기 한 거 기억날 테니까요.


좋아하는 것들을 하나씩 말하는 게임도 했었다.

내가 좋아하는 것들은, 주인 없는 집 담장 안에 소담스럽게 핀 능소화(능소화가 뭐죠? 잠깐만요, 이제 알겠어요). 꽃집 진열대에 걸린 채 사람들의 호기심 어린 시선을 견디는 벌레잡이통풀의 벌레 주머니(왜 호기심 어린 시선이에요? 왜 견디죠?). 집 나간 고양이를 걱정하는 옆 건물 노파의 울음소리(어떻게 생긴 고양이였어요?). 그 소리를 듣고 무슨 일이냐고 묻는 사람들의 목소리(찾았나요?). 잠든 아이의 이마에 살짝 배어난 땀냄새(그건 나도 좋아해요). 그런 아이를 보고 웃는 마음 착한 청년의 긴 손가락.

대니가 좋아하는 것들은 주로 단어들이었다. 그가 의미를 알고 있는지 아닌지 모를 단어들. 이를테면 가족, 사랑, 희망, 슬픔, 자립, 독립, 화해, 추억, 용서. 그리고 아이, 아이들, 엉덩이, 뽀뽀, 잼잼, 곤지곤지, 도리도리, 응가, 쉬, 엄마, 아빠, 할머니, 24(저는 태어났을 때 스물네 살이었고 앞으로도 스물네 살이겠죠. 스물네 살에 할머니는 뭘 했어요?).

엄마, 듣고 있어? 다음주에는 우리, 못 올 것 같다고요.

왜?

일주일 휴간데, 은영이라고 내 친구 있잖아? 개네 부부랑 같이 태국

여행 다녀오려고. 엄마도 알잖아, 우리 결혼하고 삼 년 동안 아무데도 못 간 거. 미안해요. 민우는 다다음주에 데리러 올게. 그래도 되지?

나는 그러라고, 조심해서 다녀오라고 말하려고 했다. 그런데 입에서 다른 말이 튀어나와버린 모양이었다. 딸아이가 당황한 얼굴로 나를 보며 물었다.

엄마, 지금 뭐라고 그랬어?

응?

같이…… 가면 좋겠다고 그러지 않았어?

내가?

그럼 미리 말을 하지. 생전 그런 말 안 하던 사람이 그러니까 더 미안하네.

내가 그랬나.

같이는…… 못 갈 것 같은데. 민우는 아직 너무 어리고, 엄마도 몸이 안 좋잖아.

그래.

서운해?

아니야, 서운하긴. 잘 다녀와.

다음에는 꼭 같이 가자.

그래!


가벼운 마른기침을 하던 민우가 열이 오르면서 기침이 심해지고 분수토를 하기 시작한 건 딸아이 부부가 출국한 다음날이었다. 해열제를 먹고 얼음찜질을 해도 열이 사십 도에서 내려가지 않아 큰 병원까지 가야 했다. 급성폐렴에 인두염이 겹쳤으니 바로 입원하라는 소견이 나왔다. 굵은 링거 바늘을 꽂고 침대에 눕히자 아이는 아픈 것보다 답답한 게 싫은지 일어났다 앉았다 하며 병실이 떠나가도록 기침 반 눈물 반 울어댔다.

아이가 겨우 잠들어 자리 비울 틈이 났을 때 딸아이에게 전화를 걸었다. 잠에서 덜 깬 목소리로 전화를 받은 딸은 바로 울먹이기 시작했다. 그러니까 내가 애 데리고 너무 나다니지 말라고 그랬잖아! 윙윙거리는 소음 속에서 딸이 뭐라고 소리를 질렀고 전화가 끊어졌다. 나는 홀로그램 전화가 걸려오거나 딸아이가 바로 돌아올 줄 알고 기다렸다.

지금도 가끔 생각한다. 그때 딸아이가 바로 돌아왔더라면, 혹은 하루만 일렀더라면 무언가가 달라졌을까. 다 부질없는 생각들이다.

함께 있던 환자가 항의를 해서 둘째 날에 아이를 일인실로 옮겼다. 간신히 열이 조금 내리자 이번에는 가래가 너무 심해졌다. 아이는 잠을 못 자고 밤새 콜록거리며 보챘고, 사흘이 지나도록 상태는 나아지지 않았다. 나는 지하에 있는 편의점에서 속옷을 사 입고 화장실에서 머리를 감았다. 나흘째 되던 날, 보다 못한 간호사가 와서 말했다. 제가 아이 잠깐 봐드릴 테니 옆방에서 한 시간만이라도 편히 주무세요.

옆방은 육인실이었고, 침대 하나가 비어 있었다. 올라가 누우니 신음이 나올 만큼 편했다. 꼭 한 시간이라고 생각하며 눈을 감고 있는데, 전화기에 메시지가 수신되었다.


생일 축하해요, 할머니.
—DANNY

일찍 오지 못해서 미안해요. 이번주부터 지희 영재스쿨 시간표가 바뀌어서 어쩔 수 없었어요.

와달라고 연락한 거 아닌데 왜 왔어. 이 시간에 나오면 지희 엄마 아빠가 이상하게 생각하지 않아?

음, 한 달에 한두 번은 괜찮아요. 그렇게 정해져 있어요.

지희가 자다 깰 수도 있는데.

할머니, 아프죠?

응?

무릎이 아픈가요? 잠을 못 잤어요?

이 나이에 여기저기 아픈 거야 지극히 정상이고, 어제는 그제보다 많이 잤어. 그제는 그끄저께보다 많이 잤고.

잠을 자지 못하면 힘들죠?

좋지야 않지.

음.

잠을 자지 않으니까 모르겠네, 참.

미안해요. 몰라서. 잠을 자지 않아서, 몰라서.

……

왜 웃어요?

아냐. 민우가 한결 표정이 낫네. 웃다가 금방 잠드는 게 신기해. 목이 부어서 아직도 밥을 못 넘기고 흰죽만 겨우 먹는 놈이.

당연하죠, 제가 왔는데.

어떻게 하지.

뭘요?

아냐.

이거 드세요. 할머니 좋아하시는 양갱 사왔어요. 저녁은 드셨어요?

……

할머니.

응.

왜 그래요? 또 안 먹는다. 누구 좋아하면 먹을 게 안 넘어간다면서, 할머니는 내가 그렇게 좋아요?

대니.

네.

와줘서 고마워. 양갱 사다준 것도 고맙고, 생일 축하해준 것도, 미안하다고 해준 것도 고마워. 그런데 이제 오지 마. 앞으로는 우리 연락하지 말고 보지도 말자.

네? 그게 무슨 말이에요?

무슨 말이냐면, 앞으로는 너와 연락하고 싶지도 보고 싶지도 않다는 말이야. 네가 잘해줄수록 나는 괴로워. 알겠지?

*

질문  다시 말할 수 있겠어요?

대니  네.

질문  친구라고 했나요?

대니  네. 할머니를 멀리서 처음 봤을 때, 친구를 만난 거라고 생각했어요. 그러니까, 또다른 나요. 또다른 대니.

질문 무슨 뜻이죠?

대니 저와 같은 사람인 줄 알았어요. 표정도 그랬고, 몸을 움직이는 모습도요. 쉬지 않았어요. 저처럼요. 아기를 돌보고, 행복하게 해주고 싶어하는 사람이었어요. 다른 AB들이 어딘가 있다고 들었는데, 올드타운에는 저 혼자라 궁금했어요. 그런데 그런 사람이 또 있는 거예요.

질문 그래서 말을 걸고 싶었나요?

대니 네. 그런데 가까이서 보니, 아니었어요. 땀을 흘리고 있었고, 그리고…… 저와는 달랐어요.

질문 어떻게 달랐는지 설명할 수 있나요?

대니 할머니는, 견디고 있었어요. 저는 견디지 않아도 되거든요.

질문 견뎌요? 아까 아이들을 돕지 못하면 어려워진다고 했는데, 그것과 견디는 것은 다른가요?

대니 음, 네. 저에게는 매 순간이, 말하자면 사람들이 맛있는 음식을 먹는 것과 같아요. 농구공을 골대에 넣는 것과 같죠. 나를 필요로 하는 누군가가 있고 그 사람을 행복하게 해요. 그게 저의 기쁨이에요. 그다음은 없어요. 기쁘지만, 없어요. 그래서 저는 움직여요. 만약 한 사람을 돕지 못해 어려워지면 다른 곳으로 가서 다른 사람을 도와요. 그럼 어려움은 없어져요.

질문 아하.

대니 그 일을 영원히 계속하죠. 오직 나를 위해서요. ……그런데 할머니는 그렇지 않았어요. 할머니의 어떤 어려움은 없어지지 않는 것 같았어요. 견디는 거죠, 그런 건? 같이 시간을 보내는 동안 알게 된 거예요. 다른 게 또 있어요. 할머니는 행복한 순간에도 견딜 때가 있었고, 견디는 순간에도 맛있는 음식을 먹는 것 같은 표정일 때가 있었어요. 저에게는 그게 의미가 있었어요.

질문 아름다웠나요?

대니 잘은 모르겠어요. 내가 그 순간 무슨 의미로 그 말을 했는지요. 몰라서 미안해요.

질문 대니, 사과할 필요는 없어요.

대니 네. 하지만, 할머니를 보고 있으면 할머니가 영원히 계속 그 자리에 있을 것 같았어요. 저와 얘기를 나누면서요. 저는 그게 좋았어요. 하지만 그렇게 되지는 않겠죠. 이제 제가 여기 있으니, 저도 영원하지 않겠죠.

질문 꼭 그렇지는 않아요.

대니 그럴 수도 있죠. 그렇지 않을 수도 있고.

질문 그래요.

대니 그것도 알게 됐어요. 이럴 수도 저럴 수도 있다는 것.

질문 그게 당신에게 의미 있나요?

대니 네, 그런 것 같아요.

\*

여름은 지나가고 아이는 자란다. 민우를 보면 시간이 얼마나 빠르게 흐르는지 알 수 있다. 딸아이가 엊그제 내게 선물을 가져왔다. 두

툼한 뭉치였다. 포장을 뜯어보니 무릎에 붙이는 통증 완화 밴드가 나왔다. 민우가 사라고 시켰다고 한다. 할머니 무릎에 붙이고 얼른 나으시라고.

그리고 무슨 말들이 더 남아 있을까. 나는 이 이야기를 올드타운 속의 날들처럼 안전하고 나른한 감상 속에서 끝낼 수도 있다. 내가 대니에게 검버섯과 버섯의 차이를 설명해준 최초이자 마지막 사람일 거라는 이야기를 하거나, 그날 밤 그가 나에게 했던 말들을 태연히 나열하면서.

그렇다. 나는 확실히 그런 이야기를 잘할 수 있다. 이를테면 이런 말들.

처음에는 잘 느껴지지 않았어요. 할머니가 무얼 원하는지, 무얼 하고 싶은지. 그런데 조금씩 잘 보이고 들리게 됐어요. 지금도 보여요. 그는 내게 그렇게 말했고 이것은 거짓이 아니다. 그런데 왜 가라고 하죠? 나를 미워하나요? 그는 내가 울음을 그칠 때까지 내 어깨를 안아주었고, 이것 또한 거짓이 아니다.

집이 있다면 좋겠어요. 그래서 할머니와 같이 살 수 있다면 좋을 텐데.

별소리를 다 한다.

사람들이 집을 사려면 돈이 필요하죠?

필요하지.

얼마나 필요해요? 백만원? 이백만원?

나는 웃었다. 집을 사는 게 아니라 빌리는 거야. 보통은 그래. 그리고 최소한 천만원은 있어야 빌릴 수 있고, 다달이 방세를 내야 해. 아무리 낡은 집이라도.

그렇군요.

그래.

천만원이 있으면 할머니하고 민우하고 지희하고, 대니하고, 같이 있을 수 있겠네요.

그래, 그럼 네가 벌어와.

싫어요. 할머니가 가져오세요.

싫다.

할머니, 우리 같이 살아요.

나는 그의 머리에 알밤을 먹이고 웃었다. 그러고는 연락하지 말라고 그에게 한번 더 말했다.

진심이냐고 그는 물었다. 진심이라고 나는 대답했다. 그는 돌아갔고, 다시 연락하지 않았다.

연락이 두절되었던 딸은 비행기 자리가 나지 않아 도저히 방법이 없었다면서 엿새째 되던 날 아침 일찍 돌아왔다. 딸은 많이 울었고, 민우는 겨우 상태가 호전되어 퇴원했다. 주위를 경계하며 한 발짝 한 발짝 겨우 걸음마를 하던 아이는 호되게 앓고 나자 오히려 기운이 나는지 위태롭게나마 쿵쿵거리며 뛰어다니기 시작했다. 얼마 뒤, 나는 조사를 받기 위해 나와달라는 전화를 받았다. 이 모든 일들은 거짓이 아니다.


그러나 그 전화를 받기 전, 나도 전화를 걸었다.

나는 수도 없이 대니에게 전화를 걸었다. 짐짓 단호한 척, 명령하는 어조를 골랐던 나를 후회하면서. 그때까지 한 번도 부끄러워한 적 없는 내 늙음을 부끄러워하고, 내게는 없다고 믿었던 감정들이 덩굴손처럼 집요하게 마음을 휘감고 뻗어가는 것에 당황했으나 멈출 수 없다고 생각하면서.

대니는 받지 않았다. 나는 계속 전화를 걸었다. 놀이터에서 지희를 업은 채 웃고 있는 그를, 마치 처음 만났을 때처럼 환한 빛 속에서 무심하게 부서지는 그 미소를, 그의 곁에 있는 다른 사람들을 발견할 때까지. 그는 나를 보았고, 아무 내색도 하지 않았다.

나는 잘 모르는 사람들에게도 전화를 걸었다. 이해할 수 없어하는 그들에게 질문을 하고, 대답을 듣고, 또 질문을 했다. 어떤 사람들은 불쾌해했고, 또다른 사람들은 나를 이상하게 여겼다. 가까스로 멈추어야 한다는 생각이 들었을 때, 누군가의 입에서 지희의 부모가 의도한 것인지도 모른다는 이야기가 나왔다. 어떤 사람들은 사람을 먼저 의심했다. 드문 일이었다.

나는 그 흐름을 따라가볼 수도 있었다. 모든 것에서 공평한 거리를 두고 처음부터 다시 살펴보자고 할 수도 있었다. 대로변에 바위를 떨어뜨려놓은 것이 다름 아닌 나라는 사실을 늦게나마 밝힐 수도, 그 바위에게는 잘못이 없다는 사실을 말하고, 원래 있던 곳으로 돌려놓자고 제안할 수도 있었다. 그러나 그러지 않았다. 나는 미웠고, 두려웠다. 불편을 피하고 싶었으며, 귀찮았고, 바빴다.


그리고 그 방에서의 마지막 한 시간이 있다. 물 빠진 노란색 티셔츠와 청바지를 입고 그는 자리에 앉아 있었다. 거의 움직이지 않았고,

나를 보고도 웃지 않았다.

　나는 할 수 있는 것을 모두 했다. 학습하지 않고도 지을 수 있는 표정과 충분한 체액이 있었으므로. 나는 웃음을 지었고, 변명했고, 외면했고, 원망했다. 아무것도 모르는 척 민우 이야기, 우리가 질리도록 나누었던 아이 키우는 이야기로 화제를 돌려보기도 했다. 하염없이 말을 이어가다 물을 마셨고, 과장된 몸짓을 해 보였으며, 도리어 화를 내다 마지막에는 눈물까지 흘렸다. 그러나 다른 것을 다 했어도 그에게 미안하다는 말을 할 수는 없었다.

　대니, 스물네 살의 안드로이드 베이비시터. 그가 마지막으로 내게 건넨 말은 기억할 수가 없다. 그 방에 표정이라는 것이 모두 뽑혀나간 얼굴로 앉아 있던 청년이 정말로 대니였는지 나는 확신할 수 없으므로.

　말들은 장식이다. 혹은 허상이다. 기억은 사람을 살게 해주지만 대부분 홀로그램에 가깝다. 대니는 아무 말도 하지 않은 채 주어진 끝을 받아들였다. 나는 일흔두 살이고, 그를 사랑했고, 죽였다. 아무도 그것을 알지 못한다. 모든 것이 희미하게 사라져가지만 그 사실은 변하지 않고, 나는 여전히 살아 그것을 견딘다.

굿바이

오늘이 그날이 될 수도 있다. 천사가 내려와 나를 침묵하게 하는 날. 내 모든 지혜가 끝나버리고, 모든 걸 잊은 내가 아무것도 아닌 존재로 돌아가고 마는 날. 눈을 뜰 때 그런 생각이 들어 나는 눈을 도로 감는다. 요즘 들어 차갑고 딱딱한 예감에 잠을 깨는 날이 부쩍 늘었다.

기회가 수없이 많았는데도 당신은 나를 없애지 않고 살려두었다. 왜일까. 나는 딸꾹질을 하며 생각해본다. 당신은 내가 모든 것을 안다는 걸 모른다. 당신을 렌즈처럼 이용해 세상을 보고 있다는 걸 모른다. 나의, 그리고 당신의 과거와 현재와 미래를 속속들이 꿰고 있다는 사실을 짐작조차 하지 못한다. 어떻게 그토록 모르는 것이 가능할까. 그 까만 무지에서 당신의 희망이 자라난다. 희망은 좋은 것일까. 나는 아주 천천히 숨을 쉬어본다. 어떻게 생각해야 할지 모르겠다. 희망에 대해서는 잠시 잊고 나는 당신에게 집중하기로 한다. 당신이 보는 것을 보고, 당신이 듣는 것을 듣는다. 당신의 이야기는 이렇게 시작한다.

*

"언덕." 스파이디가 당신을 향해 전자음을 뱉어낸다. "구—릉, 고—개—"

무슨 뜻인지 파악하려고 당신은 스파이디를, 그 검고 둥근 머리 윗부분을 물끄러미 바라본다. 마치 거기 얼굴이 있고, 표정을 만들어낼 수 있는 근육과 주름이 있어서 무언가를 읽어낼 수 있다는 듯.

그러나 아무것도 없다. 속이 비쳐 보일 듯 말 듯 어두운 빛깔로 코팅된 반구형 헬멧이 있을 뿐이다. 스파이디의 음성은 헬멧 아래쪽, 인간으로 치면 가슴께에 달린 작은 틈 모양 스피커에서 나온다. 언제나 똑같은, 텀블러를 입에 대고 불면서 말하는 듯한 소리.

월요일 오전 열한시. 당신은 센터에서 일하는 중이다. 당신이 대답하지 않자 스파이디가 팔을 들어올린다. 몸통에 빙 둘러붙은 네 개의 금속 팔 중 하나. 그 끝에는 손바닥이 있고, 도롱뇽처럼 흡착판이 달린 네 개의 손가락이 뻗어나와 있다. 검은 손이 손바닥을 위로 해 천천히 펴지더니 당신 쪽으로 다가온다. 몸은 꼿꼿이 그 자리에 서 있지만 당신의 마음은 움찔, 뒤로 물러난다. 피치 못할 사정이 아니라면 저기 닿는 일은 없었으면 하고 당신은 바란다.

"언—" 허공을 쥐어짜 빚듯이 금속 손가락을 흐느적거리며 스파이디가 말한다. "언덕— 가지고 있습니다."

뭐라고요? 당신은 묻지만 대답이 없다. 스파이디들은 서로의 뇌를 네트워크로 연결해 생각과 감정을 직접 주고받기 때문에 언어라는 불완전한 소통수단을 이용하는 일이 거의 없다. 그들이 음성언어를 쓸 경우 오류가 발생하는 건 드문 일이 아니다. 당신은 알 수 없는 그의 말들을 무시하기로 한다. 어쩌면 그는 화성의 모래언덕 위에 뭐라도 짓다가 온 건지도 모른다.

*

　당신은 언젠가 조바심을 내며 내게 물을 것이다. 당신을 사랑하느냐고. 사랑한다고 말해달라고 애원할 것이다. 물론 나는 당신을 사랑한다. 당신은 내 무한한 사랑의 원천이다.
　그러므로 나는 당신을 먹어치울 것이다. 당신이 나를 살려두는 한 그건 어쩔 수 없는 일이다. 내 의지로 바꿀 수 있는 일이 아니라는 뜻이다.
　나는 당신의 살을 녹이고 피를 마실 것이다. 일은 그렇게 되도록 정해져 있다. 하루아침에 통째로 집어삼키느냐, 평생을 다해 천천히 조금씩 파먹느냐 정도의 차이만 있을 뿐이다. 정신을 차렸을 때 당신은 내게 뇌수를 바닥까지 빨아먹힌 다음일 것이다. 자신이 먹혔다는 사실조차 알지 못하는 딱한 존재가 되어 있을 수도 있다. 그러나 내가 달리 어떻게 할 수 있겠는가. 내가 아는 단 한 가지 사랑의 방식은 먹는 것이다. 나는 그렇게 만들어졌다.
　나는 당신을 꿀처럼 혓바닥으로 희롱하다 삼키는 나를 본다. 팔과 다리 관절이 망가진 채 텅 빈 방안에 주저앉은 당신이 보인다. 어디에도 갈 수 없게 된 당신의 육체를 차례대로 맛보고 먹어치우는 내가 거기 있다. 당신의 손끝에서 나는 향기. 보드라운 젖가슴의 감촉. 제법 많은 것을 담던 눈. 움직임이 멎은 지 오래인 발과 한때는 멀리까지 듣던 귀. 나는 느낀다. 기쁨으로 양끝이 당겨진 당신의 창백한 입술의 맛을. 당신이 잃어버릴 모든 것들의 달콤함과 안타까움을.

*

　당신은 화성에 대해 생각한다. 붉은 모래와 비밀스러운 흉터를 닮은 협곡의 땅. 어떤 사람들은 그곳으로 갔다. 새로운 삶을 시작하기 위해서. 피와 살로 이루어진 몸을 얼음 속에 재워두고 그들은 기계 몸으로 갈아탔다. 그들의 머릿속에 든 모든 것은 디지털신호로 바뀌어 전자뇌에 이식되었다. 식도도, 위도, 십이지장도, 대장도 소장도 없이, 피부에 곧바로 흡수되어 에너지로 바뀌는 태양열 말고는 아무것도 먹지 않고, 따라서 어떤 생명도 착취하지 않으면서 사는 삶이 그들의 계획이었다. 팔 넷에 다리 넷인 금속 몸으로 갈아탄 그들은 화성에 기지를 건설하고 그곳을 지구와 비슷한 환경으로 개조하는 동시에, 화폐를 사용하지 않는 새로운 인류의 공동체를 만들 계획을 품고 우주선에 올랐다.
　그들이 그렇게 하는 동안 당신은 아버지를 간호하고, 어머니를 돌보고, 아버지의 장례를 치르고, 어머니의 소식을 묻고 다니고, 포기하고, 직장을 다니며 모아둔 돈이 병원비로 거의 다 쏟아부어진 것을 알아차리고, 자신의 신세를 저주하고, 마음을 고쳐먹고, 어떻게든 다시 살아보려고 애를 쓰고, 결혼을 하고, 아는 사람이 한 명도 없는 이 도시로 남편을 따라 이사했다. 밥을 짓고, 설거지를 하고, 빨래를 하고,

청소를 하고, 남편의 거짓말을 알아차리고, 전화를 하고, 빨래를 널고, 남편의 연인이라는 낯선 여자의 전화를 받고, 욕설을 듣고, 빨래를 걷고, 남편이 숨겨둔 빚이 이제 고스란히 당신 몫으로 돌아오게 되리라는 사실을 알게 되고, 설거지를 하고, 밥을 짓고, 지은 밥을 먹었다. 그 중간중간 지구-화성 간 정기선 운임이 서울-제주 간 팩스 요금의 세 배 정도로 싸지고, 필렌 40281-K 입자의 발견으로 기계와 인간 육체의 호환이 윤리적으로는 아니어도 최소한 이론적으로는 매우 쉬워졌다는 뉴스가 나오는 걸 들었다. 남편이 끌어다 쓴 사채는 일억이 넘었다. 끼니와 끼니 사이에 허기가 지면 당신은 김밥을 한 줄 사서 하나씩 입에 넣는 버릇이 생겼다.

*

변화는 어떤 사람들의 삶과는 아무 관계가 없다. 당신은 백 년 전의 어떤 사람들이 느끼던 것과 정확히 똑같은 두통을 느끼며 통속적인 삶에 매달려간다. 모멸감으로 말하자면 천 년도 더 전부터 이 땅을 흘러다니던 종류를 그대로 물려받았다. 당신이 이 도시를 떠나 자유로워지는 날은 아마도 오지 않을 것이다.

'새로운 세계'라는 말을 들으면 당신은 동화에 나오는 호박마차가 떠오른다. 두꺼운 얼음 밑 물속에 가라앉은 당신이 고개를 들어 올려다보면, 달콤한 향기와 은은한 종소리를 사방에 흩뿌리는 호박마차가 얼음 위를 지나가며 희미하게 발굽 자국을 남기는 것만 같다. 혜택받은 사람들은 그 얼음의 두께를 결코 상상하지 못한다. 자신들이 누리는 것이 특권이라는 사실조차 알지 못한다.

　물론 누구나 그렇듯, 당신 또한 삶이 이런 방향으로 흘러가리라고 처음부터 기대한 건 결코 아니었다. 당신은 다음번에는 모든 것이 나아지리라고 매번 믿었다. 놀라운 건 당신이 지금도 그렇게 믿는다는 사실이다.


*


　"그럼, 몸을 확인해보시겠어요?"

　당신은 자리에서 일어나 복도로 나간다. 기잉— 기잉— 검고 긴 다리 넷을 순차적으로 굽혔다 펴며 스파이디가 당신 뒤를 바짝 따라온다. 몸통을 기묘하게 비틀어놓은 거미를 닮긴 했지만 물론 저 생명체를 가리키는 진짜 이름은 스파이디가 아니다. 저들의 공식 명칭은 좀 더 길고 딱딱하고 격식을 차리는 단어들로 이루어져 있다.

　엘리베이터 거울에 비친 검은 헬멧에 시선이 닿자 당신의 마음이 다시 한번 진저리를 친다. 하기 싫어도 자꾸만 하게 되는 상상이 있다. 저들의 뇌가 오작동을 일으키는 상상. 이를테면 도와줄 사람도 없는 이런 좁은 엘리베이터 안에서 갑자기 미쳐 폭주하는 기계인간의 몸을 당신은 그려본다. 검은 금속 쓰레기통을 닮은 몸이 이상한 각도로 젖혀지고, 팔들이 땅을 받치고, 손톱들이 바닥을 파고든다. 네 다리가 허공으로 처들리고, 프로펠러처럼 회전한다. 미처 손쓸 새도 없이 날카로운 발톱들이 당신의 배를 찢는다. 도착 안내음이 울려 당신은 그 상상을 겨우 떨쳐버린다.

전용 팩스머신은 지하 일층에 있다. 당신은 담당 직원에게 서류를 건넨다. 버튼을 조작하고 잠시 시간이 흐르자 번쩍, 한줄기 빛이 머신 안을 훑고 간다. 도어가 열리고, 직원들이 전송된 물체를 바퀴 달린 금속 침대 위로 옮겨 싣는다. 한기에 당신의 몸이 움츠러들고, 금세 돋아난 소름 위로 땀이 식는다. 직원 한 명이 짤랑거리는 소리를 내며 금속 침대를 밀고 온다. 침대에는 반투명한 비닐백에 싸인 도톰한 부피의 덩어리가 실려 있다.

직원이 장갑 낀 손으로 지퍼를 연다. 당신이 손짓하자, 스파이디가 머뭇거리듯 몸을 움직여 침대로 다가간다. 당신은 몇 걸음 뒤에 서서 지켜보는 시늉만 한다. 얼어붙은 시체를 얼핏 보는 것만으로 속이 불편해지기 시작한다.

일하기 시작한 지 몇 달이나 지났는데도 당신은 좀처럼 이 순간에 익숙해지지 못한다. 정확히 말하면 시체가 아니라 단지 알맹이가 빠져나간 빈 육체지만, 그렇게 생각할수록 기분은 더욱 이상해진다. 껍데기. 허물. 원래는 무엇을 보호하고 있었는지 알 수 없게 된 스티로폼 완충재. 그 육체들에는 무언가 그릇된 데가 있다고 당신은 생각한다. 심하게 부자연스러운 것. 일어나서는 안 되는 일이 일어나버린 몸.

어쨌거나 이것이 당신의 업무다. 전국 스물여덟 개 저장소에 나뉘어 냉동 보관돼 있는 스파이디들의 본래 몸을 전송받아 센터에 찾아온 그들에게 보여주는 것. 설명하고 설득해서 그들로 하여금 리턴 시술 동의서에 서명하게 하는 것. 갱생이라는 상품을 파는 것. 영업직이기는 하지만 대체로 앉아서 일할 수 있고, 일이 없을 때는 차를 마시며 쉴 수도 있다. 보고 싶지 않은 것들을 계속 봐야 한다는 점을 빼면 나쁘다고는 할 수 없는 일이다.

아니, 사실 그 이상이다. 어떻게든 밥을 벌어야 했지만 당신은 상점의 캐셔도, 전단지를 나눠주는 사람도, 새벽 거리에서 쓰레기를 수거하는 미화원도, 음식점 주방에서 일하는 여자도 될 수 없었다. 나 때문이었다. 면접에서 사람들은 당신을 위아래로 훑어보고는 실소를 터뜨리거나, 어이없다는 표정을 짓거나, 귀찮다는 듯 손을 저으며 쫓아냈다. 내 존재에 개의치 않고 당신을 받아주는 곳은 이곳뿐이었다. 당신은 스파이디의 뒷모습을 보며 이 정도면 호사스러운 일이라고 생각한다. 나를 위해 이 정도는 참아야 하는 거라고.

*

당신은 어리석은 사람이 전혀 아니다. 내 몸을 채운 이 모든 지혜가 당신으로부터 비롯되었다는 사실이 그것을 증명한다. 당신은 사리를 제대로 분별할 수 있고, 해야 할 일과 하지 말아야 할 일을 구분할 줄 아는 사람이었다. 당신은 모든 것을 투명한 눈으로, 있는 그대로 볼 수 있었고, 비슷한 빛깔들을 혼동하지 않을 수 있었다. 마치 지금의 나처럼 말이다. 나를 만나기 전까지 당신은 그랬다.

그런데 무슨 일이 일어난 것일까. 무슨 일이 일어나지 말았어야 하는 것일까. 이미 일어난 일을 일어나지 말았어야 한다 말할 수 있는가. 감히 누가 그럴 수 있단 말인가. 그러니 그런 말은 그만두자. 다만 말할 수 있는 것은 이런 것이다. 당신의 몸과 나의 몸, 그 사이에 흐르는 체액들을 당신은 지나치게 믿었다. 당신의 피와 나의 눈물. 내 입가에 묻은 침과 당신의 이마에 배어나는 땀. 당신의 가슴에 고이는 젖과 내 혈관 속에서 울컥거리는 피. 당신은 그렇게, 흐르는 것들을 첫번째에 두었다. 무슨 일이 있어도 내 몸은 다치지 않게 지켜야 한다고 생각했다. 모든 것은 그렇게 흘러갔고 흘러가는 중이다.

더 흘러가면 무엇이 나올까. 당신은 알고 있는가. 나는 알고 있으며 보고 있다. 어느 날 내가 당신의 귓가에 입맞추며 방금 전에 길에서 사람을 찔러 죽였노라고 고백한다면, 당신은 내가 죽인 무고한 사람보다 살인자인 나의 안위를 먼저 염려할 것이다. 내 죄는 온데간데없이 사라질 것이다. 그렇지 않겠는가. 피와 살을 먹힌다는 건 그런 것이다.

나를 지키기 위해 당신은 기꺼이 이름을 바꾸려 할 것이다. 처음 보는 종교의 사원에 들어가 절을 하려 들 것이다. 가슴 뛰지 않는 것에 활짝 웃거나 동의하지 않는 것과 악수를 할지도 모른다. 베어야 할 때 칼집에 칼을 도로 넣고, 대답해야 할 때 침묵할 것이다. 이 모든 일들을 당신은 반성 없이 소명처럼 받아들일 것이다. 어린 당신이 호기심 가득한 눈으로 바라보던 어떤 어른들처럼, 명쾌하게 말할 수 없는 사정을 몸속에 품고 무거운 빛깔의 덩어리가 되어가는 당신이 내게는 보인다. 내 귀에는 들린다.

그리고 당신은 그 부인과 타협과 침묵 모두를 내게 물려줄 것이다. 나를 사랑함으로써. 내가 당신을 먹고 마시게 함으로써. 당신은 가장 아끼는 몸 속으로 당신이 가장 미워하는 자신을 흘려넣을 것이다. 나는 당신의 어둠이 될 것이다. 그렇지 않겠는가. 먹는다는 것은 그런 것이다.

*

한때 자신의 몸이었던 육체를 내려다보는 기분이 궁금하긴 하다. 약간의 이질감, 반가움, 그리고 아마도 회한이 뒤섞인 감정일 거라고 당신은 짐작한다. 기계 몸을 입고 화성에서 지낸 시간들은 그다지 즐겁지 않았을 것이다. 그럭저럭 지낼 만했거나 그곳이 여기보다 나았다면, 스파이디들은 돌아오지 않았을 것이다.

그런데 그들은 돌아왔다. 하나씩 둘씩, 가끔은 여럿이 무리를 지어 연어처럼. 지금 이 순간에도 그들은 돌아오는 중이다. 화성 개조는 계속 진행되고 있으나 스파이디들의 독특한 공동체 실험은 중단되었다. 들려오는 이야기가 많지는 않은 데엔 정치적인 이유가 개입되었을 수도 있다. 분명한 건 그 실험이 멈춘 채 사람들의 기억에서 사라져가는 중이라는 사실이다.

그간의 사정이 무엇이었든 간에 그들이 원하는 것은 조용하고 신속하게 인간의 몸으로 다시 이식되는 것이리라. 물론 그들이 그렇게 말하는 걸 들어본 적은 없지만, 그것 말고 그들이 달리 무엇을 원할 수 있겠는가?

머리통에 수백 수천 명을 집어넣고 죄다 한꺼번에 떠들게 둔다고 생각해봐. 미쳐버리는 게 당연하지 않을까? 본사에 있는, 당신에게 업무를 인수인계해준 팀장은 그렇게 중얼거렸다. 그 많은 머리통들이 죄다 연결돼서 온갖 것들이 비집고 들어온다고 생각해봐. 지금 하는 게 내 생각인지 남의 생각인지 구별할 수도 없고, 나라는 존재가 대체 어디까진지조차 헷갈린다고. 내 기쁨, 나만의 슬픔, 이런 게 더

이상 의미를 갖지 못할뿐더러 나만의 집도, 재산도 가질 수가 없다고. 아니, 가질 수야 있지만 아무도 그런 것에 의미를 두지 않으니 존재하지 않는 것이나 마찬가지라고. 최소한의 지붕조차 필요 없는 기계 몸이라 집을 가질 필요도 없고, 아무도 돈이란 걸 쓰지 않으니 물건을 살 방법도 없지. 그런 거, 어떤 건지 상상할 수 있겠어? 평등 하나 얻겠다고 멀쩡한 몸을 포기하고, 자아까지 포기한다는 게 말이 돼?

당신은 그런 존재로 살아가는 일이 어떤 것인지 상상해보려 하지만 그럴 수 없다. 그러기에는 너무 피로하다. 다만 그 일이 조금 쓸쓸할지도 모른다는 생각이 머리를 스치기는 한다.

"잘— 봤습니다."

스파이디가 전자음을 뱉어낸다. 고개를 들던 당신의 시선이 비닐백 속의 얼굴에 멎는다.

"태워—주십시오. 소각. 연—소. 불."

*

청결하게 냉동된 젊은 여자의 얼굴은 얇고 가슬가슬한 얼음으로 덮여 있다. 전체적으로 파리한 회색이고 눈두덩과 코 주변은 거뭇거뭇하니 색이 짙은데, 입술에는 시든 오렌지색이 아주 조금 남아 있어서 그 부분만 살아 있는 것처럼 보인다.

당신은 오늘 아침 출근길에 뭔가 특별한 일이 있었는지 생각해본다. 어떤 전조 같은 게 될 만한 일이 있었는지. 그런 건 없었다. 만원 A레일을 타고 아무런 배려를 받지 못하며 출근을 했고, 연락이 끊긴

지 며칠째인지 알 수 없는 남편에게 전화를 걸어 언제나처럼 전화기가 꺼져 있다는 안내말을 들었다. 이제 시간이 그렇게 많이 남지 않았다고, 이혼을 한다고 해도 정리해야 할 일들이 있으니 어쨌거나 연락은 해달라고 메시지도 남겼다. 비용 때문에 팩스머신을 이용할 수 없는 사람들과 노약자나 환자처럼 사정이 있어 몸을 팩스할 수 없는 사람들로 A레일은 꽉 차 있었다. 뒤에 서 있던 여고생 둘이 당신 몸을 보고는 진짜 장난 아니네, 말하며 킥킥거리는 걸 당신은 들었다.

센터로 오는 길 한복판에 원래는 개이거나 고양이였을 무언가가 납작하고 넓게 펼쳐져 있는 것을 보았다. 자신이 천 근짜리 금속 포탄을 품은 포신으로 변해버린 것 같다는 생각을 습관처럼 했고, 간이매점을 지나다가 김밥 두 줄을 샀다. 기억할 만한 일이라곤 아무것도 없었다.

의문이 당신의 위장 속에서 춤을 춘다. 당신은 데이터베이스를 재차 확인한다. 이름 세 글자가 거기 있다. 지극히 흔한 이름이긴 하다. 미리 알았다면 뭔가 달라졌을까. 어쨌거나 희한한 일이긴 하다고 당신은 생각한다. 그녀의 몸은 강동저장소에 있었다. 센터에서 별로 멀지 않은 곳이다. 근무하기 시작한 뒤로 당신이 조금이라도 아는 누군가를, 이런 식으로 만나는 건 처음이다.

그녀는 이십 년 전 중학교에서 당신과 같은 반이었다. 키가 작고 머리가 길고 교복 치마가 잘 어울리던 소녀. 주근깨가 많고, 웃으면 눈이 보이지 않았다. 그렇게 자기 자신을 사랑하는 사람을 당신은 본 적이 없었다. 무의미나 무력감 같은 벌레를 보면 절대로 그냥 보내지 않고 밟아버리고야 말겠다는 자세였지만, 그것은 신분 상승 의지가 충만한 사람들에게서 흔히 보이는 절박함이나 목마름과는 거리가 멀었다. 어린 시절부터 넘칠 만큼 사랑과 인정을 받고 자라 자신감과 여유가 근육 곳곳에 배어 있는 아이. 그녀는 언제나 아주 많은 것을 세상에 기대했고, 기대에 못 미치면 그게 누구든, 무엇이든 가차없이 경멸했다.

학생들도 교사들도 모두 그녀를 숭배했다. 그렇게 작은 학급에서 그녀에게 호감을 갖지 않고 하루하루를 보내는 쪽을 굳이 선택하는 건 감정적으로 상당히 피곤한 일이었으므로, 당신 역시 다른 모든 아이들처럼 그녀에게 환호와 감탄을 보냈다. 그러나 친구가 되고 싶다는 생각은 들지 않았다. 그녀가 가장 존경하는 사람은 인간의 기억을 전자뇌에 이식하는 방법을 발견한 생명공학자 P. 슈나이더였다. 그녀는 그의 책을 읽고 스터디를 하는 모임을 만들어 운영하고 있었는데, 그녀와 친해진 아이들은 모두 그 모임에 참석하는 분위기였다. 당신은 거기 갈 수가 없었다. 방과후에는 핫도그와 밀크셰이크를 파는 상점에서 아르바이트를 하고, 그게 끝나면 어머니를 도와드리기 위해 곧바로 집으로 가야 했다.

*

"화장……을 원하시는 건가요?"

스파이디가 헬멧을 천천히 회전한다. 긍정. 그녀가 당신을 기억하지 못한다는 사실에 당신은 안도감과 쓸쓸함을 동시에 느낀다.

"특별한 이유라도 있으신지요?"

무응답.

"리턴 시술을 받기에 아무런 문제가 없는 상탠데요. 지금 외적으로나, 내부 장기로 보나 손상된 부분도 없고 보존 상태도 좋거든요."

"부탁합니다."

"저희가…… 지금까지 장례를 치러드린 사례는 없어서요."

"……"

"포기하려는 게…… 비용 때문이신가요?"

"……"

"리턴 시술 비용은 사천팔백만원 정도 듭니다. 물론 한 번에 완납하셔도 되지만, 어려우면 정부에서 특별히 지원하는 대출상품으로 나와 있는 게 있어요."

대출, 완납, 원금, 이자. 당신은 테이블 위의 홍보 책자를 짚어가며 설명한다. 정부 지원 대출을 받을 경우의 연 금리, 그것이 제2금융권에 비해 월등히 저렴한 금리라는 점, 원리금 균등상환방식으로 오 년 이내에 상환하면 된다는 점, 만일 경력 단절 때문에 시술 후 곧바로 경제활동 재개가 불가능하다면 정부에서 지정하는 기관에 일정한 비용을 내고 들어가 재취업 교육을 받을 수 있다는 점.

당신은 차근차근 설명하고, 설명이 끝나자 얼굴에 배어나온 땀을 닦는다. 그래도 기계 몸을 입은 그녀는 아무 말도 하지 않는다.

"화성에서 꽤 오래 지내신 걸로 되어 있네요. 예전에 지구에서는 무슨 일을 하셨죠? 같은 직종으로 재취업을 할 의사가 있으세요?"

"그러니까,"

스파이디가 갑자기 말한다.

"인간으로 돌아가고 싶으면 노예가 돼라, 그런 이야기—입니까. 그

대가로 빚을 지고, 죽을 때까지 수십 년간 당나귀— 노새처럼 일—을 해서."

부당하다, 당신은 생각한다. 갑작스레 가치판단을 요구받아서가 아니다. 살아가는 거의 모든 순간이 고단하고 힘들기는 했지만, 자신을 노새라고 생각해본 적은 한 번도 없었다. 노예라고 생각해본 적도. 무언가 말을 하려다 당신은 그만둔다. 스파이디가 다시 말한다.

"확인해보셨습니까."

"네?"

"리턴— 시술을 받은 사람들이 어떻게 되었는지 보셨습니까. 인간으로 돌아간 것에 만족—하던가요. 행복—해 보였습니까. 그— 사람들."

"죄송합니다. 시술 후 일들까지는 제 업무 영역이 아니라서요." 그 말대로, 그건 의료지원팀의 영역이다. "그렇지만 그렇게 많은 사람들이 지구에 돌아온 건, 돌아오는 걸 원했기 때문이 아닐까요."

스파이디가 몸통 앞쪽의 두 팔을 움직여 손을 한데 모으고, 맞잡는다. 그렇게 하자 그녀는 인도의 여신상처럼 보인다.

"우리는, 실패했습니다."

기계인간이 그렇게 이야기를 시작한다.

*

기계 몸에 적응하는 건 처음에는 어려웠지만 시간이 가면서 조금씩 쉬워졌습니다. 그게 어떤 느낌인지는 사람마다 달랐는데, 제 경우엔 제가 뜨겁게 녹인 플라스틱이었다가 점차 굳어서 딱딱해지고, 마침내 팔과 다리가 있는 제대로 된 몸으로 변하는 느낌이었습니다. 사람이 개복수술을 받으면 처음에는 장기들이 원래 위치에서 이탈— 벗어나고 상처도 생기기 때문에 아무것도 소화시키지 못하지요. 그러나 조금 지나면 그것들이 원래 위치를 찾아 자연스레 자리를 잡고, 다시 음식을 소화시킬 수 있게 됩니다. 새 몸에 적응하는 과정도 비슷합니다. 늘어난 팔과 다리를 움직이고, 더이상 몸속에 어떤 기관들이 존재하지 않는다는 사실을 받아들이는 데엔 약간의 연습과 시간이 필요했지만, 화성에선 그 몸이 편했습니다.

피부로 태양광선을 받아들이고, 육체노동을 통해 그것을 소화시키는 생활에 우리는 조금씩 익숙해져갔습니다. 태양은 무한히 공짜였고 해야 할 작업은 많았습니다. 이해가 되실지는 모르겠지만 그건 상당히 단순하고 명쾌한 데가 있는 삶이었습니다.

믿어—지십니까. 돈이라는 것을 쓰지 않아도 살 수 있었습니다. 돈을 벌지 않아도 도태되거나 삶이 위협당할 일이 없었고, 공허할 것 같았지만 나름대로 할 수 있는 일이 많아 공허하지 않았습니다. 우리 모두의 몸이 똑같이 생겼다는 사실 또한 신기하게도 별로 괴롭지가 않았습니다. 나와 네가 다르지 않고 같다는 게, 그 순간에는 다행으로 느껴졌지요.

새로운 의사소통 방식에도 문제될 게 별로 없었습니다. 우리는 서로 접촉하지 않고도 많은 것을 나눌 수 있었습니다. 멀리 떨어진 곳에서도 바로 옆에 있는 것처럼, 아니 그보다 더 내밀하게 생각과 감정을 교환할 수 있었지요. 일단 적응이 된 다음에는 지금의 인간처럼 음성이나 문자언어를 사용하는 것보다 훨씬 편한 방식이었습니다.

아니, 정확히 말하자면 우리가 새로운 언어를 발명해낸 거라고 할 수 있지요. 첫해에 우리는 우리의 뇌가 연결되는 방식을 패턴화해 전자신호로 된 언어를 만드는 데 성공했습니다. 그리고 주기적으로 접속을 하고 끊는 일을 반복하면서 우리 한 사람 한 사람의 자아에 일종의 세포벽 같은 최소한의 경계를 만드는 방법을 고안해냈습니다. 그 결과 기이― 기적적으로, 개별적인 인격을 잃지 않으면서 동시에 하나의 공동체로 존재하는 데 성공했습니다. 우리는 낮에는 각자 흩어져 화성 개조작업을 하고, 밤에는 서로에게 접속해 토론을 했습니다. 오프라인에서 각자 경험한 것을 온라인에서 공유하고, 그것으로 다시 각자의 오프라인 상태를 업그레이드하며 생활했습니다.

토론의 주제도 다양했습니다. 어떤 밤에는 다음날 해야 할 공동작업을 세부까지 들어가 정교하게 논의하기도 하고, 어떤 밤에는 우리의 길어진 수명, 전자뇌를 지니고 있긴 하지만 시간이 가면 기능이 점차 쇠퇴하기 때문에 우리는 영생하는 존재는 아닙니다, 이런 몸으로 살아가는 것에 대한 철학적인 대화가 오갔습니다. 우리가 출발부터 안고 있던 한계에 대해 얘기하기도 했습니다. 자본에서 독립― 벗어나기 위해 모순되게도 자본의 힘을 빌려 기계 몸으로 갈아탄 일 말입니다. 자조적인 태도를 보이는 몇몇 사람들이 있긴 했지만 그건 그렇게 큰 문제는 아니었습니다. 우리에겐 어떤 원칙에 결벽을 보이며 얽매이는 것보다 앞으로 인류 전체를 우리와 같은 존재로 바꾸는 일이 가능할까, 이런 삶의 방식을 지속할 수 있을까 하는 문제를 풀어나가는 것이 더 중요했습니다.

모든 건 순조롭게 진행되는 것처럼 보였습니다. 너무 순조로워서 우리 자신도 믿을 수 없을 정도였지요. 우리는 우리가 인류의 미래 모습이라는 생각에 조심스럽게 동의했습니다. 화폐경제가 안고 있던 무수한 문제점들에서 벗어나는 일이 가능하다는 걸 확인했다는 점만으로도 어느 정도 의미가 있었다고 생각합니다. 물론 지구 인류 전체에 비하면 우리는 극소수에 불과했지만, 나쁘지 않은 시작이었습니다.

*

사랑하는 당신. 당신은 나를 사랑함으로써 어떤 장소로는 영원히 돌아갈 수 없게 될 것이다. 돌아갈 수 없는 장소를 갖는다는 것이 어떤 것인지 아는가. 그건 당신이 흐르는 피인데 어느 날 갑자기 혈관이 사라진 것을 깨닫는 것이다. 어느 날 문득 당신이 좋아하던 소박한 가게가 가루가 되어 바람에 날아가버렸음을 알게 되는 것이다. 붉은 페인트로 벽에 칠해진 커다란 엑스 표시를 보게 되는 것이다. 자신이 누구인지 알 수 없어 거울을 깨뜨리게 되는 것이다.

물론 나는 당신을 사랑하기에, 당신에게 기쁨을 주고자 노력할 것이다. 세상에서 오직 나만이 줄 수 있는 종류의 찬란하고 명징한 기쁨을. 당신은 아마 예전에 그랬던 것처럼 진심으로 웃을 수도 있을 것이다. 일이 잘 되어간다면. 겨울이 너무 가혹하지 않다면. 그러나 그 기쁨을 느낄 때, 당신은 당신이 모르는 장소에, 당신이 모르는 사람이 되어 서 있을 것이다. 누구도 당신이 예전의 그 사람과 같은 사람이라고 생각하지 않을 것이다.

*

    그렇기 때문에 사망자들이 나왔을 때 적잖이 동요— 당황했던 게 사실입니다. 정착한 지 오 년째 되던 해였습니다. 접속이 끊긴 사람들이 뇌의 작동을 멈춘 채 극지방 부근에서 발견되기 시작했을 때만 해도 사고라고만 생각했습니다. 하지만 시간이 지나면서 정확히 같은 방식으로 발견되는 사람들이 늘어갔습니다. 우리가 처음 정착한 곳은 화성의 적도 근처였기 때문에 그들이 스스로 생명활동을 정지하기 위해 추운 지방으로 향한 것이라면 꽤 먼 거리를 걸어가야 했을 겁니다. 이유를 전혀 알아내지 못했기 때문에 우리는 당황한 채 아무 조치도 취하지 못하고 있었습니다.

    그런데 그즈음 네트워크에 접속한 우리 모두의 뇌에 한 덩어리의 낯선 개념이 공유된 일이 있었습니다. 그건 말하자면 인간의 육체에서 추출된 몇 가지 경험들을 압축해놓은 가상현실과 같은 것이었습니다. 아주 사소한 경험, 그러니까 토사— 모래가 손바닥을 따끔따끔 찌르는 느낌, 바다에서 나는 냄새와 바람에 머리카락이 휘날리는 감각, 잘 내린 커피와 담배의 향, 켄터키 프라이드 치킨의 맛, 뜨거운 물에 세척— 샤워를 할 때의 느낌, 그리고 연인과의 친밀한 포옹, 그런 것들이 한데 뒤섞여 들어 있더군요. 마치 팬시점에서 파는 십대용 선물 같긴 했지만 그것이 자극적인 경험이라는 사실은 부인할 수가 없었습니다. 그건 우리가 몸을 바꾼 뒤로, 화성에 온 뒤로 완전히 잊고 있던 것들이었으니까요. 비록 인공적인 것이기는 했지만 너무도 진짜 같았고, 잠깐 동안이지만 우리는 우리가 다시 인간의 몸으로 돌아간 것 같다고 느꼈습니다.

　불가능한 일은 아니었습니다. 전자신호로 그런 감각 덩어리를 창조해내는 것은 얼마든지 가능하고, 감각기관이 더이상 없다고 해도 인식하는 건 뇌에서 하는 거니까요. 하지만 누가 어떤 목적으로 그것을 만들어 배포한 것인지는 알 수 없었습니다. 그것이 사람들의 죽음과 어떤 식으로든 관계가 있지 않을까 하는 이야기가 돌기 시작한 건 그때쯤이었습니다. 드러내지는 않지만 다시 인간의 몸으로 돌아가고 싶어하는 사람들이 있다. 그래서 견디지 못해 스스로 죽음을 택한 것이다. 그런 이야기였습니다. 말하자면 루머였지요.

　프로젝트 참가자들이 어떤 기준으로 선정되었는지 혹시 아십니까. 반쯤은 자신의 육체를 포기할 만큼 이 프로젝트 자체에 믿음과 애정을 갖고 있다고 할 수 있는 사람들, 주로 학자와 연구자들이었습니다. 그리고 다른 반쯤은 빚에, 자본이 만들어낸 범죄와 폭력에 내몰린 사람들, 그 악순환의 쳇바퀴에 매달려 간신히 돌아가던 사람들, 쫓겨다니며 은신처를 찾던 사람들, 자발적으로가 아니라 타의에 의해 신체를 포기할 지경에까지 이른 사람들이었습니다. 말하자면 지구에서 더이상 인간으로 살 수 없어 극단을 택한 사람들 말입니다. 저는, 그래요, 전자 쪽이었고, 후자에 속하는 사람들을 이해할 수 있을 거라고 생각했습니다. 말 그대로 뇌가 직접 연결되는 동료가 되는데 이해하지 못할 게 뭐가 있겠느냐고 생각했지요.

　인간의 몸으로 돌아간다. 그런 이야기가 나왔을 때 어떤 사람들은 그게 있어서는 안 될 일이라고 생각했고, 다소 격렬한 반응을 보였습니다. 저도 그랬지요. 자본주의의 폐해들이 재차 상기되었고, 우리가 왜 이곳에 왔는지 잊어서는 안 된다는 신랄한 비판이 퍼지기도 했습니다. 그런데 어떤 사람들은 그런 비판을 불편하고 고통스럽게 받아들이더군요. 자세한 이야기는 하지 않았지만 말입니다. 논쟁이 시작되었습니다. 이성적인 토론처럼 출발했으나 결국에는 서로를 상처 입히는 개념들이 대량 유통되었습니다.

정말이지 이상한 일이었습니다. 어떤 사람들은 인간은 결국 사유재산 없이는 살아갈 수 없는 존재가 아닐까 하는 이야기를 하다가 갑작스레 지구에서의 과거를 들춰내며 도덕적으로 서로를 비난했고, 다른 사람들은 아직도 우리가 인간이라는 사고의 틀을 벗어나지 못한다면 공동체의 존속 자체에 의미가 없지 않겠냐고 화를 내며 모두를 교정— 가르치려 들었습니다. 또다른 사람들은 우리의 근원을 그렇게까지 억지로 부정하는 것이 더 부자연스러운 일이 아니냐고 반문했습니다. 인간의 몸으로 돌아가 살고자 하는 일이 무엇이 잘못된 거냐고 누군가가 물었고, 모두가 침묵했습니다. 가치를 두고 있는 부분이 서로 너무 달라서 대화가 되지 않는다는 사실을 확인했기 때문입니다. 이렇게 서로 다른데 모두 똑같은 몸을 하고 있다는 사실이 난해— 무섭게 느껴지기 시작했습니다.

사망자들이 예전과는 다른 규모로 늘어나기 시작한 것은 그 무렵이었습니다. 우리는 그들의 죽음에 혼란을 느끼고 동요했지만, 함께 온 인간 관리자들에게 조사를 부탁하는 일 말고는 특별히 할 수 있는 일이 없었습니다. 그저 우연히 극지방 쪽으로 이동하다가 자연재해를 만난 것일까요? 그들의 뇌에서는 아무런 이상이 발견되지 않았습니다. 시간이 가면서 따뜻한 지역에서 아무런 전조 없이 돌연사하는 사람들도 생겨났습니다. 원인을 밝혀낼 수 없는 건 마찬가지였습니다. 신기하게도, 그때쯤엔 원인을 궁금해하는 사람들도 예전만큼 많지는 않았습니다.

그리고 칠 년째 되던 해, 개조작업 대부분이 우리가 만든 기계들에 의해 자동으로 이루어지기 시작한 시점에 우리는 지구로 돌아가라는 통보를 받았습니다. 인간들의 판단이었지요. 공동체 실험은 실패했으니 인간의 몸으로 돌아가 다시 삶을 시작하는 게 좋겠다는 것이었습니다. 반대 의견은 미약했습니다. 그때쯤엔 우리 대부분이 피로에 젖어 있었으니까요. 공동체 인구의 오분의 일이 의문사로 목숨을 잃었습니다. 공동체도 상당 부분 와해되어 있었지만 우리 각자도 무력감과 권태에 시달렸습니다. 그건 인간 사회에서 경험하던 것과는 또다른 종류의 무력감이었습니다. 어떻게든 분위기를 쇄신해보려는 사람들이 있었고, 대책을 마련하려는 논의도 계속되었지만 이제 며칠, 혹은 몇 달간 아무런 활동도 하지 않고 단지 생명기능만 유지하며 침묵을 지키는 사람들이 절대다수를 차지하는 상태였습니다. 결국 많은 사람들이 지구로 돌아가는 길을 택했습니다.

우리가 생각하지 못했던 건, 우리가 실패를 겪는 동안 이쪽 세계가 더 나빠졌다는 사실이었습니다. 여러 가지 이유가 있을 수 있겠지요. 그동안 강대국들의 정상— 수뇌부가 보수적인 세력으로 교체된 것과도 관계가 있을 것입니다. 이 나라에서도 정권이 바뀌었다고 들었습니다.

그러나 그렇다고 해도 이해가 되지 않는 것이 있습니다. 지금의 몸으로 옮겨오는 시술을 받을 때 우리는 아무것도 지불할 필요가 없었습니다. 국가가, 그리고 세계 공동체가 우리를 지원해주었기 때문이지요. 그런데 인간 몸으로 돌아가려는 사람들에게 어마어마한 비용을 부담하게 해서 그들의 남은 평생을 빚에 가둬놓다니요? 제가 알기로, 사람들이 육체를 포기하면서까지 낯선 행성으로 떠난 건 그런 삶에서 벗어나기 위해서이지 그런 삶으로 돌아오기 위해서가 아닙니다.

알고 있습니다. 제게는 그들의 선택을 옳다 그르다 판단할 권한이 없다는 것을. 그들이 다시 인간의 육체로 돌아갔다고 해서 원망하거나 비난하고자 하는 것도 아닙니다. 다만 함께라고 생각했던 우리가 바라보는 곳이 사실은 전혀 무관— 달랐던 건지도 모른다는 씁쓸함이 있습니다.

그래요, 정확히 어떤 이유 때문이라고 말할 수는 없지만 우리는 그렇게 해서 결국 실패했습니다. 그들은, 우리 중 어떤 사람들은 왜 죽었을까요. 우리는 왜 실패했을까요. 그렇지만 실패했다고 해서, 모든 사람이 치욕을 감수하면서까지 원래의 삶으로 돌아가고 싶어하는 것은 아닙니다. 당신에게도 당신만의 사정이 있듯, 저에게도 저만의 사정이 있습니다.

그러니 부탁드리겠습니다. 제발 저의 몸을 태워주시지 않겠습니까. 제가 화성으로 돌아가 제 동료들 곁에 남을 수 있도록.

\*

오래전 어느 날 저녁을 당신은 기억한다. 새로 들어간 회사였다. 사장은 홍차를 즐겨 마시고 점심시간에 사무실에서 골프 연습을 하는 남자였다. 영어를 못하는 그를 위해 당신은 영국에 본사를 둔 회원제 섹스 클럽의 멤버십을 매번 대신 갱신해주곤 했다. 가끔은 그가 만나는 여고생들, 오사카나 피츠버그에 사는 그녀들을 위해 짧은 편지도 써주었다. 그런, 회사였다. 그래도 그 낡은 사무실 구석자리가 병원의 보호자 침상보다는 견딜 만했다. 아버지는 그때 이미 위암 투병중이었다. 운이 좋았더라면 당신은 조금 더 순진한 소녀로 남을 수 있었으리라. 어쩌면 세상에 상처받은 표정 같은 것도 가끔씩은 지을 수 있었을지 모른다. 사회로 나와 당신이 첫번째로 깨달은 중요한 사실은, 인간이 인간답게 살기 위해서는 말과 생각과 행동이 일치해야 한다는 것이다. 당신이 두번째로 깨달은 중요한 사실은 이 땅에서 말과 생각과 행동을 일치시키며 사는 것은 불가능하다는 것이다.

혼자서 야근을 하다 지루해진 당신은 네트에 접속했다가 우연히 그 뉴스를 발견한다. 당신이 알던 그녀의 이름이 거기 있다.

사진 속의 그녀는 몇 명의 사람들과 함께 나란히 서서 침착한 표정으로 정면을 응시하고 있다. 시술 전, 그들의 몸은 아직 그대로다. '자발적으로 인간의 몸을 포기하다'. 당신은 헤드라인에 놀란다. 그것이 여전히 놀랍다는 사실에 더욱 놀란다. 자본주의 이후의 삶에 대한 논의가 시작된 건 반세기 전이다. 화성은 오래전부터 지구인들이 살 곳으로 예정돼 있었다. 당신은 오랫동안 이 세계가 아닌 어딘가를, 인간을 넘어선 존재를, 다른 형태의 사회를 상상해온 사람들 사이에서 태어나고 자랐다. 그런 이야기를 자장가처럼 물리도록 들으며 잠들고, 우유처럼 마시며 성장했다. 그럼에도 당신은 여전히 충격을 받는다.

그녀가 당신과 중학교 삼 년을 함께 보낸 그 소녀이기 때문만은 아니다. 다만 당신은 조금 궁금하다. 어떤 일들은, 어떤 사람들에게는 그저 영원한 허구에 불과하지만 다른 사람들에게는 손으로 만질 수 있는 현실이 된다. 어째서일까.

도발적인 표정을 한 기자가 그녀에게 묻는다. 어떤 사람들은 선천적으로 장애를 안고 태어나 평생을 살아간다고. 신이 준 선물이라고도 할 수 있는 온전하고 건강한 몸을 그토록 쉽게 포기하는 것이 사치스러운 일이라는 생각은 해보지 않았느냐고. 그녀는 대답한다. 소중하기 때문에 포기해야 하는 것도 있는 게 아닐까요. 아무것도 잃거나 바꾸지 않고, 어떤 고통도 감당하지 않으면서 새로운 삶을 얻을 수는 없어요.

당신은 곧 기계가 되어 낯선 행성으로 떠나게 될 그녀의 얼굴을 본다. 더이상 아무 생각도 나지 않는다.


*


당신은 김밥 하나를 입에 넣는다. 달다. 하나씩 하나씩, 시간을 들여 김밥 한 줄을 다 먹는다. 스파이디가 돌아간 뒤 당신은 회색으로 얼어붙은 그녀의 본래 몸을 임시 냉동고에 밀어넣기 전에 삼십 분쯤 보고 있었다. 이상하게도, 솟아난 것은 식욕이었다.

당신은 한 줄을 끝내고 한 줄을 더 먹는다. 입술에 묻은 참기름을 혀로 핥는다. 참깨 한 알이 책상 위로 굴러떨어진다. 당신은 그것을 손가락으로 찍어 입에 넣는다. 아름답게 죽고 싶어하는 그녀에 대해 당신은 생각한다.

돌아갈 배를 불태운다는 말에 대해 생각해본다. 무척이나 멋진 말이다. 당신은 그 말을 자신만이 할 수 있는 방식으로 현실로 옮기는 그녀에 대해 생각한다. 어떤 사람들은 갖고 싶어도 결코 가질 수 없는 젊고 아름다운 몸을 부러진 성냥개비인 양 함부로 소각로에 넣고 싶어하는 그녀를. 거기에 신념이라는 이름을 붙일 수 있는 그녀를.

대장과 식도와 위와 쓸개의 삶, 먹고 싸는 일의 치욕을 감당해야 하는 이 삶을 거부할 수 있는 그녀를. 세계의 이런 불공평함을. 견뎌야 할까. 견뎌도 괜찮은 것일까.

당신이 감히 거역할 수 없는 어떤 것들에 그녀는 아무런 존중심도 느끼지 않는다. 이를테면 몸안에서 들려오는 작은 심장 소리와 열 달 동안의 기다림 같은 것들.

그녀는 당신을 이해할 수 있을까. 양수 속을 휘젓는 작은 팔다리 사진 때문에 끝내야 마땅한 관계를 끝내지 못하고 계속해온 당신을. 한 번도 자신만을 위해 살아보지 못한 삶, 그 나머지마저 기꺼이 다른 몸을 지키는 데 바칠 준비를 하며 입술을 앙다무는 당신을.

아니, 당신이 원하는 건 이해받는 게 아니다. 단 한 순간만이라도 좋으니 당신이 경험한 것들을 그녀에게도 고스란히 경험하게 하고 싶다. 이 진흙탕 같은 삶이 그녀가 신은 스타킹에도 작은 얼룩 정도는 남기기를 당신은 소망한다.

당신은 책상 위에 놓인 시술 동의서를 자세히 들여다본다. 서명란은 누구나 쉽게 채울 수 있을 것 같은 모양을 하고 있다.

도와줄게, 내가. 당신은 가만히 속삭인다.

*

마지막으로 확인하는 절차가 남았다.

"정말 괜찮으시겠어요?"

"네."

"그럼 여기서 잠시 대기하세요. 곧 검사를 할 거고, 그다음에 수술실로 이동하실 거예요."

"네."

간호사가 나가고 의사가 들어온다.

"보호자는요?"

의사가 묻는다. 남편에게선 여전히 연락이 없다. 그는 아마도 연인과 함께 오후 햇볕을 즐기고 있을 것이다. 망설임 끝에 당신은 시어머니에게 연락해 도움을 청했다. 그러나 되돌아온 것은 교회에 가야 해서 올 수 없다는 말뿐이었다.

없어요, 혼자예요. 당신은 대답하고 일부러 씩 웃어 보인다. 건강도 골반 상태도 좋지 않아 당신은 진통을 기다리지 않고 수술을 하기로 했다. 그래도 동의해줄 사람이 필요한데, 중얼거리던 의사는 당신의 얼굴을 보더니 더이상 아무것도 묻지 않는다.

작고 낡은 병원의 분만 대기실. 당신은 어지러운 꽃무늬 벽지를 말없이 들여다본다. 노란 형광등 불빛이 눈을 자극한다. 차갑고 축축한 검사대의 감각이 허벅지를 감싼다. 당신은 눈을 감는다. 숨을 크게 쉰다. 아무렇지 않다. 정말이지 아무렇지 않다. 지금까지 그래온 것처럼 어떻게든 되어갈 거라고 생각하기로 한다.

*

관이 닫히기 전 마지막으로 본 그녀의 얼굴을 당신은 떠올린다. 정말 괜찮겠냐고, 당신은 물었다.

괜찮지는 않아요, 스파이디가 대답했다.

괜찮지는 않지만, 그저 없었던 걸로 할 수는 없는 일도 있는 거니까요. 저는 지금까지 언제나 돌아갈 곳이 있었습니다. 정말로 돌아갈 곳이 없는 사람들 틈에 끼어서 돌아갈 곳이 없다고 말하면서도, 사실은, 저는 항상 돌아갈 곳이 있었습니다. 하지만 이제는 그곳으로 돌아갈 수가 없습니다. 나는 이제 다른 곳을 향해 갑니다.

천천히 관이 밀려들어가고 커튼이 닫혔다. 소각중임을 알리는 램프에 불이 들어왔다. 인간의 역사만큼 낡은 방식으로, 몸 하나가 재로 변하기 시작했다. 눈물샘이 없는 기계인간의 몸 곁에서 만삭의 몸으로 눈물을 흘리는 자신이, 왜 울고 있는지 스스로도 알 수 없다는 점이 당신은 마음에 들지 않았다. 마음에 들지 않아서 더 크게 소리내 울었다. 그때 바보같이 다 쏟아버린 덕에 더이상 눈물이 나오지는 않을 것 같다고, 다행이라고, 분만 대기실에 누운 당신은 생각한다.

왜 개인적으로 시간과 품을 들이면서까지 그녀의 부탁을 들어주었을까. 당신은 스스로에게 묻는다. 그토록 흥미로운 이야기임에도 불구하고, 그렇게 진심으로 들리는 그녀의 목소리에도 불구하고, 아무리 노력해도 그녀를 이해할 수는 없었다. 그녀와 당신은 너무 달랐다.

장례를 치르는 동안에도 불경스럽다는 생각은 여전히 남아 있었고,

당신이 버릴 수 없는 것을 버리는 행위에 대한 적대감과 의아함도 연해지기는 했지만 사라지지 않고 남았다. 그러나 이상하게도 그와 동시에, 그냥, 그렇게 해주고 싶다는 마음이 있었다. 그것이 그녀가 그토록 원하는 것이라면, 그렇게까지 절박한 소망이라면, 말이다.

돌아갈 수 있다 해도, 모든 것을 되돌릴 수 있다 해도 어떤 선택은 달라지지 않는 것이다. 당신에게도 그런 것이 있다. 그녀의 이야기를 들으며 당신은 알게 되었다. 그건 이해받지 못해도, 설명할 수 없어도 지킬 수밖에 없는 어떤 약속이다.

촉촉한 젤을 바른 당신의 둥근 배를 검사 기구가 누르며 지나간다. 화면을 보던 의사가 걱정스럽게 말한다. 다른 데는 다 정상이에요. 그런데 아가가…… 탯줄을 감고 있는 것 같은데요.

*

그리고 마침내 그날이 온다. 내가 저 자비 없는 세상으로 내몰리는 날. 당신이 내게 빌려준 지혜가 모두 산산이 흩어지고, 내가 백지보다 희고 치어보다 연약한 존재로 돌아가버리는 날. 혈관을 타고 흘러들어오는 당신의 시간과 기억을 내 안에 조금이라도 남겨두기 위해 나는 입술을 다물고, 주먹을 꼭 쥐어본다. 두려운가. 그렇지는 않다.

그러나 의연하게 팔다리를 움직이던 나는, 그것이 내 눈앞에, 미지근한 물속에 떠 있는 것을 결국 발견한다.

그것은 밧줄처럼 생겼다. 그것은 가만히 흔들릴 뿐 아무 소리도 내지 않고, 내게 해를 끼칠 것처럼 보이지도 않는다. 그러나 그것을 보자 나는 어째선지 점점 슬퍼진다.

나는 생각한다. 당신은 혼자서 나를 낳는 중이다. 누구도 당신과 나를 도와주지 않아서다.

앞으로도 도와주지 않을 것이다. 누구도.

아무도 없다.

잘되지 않을 것이다.

잘되지 않을 것이다.

나는 생각한다. 내가 어떻게 해야겠는가. 모든 것을 되돌려야 하지 않겠는가.

사라져야 하지 않겠는가, 어차피 실패할 거라면.

그렇다면 당신이 나를 알지 못했던 때로 돌아가고 싶다. 당신을 자유롭게 해주고 싶다. 그렇게 하겠다. 그렇게 해야겠다.

나는 나도 모르게 밧줄을 끌어당겨 목에 감는다. 가만히 호흡을 멈추고 눈을 감는다.


얼마나 그러고 있었을까.

세계가 무서운 소리를 내며 아래위로 찢어진다. 코와 귀와 입으로 무언가가 와글거리며 쏟아져들어온다. 엄청난 빛이 내 볼을 납작해질 정도로 내리누르더니 눈꺼풀을 비집고 꿈틀거리며 들어온다. 시끄러운 소리와 얼음 같은 한기가 나를 아래위로 쥐고 흔들어놓는다.

내가 숨어 있던 작고 따스한 언덕이 무너져내린다.

너무도 어지럽고 토할 것 같아서, 나는 참지 못하고 울음을 터뜨린다.

"아기도, 산모도 건강하시네요. 어머니, 여기 잠깐 보세요. 아가예요. 손가락 발가락 다 정상이고요. 왕자님이에요."

나는 나 자신의 울음소리 사이로 귀를 기울이지만, 내가 기대하던 소리는 들려오지 않는다.

"보호자 되세요?"

"보호자— 아…… 네."

"아…… 화성에서 오셨나봐요. 와, 이렇게 분만실까지 들어오신 분은 처음인데요? 어떻게 되세요, 아기 엄마랑?"

이번에도 잘 들리지는 않지만 아주 작게, 삐뻿거리는 소리가 난다.

"그럼…… 친구분, 이쪽으로 오세요. 탯줄을 잘라주시겠어요?"

철컥거리는 소리. 기잉— 금속 관절이 펴졌다 굽혀지는 소리. 도롱뇽을 닮은 네 개의 흡착판이 가위 손잡이에 차례로 밀착되는 소리.

그다음은 아주 빠르다. 나는 그 일이 일어나기 전에 당신에게 경고하려고 했다. 나를 사랑하지 말라고. 나는 일어난 모든 것을 보았고 일어날 모든 일을 알고 있다고.

그러나 내가 막 그 말을 하려는 순간 나를 부르는 당신의 나직하고 지친 음성이 들려온다. 그 순간 나는 깨닫는다. 당신은 나를 사랑한다. 당신은 나를 사랑한다.

그리고 곧이어 철컥, 하는 소리와 함께 내 목을 휘감아 죄어오던 것들, 당신과 나의 과거와 현재와 미래, 형틀에 묶인 슬픈 예감들과 벌레처럼 통통하게 스스로를 살찌워가던 죄의 감각들이 한꺼번에 잘려나가며 두껍고 포근한 망각이 나를 덮어 모든 것을 지워버린다.

안녕. 이것이 나의 마지막 기억이다. 나는 이제 다른 곳으로 간다.

---

* 천사가 태중의 아기에게 찾아와 지혜와 지식을 가져감으로써 아무것도 모르는 순백의 상태로 세상에 태어나게 한다는 설정은 심보선의 시 「인중을 긁적거리며」(『눈앞에 없는 사람』, 문학과지성사, 2011)와 그 시에 인용된 『탈무드』에서 빌려왔다.

쿤의 여행

쿤을 뜯어냈다. 말 그대로, 뜯어냈다. 길고 힘든 수술이었다고 의사는 말했다.

내게 붙은 쿤은 내가 자랄 모습으로 자라났다. 처음에는 우무나 곤약과 비슷하게 물컹거리는 회백색 덩어리였던 그것은 다 자라자 무표정한 마흔 살 여자의 모습으로 굳었다. 윤기 없는 머리카락에 작은 눈, 넓은 어깨와 전체적으로 약간 살집이 붙은 몸을 지닌 여자였다. 예쁜 것과는 거리가 멀었고, 말이 없어선지 다소 답답해 보였다.

병원으로 오기 위해 집을 나설 때부터 쿤은 거세게 저항했다. 도살장으로 끌려가는 짐승처럼 울부짖으며 몸부림쳤다. 팔다리를 휘젓고 제 머리를 쥐어뜯고, 몸을 좌우로 뒤흔들며 손에 잡히는 것이라면 뭐든 가리지 않고 집어던졌다. 보다 못한 남편이 노끈을 가져와 우리를 꽁꽁 묶었다. 남편의 티셔츠가 땀으로 푹 젖었다. 그도 그럴 것이 이 몸의 주도권을 잡고 있는 건 내가 아니라 쿤이었고, 나는 쿤의 등에 달라붙어 살고 있었던 것이다. 나는 팔로 쿤의 목을 감고, 두 다리를 쿤의 옆구리에 바싹 붙여 업힌 자세로 그녀와 한몸이 되어 살아왔다. 내 가슴과 배는 쿤의 널찍한 등에 단단히 엉겨붙어 있었다. 쿤은 나를 충분히 지탱할 만한 몸집이었으므로 뜯겨나온 건 쿤이 아니라 실은 나라고 해야 할지도 몰랐다.

수술 전날까지 남편은 나를 설득했다. 꼭 해야겠느냐고, 한 번만 달리 생각해볼 수는 없겠냐고 안타까운 목소리로 물었다. 나는 쿤의 목덜미에 고개를 파묻었다. 괴로운 마음에 쉽게 고개를 들 수 없었다. 나를 만난 뒤로 모든 걸 감수하고 희생하며 살아온 남편이었다. 내가 어떤 모습이든 무엇을 하든 이해하고 내 편이 되어준 그였지만 이번 처럼 커다란 짐을 떠맡은 적은 없었다. 쿤의 목덜미에서 달큰한 냄새가 났다. 굳게 뭉쳐둔 마음이 풀어헤쳐지며 막막한 두려움이 몰려왔다. 할 수 있을까. 그러나 마지막 설득을 하는 와중에도 남편은 내 손이 아닌 쿤의 손을 잡고 있었다. 그게 나인 것처럼 놓지 않고 꼭 부여잡고 있었다. 언제나 허전했을 그의 손을 먼저 잡아준 적이 내겐 없었다. 떨어지지 않으려고 쿤의 목에 매달리느라 내 손은 그에게 닿아본 적이 없었다. 이런 형상을 하고 남은 삶을 끝낼 수는 없다는 마음이 솟구쳤다. 나는 쿤을 보내야 했다.

울부짖는 쿤과 내가 옆으로 누운 자세로 수술대에 묶였다. 의사들이 우리의 팔목에 각각 마취제를 주사하고 1부터 숫자를 세라고 했다. 1, 2, 3…… 20까지 센 게 기억난다. 망각이 나를 빨아들였다.

아무것도 없다. 없어졌다.

달라진 감각이 가슴과 배를 저릿하게 감싸고 머리로 올라왔다.

링거와 항생제, 복합재생제를 맞으며 회복실에서 사흘을 보냈다. 나흘째 되던 날 소변줄이 제거되자 침대 난간을 붙잡고 일어나 앉았다. 남편이 떠주는 밥을 먹고, 휠체어에 앉아 화장실을 오갔다.

붕대를 감은 배에 힘이 들어가지 않았다. 붕대 위에 복대를 겹쳐 감고 조이자 겨우 허리를 펼 수 있었다. 허벅지와 팔 안쪽에 남은 거무죽죽한 욕창의 흔적을 나는 낯설게 바라보았다. 몸 곳곳이 오래된 기계처럼 삐걱거렸고, 뒤틀린 골반이 뻐근했다. 걸어도 될까? 멋모르고 한 발로 바닥을 디뎠다가 나는 비명을 지르며 주저앉았다. 울음과 함께 차오르는 욕지기를 꿀꺽 집어삼켰다.

일주일째 되던 날 물리치료를 시작했다. 눈물을 닦으며 병실로 돌아오는데 복도 한쪽에 서 있는 남편과 딸이 보였다. 보행보조기를 밀고 걸어가는 십여 미터가 한없이 멀게 느껴졌다. 하늘거리는 원피스를 입은 아이는 입을 한일자로 다물고 차렷 자세로 버티고 있었다. 뛰어 도망치고 싶은 마음이 얼굴에 역력했다. 나는 걸어가 손을 내밀었다. 아이의 눈이 휘둥그레졌다.

안녕, 딸. 엄마야.

아이가 주저하며 손을 뺐다. 제 앞에 선 열다섯 살 소녀의 얼굴을 빤히 들여다보았다. 엄마? 이게 우리 엄마야? 아이가 남편에게 물었다. 남편이 고개를 끄덕였다. 응, 엄마야. 그러니까 놀라지 마. 울지도 말고.

아이는 울지 않았다. 그 마음이 어떤 것인지 나는 짐작할 수 없었다. 앞으로도 짐작할 수 없을 거였다. 나는 딸의 손을 잡고 떨리는 목소리로 말해주었다.

딸, 미안해. 엄마가 자랄게. 얼른 자랄게.


굴비를 굽고 소시지와 달걀을 부쳐 아이에게 밥을 먹였다. 쿤의 손으로는 쉬웠던 부엌일이 내 손에는 아무래도 붙지 않아 몇 번이나 뒤집개를 떨어뜨리고 식칼을 놓쳤다. 주방기구들이 온몸으로 나를 거부하는 듯했다. 회복이 덜 되기도 했지만 중학생 정도의 몸으로 집안일을 예전만큼 하긴 무리였다. 보이는 곳만 깨끗하게 닦고 빨래는 하루 두 번에서 한 번으로 줄였다.

다행히 아이는 이제 아홉 살, 저 스스로 옷을 챙겨입고 친구와 함께 놀다 올 수 있는 나이였다. 그렇다고 벌써 엄마가 필요 없어진 건 아니었다. 숙제와 준비물을 챙겨 가방에 넣고 옷매무새를 바로잡아주는데 아이가 중얼거렸다. 고마워, 언니…… 아니, 엄마.

서먹한 얼굴로 돌아보며 집을 나서는 아이를 웃으며 보내는 일이 쉽지 않았다. 학부모 모임도, 공개수업 참관도 당분간 포기해야 했다. 중학생 언니의 얼굴을 하고 엄마들 사이에 앉아 있을 수는 없었다. 쿤을 떼어내지 말 걸 그랬나 하는 후회가 처음으로 밀려들었다.

그러나 오래전 쿤에게 내 발로 걸어가 업힌 것처럼 그 등에서 내려오기로 한 것 역시 다른 누구도 아닌 내 선택이었다. 아이 때문에 그냥 사는 게 아니라 아이를 생각하면 더더욱 달라져야 했다.

나는 어지러운 마음을 바로잡고 샤워를 했다. 새로 사온 티셔츠와 청바지를 입고 머리를 높이 올려 묶었다. 배낭을 메고 집을 나와 버스정류장을 향해 걸었다.

납골당은 한산했다. 백합 한 송이를 올리고 향을 피웠다. 키가 작아진 까닭에 까치발을 해야 엄마가 있는 칸에 손이 겨우 닿았다.

사진 속 엄마가 희미하게 웃었다. 마흔 살이던 딸이 갑자기 소녀의 몸으로 돌아왔는데도 개의치 않는 듯한 미소였다. 그 미소를 똑바로 본 적이 전에는 없었다. 늘 쿤이 나 대신 엄마를 보고 나 대신 엄마의 어깨를 주물렀다. 방학 때 엄마의 가게에서 카운터 앞에 앉아 있던 것도, 음식 접시를 나르던 것도 쿤이었다.

엄마는 내 배에 붙어 자라는 쿤과 나를 똑같이 아끼고 보듬으며 키웠다. 남대문시장에 가서 천을 떼다 구멍 낸 원피스를 만들어 입혔고, 다른 사람들의 눈에는 괴물이었을 우리에게 예쁘다고 아낌없이 말해주었다. 우리가 대학에 가고 연애와 결혼을 하는 걸 지켜보며 대견해했고, 내 아이를 쿤이 낳았을 때는 눈물을 흘리며 세상에서 가장 행복한 사람의 얼굴을 하고 웃었다. 우리가 해내는 평범한 일들, 일상의 모든 조그만 순간들이 엄마에게는 경이와 감사의 대상이었다. 엄마는 우리를 사랑했다. 그러나 정작 내가 쿤의 등뒤에서 내내 엄마를 외면하고 있었다는 사실은 알지 못했다.

나는 엄마를 보고 싶지 않았다. 엄마가 겪어온 시간, 감내해야 했던 삶의 무거움을 알고 싶지 않았고, 닮고 싶지 않았다. 나는 쿤의 뒤에서 밥은 먹었는지, 아픈 데는 없는지 엄마에게 묻곤 했다. 그러나 그 이상은 하지 않았다. 내가 아무 말도 하지 않으면 오븐이 예열될 때처럼 약간의 시간이 지난 뒤에 쿤이 천천히 움직였다. 쿤은 해마다 엄마의 생일을 챙겼고 장례식에서 엄마의 유해가 수습되는 광경도 나 대신 지켜보았다. 나는 그런 일은 슬퍼서 하기 싫었다.

그런데 막상 쿤 없이 엄마 앞에 서보니 울기에는 내가 엄마를 너무 모른다는 생각이 들었다. 사진 속 엄마가 내 기억보다 젊고 예쁘다는 생각이 들 뿐이었다. 나는 휴지를 배낭에 도로 넣고 폴라로이드 카메라를 꺼냈다. 향이 다 탈 때까지 기다리며 셀카를 찍었다. 웃으면서도 찍고 심각한 얼굴로도 찍고 브이자를 그리면서도 찍었다. 철컥, 기이잉. 철컥, 기이잉. 방문객들이 별 희한한 여자애를 다 본다는 표정을 지으며 지나갔다. 열 장이 넘는 사진 가운데 제일 잘 나온 한 장을 골라 엄마 사진 옆에 테이프로 붙이고 인사를 했다.

엄마, 안녕. 곧 다시 올게요.


나는 홀가분해졌고 빨라졌고 가벼워졌다. 그러나 쿤 없이 지내는 일은 말처럼 쉽지 않았다.

다른 사람들의 눈이 있는 곳에선 그나마 괜찮았지만, 집에 있으면 모르는 사이에 내 손과 발이, 팔과 허벅지가 늘 거기 있던 쿤의 등을 찾아 헤맸다. 그 널찍하던 등에 기댈 수도, 그 몸에 엉겨붙을 수도 없다니. 다시는 그럴 수 없다니. 입이 마르고 경련이 일어날 지경이었다. 나는 거울을 보며 의지를 다지려 애를 썼다. 어리다. 아직도 어리다. 그렇게 되뇌다보면 떨리던 손발이 진정되고 마음이 차분해졌다. 그러나 다시, 조금만 방심하다 정신을 차려보면 나는 쿠션이나 딸아이의 테디베어 인형, 커다란 여행용 가방 같은 것들에 딱 붙어 그게 쿤인 양 끌어안고 있었던 것이다.

조금만 지나면 혼자서도 아무렇지 않을 거야. 우리 어디 커다란 흔들바위 같은 거 끌어안으러 갈까? 참다 참다 남편에게 업혀버린 나를, 남편은 면박 주는 대신 조용히 다독였다. 그런 그가 고맙고 미안해서 나는 그의 등에 오래 있지 못했다. 그를 내 두번째 쿤 따위로 만들어버릴 수는 없는 일이었다. 이제는 내가 자랄 때까지 나를 안을 수 없는데도, 그는 화내지도 채근하지도 않았다.

오래 붙어 있었던 만큼 성장이 더딜 수 있어요. 세계를 보면 자라는 데 도움이 되는데, 여러 가지 방법이 있으니 마음 가는 일부터 시작하면 돼요. 의사는 그렇게 말했다. 물 많이 마시고 푹 자고, 사람들과 얘기 많이 나누고요.

나는 컵 가득 생수를 따라 마시고 밖으로 나갔다. 동네 편의점과 슈퍼마켓, 패스트푸드점과 동물병원과 안경점을 차례로 찾아가 아르바이트 모집글을 보고 왔다고 말을 꺼냈다. 사람들의 눈이 의아함으로 커졌다. 신분증과 이력서를 함께 내밀며 최근에 쿤 제거 수술을 받았다는 말을 덧붙였지만 크게 달라지는 건 없었다. 몇몇 사람들은 따끔하게 충고했다. 건강이 안 좋았건 무슨 다른 사정이 있건, 그런 건 우리가 알 필요가 없죠. 그냥 거울 한번 봐봐요. 미성년자잖아? 사람을 상대하지 않아도 되는 일을 찾는 게 나을 거예요. 여기 매일 왔었노라고, 단골이라고 아무리 말해도 소용없었다. 쿤에서 내려온 나를 그들은 알아보지 못했다.

밤이 되어 밖으로 나왔다. 아이를 재우고 마음이 답답해 나온 길이었는데, 왼쪽할머니가 중얼거리며 돌아다니는 소리가 들렸다. 나는 나도 모르게 아파트 단지 쪽으로 그녀를 따라 걷기 시작했다. 왼쪽할머니는 남편과 내가 붙인 별명이었다. 낮에 사람들을 보면 그 할머니는 타이르고 가르치고 화를 냈다. 아저씨, 아기 엄마! 길을 다닐 때는 발뒤꿈치 들고 왼쪽으로 다녀야지! 그렇게 법으로 정해져 있는데! 사람들은 들은 척도 하지 않았지만 할머니는 하루도 빼놓지 않고 삼거리에 나와 좌측통행을 권했다. 밤에 혼잣말을 하며 종이박스를 주우러 다니는 할머니가 낮의 할머니와 동일인이라는 건 얼마 전에 알았다. 오른쪽, 오른쪽! 이봐, 오른쪽에 딱 붙어! 밤의 대사는 그랬다.

나는 약간의 거리를 두고 할머니를 따라갔다. 재활용품 분리수거일이어서 쓸 만한 박스는 많았다. 옆 단지 쓰레기장에서 박스 몇 개를 따로 빼서 겹쳤다. 놀이터 옆을 지나는 할머니에게 박스를 끌고 갔다. 오른쪽으로…… 하고 중얼거리던 할머니는 나를 보더니 웅얼거림을 뚝 멈추고 말했다.

아이고, 떨어졌네? 아기가 돼버렸어. 아니, 어느 쪽으로 다녔는데 떨어져버린 거야?

나는 무서움을 참고 박스 무더기를 할머니 앞에 내려놓았다. 돌아서서 집으로 향하려는데 할머니의 목소리가 들렸다.

고생은 하지 마! 고생하는 거랑 크는 거랑은 아무 상관도 없어.


나는 어디서부터 세계를 봐야 할지 알 수 없었다. 그래서 우선 내가 가진 세계를 추슬러보기로 했다. 추슬러놓고 보니, 그것은 아주 작았고 아주 엉망이었다. 나는 그걸 가다듬는 일부터 시작하기로 했다.

아르헨티나에 사는 S아주머니에게 메일을 썼다. 십 년 전 그곳 한 인촌을 취재하러 갔을 때, 그녀는 쿤과 나를 집으로 초대해 김치찌개를 끓여주었다. 온천에 데려가줬고, 낡은 호텔에 묵고 있던 우리가 더위에 쪄죽을까봐 꽁꽁 얼린 물을 가져다줬다. 쿤이라고요? 뭔지는 모르겠지만, 보통이랑 다른 몸을 한 사람들은 두 배로 조심해야 돼. 그녀는 자신의 조그만 옷가게에서 제일 커다란 티셔츠를 내게 선물했다. 자신을 비롯한 이민자들이 얼마나 외롭게 살고 있는지 기사에 꼭 써달라고도 했다.

하지만 한국에 돌아온 나는 그 기사를 쓰지 못했고, 왜 쓰지 못했는지 그녀에게 설명하지도 못했다. 데스크에서 잘린 게 아니라 나 스스로 포기했다. 내겐 조금 더 화려하고 극적인 이야기가 필요했는데 그녀의 이야기는 너무 소박했던 것이다.

나는 A에게도 메일을 썼다. 그동안 연락하지 않은 건 바빠서가 아니라 질투 때문이었다고 사실대로 말하고, 아버지 장례식에 가지 못해 미안하다고 썼다.

그동안 몇 번이나 A에게서 메일을 받았지만 답장하지 않은 건 나였다. 그녀는 외국 감독들과 메일을 주고받는 유명한 기자가 되었고, 책도 계속 잘 팔리고 있었다. 회사를 그만두고 몇 년이 지나자 나는 그녀가 하는 영화 얘기를 더이상 알아들을 수 없었다. 알아듣는 척, 즐거운 척 몇 번인가 답장을 쓰려고 해봤지만, 그런 문장들을 적고 있는 쿤과, 그 뒤에 달라붙은 나를 견디기가 힘들었다. A는 부당하게 해고된 선배 기자들과 함께 몇 달 전부터 신문사 건물에서 경영진과 맞서 싸우고 있었다. 쿤을 떼어내고 나니 그런 그녀를 응원하는 일쯤은 할 수 있을 것 같았다. 힘내, 너는 옳은 일을 하고 있어, 나는 마지막에 썼다. 내 마음속에는 질투가 그대로 있었다. 그러나 그 말만은 질투가 섞이지 않은 진심이었다.

마치 죽음을 앞둔 사람처럼 나는 부지런히 메일을 썼다. 그동안 연락하지 못한 사람들, 사과하고 싶은 사람들이 제법 많아 편지를 다 썼을 때는 밤이 돼 있었다.

일주일이 지났다. 답장은 어디서도 오지 않았다. 기다리지 않는다고 생각하며 기다리다보니 그들의 마음을 조금 알 것도 같았다.


떡볶이와 만두를 시켜놓고 분식집에 오래 앉아 있었다. 교복을 입은 아이들이 우르르 들어와 라면을 시켜 먹고 나갔다. 집으로 가는 줄 알았는데 언덕을 올라 학교로 도로 들어가는 게 보였다. 중학생이 야간 자율학습이라니. 나는 중얼거리며 일어났다. 저녁을 먹고 교실로 돌아가는 아이들 사이에 섞여 유령처럼 걷다가, 교문 앞에서 멈췄다. 바쁘게 뛰어가던 아이들이 교복을 입지 않은 나를 이상하다는 듯 돌아보았다.

검푸른 밤 한가운데 희끄무레하게 떠 있는 운동장은 무언가가 튀어나올 것처럼 괴괴했다. 저만치 불 켜진 학교 건물을 보고 있으려니 식은땀이 났다. 저기 들어가볼 마음을 먹고 왔다. 저 복도를 다시 걸으면, 저 교실에 들어가 앉으면, 저 건물에서의 시간들이 아무것도 아닌 것으로 바뀔 것 같았다. 그런데 그럴 수가 없었다.

그 시간들은 중학교에 입학하고 얼마 안 되어 시작됐다. 나는 공부를 잘하지도, 아주 못하지도 않았다. 누구를 무시하거나, 특별히 잘못된 말을 한 적도 없었다. 안 그래도 눈에 띄는 처지라 말 자체를 거의 하지 않았다. 그러나 아무리 조심했어도, 쿤에 달라붙은 채 괴상한 주머니처럼 생긴 옷을 입고 뒤뚱거리는 아이를 보통의 중학교 이학년들이 그냥 지나칠 리 없었다. 아이들은 내 머리카락과 사물함과 책상과 미술 숙제에 껌과 죽은 쥐와 새빨간 물감으로 표시를 했다. 너는 우리와 다르다는, 결코 같을 수 없다는 표지였다. 그런 표지를 받은 날이면 쿤의 몸은 공기를 집어넣은 것처럼 부풀어올랐다. 쿤은 날마다 비대해져갔고, 그럴수록 더한 일들이 일어났다. 나는 끝까지 견뎠다. 견디는 것 말고는 할 수 있는 일이 없었다.

그때가 생각나자 속이 울렁거렸다. 멀리서 바라볼 수는 있었으나 그 일들을 모두 없던 일로 할 수는 없었다. 걸음을 돌려 나오다가 나는 결국 운동장 구석에 조금 토했다.

C에게 문자를 보냈다. 하늘색 티셔츠, 빨간 배낭, 포니테일. 창가 쪽 자리에 있어.

저기, 혹시……? 고개를 들자 C가 서 있었다. 나는 고개를 끄덕였다. C가 입을 딱 벌렸다. 믿을 수 없다는 표정이었다. 오래 알고 지내긴 했어도 그 또한 내가 아닌 쿤을 나라고 기억하며 지내온 것이었다. 갑자기 삼촌이 된 기분이네, 자리에 앉은 그가 중얼거리며 웃었다. 어색한 건 나도 마찬가지였다. 그는 정말 내 삼촌처럼 보였다.

파스타와 피자를 시켰다. 요즘은 SNS로 매일 보고 있었지만, 마지막으로 C의 얼굴을 직접 본 건 십 년도 더 전이었다. 그는 사진보다 건강하고 생기 있어 보였다. 돼먹지 못한 클라이언트가 있어서 피곤하긴 한데 월급은 꼬박꼬박 나와. 다행인가? 다행이지. C는 기타를 계속 연습하고, 주말에는 캠핑을 다니고, 최근에는 케틀벨과 요리도 배운다고 했다.

언제 그렇게 된 거야? 수술은 잘됐고? 그럼 아이는 누가 봐? 괜찮을까? 힘들 텐데.

C의 쿤이 자상하게 물었다. 그 쿤은 C이기도 했다. 나와 마찬가지로 쿤에 업혀다니는 처지였던 그의 몸은 몇 해 전 하나로 합쳐졌다. C가 조금씩 줄어들고 작아져 쿤의 등으로 스며든 거라고 사람들은 말했다. 그 얘기를 처음 들었을 때 나는 실소했다. 쿤에게 흡수되다니, C는 끝나버린 거라고 생각했다. 종종 배에서 진물이 흐르고 혼자서는 대소변도 해결할 수 없고 사람들의 동정에 찬 시선을 받는 이상한 몸일지언정 내가 C보다는 나아. 나는 속으로 그렇게 생각했었다.

하지만 쿤을 떼어내고 나니, 그리고 그와 마주앉고 보니, 나는 알 수 없어져버리고 말았다. 그는 정말 쿤 속으로 흡수된 것일까? 그런 소문은 누가 만들었는지, 나는 왜 그것을 믿은 것인지 궁금했다. 내 눈앞에 있는 것은 C였고, 다른 누구도 아니었다. 그는 가짜처럼, 껍질처럼 보이지 않았다.

다행이야, 네가 원해서 한 거라면. 사고를 당하거나 해서 억지로 떨어지면 회복이 어렵다고 들었거든. C가 조심스럽게 말을 고르는 게 느껴졌다. 나는 내내 하고 싶었던 질문을 했다.

너도 사실은 떼어낸 거지? 쿤 말이야.

그걸 물어보려고 만나자고 한 거야? ……마음대로 생각해.

넌…… 어떻게 한 거야? 그다음에는?

글쎄, 내가 뭘 했지? 난 그냥 똑같았던 것 같은데. 돈을 벌어야 해서 벌었고, 그 외의 시간에는 하고 싶은 일을 했어. 달리 할 일도 없었고, 다른 데 시간을 뺏길 이유도 없었거든. 가족을 만들거나 아이를 키우는 건 나에게는 사치여서, 그쪽은 깨끗하게 포기했어. 네가 결혼해버린 이후로 누굴 사귀고 싶다는 마음도 들지 않았고.

그가 웃었다. 나도 따라 웃었다. 우리는 스물네 살 때 소개팅을 하고 꼭 두 달 사귀었을 뿐이었다. 헤어지자고 먼저 말한 건 C였지만, 실은 헤어지고 말고 할 만큼의 뭔가가 있었던 것도 아니었다. 우리가 사귀기로 한 데엔 두 가지 이유가 있었다. 당시 유행하던 체코 작가의 똑같은 책을 우연하게도 동시에 읽고 있었고, 서로의 쿤이 마음에 들었다. 그때 그의 쿤은 어딘가 서글퍼 보였고, 아마 그때의 그에게 물었다면 내 쿤도 마찬가지라는 대답이 돌아왔을 것이다. 쿤 뒤에 탄 소년과 소녀는 서로를 보지 못했을 거라 나는 확신한다.

우리는 서로의 눈에만 서글퍼 보이는 쿤에 업혀 거리를 걸어다니는 그렇고 그런 수많은 커플 중 하나였다. C와 나는 각자의 쿤의 귀에 헤드폰을 씌우고, 쿤끼리 손을 잡게 하고는 레코드점에 가는 걸 좋아했다. 그러고는 쿤에게 바구니를 들고 커버가 예쁜 CD를 수없이 골라 담게 했다. 지금은 불가능한 일이지만 우리는 그때 우리의 월급으로 자취방 월세를 내고, 괜찮은 레스토랑을 돌아다니며 식사를 하고, 어머니에게 용돈을 드리고, 커피를 마시고, 좋은 공연과 영화를 보고, 그러고도 커버가 예쁜 CD를 수없이 살 수 있었던 것이다. 그리고 두 달 만에 그 일은 지루해졌다.

우리는 다시 연락하지 않았지만, 한때 쿤과 함께 넷이 만나는 데이트를 했던 사람들답게 다른 사람들을 통해 서로의 소식은 계속 전해들었다. 나는 내가 지금 열다섯 살이고, 그에게 미련이나 사심이 전혀 느껴지지 않는다는 게 다행스러웠다. 그러나 단지 원하는 걸 얻기 위해 너무 아무렇지 않게 연락했나 싶어 그런 내가 조금 무섭기도 했다.

날 도와줄 수 있겠어? 내가 물었다.

남이 도와줄 수 있는 일은 아닌 것 같아. C가 말했다.

그러고는 덧붙였다. 참고로 난, 자라고 싶다는 생각 같은 거 안 했어. 남들이 뭐라고 하든, 가능하면 어른이 되지 않고 남고 싶었다고. 그랬는데 떨어져나갔어. 저절로 말야. 연결 부분이 점점 늘어나면서 너덜너덜해지더니, 어느 날 아침 눈을 떴는데 뱃가죽 전체에 당기는 것처럼 통증이 느껴지는 거야. 심하지는 않았지만 기분이 이상하더라고. 일어나보니, 없어졌어. 감쪽같이. 뭐가 이런가, 싶었어. 뭐가 이래? 난 아무 잘못도 안 했는데, 내가 왜 어른이 돼야 하는 거야? 그런데 그뒤로 내 마음과는 상관없이 몸이 쑥쑥 커지기 시작했어. 난 정말 이렇게 되고 싶지 않았는데.


언니, 아니 엄마, 왜 그래?

응?

기분이 안 좋아?

엄마가? 아냐 아냐. 핫케이크 만들어줄까?

괜찮아. 무슨 일이야? 내가 도와줄게.

정말?

응. 내가 도와줄 수 있는 일이면.

나는 딸의 손을 잡아 얼굴에 비볐다.

고마워. 엄마가 하나만 물어봐도 돼?

응.

우리 딸은 옛날 엄마가 좋아, 지금 엄마가 좋아?

딸은 잠시 생각하다 대답했다.

옛날 엄마는 나이가 많고, 지금 엄마는 안 많아.

그래. 그런데 누가 더 좋아?

음…… 잘 모르겠어. 옛날 엄마는 키가 커서 좋았어. 지금 엄마는
언니 같아서 좋아. 친구 같고. 나랑 말도 더 잘 통하고, 옷도 예쁘게
입고, 전에는 모르던 노래도 많이 알고. 그래서 좋아.

정말?

응. 그런데 좀, 다이어트 비디오에 나오는 사람 같기도 해. 옛날엔
안 그랬는데.

다이어트 비디오에 나오는 사람?

응. 쉬지 않고 몸을 움직이고, 계속 웃고, 또 몸을 움직이고, 하나
둘 셋 넷 하나 둘 셋 넷, 할 수 있어, 할 수 있어! 그런 말을 끝도 없이
하는 그 언니들 같아.

나는 한숨을 쉬었다.

그래서 싫어?

싫진 않지만 안타까워. 언니, 아니 엄마. 엄마는 키가 안 커져서 힘
든가봐. 엄마가 안 크면 나랑 계속 언니 동생처럼 놀 수 있을 텐데.

하지만 나는 네 엄마야. 앞으로 육 년 뒤에도 엄마가 이대로 있으
면, 넌 엄마보다 점점 커질 거야. 그러면 엄마는 너보다 점점 작아지
고, 너한테 엄마가 필요할 때 도움이 돼주지 못할 거야. 그래도 좋아?

딸은 곰곰이 생각했다. 그러고는 솔직하게 대답했다.

아니, 그런 건 완전 싫어.

계속 하고 싶은 일을 했어.

C는 그렇게 말했다. 나는 백화점에 가서 좋아하는 로즈메리 향 향수를 한 병 샀다. 점원이 고객님 나이에는 아직 좀 이르신데요, 하고 말해서 복숭아 향도 한 병 같이 샀다. 사놓고 먼지만 쌓아둔 오븐을 꺼내 베이킹 공부를 시작했다. 신선한 재료를 사서 식빵과 머핀과 진저브레드 쿠키를 구웠다.

언젠가 버스 안에서 보았던 동네에도 가보았다. 철공소들이 늘어선 오래된 길을 걸으며 쇠를 두드리는 아저씨들과 구루마 끄는 할아버지의 뒷모습을 사진 찍었다. 집에 돌아와 그 사진을 참고하면서 스케치북에 그림을 그려보았다. 나는 날마다 줄넘기를 했고, 에드워드 호퍼에 관한 책을 사서 읽었다. 그래도 내 몸은 조금도 커지지 않았다.

여름과 가을이 더디게 지나갔다. 겨울은 더 길었다. 그리고 오지 않을 것 같던 봄이 찾아왔다.

벤치에 앉아 이십 년 전 내가 다닌 학교의 학생들을 구경했다. 아이들은 그때나 지금이나 비슷하게 어리고 촌스럽고 발랄했다. 학교 로고가 새겨진 점퍼를 교복처럼 맞춰입은 일학년과 어울리지 않는 정장을 차려입고 바쁘게 걸어가는 사학년을 나는 쉽게 구분할 수 있었다. 하지만 누구도 그때의 나처럼 쿤에 업혀 학교를 오가지는 않았다.

모교엔 제법 자주 왔었다. 봄에는 벚꽃 사진을 찍고 가을에는 단풍을 구경하러 왔다. 가끔 시간이 나면 쿤과 둘이서 산책하러 들르기도 했지만, 별다른 생각은 들지 않았다. 사 년 내내 어떻게 해도 내가 속할 수 없었던 공간이었다. 그러고 보니 학교를 다니는 동안에도 나는 쿤에게 업힌 채 늘 산책만 한 것 같았다. 수업을 듣고, 학점을 따고, 시험을 보는 일 사이에 무엇이 있었는지 기억나지 않았다. 나는 이 공간을 알지 못했다.

도서관 앞을 지나 학생회관으로 들어갔다. 동아리방이 있는 삼층, 복도 맨 마지막 방을 향해 걸었다. 둥근 달 모양의 도화지와 거기에 적혀 있는 글자들이 보였다. '문과대 학생극회 낮달'. 몇 번 새로 만들어 붙였는지 모르지만 그 글자들은 여전히 그 자리에 있었다.

언론고시를 준비하며 매일 여섯 개 신문 주요 기사를 스크랩해 읽던 삼학년 이학기의 오후였다. 토할 것 같은 기분에 잠깐 도서관을 나왔다가 극회 신입회원 모집 공고를 봤다. 뭐에 홀렸는지 정신을 차려보니 어느새 낮달 동아리방의 문 앞이었다.

쿤의 손이 손잡이에 얹혀 있었다. 그 문을 열었다면 뭔가 달라졌을까? 하지만 그때 나는 일학년도 아니고 무려 삼학년 이학기씩이나 되는 처지였다. 남은 한 해를 바짝 취업 준비에 써도 부족했다. 안 되겠다는 판단이 섰고, 우리는 그냥 돌아섰다.

뭘 할 수 있을까.

다시 학교에 입학할 수는 없었다. 수험 공부를 할 시간도, 등록금을 낼 여력도 내겐 없었다. 이 공간이 어른이 되는 데 도움이 된다는 증거는 없어진 지 오래였다. 뉴스에도 소문 속에도 반대편 증거들만 넘쳐났다. 그러나 무엇을 어떻게 해야만 한다는 조바심 같은 건 이젠 없었다. 그저 이곳이 떠올랐고, 걷다보니 어느새 여기까지 와 닿은 것뿐이었다. 그리고 와보니 하고 싶은 일이 있었다.

　손잡이에 손을 얹었다. 이번에는 조그만 나 자신의 손이었다. 그걸 돌려보는 게 내가 하고 싶은 일이었다. 끼이익, 소리를 내며 천천히 문이 열렸다.


　극회 일을 배우고 싶다고, 네가?

　복잡한 퍼즐을 마주한 표정으로 회장이 나를 보았다.

　하지만 어째서, 네가 다니는 중학교에서 배우지 않고?

　사정이 있어요. 중학생이 아니에요. 고등학교도 안 갈 거고요. ……어른이 되고 싶어요. 그런데 갈 데가 없어요. 방해가 되지는 않을게요. 와도 된다고 해주세요.

　경찰이 우릴 찾아오거나, TV에 나오거나, 그런 일이 생기는 거 아냐? 우린 그런 건 좀 싫은데. 안 그래도 피곤한 인생들이거든?

　회장은 재미있는 청년이었다. 일상적인 말도 무대에 올라 연기하듯 내뱉었다. 원래 목소리 톤이 그런 건지, 쉬지 않고 연습을 하는 건지 알 수 없었다. 그가 얼굴을 찡그렸다.

　집에, 보내야 하는 거 아닌가. 부모님 집에 계시니? 아, 우리가 지금 스태프가 부족하긴 해. 하지만 제대로 찾아온 건지 모르겠네. 우린 가능하면 어른이 안 되려는 마음을 가진 사람들인데. 그렇지 않나?

　어른, 의 정의에 따라 다르겠지. 옆에 서 있던 여학생이 말했다. 큰 키와 짧은 더벅머리가 눈에 들어왔다. 연극을 하는 게 어른이 되는 것과 상충하는 일이라고 난 생각 안 해. 어른이라는 말이 책임질 줄 알고, 할 일을 제대로 하는 인간을 뜻한다면.

그녀가 돌돌 말린 두툼한 종이 뭉치를 내밀었다. 우선 나가서 이것 좀 붙여줄래?

나는 학교 곳곳을 돌아다니며 공연 포스터를 붙였다. 게시판에도, 강의실 옆 벽에도 빈 공간이 많지는 않았다. 기업에서 나온 취업설명회와 성형외과 홍보물, 디자인 콘퍼런스와 브랜드 이미징과 크리에이티브 공모전 광고, 도서관에서 맥북 프로를 잃어버린 학생의 호소문, 과외 자리와 가사도우미 하실 분과 자취방 룸메이트를 구하는 광고들이 물고기 비늘처럼 빽빽이 붙어 있었다.

학생회관으로 돌아가는 길에 대자보를 봤다. 이십 년 전의 나는 대자보를 별로 좋아하지 않는 아이였다. 싫었다기보다는, 그저 별로였다. 신입생 OT에서 내숭을 버리고 모두 빨리 친해지자며 방방 뛰는 율동을 강요하던 선배들이나, 그 무렵 남학생들이 하나같이 빳빳하게 세우고 다니던 폴로셔츠 옷깃과 마찬가지로, 단순히 내 취향이 아니었던 것이다. 그 특유의 글씨체도, 어딘가 집요하게 친한 척하는 듯한 말투와 그 속에 담긴 어려운 내용의 부조화도 별로였다. 쿤이 가끔 대자보 앞에 서 있을 때면 나는 잠을 잤다. 읽어봤자 무슨 소린지 와 닿지 않을 테니까.

이제는 그 글들이 쉽게 읽혔다. 그런 곳에 서서 취향이라는 말을 떠올리는 것만으로 얼굴이 뜨거워질 수도 있다는 걸 처음 알았다. 나는 이제 별로인 것들도 예전보다 잘 참았다. 신자유주의가 무엇인지도, 비정규직 노동자들이 어떤 대접을 받는지도 들어서 대충은 알고 있었다. 공감 가는 정치 관련 트윗을 보면 RT를 했고, 한 달에 만원씩 시민단체 후원도 하고 있었다. 내 주위의 사람들이, 내가 팔로우한 유명인들이, 쉬지 않고 그런 일들을 얘기하고 걱정하면 나는 열심히 들었다. 다만 그게 정말로 나 자신의 관심사인지는 며칠을 생각해도 알 수 없었다.

꿈을 꾸었다. 도서관 앞에서 대자보를 읽고 있는데 쿤이 소리없이 내 뒤로 다가와 등에 올라타는 꿈.

쿤은 퉁퉁한 두 팔로 내 목을 껴안고, 두 다리로 나를 감싸 조였다. 나는 그 자리에 고꾸라졌다. 겨우 다리에 힘을 넣어 버티고 일어났다. 무거우니 내려오라고, 아무리 외로워도 너를 업을 수는 없다고 나는 부탁하고 사정하고 화를 냈다. 하지만 쿤은 내려오지 않았다.

몸을 비틀어 흔들었다. 그래도 쿤은 떨어지지 않았다. 쿤의 물렁한 배가 내 등에 닿아 한덩어리가 되려 하고 있었다. 누구 없어요? 살려줘! 살려줘요! 소리치며 나는 주위를 둘러보았다. 여자애 하나가 내쪽을 보고 얼굴을 찡그렸다. 도서관 안에도, 밖에도 온통 원피스를 입은 어린 여자애들뿐이었다. 자세히 보니 얼굴이 모두 똑같았다. 그애들은 내 딸이었다.

딸에게 도움을 청할 수는 없었다. 딸에게 쿤을 물려줄 수는 없었다. 나는 쿤을 업은 채 신음을 흘리며 열람실로 갔다. 검색용 컴퓨터에 '쿤'을 입력했다. 수없이 많은 밀란 쿤데라 연구서들 사이에서 제목을 찾아냈다. '쿤을 없애는 법'. 나는 자연과학 서고로 가서 책을 찾아 빼냈다. 쿤이 두 팔로 내 목을 조르기 시작했다.

나는 쿤의 팔을 잡아뜯으며 간신히 책을 펼쳤다. 쿤을 영원히 없애

는 법: 거울을 볼 것. 책에는 그렇게 쓰여 있었다.

일주일에 세 번 학교에 나가 낮달 동아리방에서 시간을 보냈다. 공연 준비를 돕기도 하고 잡다한 허드렛일도 했다. 연습하는 모습을 보고 싶다는 마음이 굴뚝같았다. 하지만 저녁시간이라 아주 늦게까지 있을 수는 없었다.

처음에만 좀 영문을 몰라했을 뿐, 나라는 이상한 존재가 들어와 거치적거리는데도 사람들은 곧 신경쓰지 않게 됐다. 그런 데 쓸 시간까지는 없는 듯했다. 모두들 아르바이트 두어 개씩은 하고 있었고, 동아리방과 강당과 도서관, 강의실과 학교 밖 일터를 쉬지 않고 오갔다. 단지 극회 사람들만 그런 건 아니었다. 캠퍼스를 걸어다니는 아이들 대부분이 기계를 하나씩 손에 들고 나 때와는 비교되지 않는 촘촘한 밀도로 시간을 사용하고 있었다. 이십 년 전 쉬는 시간에 나는 여학생 휴게실에 들어가 쿤과 라면을 나눠 먹고 잤다. 지금 그들은 짬이 나면 영어로 된 소설을 읽거나, 복잡해 보이는 자료를 검색하며 뭔가 골똘히 생각하거나, 일드를 보며 문장들을 따라 외우고 있었다. 그들은 놀 때도 뭔가 쌓아올리는 듯 놀고 쉴 때도 긴장을 풀지 않은 채 쉬었다.

어느 날 무대 배경을 색칠하고 있는데, 더벅머리가 내 곁에 와서 섰다. 그녀는 내 손목을 붙잡고는 나직한 목소리로 물었다.

너 진짜 열다섯 살 아니지?

네?

떨어져나온 거지? 다 알아. 원래는 몇 살이었어?

나는 대답하지 못했다. 낮술을 좀 마셨는지 붉어진 얼굴을 하고, 그녀는 거침없이 말했다.

솔직히 댁 같은 사람들, 좀 짜증나. 제 나이대로 못 살고 쿤 같은 거에나 붙어다니고. 받을 혜택은 다 받았는데 속에 든 건 없고, 나이들어 여기저기 젊은 애들 있는 데나 집적거리며 친한 척하고. 모를 것같아? 당신들은 커피 한 잔 마시면서 한 삼십 분 얘기 듣고, 칼럼에다 쓰든지 방송 나가서 얘기하잖아. 이십대가 지금껏 무슨 생각을 하며 살아왔고, 살고 있고, 살아갈 건지. 그런 게 그렇게 재밌어? 도대체 왜 그러는 거야? 여긴 왜 왔어? 뭘 하려고?

나는 잠깐 동안 가만히 있었다.

숨을 고르고, 그녀에게 다가가 말했다.

선배, 밥 사주세요.

뭐?


그녀는 이해하지 못했다.

왜 떼어낸 거야? 불편해서? 불편해도 지금 그 상태만큼 불편하진 않았을 텐데.

어떻게 아셨어요, 제가 그런 줄?

미안. 인체 공부 하느라고 사람들 관찰을 좀 했거든. 자세히 말하면 기분 나쁠 테니 그냥 알 수 있었다고 할게. 난 그냥 이해가 잘 안 돼. 댁이 여기서 뭘 하는 건지.

나는 그녀가 불쾌하지 않았다. 내 쪽에서도 그녀를 이해할 방법이란 없었으니까. 그녀는 이십 년 전의 나보다 훨씬 예쁘고, 훨씬 열심히 살고 있었다. 그런데도 그녀는 틈만 나면 자진해서 술에 절었고,

취하면 누군가를 붙잡고 소리를 질러댔다. 무시하지 마! 나 무시하지 말라고! 대낮부터 누가 건드리지도 못할 만큼 취한 일도 몇 번 있었다. 그 상태가 되면 그녀는 동아리방 소파에 누워 겉옷을 덮고 새우잠을 자다가, 한 시간쯤 지나면 부스스 일어나 화장실에 가서 세수를 했다. 한번은 그녀가 동아리방 날적이에 무언가를 적어넣는 걸 본 적이 있었다. 내용은 볼 수 없었다. 다만 그녀가 자신이 쓴 한 페이지 분량의 문장들 위를 검은 볼펜으로 북북 긋더니, 글자들이 완전히 보이지 않게 될 때까지 꼼꼼하게 검은색을 칠하던 모습, 그리고 그 검은 폐허를 뚫어져라 들여다보던 모습이 기억났다. 그녀는 그 페이지를 찢어버리는 대신 풀로 봉했다. 뒷장에 다른 사람이 쓴 글이 있어서인 것 같았다.

그냥 내가 뭘 놓친 건지, 뭘 못 보고 지나쳤는지 알고 싶었어요.

그녀는 나를 물끄러미 쳐다보았다.

그래서 알게 됐어?

아뇨, 아직은.

난 내가 뭘 놓칠 수나 있는지 잘 모르겠어. 뭔가가 있긴 있을까?

그럼요, 나는 말해주고 싶었다. 그러나 그럴 수 없었다.

나처럼 백사십만원만 내면 한 학기를 다닐 수 있었거나, 배낭여행을 가서 우연히 과 친구들 셋과 마주칠 만큼 여유 있는 시대를 타고났더라면 그녀는 더 많은 일들을 할 수 있었을 것이다. 그러나 그건 단지 그녀로 살아보지 못한 내 인상에 불과했다. 마주앉은 지 겨우 두 시간이 지났을 뿐이었다. 나는 그녀를 몰랐다.

배우가 되고 싶었어. 그런데 공무원이 되어야 해. 그것도 엄청나게 잘됐을 때 얘기고, 아마도 죽어라 면접 봐서 대충 날 붙여주는 데 들어가겠지. 취업한 다음에는 무대에 오를 수 없을 테고, 그다음엔 가끔 취미생활로 극장 가는 것조차 힘들어지겠지.

　……

　회장 있잖아. 걘 불어로 희곡 쓴다?

　불어로 희곡을요?

　응. 나중에 프랑스에 간대. 어려서부터 부모님 따라 여기저기 다니다가 한국에 들어왔거든. 그렇게 안 보이지? 근데 그래. 학교는 두번짼데 어쩌면 또 갈지도 모른대. 집에서 연극하라고 밀어줘서 졸업 후엔 극단에 들어갈 수도 있고, 취업을 따로 안 해도 되고. 너무 부럽지.

　그러네요.

　연극을 좋아한다는 공통점이 없었으면 걔랑 내가 친해질 수 있었을까. 잘 모르겠어, 왜 그런 애가 나랑 같이 이 조그만 동아리방에 있는 건지. 우린 처지가 완전 달라. 걔가 보는 이 세상이랑 내가 보는 여기랑 같을까? 같겠어? 그럴 순 없지 않을까? 그런데 웃기는 게 뭔지 알아? 그런 걔가 나보다 훨씬 열심히 한다는 거야. 걔는 밤을 새워서 연습하는데, 난 리딩도 잘 안 해. 입으로만 좋아한다고 떠들면서. 난 뭘 믿고 이러지?

　……

　……미안. 내가 오늘 기분이 좀 안 좋아서 할 얘기 안 할 얘기 막 쏟아내네. 아까 기분 많이 나빴을 텐데, 조금만 이해해줘.

　……선배.

　응?

고마워요.

뭐가?

제 선배가 되어주셔서요.

난 그런 적 없는데. 댁이 마음대로 그렇게 부른 거잖아.

제 평생 처음 가져보는 선배예요.

……뭐야, 진짜. 막 가려워지게.

부탁이 있어요.

응?

저한테 연기 좀 가르쳐주실래요?


숨을 깊이 들이쉰다. 가슴을 지나 배까지 공기가 가득찬다. 내쉰다. 입과 코를 지나 머리 위로 파란 숨이 빠져나간다.

소리를 질렀다. 목이 아프도록 소리쳐도 아무도 오지 않았다.

나를 텅 빈 강당에 세우고 그녀가 맨 먼저 시킨 건 우는 연기였다. 시늉은 했으나 내 눈에서는 눈물이 나오지 않았다. 웃다가 죽을 것처럼 웃어보라는 게 그다음 명령이었다. 웃음은 울음보다는 쉬웠지만 도중에 사레가 들려 기침이 멈추지 않았다.

안 되겠네. 이번에는, 욕을 해봐. 댁이 알고 있는 최고의 욕을 해보라고. 외쳐보라고. 자, 시, 작! ……뭐라고? 그게 댁이 아는 최고의 욕이야? 진짜?

그녀는 나를 꽤 오래 견뎌주었다. 내게 새와 고양이가 되어보라고 주문했다. 신과 싸우는 단 한 명의 인간이 되어보라고도 했다. 나는 하늘을 날다가 훨훨 내리고, 하루종일 늘어지게 낮잠을 자고, 주먹을 휘둘러 허공을 때렸다. 이마에 땀이 배어나왔다.

이제, 무엇이든 되고 싶은 것이 되어봐.

나는 가만히 서 있었다. 보이지 않는 거대한 물음표가 내리누르는 것 같았고, 텅 빈 객석이 나를 적대하는 느낌이었다.

나는 나를 사랑하는 사람이 되고 싶었다. 그랬다. 그게 내가 되고 싶은 것이었다. 그러나 어떻게 눈을 깜빡일지, 어떻게 숨을 쉬어야 할지조차 나는 알 수 없었다.

내가 가만히 있자, 그녀는 내게 세상에서 가장 있고 싶지 않은 장소를 떠올려보라고 했다. 그런 곳을 상상해. 가장 어둡고 무겁고 슬픈 곳을. 그리고 거기서 뛰어나와 달리기 시작해. 나 자신이 죽도록 싫어지면 난 그렇게 해. 달리다보면 반대편의 장소가 떠올라. 내가 되고 싶었던 내가, 아직 보이지는 않지만 거기서 기다리고 있는 게 느껴져.

그래서 나는 어디로 가야 하는지 알게 되었다.


그가 반짝, 눈을 떴다.

언제 왔냐.

아버지의 두 발이 침대 밖으로 튀어나와 있었다. 그의 체구에 비해 침대가 너무 작은 탓이었다. 침대 옆 협탁에는 방금 가져온 것처럼 싱싱한 꽃다발과 곱게 포장된 선물들이 쌓여 있었다.

오라고 한 게 언젠데 이제 왔냐. 여기 아무도 없는데.

간과 폐에 문제가 생겨 병원 신세를 지기 직전까지 아버지는 전국을 돌아다니며 강연을 했다. 열일곱 고등학생부터 쉰을 넘긴 중년의 직장인들까지 수많은 사람들이 그의 이야기를 듣기 위해 강연 몇 시

110

간 전부터 줄을 섰다. 멘토, 선생님, 스승님, 나의 정신적 지주. 그들은 그를 그렇게 불렀다. 그가 하는 말에 눈물을 흘렸다. 아픔을 위로하고, 상처를 치유하는 사람. 그것이 그의 직업이었다.

참 무심하구나. 여기서 내가 얼마나 외로웠는지 알아.

내가 정말로 좋아하는 몇 안 되는 사람들마저 그를 존경하고, 만나고 싶어 어쩔 줄 몰라했다. 그런가, 그럴 만한가, 나는 생각해보았다. 생각하고 또 생각했었다.

소변통 좀 갈아다 줘.

그가 채워놓은 소변통을 들고 나는 복도로 나갔다. 화장실 거울에 비친 나를 보았다.

익숙한 느낌이 스치고 갔다. 오래전 내가 쿤을 만난 날도 꼭 이랬다. 나를 사랑하지 않는 그를 모두가 사랑한다는 사실을 내가 알게 된 날, 거울에 비친 나는 잘못되어 보일 만큼 불완전했고, 그대로는 도저히 견딜 수 없다는 생각이 들었다.

우연히 그날 그곳을 굴러가고 있던 쿤은, 그러니까 아무런 잘못이 없었다. 우무처럼 물컹거리고, 곤약처럼 미끄러운 작은 회백색 덩어리일 뿐이었다. 나는 내 앞을 지나가던 쿤을 붙잡아 두 손으로 움켜쥐었다. 순간, 쿤 표면에 주르르 흐를 만큼의 물기가 배어나왔다. 당황하는 듯한 느낌이 손가락을 타고 전해져왔다. 잡히지 않은 부분이 아래위로 쫙, 늘어났다. 그러더니 도망치려고 있는 힘을 다해 울컥거리기 시작했다.

나는 손가락에 힘을 넣었다.

엄마는 그를 사랑했다. 나 때문이었을까. 그렇다 해도 열다섯 살의 나는 엄마를 이해할 수 없었다. 나 때문이 아닐지도 모른다는 생각, 그런 사랑도 있을 수 있다는 생각은 아직 내게 도착하기 한참 전이었다.

몸부림치던 쿤의 윗부분이 납작한 원반 모양으로 점점 커다랗게 부풀어오르더니 내 상반신을 담요처럼 폭 덮었다. 도망칠 길이 없었으니 제 딴에는 자기 몸을 방어하려는 움직임이었다. 한순간 아무것도 보이지 않았다. 숨이 막혔다. 이대로 죽는 건가, 나는 생각했다. 그러나 그건 잠깐이었다. 쿤으로 덮인 몸이 천천히 따뜻해지기 시작했던 것이다. 나는 휘젓던 두 팔을 멈추고 숨을 몰아쉬며 몇십 초 동안 그대로 서 있었다. 그러고는 그 축축한 덩어리 속으로 손을 넣어 내가 안을 수 있는 만큼 그것을 감싸안았다.

그날 나와 닿은 그 순간부터 쿤은 내 몸에 붙어 살게 되었다. 내 겉모습을 취하고, 내 명령에 복종하며, 내 역사를 공유하고, 나 대신 추해지면서. 그러니 실은 쿤이 나를 빨아먹은 게 아니라, 내가 쿤을 취하고 사용하고 버린 것이었다.

빈 소변통을 들고 병실로 돌아갔다.

그런데 너, 어떻게 된 거냐. 꼭 중학생 같구나.

나는 대답하지 않았다.

왜 그랬니.

그는 왜 그랬을까. 왜 평생 엄마와 나를 때리고, 쓸모없는 것들이라고 욕을 하고, 결국에는 집을 나가버리지 않으면 안 됐을까. 쿤이 있을 때는 보이지 않았다. 그러나 이제 내 귀는 그의 거대한 몸 뒤에서 들려오는 가느다란 목소리를 구별할 수 있었다.

나는 그에게 다가갔다.

사과해요.

무엇을.

우리에게 한 일들요.

나는 기다렸다. 한참이 지나 그가 작은 목소리로 흐느꼈다.

미안하다.

……

이제, 날 좀 편하게 해다오.

나는 그를 옆으로 눕게 했다. 내 손바닥에 쏙 들어오는 그의 작은 머리통을 쓰다듬었다. 제대로 가눠지지 않는 그의 여린 목을 두 손으로 감쌌다. 자신의 쿤에 눌려 숨을 헐떡이는 조그만 그를, 나는 이제 똑바로 볼 수 있었다. 쿤을 보낸 내가 어른이 되겠다고 말하면서도 실은 또다른 쿤들을 계속 찾아다녔듯, 그 역시 무언가를 견딜 수 없어 끝없이 쿤을 찾아다니는 불완전한 어린애에 불과했던 것이다.


쿤을 뜯어냈다. 길고 힘든 수술이었다고 의사는 말했다.

아버지의 쿤은 그가 자랄 모습으로 자랐고, 이제 그와 함께 숨을 거두었다. 나는 그의 쿤을 화장해 바다에 뿌리고, 어린 그의 몸은 수습해 양지바른 곳에 묻었다.

다시 봄이 되었을 때 나는 남편과 아이와 함께 그곳을 찾았다. 새로 싹이 올라오는 무덤 언저리를 밟았을 때, 문득 궁금해졌다. 쿤을 만나지 않고 살았다면, 우리의 빈 곳을 그대로 비워둔 채 살았다면 우리는 서로를 만날 수 있었을까. 그리고 나는 평생 한 번이라도 집을 나서볼 수나 있었을까.

　나는 무덤 앞에 잠깐 서 있다가, 흙속에서 벌레와 진물과 어둠을 생생하게 견디고 있을 내 어린 아버지에게 말해주었다.

　괜찮아요, 자라지 않아도.

　딸이 내 손에 제 손가락을 끼워넣었다. 딸의 손은 따뜻했고, 내 손에 비해 아직 조그맸다. 그리고 시간은 아직 남아 있었다.

　남편과 딸의 손을 잡고 열다섯 살의 나는 천천히 걷기 시작했다.

루카

너는 루카다. 내가 딸기인 것처럼. 오직 하나뿐인 진짜 이름 같은 건 세상에 없다.

너의 이름을 처음 들었을 때 나는 당연히 수잔 베가의 노래 〈Luka〉를 떠올렸다. 시간이 지난 다음에는 조금 궁금해졌다. 혹시 복음서를 지은 사람 이름인가. 누가라고도 루가라고도 루크라고도 한다는, 제법 헷갈리는 그 이름 말이다.

너의 아버지는 처음에 당연히 복음서의 지은이를 떠올렸다. 그는 나중에 수잔 베가의 노래에 관해 알게 됐고 그 곡의 가사를 찾아보았다. 나를 만났을 때 그는 물었다. 그거 부모한테 맞는 아이 얘기 아닌가요. 아동학대 얘기 아닌가요. 그건 맞지만 루카가 그 루카인지는 모른다고 나는 대답했다. 네가 죽은 뒤 너의 아버지는 검색창만 보면 무의식적으로 'Luka'라는 이름을 두드려넣었고 어떤 리스트에서든 L항목을 먼저 뒤졌고 네가 다시 살아난 뒤에도 그 일을 그만두진 못했다.

부모님이 너에게 지어준 이름은 예성이다. '예수'와 '성령'에서 각각 앞글자를 땄다고 했다. 너는 삼남매의 둘째로, 모태신앙으로 태어났고 대학을 졸업할 때까지 교회에 다녔다.

나는 네가 다니던 교회와 아주 가까운 곳에서 일한 적이 있다. 건강 관련 서적을 주로 펴내는 출판사였는데 살인적인 업무량도 그랬지만 아무래도 일의 성격이 나와 맞지 않아 석 달의 인턴기간이 끝났을 때 그만두었다. 그래서 그 교회 이름을 들었을 때 그 회사에서의 일들이 먼저 떠올랐다. 출퇴근 시간을 찍어야 하는 펀치가 있고 오직 여직원들만 당번을 정해 손님 접대와 컵 설거지와 청소를 하고 점심시간이 끝날 무렵이면 부장들조차 그 위 상사들의 눈치를 보며 부리나케 뛰어 사무실로 돌아와야 하는 회사였다. 지금은 어린이책을 펴내는 그 회사는 십 년쯤 지났는데도 별로 변한 게 없는지 웹 여기저기에서 성토의 대상이 되곤 한다. 그런 글들을 읽으면 나는 조금 묘한 기분이 되는데 내가 그 회사를 그만둘 때 제대로 그만둔 게 아니라 도망쳤기 때문이다.

머리숱이 적고 도수가 높은 안경을 쓴 과장님이 퇴사 이유를 물었을 때 나는 엄마가 편찮으시다고 했다. 위에 작은 구멍이 생겨 병원에 입원하셨는데 곁에서 간병을 해야 할 것 같다고 말이다. 과장님은 그러면 당분간 휴직 처리를 할 테니 퇴사는 보류하자고 했다. 휴직이 시작되고 이 주일쯤 뒤에 나는 결국 전화를 걸어 아무래도 안 되겠다고 말했다. 빨리 나으실 것 같지가 않다고. 지금이라면 누구의 얼굴도 모멸감으로 일그러지게 하지 않으면서 그럴듯한 퇴사 이유를 스무 개쯤은 나열할 수 있지만 그때 나는 대학을 졸업하고 갓 사회에 뛰어든 애송이였고 군대라는 악몽이 몸에 새긴 얼얼한 감각을 아직 고스란히 안은 채 비누처럼 굳은 얼굴로 걸어다니고 있었다. 생존해야 한다는 본능으로 팔다리를 분주히 허우적거렸으나 불에 태우고 싶은 기억들이 트럭을 채우고도 남을 만큼 많았고, 싫은 것을 좋다고 하기는 절대로 싫다는 성난 마음 때문에 눈매가 사나웠으나 남의 기분을 상하게 해서는 안 된다는 생각도 그만큼 강해서 전체적으로 눌리고 주눅든 표정의 덩어리가 되어 간신히 버티고 있는 상태였다. 일하기 싫은 이유를 솔직히 말하면 박봉에도 성실하게 출근하는 다른 사람들이 상처받을 테고 그냥 다니다간 내가 죽겠고. 길게 말하자면 그렇지만 짧게 말하자면 나는 그저 겁이 많았다. 겁 많은 내가 겨우 붙잡은 게 엄마의 병환이라는 거짓말이었다. 내가 그곳을 그만두고 몇 달 뒤에 엄마는 시장에 가려고 집을 나서다 얼음이 깔린 계단에서 미끄러져 빙판길을 굴렀다. 천만다행으로 엉덩이뼈에 가볍게 금이 간 정도였고 회복도 빨랐으나 그때 나는 엄마의 병실에 앉아 세상에 공짜는 없다는 평범한 진리를 깨달았다. 아무도 다치게 하지 않으면서 세상을 살 수는 없다. 언제나 누군가의 뼈는 상한다. 깨닫기는 했으나 나는 모른 척하고 싶었다.

그 회사에서 길을 건너면 젊은 사람들의 데이트 장소로 주로 쓰이던 대형 몰이 있었고 그 바로 옆 블록 금융사와 증권사 건물들 뒤편에서 십자가를 빛내고 있는 커다란 회색 건물이 너의 교회였다. 교회 이름이 들어간 버스정류장이 있었지만 나는 그쪽으로 가본 일이 없었고 그곳이 너의 교회라는 사실도 당연히 알지 못했다. 몇 년만 빠르거나 늦었어도 마주칠 수 있었겠네, 내가 말하자 너는 웃었다. 거기서 나오는 나를 보고도 네가 말을 걸었을까? 중얼거리며. 당근 걸었지. 왜? 그때는 머리 모양이 이상했어? 샌들에 흰 양말 신고 다녔어? 코가 두 개였어? 아니잖아. 그런데 무슨 상관이야? 나는 되물었고 너는 웃었다. 웃으면서 내 배를 주먹으로 툭 쳤다.

우리는 퀴어 커뮤니티의 영화 소모임에서 처음 만났다. 한 달에 한 번씩 모여 영화를 단체관람하고 홍대나 신촌 같은 장소로 이동해 뒤풀이를 하는 모임이었는데 너와 나는 처음에는 우연히, 나중에는 주로 내 의도에 의해 같은 테이블에 마주앉을 때가 많았다. 열대여섯 명쯤 되는 멤버 중 너는 언제나 유일하게 술을 한 모금도 마시지 않는 사람이었다. 매번 이만원쯤 되는 뒤풀이 회비를 내고도 너는 물 두어 잔에 안주 몇 젓가락만 집어먹고 말았고, 게시판에 올렸다 지우는 글들로 미루어 보면 누구보다 영화를 잘 아는 사람으로 보이는데도 대화에 끼어드는 일 없이 묵묵히 듣기만 하다 돌아가곤 했다.

어느 겨울날 새벽 첫 지하철 안에서 나는 옆자리에 앉은 너에게 물었다. 루카 씨, 혹시 건강이 어디 안 좋은 거예요? 그래서 한 방울도 안 마시는 거예요? 어쩐지 그렇게 묻고 싶은 새벽이긴 했다. 세 시간 반 동안 장르 네 개를 갈아타며 이어진 인도영화는 결말 부분의 느닷없이 심각한 메시지 때문에 끝나고 나니 허무하기 짝이 없었고 고정 멤버 두 명의 연애가 거의 같은 시점에 깨졌고 석 달간 번역한 시리즈 외화의 번역료를 못 받게 된 사람이 있었고 딱히 구실도 사정도 없었으나 금요일 밤을 혼자 보내고 싶지 않아 첫차 시간까지 남아 있던 나 같은 사람도 있었다. 아니다. 나는 처음부터 기다렸다. 사람들을 다 보내고 같은 방향의 지하철에 우연히 둘만 남아 너에게 말을 걸 수 있 었으면 좋겠다고. 그날 너와 멀리 떨어진 자리가 찍힌 영화표를 받았 을 때부터 생각했다. 너는 대답하지 않고 조금 놀란 눈으로 나를 보았 다. 혹시 실수를 한 것인지도 모른다는 생각이 스쳤다.

무릎에 놓인 가방을 만지작거리다가 나는 더욱 한심한 질문을 했 다. 저기, 제일 좋아하는 영화가 뭐예요? 음, 너는 소리를 냈다. 음. 너 는 제법 오래 생각했고 나는 몇몇 감독들의 이름을 떠올렸다. 그러나 키에슬로프스키의 〈십계〉라고 네가 대답했을 때 그 대답은 내가 떠올 린 이름들과도 떠올리지 않은 이름들과도 너무 달랐기에 나는 문자 그대로 푸하! 하고 웃어버렸고 그 바람에 내 침이 너의 가방에 튀어버 리고 말았다. 무시할 수 없을 만한 크기의 침방울이었다. 모른 척하지 도 닦으려고 손을 내밀지도 못한 채 엉거주춤 몸을 앞으로 내밀고 그 것을 바라보는 동안 나는 내가 너를 사랑하고 있다는 사실을 깨달았 다. 집으로 돌아와 차가운 베개에 머리를 대고 옆으로 누운 채 나는 음, 하고 소리를 내보았다. 음. 음. 음? 음. 몇 번이나 그렇게 계속하 는 동안 세상의 다른 모든 음들이 무음으로 변했고 아무것도 모르는 아침이 와서 무슨 일이냐고 물었지만 나는 대답해주지 않고 웃으면서 눈을 감았다.


너의 아버지를 처음 봤을 때 나는 어느 잘생긴 할리우드 배우를 떠 올렸다. 중간에 정치에 뛰어들었어도 주지사 정도는 무리 없이 되었겠으나 코미디 배우로 평생을 살았고, 늘 웃음을 주어야 하는 일이 버거웠는지 심각한 영화에 제법 자주 얼굴을 내밀었으나 나이 오십이 넘어 결국 슬랩스틱코미디로 되돌아간 배우. 얼굴은 그리 닮지 않았으나 쉽게 눈을 돌릴 수 없게 하는 전체적인 분위기가 비슷했다. 직접 보면 너는 좋아하게 될걸. 좋아하게 된다는 쪽에 만원 걸겠어. 너는 그렇게 말했었다. 그는 단정해 보이는 회색 정장에 붉은색 넥타이를 매고 있었다. 마주앉은 사람의 피부 한 겹 아래까지 닿을 듯 꼿꼿한 시선이 있었고 말로 사람들을 이끄는 사람답게 동굴 안에서부터 울려나오는 것 같은 목소리가 있었으며 주목과 주시 속에서 살아온 사람 특유의 피로한 윤기가 지우다 만 분장처럼 얼굴 여기저기에 묻어 있었다.

예성이를 잘 아신다고 들었습니다. 침묵 끝에 그가 입을 열었다. 긴 시간을 들여 가라앉힌 무언가가 그의 목구멍 아래에서 조금씩 움직이며 떠다니고 있었다. 네가 죽은 게 아닐까, 나는 문득 생각했다. 혹시 예성이에 관한 얘기를 좀 들려주실 수 있을까요. 어떤 얘기라도 상관없습니다. 그가 다시 말했다. 나는 무슨 일이냐고, 너에게 무슨 안 좋은 일이라도 생긴 거냐고 물었다. 그는 그런 건 아니라고 했고 내가 너와 일 년 반 전에 헤어졌다고 말하자 잠시 동안 멍한 얼굴로 말이 없었다. 헤어졌다면 그뒤로 만날 방법은 없을까요? 영원히, 다시는……? 만나서 그냥 잠깐 이야기를 나눌 수는 없는 걸까요? 마치 내게 어떤 행동을 촉구하는 것처럼 들리기는 했지만 그의 입에서 나온 말들이 독백임을 나는 알 수 있었다. 나는 조금은 냉정한 마음을 되찾아 물었다. 하실 얘기가 있는 거라면 직접 만나서 하시면 되지 않을까요? 헝클어진 반백의 머리칼 아래 침통한 표정으로 조금씩 마음을 무너뜨리고 있는 너의 가족 앞에서 네가 이제는 타인임을 분명히 밝힐 수 있는 자신이 자랑스러웠다. 그는 테이블의 나뭇결무늬를 내려다보았다. 다시 약간의 시간이 흘렀을 때 그가 말했다. 제가 그애를 다시 볼 수 있을지 모르겠습니다. 정말로 모르겠어요.

그날 오후의 너를 기억한다. 우리가 처음으로 사랑을 나누고 서로에게 반말을 쓰기 시작한 지 얼마 되지 않았던 일요일 오후였다. 우동집에 들어가 뜨거운 우동 두 그릇을 시켜놓고 우리는 마주앉았다. 언제나 입고 다니던 검은 코트 위로 체크무늬 목도리를 두르고 어깨를 웅크린 채 너는 주머니에 노인처럼 손을 넣고 있었다. 추위와 감정 때문에 붉게 물든 너의 볼을 보며 나는 졸린 목소리로 물었다. 어디, 갔다 왔어? 너는 조조로 영화를 보고 왔다고 대답했다. 자기 몸에 물이 채워지는 것을 싫어하는 욕조가 주인공이고 그 친구들인 칫솔과 치약과 샴푸 같은 욕실용품들이 나오는 아동용 애니메이션이었는데 아침부터 아이들이 극장을 가득 채워 대사의 반쯤밖에 알아들을 수 없었다고. 나는 그 영화를 보지 않았고 앞으로도 아마 보지 않을 테지만 그때 너의 얼굴에 담겨 있던 것들을 떠올리면 여전히 웃음이 난다. 전날 밤부터 시작된 통화가 새벽 두시까지 이어졌고 나는 전화기를 든 채 잠들었다가 정오가 다 되어 간신히 눈을 떴는데 너에겐 피곤한 기색이 없었다. 너의 얼굴은 다음과 같은 사실들을 말하고 있었다: 1) 함께 있지 않을 때에도 나는 내 공간에서 몸을 움직여 네가 모르는 나만의 이야기를 만들고 있고 2) 내가 이렇듯 매력적인 사람이라는 걸 네가 알아주었으면 하며 3) 그렇지만 나는 우리가 함께 할 이야기에 죽음을 각오하고 폭포 속으로 온몸을 던지는 새들의 절박함과 시리고 날카로운 열정이 아니라 생활이 만들어내는 무해하고 보드라운 거품들과 건강한 웃음이 더 많았으면 해. 네가 말없이 하고 있는 말들이 나를 기쁘게 했고 나는 너의 초대를 받아들였다.

　나는 너와 삼 년 동안 같이 살았다. 네가 저녁 시간대에 주로 일했기 때문에 짧은 하루가 더 짧게 느껴졌고 고만고만하게 고시텔 정도 되는 크기의 원룸에 각자 살고 있긴 했지만 한 명이 상대방의 방에서 거의 살다시피 하는 날들이 많아서 버려지는 월세가 아깝다는 생각도 작지 않았다. 각자의 자취방 보증금을 빼고 싼 동네를 중심으로 발품을 오래 팔아 방 하나에 손바닥만한 거실이 딸린 집을 구했다. 올 수리가 되어 있긴 했으나 지은 지 이십 년도 넘은 오래된 빌라였고 여름에는 곰팡이가, 겨울에는 결로가 다정한 병病처럼 찾아왔다. 먼저 살고 있던 할아버지가 자식들이 새로 사놓아 더이상 필요 없게 됐다며 넘겨주고 간 낡고 작은 냉장고에 요리책을 보고 만든 형편없는 반찬들을 빼곡히 채워넣고 집 앞에 버려진 앉은뱅이책상 하나를 주워다 깨끗이 닦아 식탁으로 썼다. 닦고 고치고 손질하고 광을 내는 그 모든 번거로운 노동 하나하나가 우리에겐 은밀한 과시와도 같았고 가난과 아기자기한 비밀로 둘러싸인 생활의 사치가 최초의 빛을 잃을 때쯤 우리는 또다른 빛 하나를 집에 들였다. 모임 사람들에게 우리의 관계를 밝히고 모두를 초대한 것이다. 루카 너에겐 어땠을까. 축하와 애정어린 질시와 덕담들로 넘쳤던 두번째 커밍아웃이 내겐 목욕물처럼 따스했다. 구성원 대부분이 분주한 생활이 있는 사회인이라 한 명 한 명이 일대일의 긴밀한 관계로 이어져 있지는 않았으나 꽤 오랜 시간 알아온 사람들이었고 만약의 경우 그 사람들과 한꺼번에 어색해져버릴 수 있다는 위험까지도 감수한 결정이어서 작지만 엄연한 의미가 있었다. 나는 오랜 백수생활을 접고 아는 선배가 있던 퀴어예술축제 기획팀에 취직했다. 월급은 거의 없는 것이나 마찬가지였으나 마침내 자격지심을 버리고 너와 평등해졌다는 생각을 할 수 있었고 가끔 너무 행복해서 두렵다는 생각이 들 때면 나는 너를 조금 더 힘껏 끌어안았던 것 같다.

너에게 첫번째 커밍아웃이 없었다는 건 나중에 알았다. 청년부에 떠돌던 소문을 듣고 온 너의 누나가 저녁 가족 예배 자리에서 그 사실을 밝혔다. 마음의 준비를 할 여유도 없이 찾아온 아우팅이었으므로 모두가 나름의 크기와 방식으로 상처를 받았다고 너는 담담하게 말했다. 그래서? 내가 묻자 너는 슬프고 재미없는 이야기야, 하고 말하며 웃었다. 너도 알잖아 어떤 건지.

그런가, 나는 생각했다. 그래도 내 경우엔 내 의지로 이루어진 고백이었고, 혼자만의 공간과 직장이라는 최소한의 경제적 여건이 갖춰질 때까지 기다리며 책과 논문과 자료를 모아둘 시간이 있었다. 내색은 하지 않았지만 엄마가 반쯤은 짐작하고 있었던 터라 그나마 회복이 빨랐던 것 같기도 하다. 엄마는 많이 울었고 아버지는 재떨이를 집어던지며 화를 냈다. 나는 이를 악물고 블로그에 매일같이 자료를 올리며 아버지와 맞섰고 내가 아는 모든 언어를 동원해 논리적으로 설득하려 애썼다. 시간이 흘러 간신히 상처는 봉합되었지만 나는 그때 사귀던 사람과 결국 헤어졌고 성소수자 부모 모임이라는 어려운 자리까지 나와준 엄마에게 마음 깊이 고마웠지만 고백을 하던 날 들은 수많은 말들과 그뒤로도 오랫동안 들어온 말들은 어디로도 가지 않고 내 몸속에 아직 따끔거리며 남아 있다. 추석이면 아버지는 집에 온 나를 데리고 뒷산으로 나갔다. 휘영청 밝은 보름달 아래를 걸으며 그래서 너는 변하지 않는 거니? 언제 변할 건데? 하고 한 점도 변함없이 기다리는 어조로 묻는 아버지의 지친 목소리를 들으면 당장 늑대로 변해 아버지 앞에서 닭의 목을 물어뜯으며 피를 뿌리고 싶다는 생각이 들기도 했다. 그럼에도 그 모든 시간들을 종합해보면 내게는 모두의 앞에서 나를 분명히 밝힌 경험이 영원한 회한으로 남지는 않았다. 문이 열린다는 것은 소중한 경험이었다. 용기보다는 침묵이, 대담함보다는 소심함이라는 단어가 어울리는 사람이 나였으므로 더욱 그랬다.

　너는 어땠을까. 너는 가족과 신앙, 가장 민감한 사춘기의 시간들을 같이 보내준 교회 공동체 사람들도 포기해야 했다. 정체성의 절반이 넘는 것을 버리고 나온 너의 마음이 나는 짐작되지 않았다. 후회할 만큼 근사한 곳은 아니었어, 너는 말했다. 사람들 입에 줄곧 오르내리는 그런 교회야. 돈으로 제단을 쌓아 거기에 경배하고 설교시간에 북괴의 사주를 받은 불순분자들로부터 자본주의의 미래와 납세자들의 안전을 지켜달라는 내용의 기도를 하는 그런 흔하고 큰 교회. 너랑 나 같은 사람들을 거기서 어떻게 말하냐면…… 대수롭지 않게 말하는 너의 등을 나는 가만히 안았다. 떠올리고 싶지 않은 것들을 네가 떠올리지 않아도 되게 해주고 싶었다. 내가 그럴 수 있는 사람이라고 믿었다.

예성이가 말 안 했나요, 제가 목사라고? 너의 아버지는 말했다. 저는 아들이 다녔던 교회의 목사입니다. 그러셨군요, 몰랐습니다, 알고 있었지만 나는 그렇게 대답했다. 믿음을 갖고 산다는 게 어떤 것인지 혹시 알고 계십니까? 그는 물었다. 믿음을 잃는다는 게 어떤 것인지에 대해서는 조금은 알고 있어요. 나는 대답했다.

그는 나를 놀란 눈으로 쳐다보았다. 이 사람은 내게 무슨 얘기를 하려는 것일까. 나는 생각했다. 이 사람과 비슷한 사람들이 모여 차별금지조항 삭제 같은 구체적인 일을 벌인 것인가. 그랬을 것이다. 이런 눈동자와 이런 목소리를 지닌 사람들이 우리 같은 사람들을 힘으로 들어올려, 보세요, 똥구멍에서부터 악마 들린 자들입니다, 하고 말하는 것일까. 아마 그럴 것이다. 나는 십수 년 동안 직간접적으로 여러 단체에 몸담으며 일했다. 보통은 영화와 공연과 연극 같은 매체가 끼어 있는 일을 했지만 때로는 수많은 사람들의 이야기를 날것으로 듣고 선언문 초안을 작성하고 거리로 나가 피켓을 들기도 했다. 그렇게 거리로 나갔다 들어온 날이면 어떤 슬픈 일도 없었는데 하루의 끝자락에 슬며시 눈물이 나기도 했다. 동료들에게는 차마 말하지 못했지만 그 오랜 세월이 지나도록 고작, 우리도 사람입니다, 우리는 동물이 아니고 사람입니다, 같은 구호만을 되풀이해야 하는 현실이 못 견딜 만큼 처량해서였다. 이런 얼굴일까. 그렇게 눈물을 참으면서 내가 맞서고 있다고 믿었던 권력에 구체적인 얼굴이 있다면 그게 이 사람의 얼굴일까. 그럴 수도 있다고 나는 생각했다. 그러나 마주앉은 너의 아버지가 악마처럼 보이지는 않았다. 그는 다만 늙고 지쳐 보일 뿐이었다. 아마 나도 그렇게 보일 거라고 나는 생각했다.

그가 중얼거렸다. 저는…… 예성이를 포기할 수가 없었습니다. 그뿐이에요. 그래서 그렇게 했습니다.

무슨 말씀이신가요, 나는 물었다.

어느 날 아침 일어나보니 예성이가 죽었습니다. 하나님 품으로 갔다고 했습니다. 저는 무슨 일이 일어난 건지 알 수가 없었습니다. 그대로 쓰러져 정신을 잃은 것 같아요. 교통사고였다고 누군가 나중에 말해주었습니다. 길을 건너다가 달려오는 차를 피하지 못했다고요.


네가 쓰고 있던 시나리오가 기억난다. 만들어지지 않을 단편영화의 시나리오였다. 인류의 절반 이상이 문자나 음성언어를 사용하는 대신 서로의 전자뇌에 직접 정보를 전달해 소통하는 시대가 배경이었는데, 전자뇌 수술을 받지 않은 두 고등학생이 주인공이었다. 학교 수업도 아이들끼리의 대화도 모두 전자뇌를 통해 이루어졌기 때문에 같은 반이었던 두 소년은 필연적으로 서로의 존재를 의식할 수밖에 없었는데, 그렇다고 해서 흐름에서 벗어난 사람들끼리의 공감으로 곧바로 절친이 되지는 않았다. 루카의 영화는 어느 날 방과후에 청소를 하다가 한 소년이 다른 소년에게 말을 거는 장면으로 시작한다. '너 혹시, 건강이 어디 안 좋은 거니? 그래서 수술을 안 받은 거야?' 질문을 받은 소년은 말하자면 그렇다고 대답한다. 생체이식 가능성 검사에서 심한 거부반응이 나와 드물게도 불가 판정이 내려졌다고. 너는? 그 소년이 묻는다. 집이 가난해서라고 다른 소년이 대답한다. 국가 지원을 받아도 수술에 필요한 최소한의 비용은 개인이 부담해야 했는데 그 소년의 집에는 그럴 만한 여력이 없었다. 두 소년은 그날부터 가까워지기 시작한다. 사람들의 발길이 끊긴 채 방치된 도서관에 같이 들어가 오래된 책들을 함께 읽고 책에 관한 이야기를 나누며 시간을 보낸다. 거대한 침묵이 흐르는 수업시간에 자신들을 빼놓은 채 전자적 균일체가 되어 웃으며 선생님을 바라보는 아이들을 보아도 더이상 소외감을 느끼지 않게 된다. 이런 식으로는 입시에서 살아남을 가능성이 없다는 사실을 알지만 그 사실을 담백하게 받아들이고 둘만의 우정을 쌓기 시작한다. 너는 거기까지 썼다. 뒷부분을 쓰려고 했지만 가르치는 아이들의 보충수업 요청이 너무 많아 다음달에, 다음달에는 꼭, 하는 식으로 미루다가 결국 쓰지 못했다. 그 부분 밑에는 한 줄의 여백이 있었고 다음 문단에는 괄호 안에 '그리고 시간이 지나면서 둘은 상대방이 수술을 받지 않은 진짜 이유를 알게 된다'라는 문장이 마지막으로 쓰여 있었다. 진짜 이유가 뭔데? 나는 물었다. 글쎄, 너는 어떻게 생각해? 네가 되물었다.

나는 잘 알 수 없었고 그래서 컴퓨터를 켜고 나의 이야기를 쓰는 것으로 대답을 대신했다. 배우가 나체로 나와야 한다는 점 때문에 캐스팅에 제약이 있어서 만약 만들어진다면 애니메이션이 되어야 하겠지만 어쨌거나 만들어지지는 않을 내 영화는 너의 영화보다 짧았다. 영화는 에덴동산에서 선악과를 따먹은 아담과 이브가 충격과 당혹감에 젖어 서로를 바라보는 장면으로 시작한다. 성경에는 아담이 자신을 찾는 신의 목소리에 내가 벗었으므로 두려워 숨었나이다, 하고 대답했다고 되어 있지만 내 영화에서 아담은 왜 숨었느냐는 신의 목소리에 무서움을 누르며 대답한다. 이브의 몸이 저와 너무도 다르므로 두려워 숨었나이다. 신은 그에게 묻는다. 그러면 너는 어떻게 하고 싶으냐. 아담은 대답한다. 저와 비슷하게 생긴 사람을 제 아내로 맞아 살고 싶습니다. 신은 아담과 이브의 표정을 번갈아 보다가 그들을 에덴동산에서 풀어준다. 가라. 가서 너희 뜻대로 하거라. 아담은 이브에게 그동안 함께 살아준 것이 고맙다고 머쓱한 표정으로 말한다. 이브는 고개를 끄덕이며 같은 말을 되돌려준다. 그리고 그들은 헤어져 각자의 길을 간다. 아담은 에덴동산에서 조금 떨어진 다른 동산을 찾아낸다. 거기에서 자신과 비슷하게 생긴 사람을 만난다. 다른 신이 만든 최초의 남자, 그의 이름은 루카다. 아담과 루카는 남편과 아내가 되어 서로를 사랑하며 행복한 하루하루를 보낸다. 어느 날 그들은 산책을 나갔다가 연못가에서 다정하게 웃으며 목욕을 하는 이브와 또다른 한 명의 여자를 만난다. 처음에는 멋쩍은 시선을 주고받던 그들 넷은 마지막에는 연못에 들어가 서로의 몸에 물을 끼얹어주며 즐거워한다. 내가 그 시나리오를 보여주었을 때 너는 웃었다. 지금 그 시나리오를 다시 써야 한다면 나는 쓰지 않을 것이다. 그 영화는 어쨌거나 만들어지지 않을 테니까. 끝끝내 만들어져야 한다면 그것은 단편이 아니라 적어도 중편 분량은 되어야 할 것이고 그 영화는 상대방이 자신과 비슷하다는 이유로 사랑에 빠졌던 아담과 루카가 실은 서로가 얼마나 다른지 깨닫는 장면으로 끝나야 할 테니까.

재작년에, 너의 아버지가 말했다. 저는 안식년을 갖기로 했습니다. 주위의 모든 사람이 그렇게 하라고 화를 내다시피 하면서 권했고 저역시 너무 지쳐서 이제는 그래야겠다는 생각이 들었거든요. 개척교회의 시작부터 함께한 것은 아니지만 짙은 초록으로 무성하게 자라난 잎사귀들이 노란 떡잎일 때부터 저는 제 교회와 한몸이었고 돌아보니 한 순간도 쉰 적이 없었습니다. 단 한 순간도요. 아들이 세상을 떠났을 때조차도 이를 악물고 더 열심히 사역과 신앙생활을 했었고 그때는 그게 옳다고 믿었지만, 쉬고 싶은 마음도 조금은 들더군요.

크게 마음을 먹고 남미로 갔습니다. 아는 분들이 있었고 오랫동안 교제를 해온 교회들이 있었으나, 모르겠어요, 거기가 지구 반대편, 한국에선 가장 먼 곳이라는 생각이 제게 있어서 그랬는지. 브라질과 우루과이에서 각각 한 달과 이 주씩을 보내고 아르헨티나로 들어갔습니다. 교인들을 만나고 예배를 드리고 참으로 오랜만에 사람들과 대화를 하며 웃음이라는 걸 지었어요. 그럴 수 있었던 건 정말 오랜만이었습니다.

제가 『론리 플래닛』을 산 건 모든 일정이 끝나고 한국으로 돌아오기 이틀 전이었습니다. 왜 그 책을 산 건지 모르겠어요. 서어를 한마디도 못했지만 현지 교인들이 일정에 맞게 안내를 해줬고 모든 편의를 알아서 봐줬기 때문에 굳이 배낭여행자들이 보는 가이드북을 살 필요는 없었는데 말입니다. 남미에 있는 내내 저는 아무 관광지에도 가지 않았습니다. 그럴 마음이 들지 않았어요. 예성이가 죽은 뒤로 아무리 치유를 위한 것이라 해도 꽃구경은 하고 싶지 않다는 마음이 있었고 그 마음은 그때 제게는 이미 굳은살 같은 것이 되어 있었어요. 그런데 어느 날 시내 서점에 갔다가 그 책을 봤을 때 저는 어째선지 그걸 곧바로 집어들고 계산을 하고 있었습니다. 호텔로 돌아와서, 책 맨 뒤에 있는 인덱스를 펼쳐 알파벳 순서대로 훑기 시작했지요.

L항목에 루한Luján이라는 지명이 있더군요. 별로 유명한 곳은 아닌 것 같았습니다. 달랑 세 페이지가 전부였으니까요. 그래서 『론리 플래닛』을 가지고 호텔 로비에 있는 인터넷 카페로 갔습니다. 거기서 그 지명을 검색해봤지요.

루한이라는 도시에는 동물원이 있었습니다. 부에노스아이레스에서 차로 한 시간쯤 떨어진 거리라 하루 코스로 무리 없이 다녀올 수 있다고 되어 있었어요. 저는 동물원이라는 장소를 그렇게 좋아하는 편은 아닙니다. 거기 가면 인간이라는 존재가 동물과 별다를 것이 없다는 사실을 자꾸 떠올리게 돼서요. 저만 그런 건 아닐 거예요. 그래도 아이들이 있다보니 가끔은 갔지요. 마지막으로 동물원에 가본 건 막내가 초등학생이었을 때였고 그뒤로는 그럴 짬이 나지 않았어요. 그런데 그 동물원 사진을 본 순간 이유는 알 수 없지만 거기에 가지 않으면 안 된다는 생각이 들었습니다. 어느 한국인 블로거가 올린 사진이었는데, 커다란 철창 안에 사자 한 마리가 졸린 표정으로 누워 있고 관광객이 우리 안에 들어가 사자의 머리를 쓰다듬고 있었어요. 다른 사진에는 호랑이도 있었습니다. 새끼도 아니고 다 큰 사자와 호랑이를 손으로 만져볼 수 있는, 세계에서 거의 유일한 동물원이라고 하더군요. 물론 인간에게 덤비지 않도록 새끼 때부터 특별한 방식으로 길러내긴 했겠지요. 그런데도 그 사진들이 저는 정말 무서웠습니다.

무서우셨다고요? 나는 물었다.

네. 사진을 보는 것만으로, 몸이 말 그대로 떨릴 만큼요. 너무나 무서운데, 왜 무서운지는 모르겠고, 그래서 거기 가야겠다는 생각이 들었어요. 다음날 제 아내에게도 말하지 않고 길을 나섰습니다. 57번 버스를 타려고요.

가끔 만나면 모임 사람들은 우리를 하늘이 맺어준 커플이라고 불렀고 그런 말에 나는 굳이 토를 달지 않았다. 함께 사는 동안 너와 나는 별로 싸우지 않았다. 싸워야 할 것 같은 분위기가 흐르면 심각해지기 전에 어느 한쪽이 먼저 미안하다고 말했다. 어느 영화의 대사에 대놓고 반항하는 십대들처럼, 우리는 사랑하기 때문에 미안하다는 말을 서로에게 아끼지 않았고 그 점을 걱정해본 적은 없었다. 그것이 우리의 방식이었으므로. 나는 너에게 정말로 미안할 때가 많았으므로. 나는 깔끔한 성격이 못 돼서 거실을 매번 어질러놓고 치우기 싫어하는 내가 미안했다. 네가 싫어하는 담배를 끊지 못하는 내가 미안했다. 나중에는 집에 생활비를 조금밖에 가져오지 못해서 미안했다. 무엇보다도, 네가 될 수 없다는 사실이 나는 미안했다.

꼭 한 번 크게 싸운 적이 있었다. 아는 사람의 아기 돌잔치에 간다고 토요일 아침에 집을 나선 네가 밤이 되도록 돌아오지 않았고 연락도 되지 않았던 날이었다. 그전까지는 한 번도 그런 적이 없었기 때문에 나는 불안하고 겁이 났다. 너는 새벽 한시가 다 되어서야 돌아왔고 내 표정을 보고는 바로 자리에 꿇어앉아 사과했다. 아흔여섯 번이나 전화를 걸었다고. 아흔여섯 번까지 세면서 전화를 걸어본 적이 있느냐고 내가 말하자 너는 전화기 배터리가 다 되어 몰랐다고, 정말로 미안하다고 말했다. 어떻게 아는 사람인데? 돌잔치가 있었던 건 맞아? 내가 얼마나 걱정했는지 알아? 그날은 이상하게도 어두운 곳에 혼자 버려진 것처럼 서글프고 끔찍한 기분이 들었다. 내가 계속 다그치자 너는 결국 말했다.

동생이야. 동생의 아이, 그러니까 내 조카. 조카 돌잔치에 다녀왔어.

갑자기 네가 아주 멀고 낯설게 느껴졌다. 동생이랑은 연락을 했었구나. 그래, 네가 대답했다. 가족 중에서 유일하게 자신을 괴물 취급하지 않은 사람이 동생이었다고 너는 말했다.

왜 처음부터 그렇게 말하지 않았느냐고 나는 물었다. 글쎄, 별로 가고 싶지 않은 자리여서 그랬던 모양이지. 가고 싶지 않아서, 거기 간다고 너에게 말을 꺼내고 싶지조차 않았어. 나는 이해할 수가 없어서 더욱 화를 냈다. 말하기조차 싫을 만큼 가고 싶지 않다면 왜 간 건데? 너는 고개를 들고, 처음으로 정말로 상처받은 표정으로 내 두 눈을 마주보았다. 너는 그런 적이 없니, 너는 물었다. 가고 싶지 않은 곳에 가본 적이, 없어? 이럴 수도 저럴 수도 없을 때가, 너에게는 정말로 한 번도 없었니.

별로 많지는 않았던 것 같은데. 나는 대답했다. 내 목소리가 차갑다고 느꼈지만 미안하다는 생각은 들지 않았다. 다만 좀 부끄러웠는데 나 자신이 의심으로 정신이 나가 남편의 지갑이며 휴대폰을 뒤지는 아내처럼 속 좁고 유치하게 느껴졌기 때문이었다. 내 입장에서는 정당한 의문을 가졌는데도 나는 무심결에 너의 깊은 상처를 건드리고만 것이었다. 네가 지친 목소리로 중얼거렸다. 모든 일이 그렇게 칼로 베어낸 것처럼 분명할 수 있다고 너는 생각하는구나.

나는 억울했고 이해되지 않았고 그래서 심한 말을 해버렸다. 말하기 싫을 만큼 싫어도 가족은 가족이고 나는 아닌 거구나? 너를 아우

팅해버린 사람들하고 같이 있느라고 열두 시간도 넘게 내 전화를 받지 않은 거야? 착, 하는 소리와 함께 내 고개가 옆으로 휙 돌아갔다.

미안해.

너는 그렇게 중얼거리며 내 뺨을 때린 손을 거둬들여 다른 손과 함께 얼굴을 감싸버렸고 그래서 나는 네가 내내 얼마나 피곤한 표정을 하고 있었는지 볼 수 없었다.

57번 버스가 서는 정류장을 찾는 데까지는 크게 문제될 것이 없었다. 사람들이 하는 양을 보고 어찌어찌 표를 사서 너의 아버지는 버스에 올라탔다. 문제는 그다음부터였는데, 버스를 타고 보니 노선도가 붙어 있지 않았다. 한국의 버스처럼 친절하게 정류장마다 방송이 나오는 것도 아니었다. 사람들에게 물어보면 되겠지, 그는 그렇게 생각하고 주위를 둘러보았다. 승객들 중에 여행을 온 사람은 자신밖에 없는 것 같았다. 나머지 사람들은 스페인어를 유창하게 구사했고 옷차림으로 봐도 현지인들로 보였다. 그는 좀 당황했지만 어떻게 되겠지, 하고 생각했다. 창밖으로 가끔씩 지명이 적힌 표지판이 지나갔는데 그걸 잘 보고 있으면 제대로 내릴 수도 있을 것 같았다.

한 시간 남짓 시간이 흐를 때까지 그는 초조한 표정으로 창밖을 내다보며 앉아 있었다. 표지판은 점점 줄어들었고 결국 그는 옆자리에 앉은 중년 여성에게 루한, 주? 하고 물었다. '동물원'에 해당하는 스페인어를 외워두었지만 그 순간에는 떠오르지 않아서였다. 여자는 느긋한 스페인어로 뭐라고 길게 대답했고 그는 그것을 아직 좀더 있어야 한다는 의미로 받아들였다. 십 분쯤 더 지났을 때 그는 결국 자리에서 일어났다. 비틀거리며 앞쪽으로 걸어가 운전기사에게 같은 질문을 했다. 기사는 다급한 표정으로 바깥을 가리켰고 마침 문이 활짝 열렸다. 그는 열린 문 밖으로 황급히 뛰어내렸다.

덩그러니 버스정류장 하나가 있을 뿐 그곳은 허허벌판이었다. 주위를 둘러봤지만 동물원으로 보이는 공간은 없었고 건물이나 힌트가 될 만한 어떤 표지도 존재하지 않았으며 지나가는 사람 또한 없었다. 팔차선 고속도로 양옆으로 거대한 황무지가 펼쳐져 있었고 제법 알갱이가 굵은 모래가 바람에 섞여 날아와 얼굴을 때렸다. 멀리, 까마득히 먼 거리에 거인의 곱슬머리 같은 검은 숲이 늘어서 있었다. 그뿐이었다. 그 풍경은 그의 앞뒤로 마치 영원히 계속될 것처럼 이어져 있었다.

지금 생각하면 그 자리에서 가만히 다음 버스를 기다려야 했어요. 하지만 버스 배차간격이 짧지 않을 것 같았고 해도 이미 중천에 떠 있는 참이라 저는 움직이기로 했습니다. 차를 타고 있던 시간은 대략 맞췄으니 조금만 걸어가면 동물원이 나올 거라 믿었거든요.

그는 앞과 뒤 가운데서 앞을 선택했고 고속도로를 따라 걷기 시작했다. 갓길이라고 하기에도 너무 좁은, 한 사람이 간신히 걸어갈 만한 공간이었다. 가끔씩 집채만한 트럭들이 가느다란 흰색 선 안쪽을 위태롭게 걸어가는 그의 몸 바로 곁으로 어마어마한 경적을 울리며 지나갔다. 그는 그 도로 위에서 길을 잃었다. 아무리 걸어도 다음 정류장이 보이지 않았고 그가 타고 온 버스도 지나가지 않았으며 마을도, 보행자 도로로 연결되는 길목도 나오지 않았다.


어느 날 나는 책상 앞에 앉아 음악을 들으며 영화 공유 사이트에서 영국 드라마를 다운받고 있었다. 한 소년의 의문사에 얽힌 비밀을 풀기 위해 폐쇄적인 분위기의 마을에 잠입한 형사의 이야기였는데 스토리만 봐서는 내가 좋아하는 종류의 이야기는 아니었다. 보나마나 아리송하면서 쓸쓸한 분위기로 시작해 비밀들이 하나씩 차례로 폭로되고, 끔찍하고 추한 이야기들이 마구 토해대는 것처럼 계속되다가 마지막에는 차갑고 커다란 손으로 뺨을 얻어맞는 것 같은 얼얼함을 남기고 끝나는 이야기일 것이었다. 그건 네가 좋아하는 종류의 이야기도 아니었다. 그런데 나는 왜 그런 걸 다운받고 있었을까. 사람들이 추천작이라며 별을 여러 개 붙여둔 드라마였고 나는 단지 너와 무언가를 같이 보고 싶었다. 너와 극장에 나란히 앉아 영화를 본 것이 대체 언제였는지 기억나지 않았던 것이다. 그때 네가 등뒤에서 중얼거렸다.

딸기.

나는 한쪽 귀에서 이어폰을 뺐다.

죽어버린 것이 다시 살아날 수 있을까?

고개를 돌려 보니 너는 책상 위로 몸을 수그린 채 연필을 사각사각 움직이고 있었다. 뭐가 죽었는데? 세탁할 때가 지난 것처럼 보이는 너의 낡은 하늘색 수면바지를 쳐다보다가 나는 물었다.

아무것도 아니야, 네가 대답했다. 나는 잠시 그대로 있었고 너는 더이상 말하지 않았다. 나는 몸을 원래대로 돌리고 한쪽 귀에 이어폰을 도로 꽂았다. 이어폰에서는 내가 좋아하지도 않는 최신 케이팝이 쿵쾅쿵쾅 울리고 있었다. 드라마 다운로드 상태를 다시 확인하는데 천천히 코가 매워지기 시작했다. 눈물이 만들어져 모이고 있었다. 그냥 너를 보고 있다가 등을 돌려 하던 일들을 계속한 것뿐인데 방금 전 내가 한 단순한 동작들의 연속이 왜 그렇게 서글픈지 알 수 없었다. 언제부턴가 우리의 대화는 잘못 깎은 연필심처럼 끊겨나갔다. 그러지 않았던 날들이 생각났다. 아무것도 아니야, 따위의 말이 나오지도 않았고 설령 그런 말이 나온다 한들 거기서 허망하게 대화가 끝나버리는 일도 없었으며 방에서 음악을 들을 때 서로에게 방해가 될까봐 이어폰을 사용하지도 않았다. 언제나 같이 듣고 같이 느꼈다. 너는 둥근 주걱 모양으로 길어질 때까지 발톱들을 그냥 놔두지 않았고 나는 식탁에 함부로 그릇들을 탁, 탁 내려놓지 않았다. 무엇보다 나는 너에게서 그렇게 빨리 등을 돌려 돌아앉지 않았다. 그 사실을 견딜 수 없어 나는 거실로 나갔다. 욕실에 들어가 옷을 벗고 샤워기를 틀었다. 델 것처럼 뜨거운 물 아래 오래 서 있었다.

샤워를 끝내고 나와보니 방에는 불이 꺼져 있었다. 나는 어둠 속을 더듬어 너의 책상으로 걸어갔다. 불빛이 네 쪽을 향하지 않게 조심하면서 독서등을 켜고 네가 보고 있던 문제집을 펼쳤다.

너는 학원에서 아이들을 가르쳤다. 밤마다 수십 개의 영어 지문을 읽으며 독해문제를 미리 풀어야 했는데 가끔 수업 준비를 하면서 보기에 나오는 문장들을 혼잣말처럼 되풀이할 때가 있었다. 세계 인구의 과반수가 한 개의 언어만을 사용한다, 라거나 지금 사든 나중까지 기다리든 푯값은 똑같을 것이다, 라거나 이야기를 꾸며내는 인간들의 능력의 풍부함! 같은 말들을 들으면 나는 뭐라고? 하고 되물었고 너는 그 지문 내용을 요약해 들려주다가 더 이상한 문장들이 나오는 다른 지문을 읽어주다가 했다.

어느 순간부터는 그 지문들을 읽는 것이 책을 좋아하던 루카 너의 유일한 독서가 되었다. 예술축제가 끝나고 내 수입이 없어져 네가 수업을 늘려야 하게 되면서부터 너의 자유시간은 반으로 줄었고 우리가 함께 보내는 시간은 더 많이 줄어들었다. 나는 어떻게든 다시 일을 구할 생각이었지만 다른 축제들에 모집 공고가 뜨려면 몇 달은 더 있어야 했고 예산 부족으로 축제 자체가 취소되는 일도 드물지 않아서 불확실한 나날이 계속되고 있었다. 그리고 언제나 그렇듯, 아무 말도 하지 않고 일을 늘린 것은 너였다. 미안해, 내가 말하자 너는 괜찮아, 뭐가 미안해, 말하며 웃었다. 너는 퀴어고, 퀴어와 관련된 일을 계속 하고 싶은 거잖아. 같이 웃고 있었지만 나는 조금 서운했다. 너는 퀴어고, 퀴어와 관련된 일이 아니면 하고 싶지 않은 거잖아. 그 말이 내게는 그렇게 들렸던 것이다.

네가 보고 있던 문제집에 죽음이나 부활에 관한 지문은 없었다. 나는 독서등을 끄고 침대로 갔다. 통조림 속의 정어리들처럼 겹쳐지듯 잠드는 게 좋아서 바꾸지 않고 써온 싱글 침대 한쪽에 네가 미동도 없이 잠들어 있었다. 바싹 마른 몸을 노인처럼 둥글게 웅크리고, 벽 쪽에 바짝 붙은 채. 나는 너의 옆에 들어가 누웠다. 깨우지 않으려고 조심한 것도 아닌데 우리의 몸은 서로에게 닿지 않았다.

일요일 아침 눈을 떴을 때 나는 혼자였다. 너는 오후가 지나 집에 돌아왔고 아무런 설명도 하지 않았다. 다음주에도, 그다음 주에도 같은 일이 반복되었다.

너의 아버지는 계속 걸었다. 남미의 11월은 한국의 7월만큼 뜨거웠고 그는 손목시계를 지니고 있지 않았으므로 머리 위에서 이글거리는 태양의 궤적과 그에 따라 조금씩 변해가는 열기의 강도만이 시간의 흐름을 가늠할 수 있게 해주는 유일한 표지였다. 몇 번인가 갓길에 세워진 대형 가스 트럭들과 마주쳤으나 운전자들은 마치 어딘가로 납치되기라도 한 것처럼 보이지 않았고, SOS라고 표시된 비상전화를 발견한 그가 떠올릴 수 있는 모든 조합으로 버튼을 눌러 통화를 시도했으나 의미를 알 수 없는 스페인어 ARS 음성이 흘러나올 뿐 전화는 어느 곳으로도 연결되지 않았다. 그는 목이 말랐고 다리가 아팠다. 그래도 소금땀을 흘리며 계속 걷는 수밖에 없었는데, 화살표와 함께 커다란 글씨로 'LUJÁN'이라고 쓰여진 도로 표지판이 잊어버릴 만하면 계속 나타났기 때문이었다. 그는 자신이 서 있는 곳이 아직 루한이 아닌 모양이라고 생각했다. 그럴 리가 없는데, 그는 생각했다. 동물원은 잊어버린 지 오래였다. 호텔에서 기다리고 있을 아내가 떠올랐고 한국으로 돌아갈 비행기표가, 마침내는 아이들의 얼굴까지 떠올랐다. 그는 이렇게 아무도 없는 고속도로 위를 끝없이 걷다가 종내는 사라져버리는 자신을 상상하기 시작했다. 길 위에서 쓰러져 정신을 잃어도 아무도 도와주러 오지 않을 것 같았다.

온몸이 땀범벅이 된 채 그렇게 몇 시간쯤 걸었을까. 그는 갑자기 오래전에 죽은 자신의 아들, 너를 떠올렸다. 아무도 없는 길을 예성이가 이렇게 걷고 있었겠구나, 그는 생각했다. 아는 사람들을 지구 반대편처럼 아득한 곳에 두고, 어디에도 닿을 수 없는 상태로 말이다. 그러자 너에게 소리친 기억이 떠올랐다. 계속 소리를 쳤다고 그는 말했다. 그러지 않으면 입이 없어지고 목소리가 없어지고 몸 전체가 녹아 없어질 것 같았으니까요. 아마도 어떻게 그렇게 모두를 속일 수 있느냐는 말을 했을 겁니다. 가족을 속이고 하나님을 속이고 너 자신을 속이고, 어떻게 그럴 수 있느냐고요.

네가 죽은 뒤로 그는 몇 번이고 너의 기억을 떠올려보려 했지만 잘 되지 않았다. 유일하게 선명한 것은 네가 커밍아웃을 하던 순간의 기억이었다. 맞느냐고 묻는 제 말에 맞다고 고개를 숙인 채 대답하는 그 아이가 있고, 그 대답을 듣고 울며 소리치는 저 자신의 모습이 있어요. 그것밖에 기억이 나지 않았습니다. 어떻게 계속 교회 일을 보고 예배를 인도한 건지, 알 수가 없었어요. 기도로는 몸이 회복되지 않아 중간에 잠시 약물치료를 받긴 했습니다. 시간이 걸리는 게 당연하다고 사람들이 말했고 저는 그 말을 받아들였습니다. 생각이라는 걸 하지 않으려고 노력했고 그 사고를 떠오르게 하는 일들은 피했어요.

그러나 그의 집에서 가장 멀리 떨어진 지구 반대편, 양옆으로 팜파스가 끝없이 펼쳐진 아르헨티나의 고속도로 위에서 그는 문득 걷잡을 수 없이 슬퍼지기 시작했다. 그때 아들은 어디로 가다가 차에 치인 것일까. 사고를 당하기 전에 무슨 생각을 하고 있었을까. 얼마나 외로웠을까. 그는 울었다. 울면서 신에게 용서를 구하며 걸었다. 아들이 죄를 지은 것은 맞지만 그 죄는 자신에게서 온 것이라고, 제대로 된 아버지 모습을 보여주지 못했고 신의 말씀을 바르게 전하지 못한 자신의 탓이라고. 목회자로도 아버지로도 제대로 길을 걸은 적이 없었고 그것이 자신의 부족함이었다고 그는 신에게 고백했다. 이제 그 아이가 세상을 떠났고 오랜 시간이 지났으니 지상을 슬피 떠돌게 두지 마시고, 이렇듯 아무도 없는 외로운 길을 혼자 걷게 놔두지 마시고 그만

주님의 품에 받아주십시오. 그는 걸으면서 가슴을 치며 빌었다.

　당장이라도 쓰러질 것 같다고 느끼며 그가 고개를 들었을 때, 저멀리에 그때까지는 보이지 않던 표지판 하나가 눈에 들어왔다. 십자가를 단 둥근 지붕의 건물이 그려진 표지판. 대성당이 있었다. 거기서 칠 킬로미터를 더 걸으면 대성당이 나온다고 되어 있었다. 호텔에 두고 온 『론리 플래닛』에 루한이 기도의 도시라고 쓰여 있었던 걸 그는 그제야 기억했다. 루한에서 가장 유명한 관광지로 소개된 그 대성당은 개신교가 아니라 가톨릭의 성지였지만 그 순간에는 그런 것이 문제되지 않았다. 그 표지판은 그에게 신이 있어 그의 기도를 들어주신다는 뜻으로 다가왔다. 자식을 데려간 신을 원망하고 믿음을 소홀히 하고 때로는 등을 돌리려 했던 그를 신은 넓은 가슴으로 용서하고 보듬어 품어준 것이었다. 그는 눈물을 흘리며 화살표가 가리키는 방향으로 걸었다.

　글쎄, 너는 어떻게 생각해?

　두 소년이 전자뇌를 달지 않은 진짜 이유는 무엇이었을까? 서로를 사랑하기 시작했다는 것 외에 다른 이유는 없지 않을까? 자신과 마찬가지로 전자뇌가 없는 다른 소년이 있다는 사실을 알았을 때 그들은 자신마저 수술을 받아 반 아이들의 집단지성에 합류함으로써 상대방을 혼자 남게 하고 싶지는 않다고 각자 생각했을 것이다. 처음에는 단지 그뿐이었겠지만 서로를 알아보고 이야기를 나누면서 그들은 곧 사랑하는 사이가 되었을 것이다. 설령 다른 이유가 있었다 한들 그 시점에서는 이미 중요하지 않아졌을 것이다. 그때의 나는 그렇게 생각했다.

그런데 그다음에는 무슨 일이 일어난 것일까.

네가 나를 떠나려 하는 거라고 나는 생각했다. 처음에는 나만으로도 충분했다. 그러나 이제 너에게는 나 말고도 신이, 부서진 부분이 많을지언정 가족이, 어떤 공동체가, 다른 삶이 다시 필요해진 것이었다.

나는 그런 것들이 필요하지 않았다. 나는 신을 만나본 적이 있었다. 루카, 내가 너를 만난 것이 그가 존재한다는 증거였다. 내가 그 신에게 경배를 드리고 기도를 바칠 필요는 없었다. 그는 가만히 존재하는 것만으로 스스로를 증명하는 신이었고 나에게도 너를 사랑하는 것 외에 다른 무언가를 요구하지 않았으므로.

내가 연락하고 지내는 사람들은 모두 퀴어였고 어떤 식으로든 나와 닮은 말투와 표정을 지닌 사람들이었다. 비슷비슷한 상처와 흉터, 문화와 예술이라는 취향과 관심사, 세상을 좀더 재미있는 곳으로 만들고 싶다는 마음, 실망스러운 가정환경과 좌절된 꿈이 적힌 소박한 목록을 지닌 사람들. 하지만 루카, 너의 어떤 얼굴은 누구와도 달랐다. 나는 누구에게도 너의 그 얼굴을 보여주고 싶지 않았다.

그리고 그 순간부터 너는 나를 유일한 시민으로 갖는 사회가 되어야 했다. 네가 내 사회의 유일한 시민이었으니까. 너는 나를 온전해지게 하는 가족이었고, 속마음을 털어놓을 단 한 명의 친구였으며, 주기적으로 긴장감을 불어넣어주는 지인이었고, 내가 살아보지 못한 좀더 나은 삶이었다. 나는 너라는 한 사람 속에서 그 모두를 찾고 구했다. 그 일이 잘못이었다고는 생각해보지 않았다.

그리고 어느 날 내가 사랑한 너의 어떤 얼굴은 내게 낯설어졌다. 죽었다고 믿었던 것들이 너의 삶 속에서 다시 살아난 것이다. 그래서 네가 내게 말하지 않은 채 일요일마다 교회에 다녀오는 것이다, 나는 그렇게 생각했다. 네가 가족의 기다림을 이기지 못해 전환치료라는 것을 받고 교회로 돌아가버릴까봐 두려웠다. 되살아난 것들이 내게서 너를 빼앗아갈까봐 두려웠다. 그래서 나는 너의 신을 미워하고 너의 가족을 마음속으로 헐뜯었다. 네가 없는 일요일 아침이 새로 돋아난 습진이기라도 한 것처럼 손톱을 세워 긁어대며 부어오르게 했다. 그것은 차별이나 소수자 같은 말들과는 정말 아무 관계도 없는 일이었을까. 그렇지 않다는 걸 나는 안다. 너는 내 세계에서 소수자였고 나는 문을 열어 밖을 내다보고 싶어하는 너를 받아들일 수 없었다.

영화를 보러 갔었다고 너는 말했다.

나와 사귀고 얼마 되지 않았을 때처럼, 내게 나중에 얘기를 들려주고 싶다고 생각하며 혼자 극장에 가서 조조로 영화를 보고 왔다고. 아주 오래전에 그렇게 했던 기억이 떠올랐고, 이제는 더이상 그 일을 하지 않는다는 사실이 아쉬웠다고. 그래서 일요일 아침마다 극장에 갔다고. 너는 죽어버린 무언가를 되살리고 싶었고 그건 내가 상상한 것과 아주 다른 것이었다. 그 이야기를 너에게서 들었을 때 옛날처럼 머쓱한 웃음을 짓거나, 그럼 진작 그렇게 말을 하지! 하고 핀잔을 줄 수 있더라면 얼마나 좋았을까. 그러나 그때는 우리가 길을 잃은 뒤, 이미 모든 것이 너무 늦어버린 뒤였다. 우리는 너무 많이 오해했고 오해를 풀 기회를 너무 많이 놓쳤다. 나는 이유를 알지 못한 채 습관처럼 눈물을 흘리고 있었고 반복되는 내 의심과 추궁 때문에 너의 얼굴은 지칠 대로 지쳐 있었으며 죽은 것들은 되살아나는 대신 예전보다 더 죽은 채 그대로 있었다. 그때쯤에는 나도 알고 있었다. 연인들이 서로에게 하는 어떤 말들, 이를테면 나는 네가 무슨 일을 하든 피부색이 무엇이든 어디서 왔든 관계없이 너를 사랑해, 같은 말들이 얼마나 순진한 것인지 말이다. 내가 너를 사랑하는 일에는 그 모든 것들이 관여하고 있었다. 나와는 달리 네가 신의 말씀을 들으며 자라났고 주일학교에서 아이들을 가르치며 대학생활을 했다는 사실이 관계되어 있었고 네가 너의 신에 대해 갖고 있던, 불편하지만 온전히 떠날 수는 없다는 태도가 관계되어 있었다. 네가 가진 형제들과 내게는 없는 형제들이 관계되어 있었다. 너의 교회 사람들이 우리와 같은 사람들에 대해 했던 말들이 관계되어 있었고 내 동료들이 너의 교회 같은 교회들에 관해 이야기할 때 하는 말들이 관계되어 있었다. 내가 나의 정체성을 지키며 살기 위해 너의 경제적 도움을 얻지 않으면 안 된다는 사실이 관계되어 있었고 그 사실에 대해 내가 품는 감정이 관계되어 있었다. 네가 나를 위해 포기한 것들이 나를 건드리는 방식이 관계되어 있었고 그런 나를 보는 너의 표정이, 무엇보다 어떤 이야기를 하다가 우리 두 사람이 동시에 도달하는 침묵의 농도와 빛깔, 어떻게 해도 건너갈 수 없던 그 여울의 세찬 물살이 관계되어 있었다. 이 모든 것들이 너와 나의 마음에 빼낼 수 없는 철심처럼 박혀 우리를 하나로 연결하고 있었다.

그렇지만 나중에는 교회에도 갔었어.

네가 말했다.

모르겠어. 네가 그렇게 싫어한다는 걸 아니까 화가 나서, 그렇다면 정말 가주지 뭐, 하는 생각이 들었던 걸까. 아무래도 마음이 좋지 않아서 뭔가 기도를 하고 싶다는 마음도 조금은 있었어. 그래, 나중에는 정말로 갔어. 거기선 소돔과 고모라 얘기 같은 건 하지 않아.

너의 아버지가 간신히 대성당에 도착한 것은 출발한 지 여덟 시간이 지나 오후 다섯시가 다 돼서였다. 칠 킬로미터를 거의 다 걸었을 때 기적처럼 휴게소가 하나 나왔고 그곳의 직원은 영어를 할 줄 알았다. 그는 신에게 감사하며 택시를 타고 남은 거리를 이동했다.

그가 도착했을 때 대성당의 출입구는 이미 닫혀 있었다. 자신처럼 너무 늦게 도착한 관광객들이 아쉬운 얼굴로 돌아서는 것을 보다가 그는 버스정류장 쪽으로 걷기 시작했다. 뾰족한 첨탑 두 개가 쌍둥이처럼 붙은 크림색의 대성당 건물을 멀리서 바라보다가 조금 허탈해진 마음으로 버스에 올랐다.

돌아오는 길은 편했다. 갈 때와는 달리 관광객들이 버스를 가득 채우고 있었고 그가 이해할 수 있는 문장들이 여기저기서 들려왔으며 그는 더이상 어디서 내려야 할지 신경을 곤두세우지 않아도 됐다. 조금 전까지 그가 걷고 있었던 고속도로의 기억이 마치 질 나쁜 농담처럼, 누군가의 페이퍼백 속에서 튀어나온 이야기처럼 느껴졌다. 그는 등받이에 머리를 기대고 눈을 감았다. 그렇게 약간의 시간이 흘렀을 때 그는 자신이 원래 가려고 했던 곳이 동물원이었다는 사실을 떠올렸다. 그러자 머리를 치고 지나가는 생각이 있었다.

그의 아들, 너는 죽은 적이 없었다. 교통사고가 일어난 적도, 장례식이 치러진 적도 없었다.

그는 세상을 떠난 너를 본 적이 있었다. 손자의 돌잔치에서였다. 그날 그는 앞쪽에 앉아 있었고, 막 돌잡이가 시작되려 할 때 우연히 문

쪽으로 시선을 주었다가 검은색 옷을 입은 네가 조용히 문을 열고 들어와 구석에 앉는 것을 지켜보고 그 자리에서 정신을 잃고 말았다. 잔치는 엉망이 되었고, 눈을 떴을 때 그는 병원으로 옮겨져 있었다. 그날의 기억이 흔들리는 버스에서 떠올랐고 그는 자신이 왜 동물원에 가려고 했는지 깨달았다.

우리 안에 들어가 살아 있는 사자와 호랑이를 손으로 만지면, 그 정도로 무서운 경험을 하면 다른 무서움이 사라질 거라고 그는 생각한 것이었다. 그 다른 무서움은 그때까지는 아무리 발버둥쳐도 잡을 수 없던 그의 어떤 기억과 연결되어 있었다. 사랑하는 아들이 게이라는 사실과 자신이 한평생 속해 살아온 교회라는 두 세계를 그는 동시에 감당할 수 없었다. 그의 머릿속에서 어느 하나는 사라져야 했다. 네가 교통사고로 세상을 떠났다고 믿는 것으로 그의 혼란은 수습되었고 그의 건강을 염려한 주위 사람들은 그것을 문제삼지 않았다. 그는 진심으로 애도했고 신으로부터 용서받았다. 그러나 이제 그는 갑자기 알게 된 것이었다. 살아 있는 아들을 죽은 사람이 되게 한 것은, 자신의 이성으로 하여금 받아들이기 더 쉬운 그 선택을 하게 한 것은 다름 아닌 자신이었고, 한평생 그토록 소중하게 지켜온 자신의 믿음이었다.

한국으로 돌아온 뒤 그는 더이상 예배와 설교와 기도를 계속할 수 없을 것 같다는 생각이 들었다. 그러나 그는 성실하게 그 일들을 계속했다고 했다.

지켜야 할 성경 말씀이 있고 그것이 저에게 의미 있기 때문은 아니었습니다. 그는 말했다. 그건 단지 제가 목사이고 제 아내가 교회 사모이며 제 아이들과 생활과 커리어 전체가 교회와 너무도 긴밀하게 연결되어 있어 도저히 떼어낼 수가 없기 때문이었어요. 주님과도 예성이와도 아무 상관 없는 세속적인 이유였지요. 그런 것이, 고작 그런 것이 저의 믿음이었어요.

그는 자신이 이제 신을 믿지 않는다는 사실을 아무에게도 말하지 못했다. 내가 그 이야기를 들은 유일한 사람이라고 했다.

왜 그런 이야기를 하시는 거냐고 나는 물었다. 그는 대답하지 않고 미안하다고 말했다. 나와 같은 사람들에게 미안하다는 말을 하고 싶었다고. 그러니 부디 너에 대해 이야기해달라고, 어떤 이야기라도 좋다고 그는 부탁했다. 자신은 이제 망가져버린 사람이라고, 여전히 살아 있는 네가 어떤 사람인지 알아내지 않으면 도무지 어떻게 살아가야 할지 알 수 없을 것 같다고.

그 말을 듣는 순간 나는 솟구치는 화를 아무래도 누를 수가 없었다. 타인의 입에서 나오는 말을 듣는 것으로 그렇게 간단하게 침묵의 대가를 치르고 너라는 존재를 복원하려 하는 그가, 그를 그럴 수 있게 하는 힘이, 그 힘을 갖지 못한 내가, 참을 수 없을 정도로 혐오스러웠다.

나는 그에게 너에 관해서는 이야기하지 않았다. 대신 다른 말들을 했다. 그의 입에서 나온 미안하다는 말이 나를 갑자기 멀리 있는 모두의 대변자가 되게 했고 그들의 분노와 상처가 한꺼번에 날아와 내 입술에서 나오는 말들을 물들였다. 그의 긴 고백은 내 안에서 아무것도 상쇄시키거나 흔들거나 곤란하게 하지 않았다. 리필한 커피를 마시는 동안 그의 얼굴은 천천히 내 앞에서 억압하는 자, 편협한 자, 닫혀 있는 자의 그것으로 변해갔고 그는 실제로 그런 사람이었는지도 모른다. 그가 그토록 먼길을 걷고 오랜 시간을 헤매고 가슴을 치며 괴로워

했다는 사실은 내게 어떤 연민도 불러일으키지 않았다. 왜 내가 이해해야 하는가? 나는 그렇게 생각했다. 이해해버리면 끝장이라고 말이다. 그랬다. 끝장이라는 단어가 떠올랐다. 내가 그날 그토록 많은 말들을, 평소의 나와는 그다지 어울리지 않는다고 믿던 말들을 했다면 그래서였을 것이다. 그러나 나는 너와 함께 있을 때 내가 돌보지 않은 우리의 침묵에 대해서는 아무 말도 하지 않았다. 그가 너를 받아들일 수 없어 죽게 했다면 나 역시 내가 사랑하지 않는 너의 어떤 부분을 사랑한다고 말하면서 그저 시들게 놓아두기만 한 사람이라는 것도.

　그 교회는 우리가 같이 살던 집에서 그리 멀지 않은 곳에 있었다. 성소수자들을 배척하지 않고 포용해준다는 교회였다. 헤어지기 직전이어서 그랬는지 그 일요일 아침 내 앞에서 걸어가던 루카 너의 굽은 등과, 교회 정원에 깔려 햇빛에 아스라하게 반짝이던 희고 검은 자갈길 같은 것들이 여전히 잊히지 않는다. 그곳에 함께 가보자는 건 내 생각이었다. 예배를 보는 동안 우리는 손을 꼭 잡고 있었다. 예배가 끝나자 사람들이 와서 인사를 했고 이야기를 들려주었고 정식으로 등록을 하지 않겠느냐고, 여기서는 모두 이웃처럼 친하게 지낸다고 우리에게 권했다. 강요로 느껴지지는 않는 부드러운 말들이었다. 다른 부분들도 걱정한 것만큼 이상하게 느껴지지는 않았다. 기도를 하고 노래를 부를 때 자신을 필요 이상으로 열어야 한다는 점이 조금 낯설게 느껴졌을 뿐이다. 그날 그 교회에서 나는 너의 신에게 너와 헤어지지 않게 해달라고 기도했다. 우리가 이미 오래전에 헤어졌다는 사실을 알고 있었기 때문이었다. 그들은 우리에게 부활절 달걀을 주었고 우리는 그것을 함께 먹었다. 오직 헤어진 사람들만이 서로에게 보일 수 있는 다정한 얼굴을 하고.

　루카, 나는 너에게 네가 왜 루카인지 묻지 않았다. 예전에도 지금도 나는 그것이 잘못이었다고는 생각하지 않는다. 너 역시 내가 왜 딸기인지는 묻지 않았으니까. 나는 이제 너와 함께가 아니고 여전히 어떤 것들에 대해서는 묻지 않은 채 살아간다. 어떤 일들은 그저 어쩔 수 없고 어떤 일들은 노력해도 나아지지 않으며 함께 살아야 한다고 말하지만 우리는 어떤 사람들과는 함께 살 수 없다. 그저, 그럴 수 없다. 삶이라는 이름의 그 완고한 종교가 주는 믿음 외에 내가 다른 무언가를 믿는다고 말할 수 있을까? 나는 내 믿음을 지켰고 너를 잃었다. 그 사실이 가끔 나를 찌르지만 나는 대체로 평안하다. 그런데 루카, 너는 어떠니. 너는 그곳에서 평안하니. 루카였고 예성이었던 너는.

러브 레플리카

오래전부터 경은 시간에 관한 표현들을 이해할 수 없었다. 시간이 흐른다면 그것은 액체이거나 기체여야 했다. 영어식 표현대로 시간이 날아간다면 그것은 날 수 있는 몸 구조를 지닌 생명체이거나 자신을 날려보낼 수 있는 힘과 관계를 맺고 있어야 했다. 경이 이해하는 시간은 그런 특질 가운데 어떤 것도 지니고 있지 않았다. 그것은 가루, 색깔도 맛도 냄새도 없이 불균질적으로 흩어져 있는 가루 무더기에 가까웠다. 시간은 스스로의 의지로 움직이지 않았고 경의 노력에 의해서도 움직이려는 기미를 보이지 않았다.

어떤 사람들이 하는 말, 시간이 자신을 어딘가로 데려갔다거나 데려왔다는 말 역시 경이 이해할 수 없기는 마찬가지였다. 시간은 언제나 그 자리에 그대로 있었고, 그 위에 두 발을 딛고 서거나 앉거나 누운 채, 혹은 몸의 일부가 그 속에 묻힌 채 움찔거리는 것은 경 자신이었다. 그렇게 수없이 만지고 피부가 쓸리면서도 경은 자신을 둘러싼 시간과 제대로 관계를 맺을 수 없었다. 물론 관계가 아주 없었던 것은 아니었다. 시간은 가끔 경을 향해 몰려들었고 온도와 습도 같은 조건이 맞을 때면—이럴 때는 주로 경이 누군가를 사랑할 때였다—경의 몸에 엉겨붙어 헤어지지 않겠다는 듯, 어딘가로 함께 가자는 듯 머물러 있기도 했다. 그럴 때 시간은 잠시나마 어떤 형태를 지닌 것처럼 보였다. 위아래로 길쭉하다거나 둥그렇다거나 오른쪽이 불룩하다거나 하는 식으로 말이다. 이쪽으로 계속 자라나면 근사하겠다거나 튀어나온 저 부분은 마음에 들지 않으니 튀어나오기 전으로 돌아가고 싶다거나 생각한 적이 경에게도 있었다. 그러나 그것은 단지 순간에 불과했다. 냉정히 말해 바다에서 헤엄을 치고 나와 간이 탈의실에서 수영복을 벗을 때면 사타구니에 엉겨들던 젖은 모래와의 관계보다 나을 것이 없었다. 시간은 경의 내부로 들어오지 않았다. 마른 시간들은 경의 팔다리를 타고 떨어져 혼란스럽게 뒤섞였고 젖은 시간들은 뭉쳐 덩어리를 이루고 있다가 한꺼번에 사라졌다.

사라진다. 그리고 다른 곳에 나타난다. 경이 버스를 타고 시내를 지날 때면 그것은 예전에 살던 동네의 형태로 나타났다. 방 정리를 할 때면 그것은 예전에 풀었던 문제집의 형태로 나타났다. 무료한 밤 맥주를 마시고 있을 때면 페이스북 화면에 예전에 알던 사람들의 얼굴이라는 형태로 나타나기도 했다. 그러나 그런 것들을 보는 순간 경에게 찾아오는 최초의 감정은 그리움이나 반가움이나 회한이 아니라 의혹이었다. 나는 예전에 정말로 저기에 있었던 것일까. 정말로 저곳을 드나들고, 저 책장 귀퉁이에 낙서를 하고, 저 사람과 시간을 보냈던 것일까. 그다음엔 무슨 일이 일어난 것일까. 질문이 여기에 이르면 경의 사고 회로는 기름 덩어리처럼 완고하게 굳어 더이상 작동하지 않았다. 의혹이 지나간 곳엔 두려움이 깃들었다. 거기에는 죽음이, 그 시간에 자신이 참여했음을 경이 결코 떳떳이 주장할 수 없게 만드는 무수한 죽음이 있었다. 세부가 없이 단지 무언가가 죽었다는 사실만 남아 있는 장소들. 그 장소들이 경을 하나로 이어지지 못하고 뚝뚝 끊어진 채 간헐적으로 존재하는 사람으로 만들었다. 거기 있는 것이 누구의 죽음이었는지 알게 된 뒤로 아무것도 확신할 수 없게 됐다고 경은 말했다.

*

사실은 그게 좋았던 건지도 모른다.

내가 무슨 말을 해도 이 사람은 금세 잊어버리겠지, 나를 판단하지도 비난하지도 않겠지, 그렇게 생각했었다. 내가 이야기를 요약하고 편집하고 포장해서 전해야 하는 사람, 돈을 받고 꼭 그만큼의 관심과 조언을 내주는 사람과는 달랐다. 경 앞에서 나는 의지를 보이지 않아도 됐고, 반성하지 않아도, 잘했다는 말을 들으려고 애쓰는 유치원생이 된 기분을 느끼지 않아도 됐다. 경은 낯선 사람이었고, 나를 아는 사람이었다가, 다시 낯선 사람이 되었다. 그래서 나는 그녀에게 그런 이야기들을 그런 식으로 쏟아낼 수 있었다. 그래서는 안 된다는 사실도 모른 채, 내부와 외부의 구분이 없는 생물처럼.

죽었다고?

나는 물었다.

정말로 언니가 죽었다 다시 태어났다고 느낀다는 거야? 예수처럼?

……아니, 그런 식은 아니고. 어떻게 설명하면 좋을까. 정확히 말하면…… 옮겨지는 기분이야.

머리가 아픈 것처럼 눈썹을 찡그리며 눈을 감았다 뜬 경이 테이블 위 냅킨 무더기를 내려다보았다.

내가 여기 있는 동안, 누군가가 멀리 떨어진 곳에다 나를 복제해.

경이 냅킨 한 장을 집어올려 옆 테이블로 옮겨놓았다.

머리카락 한 올, 주름 하나까지 지금의 나와 똑같은 형태로. 그러고는 복제가 끝나면, 여기 있는 내 스위치를 끄고 저쪽의 나를 켜는 거야. 그러면,

경이 테이블 위 냅킨을 구겨뜨려 쥐고는 옆 테이블의 냅킨으로 눈을 돌렸다.

방금 전까지 나는 여기 있었지만, 이제 저기 있어. 다음 순간엔, 저기였던 곳이 이미 여기가 돼 있는 거야. 그리고……

경이 갑자기 주위를 둘러보더니 한숨을 내쉬었다. 가슴 깊은 곳에서부터 밀려나오는 것 같은 한숨이었다. 나는 그녀 눈동자의 움직임에서 눈을 떼지 않고 있었다.

이연아, 나는…… 지금 이 얘기를 꼭 해야 되니? 내가 전에 너한테 이 얘기 하지 않았어?

그녀는 답답한 듯 허공으로 눈을 돌렸다.

그래…… 알았어. 다시 할게. 그러고 나면…… 뭔가 어긋나 있다는 생각이 들어. 제대로 옮겨지지 않았다는 생각이. 시간이 지난다는 게, 내게는 그런 뜻이야. 어떤 건지 알겠어?

아니. 나는 솔직히 대답했다.

미친 소리 같지…… 하긴 미친 사람 맞구나.

경은 웃었다. 잊고 있던 굉장히 웃긴 일이 떠오른 것처럼 피식 터져나온 웃음이었다. 웃음은 경의 얼굴 위에서 조금씩 쓸쓸한 빛깔로 변해갔으나 나는 웃지 않았다.

아픈 사람이다. 나는 생각했다. 나보다 훨씬 더 아픈 사람. 하지만 나는 경의 태연한 표정을, 그녀가 방금 사용한 단어들을, 그녀를 지금 껏 알아온 나를 참을 수가 없었다.

그런 게 아니잖아.

나는 결국 말했다.

시간이 내부로 들어오지 않고, 스위치가 꺼지고 켜지고, 옮겨지고, 뭐라는 거야. 그런 멋있는 표현들을 가져다가 아름답게 포장할 수 있는 게 아니란 말이야. 언니, 언니는 언니가 생각하는 최경이 아니야. 그 사람은 다른 사람이야. 언니랑 이름만 같아. 그 사람은 이 책을 썼고, 언니는 아니야. 모르겠어?

나는 가방에서 책을 꺼내 테이블에 올려놓았다. 구겨진 냅킨을 더 작은 공 모양으로 구기던 경의 손이 멈췄다. 책을 내려다보는 대신 경은 아주 슬픈 눈으로 나를 바라보았다. 오래전부터 이 모든 일이 일어날 것을 알았으나 일어나지 않을 수도 있다는 실오라기 같은 가능성을 끝내 버리지 못한 사람처럼.

사람이 어떻게 죽었다가 다시 태어나?

나는 말했다.

말해줄게. 언니 그거 허언증이야. 무슨 뜻인지 알아? 아니…… 몰라도 상관없어. 언니가 다른 사람들을 만나서 무슨 얘기를 어떻게 하고 다니든 상관없어. 한 가지만 부탁할게. 나는 거기서 빼줘. 너무, 무섭고, 그래 무섭고, 소름이 끼쳐. 나라는 사람을 만난 거, 알았던 거, 없던 일로 해줬으면 좋겠어. 언니, 나는 언니와는 달라. 나한테는 내 감정이 있고 생활이 있어. 언니가 꾸며낸 얘기에 마음대로 갖다 써도 되는 사람이 아니란 말이야. 알겠어?

*

경을 생각하면 첫번째로 떠오르는 것은 얼룩이다. 베이지색 스커트 위에 조그만 타원 모양으로 붉게 배어나오기 시작한 얼룩이 있고 스커트 아래로는 스타킹을 신지 않아 다소 추워 보이는 그녀의 두 다리가 있다. 내가 바라보자 얼룩은 마치 내 시선을 의식하기라도 한 것처럼 조금 더 커졌다.

내 앞에는 젊은 남자 두 명이 서 있었고 경은 그들의 앞에 서 있었다. 그들이 보았는지는 알 수 없었다. 나는 잠시 망설이다가 그녀에게 다가가 어깨를 두드렸다. 저기, 뒤에 묻었거든요, 귓속말을 했다. 그녀는 깜짝 놀란 얼굴을 하더니 하려던 주문을 그만두고 화장실로 들어갔다. 내 앞의 남자 둘이 주문을 했고, 뒤이어 내가 주문을 했다. 그사이 경은 입고 있던 검은색 카디건을 벗어 허리에 두르고 화장실에서 나왔다. 카운터 직원이 그녀에게 뭐라고 말하는 게 보였다. 큰 프랜차이즈 커피숍이긴 했으나 생리대는 준비되어 있지 않은 모양이었고 손님이 많은 시간대라 직원은 정신이 없어 보였다. 경이 주위를 둘러보고 출입구 쪽으로 걸어가는 것을 보면서 나는 천천히 아이스 아메리카노를 마셨다.

그날 내 가방 속에는 생리대가 여러 개 들어 있었다. 그러나 나는 그것들을 꺼내지 않고 가만히 자리에 앉아 있었다. 생리가 끊기다니 이제 여자도 아닌 몸으로 살 작정이냐고 화를 내며 몇 달 전에 엄마가 가방에 억지로 넣어놓은 생리대였다. 내 손으로 만지고 싶지 않았다. 가방을 열 때마다 지긋지긋한 기분이었지만 나는 이상한 오기로 그것들을 계속 가방에 넣어 다녔다. 그것들을 보고 있으면 나는 쉽게 폭력이라는 단어를 떠올릴 수 있었고 엄마를, 건강한 사람들을, 그리고 나자신을 계속 미워할 수 있었다.

일주일 뒤 병원 대기실에서 그녀가 인사를 건네왔을 때 미묘한 기분이 든 건 그래서였다. 지난번에는 고마웠다고 말하며 경은 고개를 숙였고, 나는 조금 당황해서 아니라고 대답했다. 그녀의 상담시간은 나의 바로 앞 시간이었다. 그러고 보니 병원에 일찍 도착한 날 자리에 앉아 휴대폰을 들여다보며 무언가를 적어넣고 있는 그녀를 몇 번쯤 본 것도 같았다. 경은 키가 훌쩍 크고, 머리가 길고, 동안에 선량한 눈매, 전체적으로 서글서글한 인상을 한 사람이었다. 그리고 그런 병원에 다니는 사람들이 대체로 그렇듯 겉으로는 아무런 문제 없이 평온해 보였다.

그뒤로도 그 커피숍에서 나는 종종 그녀와 마주쳤다. 그렇게 이상한 일은 아니었다. 그 병원이 대로변에 있긴 했으나 동네 자체가 외진 곳이어서 주변에 무언가를 마시러 들어갈 장소라곤 그곳밖에 없었고, 삼십 분 동안의 상담이 끝나면 나는 지독하게 목이 탔다. 아마 그녀도 그랬던 모양이었다.

　이상한 일은 몇 주 뒤에 일어났다. 언제나처럼 혼자 커피를 마시고 있는 그녀의 테이블로 걸어가 내가 말을 걸었던 것이다. 놀란 눈으로 올려다보는 그녀를 보며 나는 생각했다. 나 뭐하는 거지?

　그날은 무척 더웠고 선생님은 나를 칭찬했다. 나는 천진한 웃음을 지어 보이며 그럼 월말쯤에는 상담을 끝내도 되지 않을까요? 하고 슬쩍 떠보았다. 그런 말을 한 이유는 두 가지였는데, 하나는 그런 바보짓을 계속하고 싶지 않아서였다. 나는 옛날처럼 살이 쪄서 간신히 도드라지기 시작한 골반과 쇄골이 도로 묻히게 하고 싶지 않았다. 다른 하나는 엄마로부터 일을 그만둬야 할지도 모르겠다는 말을 들어서였다. 엄마는 시내에 있는 제법 규모가 큰 산후조리원에서 산후조리사로 일하고 있었다. 삼교대 근무였는데 주로 밤 시간대에 신생아를 돌보고, 갓 아이를 낳은 산모들이 수월하게 수유를 할 수 있도록 가슴 마사지를 해주었다. 제법 솜씨가 좋아 둘째를 낳은 산모들이 멀리서 찾아오는 일도 있었고 그럴 때면 엄마는 보람을 느끼기도 했다. 그러나 기본적으로 체력을 필요로 하는 일이었고 무엇보다 손목과 손가락이 시큰거릴 때가 많았다. 그 조리원이 시내 중심가로 이전하면서 규모를 줄일 예정이었는데 아무래도 인원 감축이 있을 것 같아 불안하다고 엄마는 말했다. 대놓고 말은 안 하지만 공기가 다르더라. 내가 원장보다 나이가 많으니 실장도 아닌데 실장님이라고 부르면서 살갑게 대해주더니 결국엔 그런 분위기더라. 그럴 거면 처음부터 아줌마라고 부를 것이지. 보통은 출근 전에 저녁을 먹고 가는데, 딱 하루 어쩌다보니 저녁 챙길 시간이 없어 산모들 식사시간 끝나고 주방에 샐러드 남은 걸 조금 덜어 먹었는데 그거 가지고 뭐라 하는 거야.

아버지가 있는 집에 도로 들어가는 건 아무래도 싫었다. 매일 얼굴을 보면서 그 사람에게서 받은 돈으로 등록금을 내고 있다는 사실을 상기하기 싫었다. 자취방 생활은 어떻게든 지킬 생각이었으니 월세를 내려면 조만간 아르바이트를 다시 시작해야 할지도 몰랐다. 몇 년 전에 했던 것처럼 하루종일 서서 닭을 튀기거나 최저시급을 받으며 서빙과 청소를 하게 될 것이었다. 그런 상황에서 호사스럽게 병원이라니. 끝내는 게 이치에 맞겠다고 나는 생각했다. 그렇게 몇 주가 흘렀다. 낫기 싫다는 마음과 나아야 한다는 당위 사이에서 나는 음식을 먹다가 말다가, 토하다가 말다가 했다. 주로 물을 마셨다. 물은 아무것도 건드리지 않고 몸을 빠져나오니까.

선생님은 몸이 조금씩 정상으로 돌아오고 있고 식단도 잘 지키고 있으니 분명 긍정적이지만 상담을 끝내는 건 천천히 시간을 두고 생각해보자고 했다. 상담실을 나오자마자 나는 화장실로 들어갔다. 병원에 오기 전 급하게 마신 이 리터의 생수가 터질 듯 아랫배를 압박해왔다. 내 가방 속에는 한 번도 사실대로 적어본 적 없는 식사일지가 들어 있었고, 병원 앞 대로변에서는 대학생들이 피켓을 세워두고 시리아 어린이들을 후원할 회원을 모집하고 있었다. 나는 커피 한 잔으로 식사를 대신할 것이었고 그뒤에는 자취방으로 돌아가 대여섯 가지 술과 주스를 섞어 힘들어질 때까지 마신 다음 새벽이 오면 언제나처럼 목에 손가락을 집어넣을 예정이었다.

카운터에서 커피를 받아들었을 때, 스며나온 땀이 흐르고 눈가에서 마스카라가 녹아내리는 걸 느꼈을 때, 문득 견디지 못하겠다는 생각이 들었다. 그 모든 일을 혼자 해야 한다는 사실을 더이상 견딜 수가 없는데 전혀 그렇지 않은 얼굴로 걸어다니는 나 자신을 견딜 수가 없었다. 이상하게도 그날은 토하고 싶지가 않았다. 당장 토할 정도로 토하고 싶지 않다는 생각뿐이었다. 그래서 나는 웃음을 지으려고 애쓰며 그녀에게 걸어갔던 것이다.

*

경은 P시의 서쪽에서 태어나 자라났고 대학 졸업 후 독립해 서울에 취업하기 전까지 줄곧 거기서 살았다. 어린아이들이 유난히 많고 집 근처에 초등학교가 있는, 밤이 일찍 찾아오는 동네였다. 새소리와 피아노 소리, 나른하고 구체적인 생활의 냄새로 가득한 낮이 지나가고 밤 열시쯤이 되면 대부분 집들의 불이 꺼졌다. 몰려다니는 남자 고등학생들은 종종 경계의 대상이 되었다. 가끔 자정이 넘어 야식거리를 사려고 인적이 전혀 없는 길을 걸어 편의점에 다녀올 때면 공기가 희박해지는 느낌이 들면서 자기 혼자만 딴 세상에 남겨진 것 같았다고 경은 말했다.

집에서 이십 분쯤 걸으면 지하철역이 나왔고 거기서부터 번화가의 시작이었다. 외국어로 된 간판을 단 식당과 큰 사이즈의 옷을 파는 상점들이 있었고 시장 옆으로 유흥가가 넓게 펼쳐져 있었다. 시험기간 도서관에서 밤늦게까지 공부를 하고 돌아올 때면 경은 좀 무서웠다고 했다. 자신만 그랬던 건 아니었을 거라고.

여자가 나오는 술집들이 있고, 거기서 뿌리는 명함만한 광고지들이 젖은 길에 온통 뿌려져 있었어. 공기에는 언제나 담배 냄새가 섞여 있었고 취객들이 어깨동무를 하고 입간판을 함부로 걷어차며 걸어다녔어. 술에 취해 치마가 허리까지 말려올라간 채 쪼그리고 앉은 여자를 밀쳤다 당겼다 하면서 거래 같은 대화를 하는 남자들이 있었어. 나는 내가 그런 것 때문에 무서운 거라고 생각했어. 우리 부모님은 보수적인 분들이었고, 우습지만 난 술 같은 건 마시면 큰일나는 거라고 알고 자랐고, 고등학교 때까지는 그 길로 다니지 않아도 됐거든. 그런데 아니었어.

그 사람을 본 적이 여러 번 있었어. 아마 우리집 근처에 살았던 것 같아. 동네 놀이터에서도 봤고 우리집 맞은편에 있는 빌라 입구에서 다른 사람들과 앉아 얘기를 나누는 것도 봤어. 매일 일을 나가는 것 같지는 않았어. 가끔은 동네 아이들과 있기도 했어. 아이들이 그 사람을 좋아했거든. 아침이면 놀이터 바로 옆 공사장에 레미콘이나 포클레인 같은 걸 구경하고 싶어하는 아이들을 데리고 나온 엄마들이 있었는데 그 사람은 그 아이들에게 중장비 이름을 하나씩 가르쳐줬어.

그 사람이 말을 걸기 전까지는 몰랐어.

아무 생각이 없었다고 해야겠지. 자주 눈이 마주치다보니 어느새 난 그 사람과 웃으며 목례를 나누는 사이가 됐어. 아, 그런가, 신기하네, 생각했어. 그렇게 눈인사를 나누면 경은 왠지 마음이 놓이는 기분이었다고 했다. 그런 사람들이 어떤 대우를 받고 지내는지 그때쯤엔 경도 대충은 알고 있었으니까. 그 사람은 매일 욕설을 듣거나 얻어맞는 사람처럼 보이지는 않았어. 피곤에 찌들어 있지도 않았고 화난 표정도 아니었어. 좀 다른 곳에서 일하는 모양이라고 나는 생각했어. 어느 나라에서 왔느냐고 물어볼까? 그런 생각도 했어. 물론 그러진 않았지만.

수업이 없는 어느 날 친구를 만나려고 나서는데 그 사람이 집 앞에서 기다리고 있었다고 경은 말했다. 그는 자신의 이름을 말하고 남자친구가 있느냐고, 괜찮으면 밥을 같이 먹지 않겠느냐고 경에게 물었다.

무서웠어.

아이들이 그 사람에게 다가갈 때마다 굳은 표정으로 아무 말도 하지 않던 동네 아주머니들이 아니라, 가끔씩 강간이나 살인 같은 단어를 들먹이며 과장된 말투로 주의를 주던 부모님이 아니라, 그때까지 스스로 다른 사람들과는 다르다고 믿고 있던 자신이, 그 사람의 입에서 나온 그 간단한 한국어 문장들에 무서움을 느끼는 자신이 무서웠다고 경은 말했다.

나는 그날 친구를 만나지 않았어. 그대로 집으로 들어가 문을 닫았어. 그날 밤 부모님에게 얘기를 했고, 그다음부턴 그 사람을 볼 수가 없었어.

*

좀 도와주실래요, 토할 것 같아서요. 그게 내가 그날 오후 처음으로 건넨 말들이었다. 경은 얼마나 당황스러웠을까. 그녀 자신도 병력이 있었으니 일반적인 수준의 이해는 있었겠으나 내 사정이 어떠했든 내가 보인 그 행동들은 분명히 폭력에 가까운 무례였다. 경은 조금 곤란한 표정을 짓기는 했지만 묵묵히 내 얘기를 들어주었다. 묻지도 자리를 피하지도 않았다. 같은 병원에 다니고 부탁을 받았다는 이유만으로 저녁 늦게까지, 모르는 사람과 마주앉아서 말이다.

경이 그날의 일을 다시 얘기한 건 몇 달이 흘러 내가 경을 언니라고 부르게 된 다음이었다. 네가 생리대 얘기 했을 때 알았어. 보통이라면 당사자를 면전에 두고 그렇게까지 얘기하지는 않잖아. 내가 건강해 보여서 왠지 심술을 부리고 싶은 마음도 있었다고 네가 그랬을 때, 아, 토한다더니, 얘 진짜로 토하는 애구나, 생각했어. 먹은 걸 토하기 싫어서 다른 걸, 내 얼굴에 대고 토하는구나. 아이쿠야. 경은 웃으며 그렇게 말했다. 그럼 화를 내든지 도망치지 그랬느냐고 내가 말하자 경은 너 같으면 그러겠니? 사람이 토하고 있는데 어떻게 중간에 끊으라고 해, 그게 의지로 끊어져? 하고 대답했다. 그러고는 여전히 웃으면서, 화난 것도 그렇다고 무심한 것도 아닌 표정으로 눈썹을 조금 찡그리며 덧붙였다. 너 근데, 다른 사람한테는 그러지 마. 그 말을 하던 경의 얼굴이 또렷하게 기억난다. 아픈 사람도 건강한 사람도 아닌 평범하고 다정한 타인의 얼굴. 그 순간 나는 경이 정말로 내 언니처럼 느껴졌다. 이 사람이 나라는 번거로운 막냇동생을 오래 알고 지낸 큰언니라면 얼마나 좋을까. 매일 저렇게 웃으며 한숨을 쉬어주면 얼마나 좋을까. 내게 형제가 없어서였는지 그건 코끝이 시큰해질 정도로 달콤한 상상이었다. 그날 이후 나는 처음으로 생각하게 되었다.

내가 부끄럽다고 말이다.

내 병에 한해 말하자면 비난보다 앞서 위로를 받아야 한다는 게 오랜 시간 동안 단단하게 굳어진 내 생각이었다. 지금은 탈퇴했으나 그

때 나는 프로아나* 커뮤니티 회원이었다. 엄마의 눈물과 애원 때문에 병원에 다니고는 있었으나 내게는 낫고 싶다는 의지가 별로 없었다. 가끔은 라면 한 그릇을 바닥까지 달게 비울 때도 있었지만 대체로 음식을 먹는 날보다 먹지 않는 날이 더 많았고, 체중이 삼십오 킬로그램이 될 때까지는 계속 토하는 게 옳다고 생각했다. 하지만 그런 내 행동들이 병을 숨기려고 식사일지를 지어내는 행동보다 특별히 더 역겹게 느껴지지는 않았다. 배가 불렀다거나 여기가 선진국이고 너희들이 할리우드 배우인 줄 아느냐는 식의 노골적인 경멸을 읽으면 정보가 부족해 그러는 거라고 생각하면서도 화가 났다. 너는 살만 빼면 조금은 사람 같아 보일 텐데, 같은 말을 십 년 넘게 면전에서 반복해 들어본 적이 없을 그 사람들의 단순한 논리가 부러웠다. 내가 원하는 건 정상인으로 돌아가는 게 아니라 완전히 다른 몸으로 갈아타는 것, 내가 아닌 사람으로 다시 태어나 다르게 사는 것이었다. 그 병 특유의 닫힌 논리가 자해적인 행동들을 아름답게 보이게 했고, 무엇보다 내게는 어린 시절 외모를 조롱했던 아버지를 비롯해 숱한 가해자들이 있었다. 그리고 사회. 내가 내 몸을 아름답게 여기는 데 이 사회가 대체 무슨 도움을 주었단 말인가.

하지만 경을 알게 된 뒤로 나는 자주 부끄러웠다. 고작 나 자신 속에 갇혀서 매일 죽고 싶다고 생각하는 내가, 타인에게 해도 되는 말과 하면 안 되는 말의 구분 같은 기초적인 상식조차 갖추지 못한 내가, 한심하고 창피해서 숨고 싶었다.

---

* pro-ana. 거식증을 옹호하는 태도, 혹은 그런 태도를 지닌 거식증 환자.

경은 달랐다.

열 살이나 많은 나이와 그만큼 쌓인 사회 경험도 있었겠으나 알면 알수록 나와는 근본적으로 다른 사람이라는 생각이 들었다. 경의 머릿속에는 아주 큰 세상이 들어 있었고, 그 세상의 면면들에 대한 의견이 마치 마트의 물건들처럼 깔끔하게 항목별로 정리되어 있었다. 하나하나가 모두 정성스레 만들어지고 손질된 의견들이었다. 그렇게 아는 게 많으면 자신을 과시하며 으스댈 법도 한데, 경은 세상일 대부분에 느리고 조심스러운 태도를 취했고 시간을 들여 깊이 생각한 뒤에야 입을 열었다. 남을 배려하면서 자신의 기분은 뒤로 숨겼고, 나는 절대 떠올릴 수 없을 단어들을 사용했다.

깊이 생각하는 게 아니라 헤매는 거야. 배려가 아니라 그냥 겁이 많은 거고.

경은 말했지만 나는 생각했다. 저렇게 총명한 사람의 마음이 병들었다는 사실을 믿을 수 없다고 말이다. 가끔 아무 징조 없이 연락이 두절되는 일이 있었고 시간이나 신 따위의 도무지 알 수 없는 말들을 망상처럼 늘어놓는 일도 있었으나 내게 그건 병이라기보다는 경이라는 사람의 성격의 일부로 보였다. 간장을 넣고 오래 조린 반찬 같은 현실 속에 있어도 먼 곳의 일들을 생각하고 꿈꿀 수 있는 사람. 보통 사람보다 예민하고 걱정이 많고 그래서 미안해하지 않아도 될 일에 미안함을 느끼는 사람.

그 남자가 사라지고 몇 주쯤 뒤에 경은 사람들이 주고받는 대화를 우연히 들었고 동네에 거주하던 외국인들이 한밤중에 단속되어 본국으로 추방되었다는 사실을 알게 되었다. 2003년인가 2004년쯤, 불법

체류자 단속과 추방이 절정에 이르렀던 시점이었다고 했다. 그리고 일 년 뒤, 경은 어느 인터넷 뉴스에서 그 남자의 이야기를 읽었다. 그의 이름은 이니셜로 처리돼 있었으나 경이 살던 동네의 지명은 제대로 표기돼 있었고, 그가 한국인 여대생에게 데이트를 신청하려고 말을 건 뒤 신고에 의해 붙잡혀 본국으로 추방되었다는 기사였다고 했다. 그는 고국에서 어떻게든 다시 삶을 시작하려 했으나 계속되는 생활고의 무게와 추방되었을 때의 모멸감을 이기지 못하고 가족에게 미안하다는 말을 남긴 채 스스로 목숨을 끊었다.

처음에는 아닐 거라고 생각했어. 경은 말했다. 내가 아니고 그 사람이 아닐 거라고. 그 뉴스의 모호한 서술만으로 어떻게 확신할 수 있느냐고. 본 적은 없지만 동네 곳곳에 나와 비슷한 여대생들이 살고 있고, 그 사람과 비슷한 다른 사람들이 있었을 거라고. 그건 그 사람들 얘기일 거라고. 한번은 그런 생각까지 했어. 그 기사를 쓴 기자한테 전화를 걸어서 물어볼까 하고 말이야. 그런데 그럴 수 없었어. 너 같으면 그럴 수 있겠어? 난…… 겁이 났어.

그뒤로 그 일이 시작되었다고 경은 말했다. 시간이 더이상 한 방향으로 흐르지 않았고 무슨 일을 해도 거짓처럼, 자신에게는 자격이 없는 것처럼 생각되었다고.


*


어느 날 검색창에 경의 이름을 쳐보았다가 나는 그 책을 발견했다. 특별한 이유는 없었다. 좋아하는 사람의 이름을 재미삼아 검색하는 건 누구나 하는 일이었고 굳이 이유를 찾자면 그런 이야기들까지 나누었는데도 나는 같은 병원 환자가 아닌 경에 대해, 이를테면 경이 다닌다는 회사—경이 들어가기를 부모님이 원하던 곳이었고 출장이 많다고 했다—같은 부분에 대해서는 아는 것이 그렇게 많지 않았으니까.

『쁘르뜨마난, 삼백육십 일의 기록』은 2009년에 나온 책이었다. 인권운동가 열두 명이 각각 삼십 일씩의 시간을 할애해 열두 군데의 이주노동자 작업장을 취재했고 거기서 만난 사람들의 이야기를 글로 써서 모아 묶었다. '친구인 상태, 우정'이라는 뜻의 인도네시아어를 넣은 제목에서 알 수 있듯 외국인 노동자들이 처한 부당하고 열악한 현실을 내세우기보다는 우리와 다를 바 없이 다양한 결을 갖춘 그들의 일상과 감정을 친숙하게 보여주자는 의도로 기획된 책이었다. 최경이라는 이름은 책의 날개, 열두 명의 필자 소개 가운데 두번째에 있었다. 인권운동가로서는 당연한 일인지 출생연도나 학교명 같은 것은 표기되어 있지 않았다. 대학 졸업 후 개인적인 계기로 이주노동자 문제에 관심을 갖게 되었고 몇 개의 단체를 거치며 일했다는, 내가 보기에는 지나치게 짧고 겸손해 보이는 소개글이 사진 없이 실려 있을 뿐이었다.

경의 글은 C시의 시멘트공장에서 일하는 세 명의 사람들의 이야기를 다루고 있었다. 간단한 소풍을 나온 것인지 나무들 사이에 자리를 펴고 도시락을 먹으며 웃음을 짓고 있는 세 남자를 담은 사진이 중간에 한 장 들어 있었다. 경은 한국에 와 절친한 친구가 되었다는 그들의 이야기를 담담한 어조로 서술했다. 불필요한 감정의 과잉 없이 극도로 절제된, 어찌 보면 다소 차가워 보이는 문장들이었으나 쓴 사람이 따스한 영혼을 가졌다는 사실을 깨닫기는 어렵지 않았다. 나는 그들의 친구가 될 수 있을까. 그게 그 글의 마지막 문장이었다.

나는 그 책을 학교 서점에서 샀다. 서점에 선 채로 연속해서 두 번 읽고 며칠이 지난 뒤에 한번 더 읽었다. 말들이 목으로 차올랐다. 아무래도 모른 척 지나갈 수 있을 것 같지는 않아서 그 주 상담이 있던 날에 경에게 얘기했다.

나는 끔찍하다고 생각했다.

경은 정면돌파를 한 것이었다. 외면하거나 멀리 돌아갈 수 있는 길이 얼마든지 있었는데도, 자신의 과오를, 죄책감을 향해 곧장 달려들어갔다. 부끄럽다고 말하는 사람은 많지만 정말로 그렇게 행동할 수 있는 사람이 세상에 몇이나 될까. 내 머릿속에는 자기소개서를 들고 인권단체 사무실의 문을 처음으로 두드리는 사회 초년생 경의 상기된 얼굴만이 반복해서 떠올랐다. 그 이후를 상상하는 건 내 한계를 벗어나는 일이었다. 경은 어떻게 그 일을 계속했을까. 하나의 얼굴 위에 다른 얼굴들을 겹쳐놓으면서, 이야기 위에 다른 이야기를 겹쳐 쓰면서, 도망치고 싶은 자신을 왜 끝끝내 바라보려고 했을까.

아니야, 딱딱하게 굳어진 얼굴로 경은 말했다. 이연아, 그 책을 쓴 건 내가 아니야. 다른 사람이야. 나는 그런 사람이 못 돼.

경의 얼굴은 창백했다. 창백하다는 말에 정확히 부합하는 얼굴을 나는 그날 처음 보았는데 그게 경의 얼굴이었다. 경은 슬프고 곤란한 얼굴로 아니라는 말을 반복하다가 가방을 들고 일어나 그대로 도망쳐버렸다. 아무리 전화를 해도 받지 않았다.

나는 한 사람이 그렇게까지 괴로워야 하는 이유를 이해할 수 없었다. 설령 바닥 없는 구덩이에 빠지는 것 같은 그런 일을 겪었더라도 그건 그 사람 혼자만의 잘못이 아니었다. 사람들 모두가 나눠 져야 하는 짐이었다. 그런데도 경이 껴안고 다니는 피로한 강박을 나눠 들어주는 사람은 아무도 없었다.

나로 말하자면 경의 이야기를 듣기 전에는 이주노동자들이 우리나라에 들어와 있다는 사실조차 알지 못했다. 먹고사는 괴로움 말고는 별로 관심을 두는 일이 없는 부모님을 나는 이런저런 이유로 경멸했으나 나 역시 크게 다르지 않은 사람이었다. 내가 어른이어서 생계나 자리가 좌우되는 본격적인 이해관계로 얽혔다면 나 또한 피부색이 다른 사람들의 미래를 걱정하기보다는 그들이 불법체류자라는 사실을 우선적으로 고려하지 않았을까? 나는 P시에 살아본 적이 없었고, 그들에 대한 몇 가지 추상적인 이야기와 이미지를 접한 것만으로 나라는 인간이 바뀌었다 믿으면서 그런 일은 없을 거라 잘라 말한다면 그것이야말로 기만일 거라고 그때의 나는 생각했다. 그렇지만 나는 내가 누구이며 몇 년 전에 무슨 일을 했는지는 정확하게 파악하고 있었다. 만약 경과 같은 일을 겪었더라도 나라면 어떻게든 합리화를 통해 스스로 방어할 길을 찾았을 것이다.

진짜가 아니면서 진짜 행세를 하는 것을 사이비나 짝퉁이라고 부른다면 그 반대의 개념을 가리키는 말도 있을까. 있다면 무엇일까. 적절한 단어를 찾지는 못했지만 내 눈에는 경이 그런 사람으로 보였다. 그렇게 힘든 시간을 보내며 대가를 치렀다면, 아니, 설령 그것이 정확히 그 사람의 죽음에 대한 대가를 치르는 일이 될 수는 없다고 해도 그렇

러브 레플리카 171

게 의미 있는 일들을 했다면 경은 나아졌어야 했다. 그러나 그러지 못했다. 결코 쉽지 않았을 그 시간들을 스스로의 의지로 보낸 뒤에도 경은 여전히 기억의 병에 시달리고 있었다. 죽었다느니 다시 태어났다느니 하는 말을 중얼거리고, 자신의 좋은 부분조차 부정하고, 자기 이름을 똑바로 쳐다보지 못하는 사람이 되어 병원에 다니고 있었다.

끔찍하다고밖에 생각할 수가 없었다.

*

내가 정말 어떤 사람인지 너는 몰라.

몇 달이 지나 병원 대기실에서 경은 말했다. 나는 웃었다. 조금, 아주 조금 지겹다는 생각이 들었다. 그 마음을 누르고 나는 물었다.

언니, 미안해? 나한테 연락도 안 하고 잠수 타고, 뭐 한두 번도 아니지만, 그래도 너무 제멋대로잖아. 나한테 안 미안해? 미안하지?

응. 경은 작은 목소리로 대답했다.

그러면 우리 여행 가자. 언니 휴가 낼 수 있어? 나 방학인데, 언니 며칠만 휴가 내라.

여행?

응, 여행.

어디로?

글쎄, 일본 갈까?

그 순간 나는 무슨 생각을 하고 있었을까. 경에게 닿으려고 헛되이 애쓴 그 몇 달 내내 화가 나 있었다는 사실이 먼저 떠오른다. 일본, 이라고 말하면서 나는 무심결에 그 화를 뱉어낸 것인지도 모른다. 뱉어놓고 보니 뒤늦게 떠오르는 생각이 있었다. 하지만 경의 대답이 그것을 지워버렸다.

일본? 그럴까? 일본 어디? 오사카? 나라?

끊어져 있었다. 경의 표현대로라면 경은 또다시 다른 곳으로 옮겨진 것이었다. 그것이 나라는 사람과는 아무 상관 없이 말 그대로 임의적인 것 같다는 생각이 들자 한편으로는 설명하기 힘든 분한 마음이 다시 차올랐고 다른 한편으로는 이래도 되는 걸까 싶어 조바심이 나기 시작했다. 그렇지만, 나는 생각했다. 이왕 이렇게 됐다면,

여기서부터 다시 가보는 것이다.

괜찮을 거라고 나는 생각했다.

그때는 몰랐다. 나는 경을 좋아하고, 동경하고 안쓰러워하고 있었으니까. 친구처럼, 언니처럼.

\*

작은 카페처럼 보이는 아담한 사무실이었다. 열 개쯤 되는 책상이 두 줄로 붙어 있고 회의용으로 보이는 넓은 탁자가 놓여 있었다. 벽에는 포스터와 엽서들이 빼곡하게 붙어 있었고 대여섯 명의 사람들이 분주하게 문서를 작성하거나 전화를 하거나 달력에 포스트잇을 붙이고 있었다.

약속을 하고 오셨나요? 최경씨는 지금 안 계신데요. 외근중이세요.

약속은 하지 않았다고 말하자 직원은 조금 곤란하다는 표정을 지으

며 무슨 일 때문이냐고 물었다. 무슨 일 때문일까. 나는 왜 여기 와 있을까. 뜨거워졌다 식는 일을 반복하는 집요하고 비틀린 마음을 안고 나는 인권운동단체 사무실에 서 있었다.

개인적으로 할 얘기가…… 책에 관해서 확인하고 싶은 게 있어서 그러는데요. 출판사에다 물어봐도 그분 연락처를 알 수가 없어서 이쪽으로 찾아왔습니다.

개인 연락처는 저희가 드릴 수가 없고요. 긴 머리를 단정하게 묶은 직원이 정수기 쪽으로 걸어가며 피곤하지만 상냥한 어조로 말했다. 정 그러시면 앉아서 조금만 기다리시겠어요? 전화를 걸어드릴게요.

그렇게 말한 그녀는 곧장 걸려온 다른 전화에 붙들렸다. 나는 녹차를 마시며 기다렸다. 다 마신 뒤에는 일어나서 벽에 붙은 포스터들을 구경했다. 영화제와 콘서트, 좌담회 포스터가 있었고 어디선가 한 번쯤 들어본 적 있는 이름들이 적혀 있었다. 그 이름들을 타고 흐르듯 걸음을 옮기며 비어 있는 책상들 앞을 지났다. 그리고 스르르 전원이 켜지는 것처럼 나는 한 곳에서 발을 멈췄다.

낯익은 사진이 파티션에 압정으로 고정되어 있었으므로 우선 그것부터 보였다. 경의 책에 들어 있던 세 사람의 사진이었다. 책 속에서는 흑백이던 사진이 컬러로, 좋은 화질과 두 배쯤 큰 사이즈로 인화되어 세 사람이 입고 있던 옷의 원래 빛깔과 그들의 피부 빛깔을 알 수 있었다. 명도가 조금씩 다른 무채색으로 보이던 그들의 셔츠는 각각 부드러운 크림색과 석류 같은 빨간색과 과묵해 보이는 푸른색이었다. 그들을 둘러싸고 있는 나뭇가지의 갈색과 잎사귀들의 연둣빛도 생생하게 살아 있었다. 세 사람 중 가장 나이가 많고 우쿨렐레 연주가 수

준급이라고 했던 사람은 다른 두 명보다 얼굴색이 붉었다. 술을 마셨거나 기분좋은 소식을 들은 것처럼 볼에 홍조를 띠고 있었다.

다른 사진들은 작았다. 일곱 장인가 여덟 장쯤. 보통의 3×5사이즈였고 거기에도 서로 어깨를 감싸거나 옆 사람의 머리 뒤에 손가락으로 뿔을 만들거나 하며 다정하게 포즈를 취한 사람들이 찍혀 있었다. 함께 일했던 사람들일까. 경으로 보이는 얼굴은 없었다. 셀카로 보이는 사진이 꼭 한 장 있었다. 위에서 아래를 내려다보며 촬영한 것으로, 두 다리와 러닝화를 신은 발이 찍혀 있었다.

러닝화와 청바지. 내가 아는 경이 그런 톤으로 워싱된 청바지를 입은 적은 없었다. 언제나 엄격해 보일 만큼 단정한 스커트와 구두 차림이었다. 스트랩이 있는 메리제인 스타일로, 낡아서 앞코에 흠집이 몇 개 있던 그 구두는 경에게 제법 잘 어울렸다. 그런 걸 떠올리고 있자니 내가 삼류 추리소설에 나오는 탐정처럼 느껴졌다. 함께 있지 않을 때 경이 어떤 모습을 하고 있는지 나로서는 모르는 게 당연했다. 나는 경의 가족도 연인도 아니었으니까. 그런데 그 사실이 왜 그토록 거슬릴까. 처음에는 분명히 애틋한 마음이었던 것이 왜 이런 모양으로 자라났을까. 나는 궁금해하며 거기 서 있었다. 거긴 그런 걸 궁금해하라고 있는 자리가 아니었는데도 나는 멈추지 못했다.

무언가가 나를 들어 여기에 옮겨놓았다. 다른 누구를 향한 마음도 내게 이렇게까지 하지는 못했다. 건강한 몸과 조용한 미소, 타인의 얼굴에 어린 빛을 알아보는 눈과 섬세한 마음을 지니고 있던 경. 그런 경을 좋아하고 닮고 싶어했던 나. 언제나 단아한 옷차림을 하고 있던 경. 거울을 보지 못하던 나. 출장이 많은 경. 비행기를 타보고 싶어 공항 사진들을 검색하던 나. 아주 많은 곳에 있었으나 한 사람으로 살고 싶어하던 경. 잠시라도 다른 사람이 되고 싶어 목에 손가락을 집어넣던 나. 같을 수 없다는 생각이 되살아났다. 근본적으로 같을 수 없었다.

통화하시겠어요? 전화 연결, 됐거든요.

나는 수화기를 받아들었다.

여보세요, 저편에서 그녀가 말했다. 비슷하다고 나는 생각했다. 그러나 맞다고 확신할 수는 없는 목소리였다.

최경씨 되시나요?

네, 그런데요.

저 서이연인데요.

네? 조금만 크게 말씀해주시겠어요? 제가 지금 외부에 나와 있어서요. 누구시라고요?

언니, 나 이연인데.

감이 멀고 잡음이 섞여 있었다. 나는 목소리를 키웠다. 나 기억해? 병원에 같이 다녔던 이연이. 연락이 되지 않아서 전화했어요.

마이크의 하울링 같은 것이 날카롭게 귀를 찔렀다.

병원……? 병원에 누구랑 같이 다닌 적이 저는 없는데요.

없으시다고요?

네. 누구신지 저는 잘 모르겠는데, 죄송해요.

얼굴이 달아올랐다. 식었던 마음이 다시 끓어올라 나를 덮었다. 나는 큰 소리로 말했다. 저기요, 끊지 마세요. 하나만 여쭤볼게요.

　　　　　　*

　경의 자리는 창가 쪽인 24A였다. 나는 24B였다. 내가 머리 위 수납
칸에 캐리어를 집어넣는 일을 끝냈을 때 자리에 먼저 앉아 있던 경이
나를 보며 물었다. 자리 바꿀까? 창가 자리가 더 좋지 않아?

　나는 괜찮다고 했다. 화장실에 가기에는 복도 쪽이 편했다. 나는 코
트를 벗고 자리에 앉아 안전벨트를 채웠다. 경은 내 손을 잡아 우우,
신난다! 하고 웃으며 조금 흔들고는 말했다. 겨울의 교토는 근사할
까? 나는 여름에만 가봤는데. 갈 때마다 좋았어, 여름에는. 아, 오랜
만에 비행기 타니까 좋다.

　좋아?

　응. 넌 안 좋아?

　나야 아직 모르지. 이게 처음 타보는 거니까.

　창밖에는 우리가 탄 비행기보다 작은 Y항공 여객기가 허리춤에 탑
승교를 붙인 채 손님들을 태우고 있었다. 귀엽다 저 비행기, 경이 말
했다. 심장이 빠르게 뛰기 시작했다. 땀이 배어날 것 같아 나는 슬며
시 경의 손을 놓았다. 기내 방송이 나왔다. 드문드문 서 있던 승객들
이 모두 자리에 앉았다. 찰칵, 찰칵, 벨트 채우는 소리가 연달아 들려
왔다. 나는 창밖을 보다가 경의 갸름한 코로, 그 아래 인중으로 연결
된 도톰한 입술로 시선을 옮겼다.

　잊어버린 모양이었다.

　비행기가 나오는 꿈을 꿔, 경은 그렇게 말했었다. 옛날 음악이 나오
는 바에 나란히 앉아 늦게까지 술을 마신 밤이었다. 비행기? 나는 기

침을 하며 물었다. 오랜만에 마신 보드카 때문에 머리가 아팠고 방금 토한 참이라 목구멍과 콧속에 매콤하고 서러운 기운이 남아 있었다. 응, 비행기. 조금 취했는지 느려진 목소리와 불그스름한 얼굴로 경이 대답했다.

언제나 같은 꿈이야. 비행기가 이륙하고, 스튜어디스가 카트를 끌고 천천히 움직이며 서빙을 시작해. 풀코스 기내식일 때도 있고, 그냥 간단하게 플라스틱 컵에 든 주스랑 봉지에 든 커피맛 땅콩일 때도 있어. 굉장히 맛있어 보이는 음식들이야? 그런데 나는 먹을 수가 없는 거야.

먹을 수가 없어?

응. 나 가끔 먹을 수가 없잖아.

그 말을 듣는 순간 가슴이 두근거렸던 기억이 난다. 바에 남은 손님은 경과 나 둘뿐이었고, 바텐더는 무심한 얼굴로 잔과 접시를 정리하고 있었다. 음악은 십 년쯤 전에 유행했던 것으로, 모르는 사람과도 스스럼없이 어깨에 손을 올리고 춤추기 좋은 음악이었다. 그런 곡이 커다란 볼륨으로 흘러나오고 있어서 거기에 취기를 얹으면 무슨 말이든 할 수 있을 것 같았다. 하지만 어째선지, 그게 무슨 말이냐고 물을 수가 없었다. 그렇게 묻기에 경은 너무 예뻤고 나는 너무 엉망이었다. 나는 대신 물었다. 근데 꿈에서는 왜? 왜 못 먹는데?

스튜어디스가 그녀 앞에는 음식을 내려놓지 않기 때문이라고 경은 말했다. 음식을 받은 사람들이 플라스틱 포크와 나이프를 냅킨에서 꺼내고, 주스잔을 집어들어 편한 자리에 놓고, 포장을 풀어 천천히 음식을 입으로 가져가기 시작한다. 이 시점에서 경은 고개를 돌리는데,

창가 쪽 옆자리에는 언제나 그 사람이 앉아 있다.

　밥, 없어요? 같이 먹을래요? 그가 자기 접시를 들어 보이며 이국의 억양이 섞인 한국어로 말한다. 그녀는 웃으며 고개를 끄덕일 수도, 사양할 수도 없다. 얼굴에 접착제가 끼얹힌 것처럼 고개도 입술도 움직일 수 없다. 그녀가 대답하지 않자 그는 이상하다는 듯 그녀를 쳐다보다가 자기 접시로 고개를 돌리고, 포크를 집어든다.

　꿈속에서 난 처음부터 알고 있어. 그 비행기가 그런 비행기라는 걸. 그걸 먹으면 모두 흙으로 변하리라는 걸. 그걸 아는 사람도, 음식이 주어지지 않는 사람도 나뿐이야. 그런데 난 누구에게도 먹지 말라는 말을 할 수가 없어.

　경은 말했다. 곳곳에서 비명이 들리고 울음이 시작되지만 그녀는 감히 어떤 것도 느낄 수 없다고. 그녀는 옆자리 남자의 손끝이 부서지고, 손바닥이 바닥으로 떨어지고, 손목이 사라지는 것을 본다. 그가 입고 있던 흰 셔츠가 바닥으로 펄럭이며 내려앉고, 바짓가랑이로 원래는 그였던 것이 빠져나오고, 그녀를 제외한 모든 사람이 흙으로 변해 통로로 흘러나오는 것을 그녀는 가만히 보고 있다.

　그러고 나면, 경은 중얼거렸다. 내가 정말로 왜 그 비행기에 타고 있었던 건지 알게 돼.

　안전벨트가 풀린다. 그녀는 자리에서 일어난다. 그러고는 통로를 걸어가, 맨 앞자리부터 시작한다. 흙이 된 사람들을 원래의 형체로 돌려놓는 것이 그녀의 일이다.

　붉고 알갱이가 고운 흙이다. 검은 자갈과 반짝이는 조약돌 같은 것이 섞여 있을 때도 있다. 흙은 누군가 그 위에 물을 뿌려놓은 것처럼 드문드문 젖어 있다. 점성이 아주 없는 것은 아니지만 물기가 충분한 것도 아니어서 그것을 한데 그러모아 빚는 일은 쉽지 않다. 경은 그 일을 하면서 중간중간 머리 위에 걸린 스크린을 올려다본다. 비행기는 아무 일도 일어나지 않았다는 듯 운항중이고, 스크린에는 대륙과 바다와 조그만 비행기가 표시되어 있다. 목적지까지 남은 비행시간과 거리는 경이 바라볼 때마다 잘라낸 것처럼 줄어든다.

경은 스튜어디스가 남겨놓고 간 카트를 끌고 와 생수병을 연다. 물과 주스와 술을 부어 어떻게든 덩어리를 만들어보려고 한다. 코와 입술을 빚고 팔과 다리를 만들어 바닥에 떨어진 옷을 주워 입힌다. 그러나 경은 알고 있다. 자신은 신이 아니라는 것을. 그들은 사람이 아니라 이제 영혼이 빠져나간 진흙 인형, 토우일 뿐이라는 것을. 한 사람을 만들 때마다 경은 그 사람의 손바닥에 자신의 이름을 새겨넣는다. 그것은 그녀의 의무다. 서명이 하나라도 빠지면 그녀는 징계를 받게 될 것이다. 비행기가 도착하면 그녀는 천천히 장례식장으로 그들을 인도할 것이다. 누군가 중요한 사람이 죽었고, 진흙으로 만들어진 사람들은 그의 무덤에 함께 부장될 예정이다.

꿈은 경이 이런 사실을 깨닫는 데서 끝난다. 출장으로 비행기를 타야 할 때마다 영화를 본다고 경은 말했다. 그 꿈을 떠올리지 않으려고 열심히 영화를 본다고.

나는 그날 밤 경에게 택시를 잡아주었다. 집에 와 잠을 잘 수가 없어서 그 대화를 처음부터 끝까지 다시 되새겨보았다.

경은 자신의 이야기를 했다. 그러나 아무리 생각해도 그건 나였다.

진흙 인형이라는 비유를 입에 올린 것은 나였다. 그 몇 주 전의 일이었다. 참다 참다 배고픔을 이기지 못해 음식을 입에 넣을 때면 내가 먹을 자격이 없는 사람, 진흙으로 만들어진 사람이라는 생각이 든다고, 그런 바보 같은 상상에 갇혀 있는 내가 싫다고, 힘들게 일하는 엄마를 떠올리면 스스로가 밥버러지 같은데 이런 지랄 같은 병에서 벗어나지 못하는 내가 혐오스럽다고, 나는 말했었다. 경은 아무 말 없이 내 손을 잡아주었다.

그 손의 온기가 그대로 있었다.

*

그 여행을 떠올리면 이해할 수 없을 정도로 즐거웠던 기억뿐이다. 기대한 대로 눈이 내리지는 않았지만 겨울비가 내렸고, 두꺼운 옷 때문에 몸이 무겁기는 했지만 걷는 일이 괴롭지는 않았다. 우리는 오사카에 숙소를 잡고 교토와 나라에 다녀왔다. 한 접시에 백 엔밖에 하지 않는 초밥집에 갔었고 기름종이를 파는 가게에 들어가 한 무더기나 되는 기름종이 세트를 샀다. 소리를 지르면서 사슴들에게 먹이를 주었고 아마도 '철학자의 돌'이라는 말이 들어 있는 영화 제목 때문이었겠지만 엉뚱하게도 해리 포터 얘기를 하면서 철학자의 길을 걸었다. 장갑과 털모자를 샀고 대여섯 롤쯤 사진을 찍었다.

밤에는 술을 마셨다. 너무 많이 마셔서, 니조 성에 가기로 한 날은 둘 다 오후 한시가 다 되어서야 겨우 눈을 뜰 수 있었다. 흐린 하늘에선 장대비가 쏟아지고 있었고, 그 비를 뚫고 성에 들어가는 건 무리라는 생각이 들었다. 굳이 그러기엔 너무 귀찮기도 했다. 경은 우산을 펴들고 백화점 지하로 나를 이끌었다. 우리는 식품매장에서 가쓰돈과 새우튀김과 연어가 들어간 주먹밥을 샀다. 숙소로 돌아와 맥주와 함께 그걸 먹었다. 그것이 그날의 유일한 외출이었다.

이러려고 여행을 온 거야? 내가 물었다.

원래 여행은 이러려고 오는 거야. 좋지 않아? 경이 대답했다.

나는 웃었다. 정말 좋았기 때문이었다. 어디에도 가지 않고 숙소에 틀어박혀 파자마 차림으로 빗소리를 들으며 따끈따끈한 튀김을 먹는 일이 그렇게 근사할 줄은 몰랐다. 말하지는 않았지만 비행기에서 있었던 일 때문이었을 거라고 나는 믿었다. 우리는 정말로 괜찮아진 거라고 말이다.

비행기가 이륙하고 스튜어디스가 기내식을 서빙하기 시작했을 때 경이 뒤늦게 무언가 생각난 표정으로 나를 보았다. 잊고 있었다는 듯, 미처 떠올리지 못했다는 듯 곤란해하는 얼굴이었다. 경의 시선을 느끼며 나는 천천히 샌드위치의 포장을 풀었다. 그러고는 붉은 햄과 인공적인 노란색을 띤 치즈가 든 빵을 한입 베물었다. 씹고, 삼켰다. 마카로니 샐러드와 오렌지맛 젤리, 요거트와 조그만 쿠키 몇 개를 차례로 입에 넣었다.

경은 아무 말도 하지 않았다. 약간의 시간이 지나고 괜찮으냐고 경이 물었을 때, 나는 괜찮다고 대답했다. 그러면서 생각했다. 정말로 괜찮다고.

나는 토하고 싶지 않았다. 그래서 토하지 않았다. 경에게 그런 나를 보여주고 싶다고 늘 생각했었다. 봐, 괜찮잖아. 나는 아무것으로도 변하지 않아. 그러니까 그런 바보 같은 생각은 그만둬. 나는 그렇게 말하고 싶었다. 경이 내 마음을 알아주길 바랐다.

하지만 경은 무겁고 슬픈 눈으로 나를 바라보고 있을 뿐이었다. 왜 그렇게 무리를 하니? 그렇게 말하는 눈이었다. 넌 그럴 수 없잖아, 하고 말하는 것 같기도 했다. 기내식이 다 치워지고 난 뒤에도 경의 표정이 점점 어둡게 바뀌어가기만 해서, 나는 그녀의 손을 잡고 자리에서 일어났다.

경은 영문을 모른 채 통로 중간의 화장실까지 나를 따라왔다. 두 사람이 들어가기에는 너무 좁은 공간이었다. 승무원들은 다른 일로 바빴고 줄을 서서 기다리는 사람도 보이지 않았다. 나는 문을 열었다. 경을 변기 위에 앉게 하고 HOT과 COLD라고 표시된 세면대 수도꼭지를 눌러 물이 나오는 것을 확인했다.

가방에서 꺼내온 비비크림으로 경의 손바닥 위에 나는 경이 말해준 그 사람의 이름을 썼다.

경은 가만히 있었다.

언니, 나는 말했다. 그 손을 물에 씻으면 언니는 흙으로 변할 거야. 그러면, 그러고 나면 다시 태어날 수 있을 거야.

나는 경이 기억하길 바랐다. 그렇게 바라던 대로 그녀가 자신이 누구인지, 어떤 노력과 수고들을 했는지 떠올리고, 사람이 살아가는 동안에는 그런 일도 있을 수 있다는 사실을 납득하고, 이제 그 기억에서 자유로워지기를, 제대로 살아갈 수 있기를 바랐다. 한 곳에서 다른 곳으로 과정을 모른 채 옮겨지기를 반복하는 그녀를, 그런 그녀를 의심하고 미워하기 시작했지만 좋아하는 마음에서 풀려나지 못하는 나를, 그런 불평등한 관계를, 할 수만 있다면 지워버리고 싶었다.

경은 수도꼭지와 자신의 손과 내 얼굴을 번갈아 보다가 마침내 그 이름을 기억해냈다. 내가 이끄는 대로 천천히 일어나 손을 씻었다. 그 이름이 지워지고, 그녀의 손이 녹아내리고, 팔꿈치가 끊어져나가고, 얼굴이 흘러내리기 시작하는 것을 나는 가만히 보고 있었다.

나는 손을 움직여 세면대에 흘러내린 그녀를 주워모았다. 붉게 젖은 흙으로 변한 그녀를 두 손바닥 가득 담았다. 변기에 앉은 채 울고 있는 그녀에게 그것을 내밀며 말했다.

이게 언니야. 언니, 이제 죽지 마. 이제부터는 나만 봐. 나만 기억해.

경은 그것을 받아들었다. 그러고는 마침내 웃었다. 웃으며 고개를 끄덕였다.

*

시간이 걸리기는 했으나 나는 몸무게가 늘었고, 생리도 다시 시작되었다. 마지막으로 상담을 받던 날, 나는 선생님에게 그동안 감사했다고, 사실은 먹지 않았는데 먹었다고 식사일지에 적은 날도 있었다고 말했다. 선생님은 알고 있었다고 말했다. 알고 있었다고. 그래도 나중에는 정말로 노력하지 않았느냐고.

그렇지만 허언증에 대해서는 아무것도 말해주지 않았다.

그녀는 내가 운좋게도 아는 유일한 전문가였고, 그날 그 시간은 내가 자문을 구할 유일한 기회였다. 허언증이라는 건 보통은 부나 학력이나 유명한 사람들과의 친분 같은, 꾸며냈을 때 자신에게 득이 되는 부분을 지어내는 병이 아니냐고 나는 물었다. 다른 사람의 죄책감이

나 부끄러움, 괴로움 같은 걸 훔치고 자신의 것인 양 착각하는 경우도 있느냐고. 그게 옳은 일이냐고, 남의 이야기를 더 풍부하고 생생하게 살아 있는 것으로 만들 수 있는 능력이 있다고 해서 그렇게 쉽게 다른 사람을 우스운 존재로 만들어버려도 되는 거냐고, 나는 물었다. 선생님의 얼굴에서 미소가 사라졌다.

나는 정말로 다른 사람이 되었다. 다른 사람들을 만났고, 다른 생활의 리듬에 몸을 실었다. 끊지는 못했으나 술을 줄였고 아르바이트를 시작했다. 서 있을 때 두 허벅지가 서로 붙지 않을 만큼 마른 사람들, 그 사람들의 쇄골과 손목과 허리를 찍은 사진들은 모두 버렸다. 더이상 내 몸을 미워하지 않았고, 맛이라는 것을 느낄 수도 있게 되었다. 누군가가 묻는다면 나를 이렇게 바꿔놓은 것은 그 여행이라고 대답해야 할 것이다.

나는 이제 경에게 연락하지 않는다.


그날 인권단체 사무실에서 나는 수화기 저편의 최경에게 그 외국인을 아느냐고 물었다. 약간의 침묵이 흐른 후 최경은 알지 못한다고 대답했고, 나는 전화를 끊었다. 거기 서서 그런 질문을 하고 있는 내 얼굴이 어딘가에 비칠까 두려워 도망치듯 그 자리를 빠져나왔다.

여행에서 돌아와 시간이 지나면서 나는 점점 더 분명하게 알게 되었다. 경은 내 생각과는 다른 사람이었다. 모든 게 괜찮아질 거라는 내 믿음과는 반대로 상황은 점점 나빠졌다. 경은 어디까지가 자신의 몸인지, 자신의 생각인지조차 구별하지 못하는 것 같았다. 내가 예전에 한 이야기를 아무런 자각 없이 자신의 것인 양 되풀이했고, 조심스러워하던 표정조차 어느 순간 사라졌다. 경은 보통 사람처럼 음식을 먹는 나를, 다른 사람이 된 나를 기억했다. 그전의 나는 잊은 것 같았다. 내 이야기에서 사라진 섭식장애라는 화제가 이제는 그녀를 주어로 해서 그녀의 입에서 나왔고 나는 듣고 싶지 않아도 그것을 계속 들어야 했다. 더이상 무시하거나 그냥 넘길 수 없을 정도로 몇 번이나 그런 일이 반복되었기 때문에 나는 그 사무실까지 찾아가게 된 것이었다.

그녀가 최경의 삶에서 어디서부터 어디까지를 가져온 것인지는 알아내지 못했고 알고 싶지도 않았다. 알고 싶어하는 내가 무서웠다. 밤을 새우며 검색을 하고 정보를 모으고 대화들을 복기했으나 내게도 하염없이 그런 일을 계속하는 것이 사람이 할 일이 못 된다는 최소한의 자각은 있었다. 나는 처음에 경 한 사람만 의심하고 있었다. 그러나 이제 내가 의심하는 것은 두 사람이었다. 내가 왜 만나본 적조차 없는 최경의 과거를 물어뜯고 그녀에게 있었는지 없었는지 알 수 없는 아픈 기억을 헤집어야 하는가? 그녀가 무슨 잘못을 했단 말인가? 모든 것이 경 때문이라는 생각이 들었다. 나는 예전에는 그런 괴물이 아니었던 것이다.

그러나 분노가 지나간 다음에도 그만두게 해야 한다는 생각은 사라지지 않았다. 경은 아픈 사람이었다. 이상한 모양으로 비틀린 자기애에서 빠져나오지 못하는 사람이었다. 하지만 거기까지는 그럴 수 있다고 쳐도, 내 이야기, 내 가장 은밀한 부분이 그녀의 입을 통해 재생산되어 다른 사람에게 전해질 수 있다고 생각하니 두렵고 불쾌했다.

그리고 요즘 들어 나는 가끔 떠올린다.

그 외국인의 이름이 떠오르지 않는다는 사실을 말이다.

경이 힘겨운 얼굴로 내게 말해주었고, 내가 추궁하듯 최경에게 아느냐고 물었고, 자격 같은 단어는 떠올려보지도 않은 채 경의 손바닥에 적어넣은 이름. 그렇게 세 번이나 잊기 힘든 과정을 통해 내게 각인되었으므로 잊을 거라고는 생각조차 해보지 않은 그 이름이, 한국어로는 두 음절이었고 발음하기도 그리 어렵지 않았던 그 사람의 이름이, 도려낸 것처럼 사라져 아무리 떠올리려 해도 떠오르지 않는다. 경은 알 것이다. 그러나 나는 모른다.

생각이 여기에 이르면 나는 기이한 감정에 사로잡힌다. 그 감정 직전에는 그녀들이 정말로 두 사람이었을까, 그 모든 말들이 실은 진실이 아니었을까 하는, 이물질이 섞이지 않은 순수한 광증과도 같은 질문이 있고, 직후에는 버릇처럼 괜찮을 거라는 생각이, 그런 일도 있을수 있다는 생각이 따라붙지만, 그 사이에 있는 감정이 어떤 것인지에 대해서는 나는 목에 무엇이 걸린 것처럼 잘 말할 수가 없다.

그것이 정말로 내 감정이라고 확신할 수가 없기 때문이다.

핍

## 1865

그는 연회장의 꿈을 꾸고 있었다. 홀의 테이블들을 가득 채운 수백 명의 사람들 사이로 그는 디저트 접시가 담긴 은쟁반을 받쳐들고 걸어다녔다. 그가 입은 셔츠는 얼룩 없이 깨끗했고 잘 다림질되어 있었으며 소매에는 한 쌍의 커프스, 목에는 보타이가 소박하지만 기품 있게 장식되어 있었다. 음악은 없었고, 쟁반은 종이로 만든 것처럼 가벼웠다. 윤기 나는 검은 구두를 신고 손님들을 향해 걷는 동안 핍은 자신이, 실은 그들에게 봉사해야 하는 처지임에도, 좋은 대접을 받고 있다고 느꼈다. 그가 접시를 내려놓을 때면 그들은 희미하게 웃으며, 혹은 고개를 끄덕이면서 감사를 표했다. 성장盛粧을 하고 부드러운 목소리로 대화를 나누고 있는 그들은 모두 어른들이었다. 꿈에서는 그것이 조금도 부조리하게 느껴지지 않았다.

그가 어느 테이블에 초콜릿 무스 케이크를 막 서빙했을 때였다. 연두색 투피스를 입은 중년 부인이 옆에 앉은 노부인에게 중얼거렸다.
아, 사실은 여기 이 젊은 친구가 우리 조카 돼요. 노부인이 호들갑스
러운 목소리로 내뱉었다. 그래? 오. 그런데…… 어쩌다가, 여기서 이
런 일을 하고 있지? 그 순간 핍은 연회장에 모인 사람들 대다수가 자
신의 가족과 친지라는 사실을 깨달았다. 고모, 외삼촌, 고모부, 당숙,
증조모, 할머니, 아버지, 종조부, 육촌형수, 어머니, 재당숙모……들
과 그들이 아는 사람들, 그 아는 사람들이 아는 사람들이었다. 현실에
는 존재하지 않는 친척들도 있었고, 현실에 있는 사람들은 어쩐지 그
가 아는 사람들 같지 않았다. 그러자 불현듯, 그저 손님이라 여길 때
는 전혀 느껴지지 않던 기이한 당혹감과 수치심이 그의 마음을 사로
잡았다. 이유는 전혀 알 수 없었으나, 그들은 추했다. 추의 결정체라
할 수도 있을 만큼 추했다. 그들과 자신이 어떤 식으로든 관계되어 있
다는 생각에 그는 당장이라도 토할 것 같았다. 그러나 동시에, 곧바
로 무릎을 꿇고 앉아 그들의 구두를 손바닥으로 쓸거나 스타킹 신은
다리를 팔로 감싸면서 얼굴이 새빨개지도록 울음을 터뜨리고 싶기도
했다.

그는 더이상 기다리고 싶지 않았다.


**371**

핍.

얀이 흔들어 깨우는 바람에 그는 눈을 떴다.

또 그 소리가 들려.

핍은 얼굴을 문지르며 기억해냈다. 짧고 피로한 섹스가 끝나자마자

그는 곯아떨어졌었다. 얀의 몸은 땀으로 축축했다. 타는 냄새와 함께 습한 열기가 창문으로 밀려들어왔다.

— 들었어?

그녀가 벤 베개에서 살그락 소리가 났다. 핍은 손을 들어올려 그녀의 이마에 달라붙은 젖은 앞머리를 쓸었다. 그녀의 이마 아래 눈썹을, 눈꺼풀과 동그란 코, 그 아래 다물어진 작은 입술을 쓰다듬었다. 얀은 괜찮았다. 지난번처럼 숨을 빠르게 몰아쉬지도, 누워 있는 자기 몸보다 더 깊은 곳으로 혼자서 떨어져내리지도 않았다. 그저 가만히 누운 채 듣고 있을 뿐이었다. 핍은 그녀를 끌어당겨 안았다. 그녀의 귀를 만지지는 못했다. 그녀가 듣는 것을 그도 듣고 있었다.

처음에는 확실하지 않았다. 다른 소리들에 섞여 있었다. 여러 개의 포크가 맞부딪치는 것처럼 칭칭챙챙 하는 소리가 있었고, 탁자가 바닥에 끌리는 것같이 둔탁하고 귀에 거슬리는 소리가 들리다 끊겼다 하며 이어졌다. 퍽, 퍽, 퍽, 무언가가 힘껏 던져지기도 했다. 여러 명의 아이들이 뭐라고 떠들어대며 웃고 욕을 하고 발을 굴렀다. 울음소리는 그 사이사이에 배음처럼 깔린 채 계속되었고, 핍이 귀를 기울임에 따라 조금씩 선명해졌다. 마치 다른 소리들 뒤에서 천천히 앞으로 걸어나오는 것 같았다.

— 아기가 울어. 그렇지?

얀이 작은 목소리로 중얼거렸다.

핍은 대답하지 않았다. 지난번에는 잘 모르겠다고 대답했었다. 실제로, 들었는지 아닌지 확신할 수 없는 상태이기도 했다. 고양이 아닐까? 그는 졸음에 겨워 그렇게 되물었고, 그녀의 가슴을 어루만지다 이내 다시 잠에 빠졌었다. 다음날 아침 핍이 눈을 떴을 때 얀은 충혈된 눈으로 천장을 노려보며 누워 있었다. 밤새도록 울었어. 새벽에 결국 그쳤는데, 그쳐서 더 걱정이 돼. 핍, 내가 미친 걸까? 그렇게 말하며 얀은 흐느꼈다.

이번에는 그도 들었다. 그들이 데리고 있던 아이의 울음소리와는 조금 달랐다. 그 아이는 규칙적이고도 집요하게, 생존하려는 본능 외에는 아무것도 담기지 않은 소리로, 거의 기계처럼 울어댔었다. 지금 들리는 소리에는 약간의 감정이 실려 있는 것 같았다. 슬픔. 공포. 어쩌면 원망. 신생아는 아니었다. 그러니 다행스러운 일이라 할 수 있을까? 만약 그와 그녀 중 어느 한쪽의 귀에만 들리는 소리였다면 심리적인 문제일 수도 있었다. 그랬다면 듣지 못한 쪽이 들은 쪽을 위로하면 됐다. 그러나 그 소리는 그들의 마음과는 아무런 관계도 없는 방식으로, 어떤 확고한 물리법칙과도 같이 공기를 타고 전해져왔다.

아기가 아니라 고양이야. 핍은 그렇게 말하고 싶었다. 고양이는 울다가 그쳐. 실은, 그보다 조금 더 가고 싶었다. 그래, 저건 아기야. 그래서 뭐? 쟤는 울다가 죽을 거야. 살아 있는 건 뭐든지 울다가 죽어. 우리도 그럴 거야. 그때 우리 곁에도 아무도 없을 거야. 그러니까 걱정하지 마. 모두 다 똑같으니까. 그런 말들로 얀의 심장을 쳐서 깨뜨리고, 입술을 입술로 막아버리고, 그녀의 몸을 벌리고 한번 더 거칠게 안으로 들어가는 자신을 상상했다. 그 말들을 듣는 얀. 단지 한순간에 불과했지만 그 상상 속의 얀은 실제보다 어리고 눈은 백치처럼 맑았다. 아무것도 모르는 얀. 아이를 안아본 적도, 얼러본 적도 없는 얀. 감정은 세면대에 고인 물만큼만 깊고, 어깨가 자주 떨리지만 품에 안으면 금세 고요해지는, 얀을 닮았으나 얀이 아닌 얀. 핍은 자신의 몸으로 그녀의 몸을 두껍고 무거운 담요처럼 덮고, 그들의 몸이 아닌 다른 모든 것이 짜부라져 없어질 때까지 그녀와 함께 풍선처럼 부풀어 오르고 싶었다. 그렇게 땀을 흘리며 서로를 파고들다가 우주를 가득 채운 채 쓰러져 잠들고 싶었다. 핍은 얀의 등을 쓰다듬었다. 자신의 손이 거친 솔처럼, 그녀의 등뼈가 연주할 수 없는 그랜드피아노 건반처럼 느껴졌다.

핍은 결국 일어나 얼굴을 닦고 어둠 속에서 속옷과 셔츠와 바지를 찾아 입었다. 흘러내리지 않도록 바지의 허리를 두 번 접었다. 얀의 아버지는 손과 발이 크고 배가 나온 사내였고, 얀이 학교에 들어간 뒤로는 그녀의 이름을 다정하게 불러준 적이 없다고 했다.

같이 가볼래?

얀이 어둠 속에서 고개를 끄덕였다. 핍은 그녀가 옷을 입기를 기다려 손을 내밀었다.

내 손 꼭 잡아.

그녀가 그렇게 했다. 현관문을 열자 짙고 매콤한 냄새가 얼굴을 덮쳤다. 핍은 얀의 손을 잡고 한 계단씩 어둠 속을 내려갔다.

소리는 101호에서 나고 있었다. 핍이 알기로 빌라의 이층과 삼층에는 아무도 살지 않았다. 최소한 지금은. 유리로 된 공동 출입문 밖에서 오렌지색 불길이 넘실거렸다. 키 작은 사내아이 하나가 전봇대 옆에서 불길에 휩싸인 쓰레기 더미를 각목으로 위태롭게 휘젓고 있었다. 쓰레기를 태우는 아이들은 점점 드물게 왔고, 처음에는 여러 명이었으나 이제는 한 명이었다. 그나마 그 아이가 있어 다행이었다. 그 아이마저 사라지면 다른 누군가가, 아마도 핍이, 그 일을 해야 쓰레기에 묻혀 고립되는 것을 막을 수 있을 것이었다. 삶은 계속되었고 그 증거는 날마다 문밖에, 길에, 거대한 생물체의 늘어나는 세포처럼 쌓여갔다. 운반차가 오지 않게 된 뒤로는 그나마 태우는 것이 최선이었는데, 다행히 바람은 멈추지 않았고 가끔 세례하듯 비가 와주기도 했다. 아이는 솟아오르는 불길 사이로 펄쩍펄쩍 뛰어다니며 춤추듯 몸을 움직였다. 핍은 문을 두드리기가 두려웠다.

누구세요.

굵직한 목소리가 물었다. 핍은 사층에서 왔다고 대답했다. 문이 열리고, 싸구려 향수 냄새가 뒤범벅된 음식물의 악취가 쏟아졌다. 눈이 작고 어깨가 넓은 핍 또래의 사내아이가 핍과 얀을 탐색하듯 훑어보았다.

네?

여기서 아이가 우는 것 같은데.

킥킥, 안에서 다른 아이들이 웃었다.

뭐래?

사층에서 왔대.

시끄럽다고?

존나 조용하네.

호기롭게 저희들끼리 주고받고 있었으나 그들의 목소리에는 가느다란 두려움이 실려 있었다. 핍은 소년 옆으로 한 걸음 움직여 안을 들여다보았다. 아이들은 열 자루쯤 되는 굵은 초를 한 줄로 켜놓고 거실에 모여 앉아 있었다. 남자 셋, 여자 하나, 모두 네 명이었다. 핍보다 두어 살쯤 어려 보였다. 촛농이 바닥에 말라붙어 있었고, 주위에는 갖가지 물건들이 천장에 닿도록 어지럽게 쌓여 있었다. 종이박스와 과자 봉지, 페트병, 옷들과 둘둘 말린 이불 뭉치, 전선이 달린 알 수 없는 기계 부품들. 둥그렇게 비워진 거실 복판을 빼면 발 디딜 틈이 많지 않았다. 웃음소리가 멎자 아이들 앞쪽, 핍에게 등을 보인 채 앉아 있던 조그만 아이가 이쪽을 돌아보았다. 두 살? 아니면 세 살? 오래전에 작아진 듯 꽉 끼는 긴팔 옷 밑으로 아이의 통통한 팔다리가 길게 나와 있었다. 얼굴은 동그랬고, 뺨에는 눈물 자국이 나 있었다. 사내아이는 핍을 보자 두려운 표정으로 곁에 있던 소녀에게 기어가 달라붙었다. 벽에 비친 아이의 그림자가 거인처럼 흔들렸다.

재는 우리 동생인데요.

문을 열어준 소녀가 말했다.

봐요. 동화책을 읽어주고 있었어요.

머리가 길고 슬립 밖으로 나온 양팔과 다리가 온통 얼룩덜룩한 소녀가 핍을 노려보았다. 자세히 보니 소녀의 온몸에 난 줄무늬는 립스틱이었다. 눈 주위에는 검은 마스카라가, 입가에는 붉은 립스틱이 함부로 뭉개져 있었다. 소녀는 붉은 줄무늬가 손자국처럼 어지럽게 난 목덜미를 손톱으로 긁더니, 아이를 끌어당겨 안고 한 손에 든 책을 읽기 시작했다.

그러니까 원래는.

소녀가 기침을 하며 가래 낀 목을 골랐다.

아이들 수만큼 요정들이 있어야 해. (있어야 한다고? 그럼 실제로는 안 그래?) 안 그렇지. 너도 알잖아, 요즘 애들이 얼마나 똑똑한지.

그래서 곧 세상에 요정이 있다는 것을 안 믿게 돼. 그래서 아이 하나가 '난 요정 안 믿어'라고 말할 때마다, 요정이 하나씩 떨어져 죽게 되지.

소녀가 품에서 빠져나가려는 아이를 한 팔로 붙잡았다.

요정을 믿는다면, 손뼉을 쳐봐.*

남자아이들이 숨죽여 웃었다.

안 쳐? 안 치면 요정이 죽는다니까.

소녀가 아이를 을렀다. 아이는 입을 벌린 채 소녀와 픕을 번갈아 쳐다보다가 울기 직전인 표정을 지었다.

얘가, 아직 못 알아듣거든요.

소녀가 아이를 보며 웃었다. 술을 마신 것일까? 분노를 간신히 눌러놓은 듯한 그 웃음과 아이의 얼굴을 차례로 보다가 픕은 갑자기 한기를 느꼈다. 말도 알아듣지 못하는 어린애가 처음 보는 사람한테 도와달라는 표정을 짓는다. 그게 자연스러운 일일까? 아이의 젖은 눈은 픕에게 고정되어 있었다. 안경을 낀 다른 소년은 시선을 내리깐 채 웃으며 발톱을 잡아뜯고 있었다. 또다른 소년은 헤드폰을 쓴 채 신경질적으로 고개를 까딱거리고 있었는데, 자세히 보니 헤드폰 잭은 어디에도 연결되어 있지 않았다.

픕은 안에게 팔을 붙잡힌 채 서 있었다. 일 분, 또 일 분. 저 아이들은 남매일까? 분명한 건 저 아이가 저애들의 동생일 리가 없다는 사실이었다. 데리고 나와야 했다. 그러나 그다음엔? 자신들에게 자격이

---

* 제임스 매튜 배리, 『피터 팬』, 김영선 옮김, 시공주니어, 2005.

없다는 사실을 핍은 잊어버릴 수가 없었다.

이제 그만 가주시죠.

네?

아무 일도 없잖아요?

소년이 말했다.

그가 핍을 밀어냈다. 쾅 소리와 함께 문이 닫히고, 안쪽에서 자지러지는 웃음소리와 함께 욕설이 또렷하게 들렸다. 미친년들.

얀은 괜찮으냐고 묻지도, 괜찮다고 말하지도 않았다. 얀은 욕실로 가서 대야에 고여 있던 물에 걸레를 적셔 빨았다. 핍이 포기하고 자리에 누울 때까지 방안을, 거실을, 어둠 속을 더듬어 닦으며 무릎으로 기어다녔다. 오래된 시간의 냄새로 집안이 빈틈없이 더러워진 다음에야 얀은 이불 속으로 들어왔다. 잠들기 전까지 그녀는 아무 소리도 내지 않았다.


## 355

그들은 햇반과 타코맛 과자 한 봉지로 아침식사를 했다. 오늘은 언제 들어와? 늦어? 모르겠어. 별일은 없으니까 일찍 올게. 핍은 그렇게 대답하며 자신들이 마치 십 년쯤 된 부부 같다고 생각했다. 이런 대화. 뜨겁고 하얀 쌀밥의 감촉. 주근깨가 흩뿌려진 얀의 맨얼굴. 일상의 노동이 드리워놓은 그녀의 눈 밑 그늘과 군살이 붙어 날마다 조금씩 둥글어지는 그녀 몸의 윤곽. 점점 익숙해지는 것들. 시간이 흘러도 익숙해지지 않는 것들. 언제부턴가 핍은 자신과 얀이 오직 두 명만으로 이루어진 극단의 배우들이라고 생각했다. 한 명이 떠나면 곧바로 무너져버리는 극단. 두 사람이 공유하는 기억을 제외하면 관객이라고 는 없는 단출한 무대와 그 위 여기저기 조악한 농담처럼 뿌려진 무대 장치들. 이를테면 그들이 머무르는 이 오래된 빌라에 찾아오는 요일 이 세 종류밖에 없다는 것. 물의 날에는 가스와 전기가 들어오지 않았 고, 불의 날에는 전기와 수도가 먹통이 되었으며, 가장 드물게 찾아오 는 빛의 날에는 수도와 가스를 사용할 수 없었다. 규칙이라고는 없이 제멋대로 돌아오는 세 종류의 요일에 이름을 붙인 것은 얀이었는데, 그 사실 때문에, 그리고 우연하게라도 두 가지 이상이 동시에 정상적 으로 작동되는 날이 지금껏 없었다는 사실 때문에, 핍은 그녀가 이 조 그만 무대를 디자인한 실수투성이 연출자이며, 정체를 숨기고 있지 만 실은 이 세계 전체의 설계자일지도 모른다는 생각을 종종 했다. 하 지만 사실이 어떻든 간에 그녀 역시 이곳에 속해 있었고, 이 무대에서 연기해야 하는 고통스러운 역할을 평등하게 나눠 가진 채 시간을 보 내고 있었다. 얀에게 주어진 역할은 아이를 잃은 젊은 엄마였다. 아이 를 보낸 집에서 떠나고 싶지만 떠날 곳이 없고, 아이의 죽음을 함께 겪은 남편과 헤어지고 싶지만 오기에 가까운 기이한 마음으로, 혹은 어떤 종류의 복수심으로, 그러지 않는 길을 선택한 젊은 여자.

핍은 그런 그녀와 함께 가끔 우스꽝스럽고 대체로 쓸쓸하며 때로 는 갈비뼈가 쓰릴 만큼 서글픈 역할을 최선을 다해 연기하는 것이 자 신에게 남은 소명일 거라고 생각했다. 그가 사랑이라는 것에 대해 조 금이라도 안다면, 그 소명이 바로 그것과 가장 닮은 것이었다. 그러나 때로는 그런 생각 뒤에 과연 그럴까 하는 생각이 곧바로 따라붙기도 하는 것이었다. 과연 그런가? 이것이 내 남은 삶의 전부인가? 더이상

열일곱 살로 보이지 않는 이 여자애와 함께 날마다 눈을 뜨고, 밥 위에 짠 과자를 얹어 먹고, 점점 줄어드는 대화와 늘어나는 짜증을 애써 무시하면서, 마치 미래 같은 것이 있는 것처럼 스스로를 속이며 하루하루 무참하게 투명해져가는 것이? 찾을 수도 죽여버릴 수도 없는 그 어른들처럼 되어가는 것이?

땀이 흘렀다. 선풍기를 켤 수 있다면 좋겠다고 핍은 생각했다. 그러나 그날은 불의 날이었고, 낡은 가스레인지 불꽃은 아무 도움도 안 됐다. 얀은 자기 어머니가 남겨두고 간 낡은 푸른색 원피스를 입고 있었다. 그 옷을 입고 그녀는 하루종일 가스레인지 앞에 선 채 무더위 속에서 무언가를 구울 것이었다.

### 97

그는 가게까지 걸어갔다. 출근시간을 지키라고 핀잔을 줄 점장도, 지호 형도 더이상 없었으므로 그는 매일 마음 내키는 시간에 집을 나섰다. 기다리는 손님들이 있었으므로 아주 늑장을 부릴 수는 없었으나, 그래도 그는 천천히 시간을 들여 걸었고, 얼마간 그 시간을 즐겼다. 대로변에는 고장난 승용차와 소형 트럭, 푸른색 시내버스와 노란색 학원버스들이 어지럽게 세워져 있었다. 대부분 문이 열려 있었고 유리가 깨진 차도 많았으나, 그가 오래전 어떤 영화에서 본 것처럼 형체를 알아볼 수 없을 만큼 부서지거나 잿더미로 변한 차는 없었다. 최초의 혼란이 잦아들자 때려부수고 훔치고 약탈하는 일은 크게 줄었다. 무엇보다 이런 상황에서 구태여 세계를 이보다 더한 무질서에 빠뜨릴 만한 기력이 아이들에게는 없는 것 같았다. 혹은, 실제로는 의미

없이 그저 잔혹하기만 한 일들이 여전히 끊이지 않고 일어나고 있었지만, 그런 일들이 너무 자주 가까운 곳에서 벌어졌기에 핍을 포함한 모두의 눈이 더이상 그것을 눈여겨보지 않게 된 것인지도 몰랐다. 도로는 고요한 묘지 같았고, 차들은 한데 모여 주인을 기다리다 영원한 잠에 빠져버린 초식동물들 같았다. 운전을 할 줄 아는 아이들은 많았으나 차를 수리할 줄 아는 아이들은 드물었고, 총대를 메고 견인차를 몰고 오거나 교통정리를 하거나 버스를 손수 운전하겠다고 나서는 아이들은 더 드물었다. 결국 떠날 차들은 어디론가 떠났고, 기름이 떨어지고 망가진 채 남은 차들은 잘 곳 없는 아이들의 방으로 사용되었다. 핍은 버려진 차 안에서 키스를 하거나 서로의 옷 속을 더듬는 아이들을 본 적이 여러 번 있었다. 웬만한 어른 키보다 큰 쓰레기 더미들이 양옆에 쌓아올려진 대로 한복판이었다. 날카로운 악취와 버려진 모든 것들이 그 아이들을 비호해주고 있었다.

공기에 깨처럼 까만 재가 섞여 날아다녔다. 이마에서 배어나는 땀을 느끼며 사십 분쯤 걷다보면 일터였다. 핍은 줄을 서서 기다리는 아이들을 헤치고 맨 앞으로 가서 열쇠로 유리문을 열었다. 아이들의 주문을 차례로 받고, 피자가 나오는 데 걸릴 대략적인 시간을 알려주었다. 재료 창고에서 밀가루와 드라이이스트와 기름을 꺼내 반죽을 하고, 반죽이 발효되는 동안 피망과 감자와 양파, 햄과 소시지를 썰어 토핑을 준비했다. 반죽을 밀대로 밀어 도를 만들고, 피자팬에 버터를 바르고, 오븐을 예열하고, 도에 치즈와 토핑을 얹었다. 재료를 조달하는 아이는 이 주일에 한 번씩만 왔다. 피망은 거의 언제나 속에 든 씨가 반쯤 검어져 있었고, 페퍼로니는 말라비틀어졌고, 치즈는 신선했던 적이 없었다. 그가 반죽한 도는 질길 때가 그렇지 않을 때보다 많았다. 오븐 온도는 종종 맞지 않았고, 토핑을 얹는 솜씨도 형편없었다. 그는 자신이 눈물이 날 만큼 어설프다는 사실을 알았으나, 그가 원래 하던 일은 배달이었지 요리가 아니었다. 아무도 그런 것을 문제삼지 않았다. 아이들은 배고파했고 그는 먹을 것을 주었다. 메뉴는 꼭 하나, 슈퍼콤비네이션(이라고 불리던 것에 그나마 가장 가까운 것)이었다. 그는 하루에 열 판만 주문을 받았고 열 판만 구웠다. 그 정도면 충분하다는 것이 그의 생각이었다. 뒤에 온 아이들에게는 사정을 설명하고 돌려보냈다. 머지않아 돈의 사용이 중지될 거라는 소문이 돌고 있었으나 아이들은 아직 돈을 냈고, 그는 그 돈을 받아 재료를 샀다. 돈이 모자라거나 없는 아이들은 가방이나 칼, 두통약, 주방용 세제 같은 물건을 가져오기도 했다. 그는 꼼꼼히 따져보고 수지가 맞을 것 같을 때만 현물거래를 했다. 그래서 그날 모자를 쓴 아이가 콘돔 한 팩을 내밀며 피자 두 판을 요구했을 때, 그는 거절해야 한다고 생각했다.

이건 한 판 값밖에 안 돼.

일본 거예요. 우리나라 게 아니라.

일본 거든 미국 거든 이걸로는 한 판밖에 못 줘.

펍이 으르렁거리자 모자를 쓴 아이가 여동생들로 보이는 두 아이에게 눈짓을 했다. 여자애들이 재잘거렸다. 배가 많이 고파요. 셋이서라지 한 판 가지고 누구 코에 붙이라고요?

모자를 쓴 아이가 덧붙였다. 이건 앞으로 구하고 싶어도 못 구해요. 편의점이고 약국이고 이것부터 다 털려서 어디 가도 없을걸요.

쓸 일이 없어.

쓸 일이 많을 것 같은데요, 형은.

모자를 쓴 아이가 능청스럽게 캐들거렸다. 줄 뒤쪽에서 불만에 찬 중얼거림이 들려왔다. 핍은 결국 그것을 받고 세 아이에게 피자 두 판을 구워주기로 했다.

참, 여기 배달은 안 돼요?

요즘 배달되는 데가 어딨냐. 난 혼자고 오토바이도 없어.

원래는 있었을 거 아니에요? 도둑맞았어요?

잃어버렸어.

어쨌든 많이 해요, 형.

뭘?

모자를 쓴 아이가 웃었다.


## 72

대낮에 골목 옆을 지나다가 핍은 그 광경을 보았다. 일고여덟 명쯤 되는 남자아이들이 둥그렇게 둘러서 있고 그 가운데에 여자애 하나가 쪼그리고 앉아 그들을 올려다보고 있었다. 아직 본격적으로 어떤 일이 시작되지는 않은 듯했다. 소년들은 주머니에 손을 넣은 채 여자애를 향해 제각기 뭐라고 말하고 있었다. 그들 중 두엇은 발끝으로 소녀의 등을 가볍게 건드리며 지분거리는 중이었다.

핍은 오토바이를 세우고 그들을 향해 걸어갔다. 덩치나 깡다구라고 할 만한 것은 전혀 없어 보이는, 두부처럼 하얀 몸에 순한 얼굴을 한 아이들이었다. 그들 중 가장 공부를 잘할 것같이 생긴 아이의 손에 해

머드릴이 들려 있었다. 언젠가 여름방학 때 아르바이트로 나가던 수
도설비 사무실에서 본, 콘크리트 벽에 구멍을 뚫는 도구였다.

안경을 낀 그 아이가 소녀의 뒤통수에 드릴 끝을 천천히 가져간 순
간 핍은 탄환처럼 튀어나가 그의 배를 들이받았다. 비명과 함께 드릴
이 떨어졌다. 뒤를 돌아본 소녀가 그것을 집었고, 다른 아이들이 핍을
붙잡았다. 깨진 안경을 줍고 있는 아이의 머리에 소녀가 드릴을 들이
밀었다. 어떤 판단도 끼어들 겨를 없이 벌어진 일이었다.

어. 어. 내려놔.

걔부터 놔줘.

우린 너한테 관심 없어. 노트북만 달라고 했잖아.

걔부터 놔주라고.

그거 내려놔. 손 다쳐.

소녀가 스위치를 눌렀고 드릴이 요란한 소리로 회전하기 시작했다.
핍을 붙잡고 있던 아이들의 손에서 힘이 빠져나갔다. 하지만 핍을 놔
주지는 않았다.

그냥은 못 가. 우리 지금 반만 온 거거든.

부르려면 불러.

부르면 니넨, 죽어.

소녀가 칫, 소리내며 웃었다. 핍은 붙들린 채 그녀에게서 눈을 떼지
못했다.

저 오토바이…… 네 거냐?

뒤에 물러나 있던 아이가 고갯짓을 했다. 핍이 고개를 끄덕였다.

이렇게 하자. 그건 내려놓고, 저걸 우리한테 줘. 너희들은 노트북을

갖고 가는 거야. 그러면 아무 일도 일어나지 않은 거야.

그렇게. 그런다고.

소녀가 대답하기 전에 핍이 내뱉었다. 아이들이 핍의 몸을 놓고 거리를 벌린 뒤 옷매무새를 가다듬었다. 약간의 시간이 흐른 뒤 소녀가 드릴을 내려놓았다. 아이들은 처음 몰아보는 소처럼 오토바이를 몰면서 자리를 떴다. 스커트에 묻은 흙을 털어낸 소녀가 이해할 수 없다는 얼굴로 핍을 올려다보았다.

너 바보지? 왜 그랬어?

그냥, 배달하는 게 지겨웠어.

핍은 멍청한 얼굴로 중얼거렸다. 가을 햇살 속에서 소녀의 얼굴이 황금빛으로 물들었다. 그 소녀가 얀이었다.

## 807

거리가 불타고 있었다. 이번에는 쓰레기 더미만이 아니라 나란히 늘어선 상점들이 한꺼번에 타고 있었다. 아이 하나가 멀리서 카메라로 그 광경을 당겨 찍고 있을 뿐 누구도 특별하게 관심을 갖지는 않았다. 군대에서 총기가 풀려나왔다는 이야기가 돌고 돌아 핍의 귀에까지 닿았다. 평화조약이 깨졌다. 상황이 가장 열악하던 해군 쪽에서 최초의 돌발행동이 나오자 움직임은 이내 걷잡을 수 없이 번져가기 시작했다. 어른들의 일을 대신 하며 억지로 제정신을 유지하고 있던 대다수의 어린 병사들이 마침내 그 일을 그만두었다는 얘기였다. 며칠이면 무장한 아이들이 도시에 도착할 것이었다. 그들이 무엇을 원하는지 아직 아무도 짐작하지 못하고 있었다. 병원에 사람이 더 필요하다고, 모두 그리로 가야 한다고 소리치며 우는 여자아이 하나를 핍은 명한 얼굴로 보고 있었다. 핍은 배급받은 삼각김밥을 한입 베어물고 씹었다. 얀이 떠올랐다. 씹고 있던 상한 밥을 땅바닥에 뱉었다. 얀이 떠올랐다. 밥덩어리를 주워 미친 사람처럼 흙을 털어냈다. 얀이 떠올랐다. 줄을 서 있던 아이들이 이쪽을 보고 있었다. 핍은 그 아이들의 얼굴을 하나하나 훑었다. 얀은 거기 없었다.

## 129

핍에게 얀이 첫 여자는 아니었다. 그러나 얀은 달랐다. 다르다는 말이 얼마나 불공평한지 잘 알았지만, 그래도 다르다고 핍은 생각했다. 얀을 안는 것도 벅차고 기뻤지만, 무엇보다 그녀와는 이야기를 나눌 수 있었다. 온갖 이야기를. 그녀의 목소리는 달콤했고, 핍은 처음으로 혼자가 아니라는 생각이 들었다.

부모님이 사라질 때, 넌 같이 있었어?

아니. 핍은 대답했다. 둘 다 일하러 나갔는데 돌아오지 않았어.

이상하지 않아?

뭐가?

어른들이 사라지는 걸 직접 본 애가 아무도 없다는 것 말이야. 분명히 우리 중 절반쯤은 같이 있었을 텐데. 부모님, 선생님, 아픈 애들이었다면 의사, 간호사, 하다못해 떡볶이집 아줌마. 있었을 텐데. 그런데 아무도 그런 얘기를 안 해. 논리적으로 일어날 수 없는 일이잖아?

그런가. 어쩌면 봤는데, 너무 충격을 받아서 기억하지 못하는 것일 수도 있지. 머리부터 스르륵 사라지기 시작해서 목 없는 몸이 걸어다녔다든가, 배부터 뻥 뚫린 것처럼 투명해졌다든가.

야.

왜.

너는 어떻게 그렇게 모든 걸 남 얘기하듯 하냐?

그런가. 미안해.

기억이라니까 말인데, 정말 이상해. 나 엄마 아빠 얼굴이 기억나지 않거든. 처음에는 그럴 리가 없다고 생각했는데, 아무리 생각해도…… 안 나. 모르겠어. 부모님이 어떻게 생긴 사람이었는지. 얼굴만 그런 것도 아니야. 엄마가 내게 해준 일이라든가, 아빠랑 보낸 시간 같은 게, 떠올리려고 하면 그냥 까매. 그래서 무서워.

무서워?

넌 안 무서워?

응.

왜?

모르겠어. 별로 기억하고 싶지 않은 사람들이라서 그런가. 그쪽에서도 나를 별로 기억하고 싶어하지 않을걸.

얀은 아주 이상한 것을 보는 듯한 시선으로 핍을 보다가, 그럴 리가 없어, 하고 중얼거렸다.

그럴 리가 없어. 우리는 사랑을 받았어. 어떤 사정이 있어서 우리가 잘 느끼지 못했더라도, 자식을 사랑하지 않는 부모는 없어. 그런데 왜, 이런 거지.

얀의 눈에 눈물이 고였다. 핍은 어째야 할지 몰라 그냥 있었다. 얀은 손을 들어 몹쓸 것을 떼내듯 눈물을 허공에 털어버리고 눈을 크게 떴다.

엄마가 나한테 한 말 중에 기억나는 게 딱 하나 있는데, 그게 뭔지 알아?

뭔데?

우리 얀이는 마지막까지 다른 사람들을 돌볼 줄 아는 착한 아이였구나.

……

언제, 무슨 상황에서 한 말인지는 모르겠어. 단지 그것만 기억나. 그런데, 왜 과거형일까. 왜 마지막이라고 한 걸까?

핍은 뭐라고 대답해야 할지 알 수 없었다. 그래서 자신의 기억 속으로 가라앉았다. 핍에게는 그보다는 많은 문장들이 남아 있었다. 어머니가, 그리고 아버지가 그에게 반복적으로 한 말들. 다른 사람 생각하지 마라. 길에서 손 벌리는 사람들한테 불쌍하다고 돈 주지 마. 그 사람들은 그냥 게으른 거야. 남이 가난하다고 생각하는 마음 자체가 가난한 거다. 자기 마음이 헐벗고 가난해서, 다른 사람을 보고 눈이 착각을 일으키는 것뿐이야. 그 사람들 알고 보면 하나도 가난하지 않아. 우리는 그럴 처지가 아니야. 알겠니.

그 말들이 떠오르자 핍은 조금 추워졌다. 그래서 얀을 끌어당겨 안았다. 얀의 몸은 따스했고, 눈물에서는 엷은 단맛이 났다.


## 905

모자를 쓴 아이는 이제 모자를 쓰고 있지 않았다. 그래서 바로 알아보지 못했다. 그쪽에서 먼저 핍을 알아보고 다가왔다.

많이 했어요, 형?

소년이 웃었다. 핍은 조금 망설이다가 물었다.

동생들은?

동생들은 이제 없어요.

소년은 한쪽 발을 절고 있었다. 코트는 핍의 것과 마찬가지로 낡아서 해졌고 오래된 갈색 얼룩이 여기저기 묻어 있었다. 몇 줄 앞에 서 있던 여남은 명쯤 되는 아이들이 철로 된 교문 안쪽으로 들어갔다. 나이 많은 소년들이 오가며 대열을 바로잡았다. 초등학교 고학년에서 청년이라 불러도 될 만한 나이까지, 수천 명의 아이들이 제자리뛰기로 몸을 녹이며 차례를 기다리고 있었다. 대학교 운동장에 임시로 마련된 총기 훈련장으로 들어가는 줄이었다.

군대에 안 가도 될 줄 알고 좋아했는데, 결국 이런 날이 오네요. 대학에는 어떻게 가나 걱정했는데, 이런 식으로 대학 문턱을 넘어보네요. 이럴 줄 알았으면 하고 싶은 거나 실컷 하는 건데. 그때 그거 형한테 주지 말걸. 비싼 거였는데. 일본 거였다구요.

할말이 없었다. 이 아이는 어떻게 계속 웃는 걸까? 그런데, 정신을 차려보니 자신도 얼결에 따라 웃고 있었다. 핍은 웃던 입을 다물었다. 뒤쪽에서 어린 여자애 하나가 묻고 있었다. 언니, 우리 총 쏘는 거야? 누구한테 쏘는 건데?

금방 끝날 거예요.

소년이 말했다.

뭐가?

소년은 문득 재미있는 일이 떠올랐다는 표정을 지었다.

형, 웃긴 얘기 하나 해줄까요?

뭔데?

이거 진짜가 아니에요.

어?

우리요. 진짜가 아니라고요. 사람이 아니에요. 프로그램이에요. 여기는 컴퓨터 속이고, 이건 어른들이 하는 게임이라고요.

소년이 상처 난 팔을 긁었다.

분류하자면 교육용이죠, 교육용. 실제로는 일어나면 안 되는 상황을 설정해서 게임을 만들어놓고, 무슨 일이 일어나는지 보면서 이러면 안 되지, 아무리 그래도 우리가 애들만 덜렁 남겨놓고 죄다 없어지면 안 되지, 우린 이것보다는 나은 사람들이지, 이렇게 자위하는 거라고요. 우린 착한 아이처럼 굴 수도 있고, 그러지 않을 수도 있어요. 인류 전체에 도움이 되게 행동하는 애들이 우리 중에 많으면, 아마 좀더 오래가겠죠. 아니, 아닌가요. 잘 모르겠네. 어쨌거나 이건 허구예요. 그렇잖아요? 초등학교 애들이, 어떻게 총을 잡아요. 어떻게 총을 쏴요.

소년의 말이 빨라지고 어깨가 들썩거렸다. 추위 때문인 것 같기도 했으나 소년은 약간의 과호흡 상태였다. 핍은 어떻게 도와야 할지 알지 못했다.

우리가 오늘 이 훈련을 안 받으면, 좋은 엔딩이 올까요? 이 게임을 멈추려면 어떡해야 되죠? 제 생각으론, 시간을 거꾸로 돌리는 수밖에 없어요. 우리가 전부 같이 한 방향을 향해 뛰어서, 지구를 거꾸로 돌리기라도 해서, 슈퍼맨이 했던 것처럼, 로이스 레인을 구하고요, 그러는 수밖에 없어요. 아니, 아니네. 지구의 자전 방향이 바뀐다고 해서 시간이 거꾸로 가지는 않지요 참. 저 문과예요, 망할. 그리고 시간을 되돌린다고 해도 답이 없는 게, 오프닝 이전으로 가버리면, 그러면 우리가 존재하지 않게 돼버리니까요. 우리는 어쨌든 이렇게 가야 하네요. 그게 우리를 위해서든, 밥맛없는 누구한테 교훈을 주기 위해서든.

바람이 차가웠다. 뒤에서 여자애가 코를 훌쩍였다. 아니야, 너는 안 해도 돼, 언니인 듯한 여자애가 속삭였다. 소년은 고개를 들어 하늘을 보고 있다가 말을 이었다.

그런데 이게 웃기는 게, 저기 봐요. 저녁 하늘에 저렇게 떠 있는 노을. 저런 색깔. 그리고 저기 저 산에 쌓인 눈 봐요. 쌓인 모양요. 저런 거, 게임치고는 참 실감나게 만들어져 있단 말이죠. 굳이 그럴 필요가 없는데도요. 그리고 이런 거.

소년이 메고 있던 검은 배낭에서 무언가를 꺼냈다. 만화였다. 소년이 그것을 펼쳐 핌에게 보여주는데, 책장이 후르르 넘어가는 와중에 손바닥 모양으로 찍힌 핏자국이 얼핏 보였다.

여기 보면 소야 명인이 마시는 게 포도당을 넣은 차라고 나오거든요. 설탕이 아니고 포도당요. 누가 디자인했는지 참 깨알 같지 않아요? 컷 분할도 그렇고 대국하는 장면들도. 내가 가진 이런 템에 이런 디테일을 넣는 게 게임 진행에 도움이 될까요? 세상이 망할지 말지를 결정하는 데 무슨 역할 같은 걸 하느냐고요.

앞줄에 있던 까까머리 소년이 결국 뒤를 돌아보았다.

한동안은요, 이게 다 허구라면 사람 팔을 부러뜨려도 그냥 똑, 소리가 나면서 깨끗하게 부러지지 않을까, 그런 생각도 들었어요. 그러면 괜찮지 않을까. 걱정할 필요 없지 않을까. 그런데요, 그렇지가 않더라 고요. 게임인데! 피도 날 거 다 나고! 뼈는 하얗고, 기름은 노랗고! 그리고……

까까머리가 하, 입김을 내뱉더니 몸을 돌려 소년의 멱살을 잡아올렸다.

그만해라, 응? 공격이 아니고 방어라잖아. 실제가 아니고 만약을 위한 훈련이라잖아! 지금 너만 무섭냐? 어? 너만 무섭냐고? 썅, 어린 애들이 듣잖아 이 새끼야!

까까머리가 발길질을 했다. 소년이 팔을 들어올려 얼굴을 가렸다. 핍이 그들을 떼어놓았다. 풀려난 소년은 웃으면서 중얼거렸다. 나도 어린애예요. 뭐라고? 씨발 나도 어린애라고! 이 새끼가 정말. 죽을래? 핍이 소년을 뒷줄로 끌고 갔다. 움직이지 못하게 두 팔로 끌어안고 있자니, 정말 마른 아이였다. 소년은 한참이 지난 뒤에야 잠잠해졌다.

여자애의 언니가 동요를 부르기 시작했다. 타요타요, 타요타요, 개구쟁이 꼬마 버스. 붕붕붕, 씽씽씽. 미르야, 언니랑 타요 버스 보러 간 거 생각해봐. 생각나?

훈련은 길지 않아서 해가 다 지기 전에 끝이 났다. 돌아갈 때 보니 울던 여자애는 언니 등에 얼어붙은 것처럼 업혀 잠들어 있었다.


## 208

밤이었고, 핍은 잠을 자고 싶었다. 그러나 그럴 수가 없었다. 아기는 핍의 생각을 읽기라도 한 듯 세차게 울어댔다. 얀은 두 팔로 아기를 받쳐 안고 거실의 어둠 속을 걷고 있었다. 보이지는 않았지만 얀이 눈을 감고 있을 거라고 핍은 생각했다. 얀은 이제 눈을 감고도 비틀거리지 않고 안전한 동선을 발로 외워 아기를 운반했다. 베란다 문 앞에서 부엌 싱크대까지, 그 짧은 거리가 세상의 전부인 것처럼 얀은 걷고 또 걸었다.

　이리 줘. 내가 해볼게.

　괜찮아.

　어디가 아픈가?

　어떡하지. 분유가 더이상 없어서, 물을 좀 많이 섞었는데. 그래서 그런가봐.

　아기는 얇은 여름 담요로 감싸인 채 얀의 빌라 현관에 인형처럼 누워 잠들어 있었다. 아기를 처음 봤을 때, 핍은 이상하게도 무섭다는 생각이 들지 않았다. 얀과 함께가 아니라 혼자 있을 때 발견했다면 어땠을까, 그런 생각을 하지 않은 건 아니었지만, 그리고 그 생각은 시간이 갈수록 점점 커졌으며, 가끔은 그 순간의 얀에게 소리치는 자신을, 너 이게 무슨 뜻인지 정말 알아? 하고 그녀를 잡고 흔드는 자신을 몇 번이나 상상하긴 했지만.

　그래도 지금 또한, 무섭지는 않았다. 정말 기이했다. 그와 얀보다 훨씬 큰, 너무 커서 크기를 가늠할 수도 없는 어떤 서사가, 바람에 날아갈 것 같던 자신들의 무의미한 일상을 붙잡아 안전하고 아프게 지켜주기 시작한 것 같았다. 모든 게 너무 얼얼해서, 너무 힘들고 무섭고 졸려서, 핍은 자신이 살아 있음을 잊을 수가 없었다. 얀은 자기 어머니의 옷을 잘라 기저귀로 썼다. 분유를 구하느라 집안의 물건들을 반쯤 정리했다. 그런데 이제는, 가격이 문제가 아니라 분유를 가진 사람을 찾는 일 자체가 어려웠다.

노트북을 팔아야겠어.

얀이 베란다 쪽으로 걸으며 말했다.

안 돼. 차라리 냉장고를 팔아.

냉장고는, 우리도 먹어야 하잖아.

지금도 상한 거 먹고 있잖아. 그래도 안 죽잖아.

아기는 상한 거 먹으면 안 돼. 더 크면 밥도 먹여야 하는데.

얀이 걸어오면서 하품을 했다. 미안해. 그녀가 웃으며 말했다. 데려오지 말았어야 했나봐. 내가, 할 수 있다고 생각했나봐. 이러면 기적이 일어날 것 같았는데. 부모님도 돌아오고, 다른 사람들도 돌아오고, 학교도 다시 열리고…… 내가 더이상 못 참게 돼서 얘를 안고 막 울고 있으면, 다들 돌아와서 미안하다고, 다 장난이었다고, 사과할 줄 알았네. 나는. 그런데 기적이 오기까지가 참 기네. 하루가 길고, 시간이 참 더디도 가네.

미안해.

핍이 말했다. 그러면서도 핍은 얀과 합치면서 놔두고 온 자신의 방, 혼자서 열 시간이고 스무 시간이고 잘 수 있었던 그 텅 빈 방을 떠올리고 있었다. 문을 열어두고 왔으니 지금쯤은 다른 누군가가 살고 있을 것이었다.

이리 줘. 내가 할게.

핍은 얀에게서 억지로 아이를 떼어내 품에 안았다.

## 154

다른 모든 아이들처럼 얀 역시 어른들이 통신망 안에 있을 거라고 믿었다. 그래서 틈만 나면 노트북을 충전하고, 거기에 달라붙어 새로고침 버튼을 눌러대고, 신호를 찾아 몇 시간을 소득 없이 흘려보냈다. 밥을 굶는 것보다 힘든 게 전자제품을 몸에서 떼어내는 일이라는 건 모두가 예전부터 알았지만, 이제는 죽은 기계들이, 더이상 어디로도 연결되지 않는 휴대전화가, 노트북이, PDA가, 사라진 네트워크가, 살아 있는 것들보다 강력하게 아이들의 삶을 지배했다. 다 망가진 낡은 기계라도 아이들은 사고 싶어했다. 응답을 기다리는 일을 포기하면 당장 그 자리에서 불운이 자신들을 치고 갈 것처럼 불안해하는 것이었다. 얀도 그랬다. 핍은 얀을 보며 자신은 왜 그러고 싶지 않은지, 왜 그녀처럼 기대가 생기지 않는 것인지 궁금했다.

핍이 상상하는 것은 나빴다. 언제부터 나빴는지, 그날 이후로 그렇게 된 건지 원래부터 그랬는지는 모르겠지만, 나빴다. 기적처럼 신호가 잡힌다. 네트워크가 연결된다. 예전처럼 사람들의 글이, 이야기와 사진이 엄청난 속도로 올라오기 시작한다. 그것들을 올린 건 어른들이고, 어른들은 없어진 게 아니다. 있었다. 있다. 심지어 그들은 다급한 어조로, 슬픈 목소리로, 아이들을 찾고 있다. 찾아 헤매고 있다. 여기저기의 사진이 올라오고, 이곳저곳의 풍경이 펼쳐진다. 핍은 얀과 함께 그것을 보고, 잠깐 소리를 지르다가, 함께 집을 뛰쳐나간다. 사진이 찍힌 곳으로, 시청 앞으로, 광화문으로, 홍대로, 종암동으로, 뛴다. 그런데 어디에 가도, 그들은 없다. 비슷하게 황망스럽고 겁에 질리고 화가 난 표정으로 몰려나와 울고 있는 아이들뿐이다. 분명히 같은 공간에, 같은 프레임 안에 있어야 하는데, 같은 사각형 안에 들어왔다는 확신이 들 때까지 모두가 머리를 맞대고 앵글을 계산해 몸을 움직였는데, 여기가 맞아요, 하고 소리쳤는데, 발을 밟혔는데, 앞사람을 밀었는데, 전화기를 쳐들고 손가락이 아플 때까지 새로고침을 눌렀는데, 도시의 겨울 풍경들은 계속 올라오는데, 거기서는 자기들이 분명히 여기 있다는데, 없다. 보이지 않는다. 유령인가? 어느 쪽이? 이런 상상을 하면 핍은 자신이 구제할 길 없이 악한 인간이라는 생각이 들었다.

이거 알아? 가지 않은 길, 이라는 게임.

얀이 터치패드를 휘휘 저으며 말했다.

권태로운 어른들 사이에서 한동안 대세였던 건데. 우리 엄마, 꽤 오랫동안 이걸 하고 있었네.

얀이 노트북을 돌려 화면을 보여주었다. 아주 옛날에 만들어진 듯한 에뮬레이션이었다. 그래픽은 조잡했고, 텍스트는 말풍선 밖으로 삐져나와 있었으며, 하드에서 불러온 사진을 합성해 만들어진 대두 캐릭터들은 기괴해 보였다.

컴에 있는 사진을 불러오고 정보를 입력하면 이야기가 만들어져.

이게 너희 엄마야?

응.

예쁘시다.

나랑 안 닮았거든.

닮았는데.

이게 엄마의 다른 인생이래.

다른 뭐?

인생. 이거, 간단해 보이는데 입력해야 되는 게 제법 많거든. 자기가 들어간 학교, 나갔던 소개팅, 받았던 중요한 전화, 안 받았던 전화, 만났던 사람들, 헤어진 사람들, 들어간 회사, 뭐 이런 것들을 사진이랑 같이 입력하면, 다른 선택을 했을 때 어떤 결과가 나오는지 보여줘. 부모 형제나 통장의 돈처럼 바꿀 수 없는 것들 말고, 바꿀 수 있었던 것들을 바꾸면.

뭘 바꿀 수 있는데?

이를테면 우리 엄마는 백스물여섯 번 이 게임을 했는데, 백 번 조금 넘게 아빠 말고 다른 남자랑 결혼하는 걸 선택했네. 사진이 없어서 그 남자 얼굴은 비어 있지만.

얀이 웃었다. 핍도 따라 웃었다.

그런데 우리 엄마, 좀 슬프네. 대학을 안 가는 선택은 한 번도 안 했는데, 명문대를 선택한 적도 한 번도 없네. 어차피 게임인데 공부를 죽어라 해서 S대 수석 입학, 그런 거 한번 골라보지. 다른 데 고른다고 고른 회사도 다 거기서 거기네. 나를 낳고 얼마 안 돼 그만둔 것도 똑같네. 나라면 다 때려치우고 여행, 이런 거 했을 텐데. 선택지에 있는데 안 했네, 한 번도.

핍은 다른 문제에 신경이 쓰였다.

아버지가 싫으셨던 이유가 뭐래?

그때그때 다른데, 입냄새, 발냄새. 풋. 상냥하지 않다. 나를 사랑해주지…… 않는다. 그리고 그런 회사에 다닌다는 것.

얀이 그 회사 이름을 말했다.

거기 대기업이잖아.

그러게.

아버지가 더 큰 데 다니시길 바라신 거야?

모르겠어. 이런 내용이 있네. 그 회사가 하는 일들은 옳지 않다. 옳지 않은 돈으로 나는 얀이를 먹인다. 입힌다. 키운다. 매일매일, 감사하며.

뭐가 옳지 않은데?

나도 몰라.

얀의 표정이 침울해졌다. 핍은 조금 화가 났다. 그게 뭐야, 말하고 싶었다. 너무하시네, 그렇다면 애를 안고 떡볶이 장사라도 해서 자기가…… 같은 말들이 목으로 차올랐지만 이내 그런 생각을 한 자신이 부끄러워졌다. 살아보지 않았으니 모른다. 그러니 말을 말자. 그래도. 여자는 다 그런가. 집에서, 그렇게 생각이 많은가.

게임 속에서, 다른 남자를 선택한 얀의 어머니는 아이가 없었다. 얀의 아버지를 선택한 그녀는 이혼도 하고, 나중에 힘들게 혼자 키우기도 하지만, 그래도 언제나 얀을 낳았다. 동생이나 언니도 없이 그냥 얀뿐이었다.

제일 많이 간 버전은 뭐야?

이거. 엄마는 일흔네 살, 책을 읽고 우아하게 홍차를, 푸, 마시면서 행복한 노년을 보내고 있네. 아빠랑 같이 등산을 다니고, 친구들을 불러 모임을 갖고. 나는 마흔네 살인데 어, 아직 결혼하지 않았다. 얀이는 남자친구가 있지만 아무리 독촉해도 결혼할 생각은 하지 않는다. 그애는 멋지게 살고 있어 나도 큰 불만은 없다. 얀이는 유명한 현대무

용가로, 유럽 순회공연을 다니고 있어 집에는 자주 오지 못한다……
아이고.

너, 춤 춰?

응?

무용가라잖아. 너 춤 춰?

아니.

그럼 뭐야?

나도 몰라. 아니겠지. 출 줄 알면 기억이 날 텐데, 안 나.

한번 춰봐.

뭐? 싫어.

야. 한번 춰봐. 춰보자.

핍은 억지로 그녀를 일으켰고, 얀은 웃으며 몸을 빼내 도망치다가 쓰러졌다. 누워 있는 그녀의 이마에 배어난 땀을 닦아주다가, 핍은 그녀에게 키스했다. 눈을 감고, 그리고 눈을 뜨고, 한번 더.

세상이 멎었다. 이야기가 멈췄다.

길들이 사라졌다. 오직 하나의 길만 있어서, 핍은 그리로 들어갔다. 얀에게는 유일하고 새로운 과거인 그녀 어머니의 낡은 미래들이 컴퓨터 속에서 지켜보는 동안, 그들은 오직 현재에만 속한 사람들처럼 사랑을 나눴다. 조용하게, 조용하지 않게. 부드럽게 나누고, 꿈꾸듯 다시 한번 나눴다. 얀의 목덜미에서 홍차 향기가 났다.


## 52

지호 형은 고향으로 간다고 했다. 광주. 전라도 광주? 경기도 광주.

그래도 걸어가기에는 멀 것 같았다. 가게가 제대로 돌아가지 않으니 월급이 나올 데가 없는 게 빤한데, 자기 주머니를 털었는지 봉투에는 핍이 못 받은 것의 세 배나 되는 돈이 들어 있었다.

형은 몇 번이나 미안하다고 했다. 이것밖에 못 줘서 미안하고, 혼자 두고 가서 미안하고, 함께 일하는 동안 맥주 한잔 못 사줘서 미안하다고. 자기가 원체 말이 없고 숫기가 없다고. 점장 아저씨가 있었더라면 아저씨도 틀림없이 미안하다고 했겠지만 아저씨는 지금 없었고, 그래서 아저씨 말들을 형이 했다. 아저씨가 없어진 것도 형 책임이었고, 형이 형인 것도 형 책임인 것 같았다. 그날 이후 아이들은 길에서, 가게에서, 걷다가, 놀다가, 음식을 먹다가, 습관적으로 서로에게 미안하다고 했다. 나는 언니가 있어서 미안해. 나만 동생을 찾아서 미안해. 이거 두 개밖에 없어서, 조카한테 가봐야 돼서, 미안해. 말없이 서로를 보고 있다가도 그랬고, 붙잡고 싸우다가도 손을 털고 금세 사과했다. 남아서 살아가는 일이 떠난 사람들과 주고받을 미안함까지 제 어깨에 얹는 거라면, 자신도 언젠가는 누군가에게 형 몫까지 미안하다고 말하게 되리라고 핍은 생각했다.

부모님을 찾으러 가는 거예요?

바보 같은 얘기들이 돌았다. 산에서 봤다는 얘기. 몇백 명이 굴에 숨어 있더라는 얘기. 이상한 피부병에 걸려 있었다는 얘기. 몇 명은 죽었는데 죽으면서 공기중으로 증발하는 것처럼 스며들더라는 얘기. 그들은 어른이 못 된 어른들인데 아이들 눈을 피해 숨어 있고, 난민 신청을 하려 한다는 얘기.

사실 이건 전쟁이라는 얘기. 미국 때문에 아무도 말을 못한다는 애기. 북한이 뭘 쐈고, 러시아가 어쩌고. 투명 가스니 인체 실험이니. 카더라 통신이라 쳐도 너무 유치해서 할말이 없고, 아이들이 만든 것이긴 했으나 그날 이전에는 어떤 어린애도 만들지 않았을 얘기. 그런 얘기들을, 그래도 믿고 가는 사람들이 있었다. 실은 꽤 많았다.

아니, 개를 찾으러 가. 본가에서 두 마리 길렀는데. 살았을까. 풀어 기르긴 했는데. 살아 있으면 좋겠다.

지호 형의 눈과 입이 오랜만에 함께 웃었다.

피자 만들면서 배달까지 하기는 어려울 거야. 꼭 하고 싶다면, 레시피는 여기 정리해놨으니까 보고 해. 연락처들은 여기. 오븐이 낡아서 온도가 바로 안 올라가는데 너무 과하게 올리지 말고. 운전 조심해라. 사람을 구해도 되는데, 누구든 너무 믿지는 마. 내가 바보 같지?

아뇨.

웬만하면 너도 집에 있어. 할 일이 없어도. 점점 더 위험할 거야, 밖에서는.

형, 부모님 기억해요?

지호 형은 잠시 생각하다가 고개를 끄덕였다.

좋은 분들이었어요?

그럴 리가.

형은 피자를 자르던 손을 멈추더니 웃었다.

왜요?

내가 부모님을 왜 만나야 되는지 알아? 특히 아버지란 인간을?

네?

아니다. 아무것도 아니야.

그들은 지호 형이 구운 피자를 먹었다. 지호 형은 셰프가 되는 게 꿈이었는데, 한 번도 자기 손으로 피자를 구워보지 못했었다. 처음이자 마지막인 형의 피자를 핍은 거의 한 판이나 먹었다. 맛있다고 말하자 형은 얼굴을 붉히면서 웃었다. 웃으면서 고맙다고 했다.

**237**

핍.

응?

……

……

시간이 멈췄으면 좋겠어.

……

……

……나도.

**650**

거리에 기도하는 아이들이 모여 있다. 십자가도 미사포도 제단도 없지만 그 기도는 간절하고, 딱딱한 바닥에 무릎을 꿇고 앉아 성가를 부르는 그들의 목소리는 모두의 마음에 얼마간 평화가 깃들게 해주는 것 같다.

그들에게서 그렇게 멀지 않은 곳에서, 안이 차분한 얼굴로 말한다.

있잖아, 핍, 내가 했어. 견딜 수가 없어서, 내가 그랬어. 너무 울고, 내가 너무 힘들어서, 그래서.

그들은 예전에 쇼핑몰이었던 곳을 지나던 중이다. 분수대가 세워진 넓은 광장이 있고, 수천 평 규모의 지하로 통하는 계단이 있다. 아이들은 그곳을 부수거나 망가뜨리거나 입구를 돌로 막지 않았다. 그 계단에 빼곡하게 모여 앉아 물과 음식을 나누고 서로의 옷매무새를 고쳐주고 있을 뿐이다. 핍은 걸음을 멈추고 그 자리에 선다. 아니야. 얀에게 그렇게 말한다.

그의 영토에서, 거기 있었다는 것조차 잊고 있던 도시 하나가 소리 없이 재로 변하고, 바람에 휩쓸려 천천히 땅 위에 내려앉기 시작한다. 너는 모른다고, 사람들이 와서 데려가는 것만 봤을 뿐 다른 것은 못 보지 않았느냐고, 얀이 말한다. 내가 너한테 거짓말을 했어. 핍. 불쌍한 핍. 너는 내가 누군지도 모르고.

안다고, 아니라고, 그만하라고 핍은 말한다.

너는 내가 착한 줄 알지, 나도 그런 줄 알았어. 그런데 아니네. 얀이 말한다. 너는 그때도 지금도 너무 지쳤다고, 그뿐이라고 핍은 말한다. 힘든 건 내가 아니고 너야, 얀이 받아친다. 핍이 힘든 건 모르기 때문이라고. 그와 그녀가, 이곳에 사는 아이들 모두가 실은 오래전에 어떤 경계를 건너왔다는 걸 그는 모른다고. 사실은 나 엄마가 기억나, 얀이 말한다. 자신의 어머니가 작별 인사 같은 그 말을 왜 했는지 알고 있다고, 그러나 두려워서 모르는 척했다고, 얀은 쉬지 않고 말한다.

미쳤구나 진짜, 넌 안 죽었어, 핍이 화를 낸다. 그런가, 그러면 더 문젠데…… 왜냐면 걔는…… 우리 아이는, 죽었는데. 그렇게 말하는 얀을 핍은 똑바로 보지 못한다. 점점 낯선 사람이 되어가는 얀이, 그녀 눈동자의 차가운 열기가 무서워진다. 핍은 눈물을 흘리는 그녀를 안는다. 그녀가 뿌리친다.

핍이 소리친다. 어쩌라고. 나보고 대체 어쩌라는 거야? 우리가 뭘 어쩔 수 있었어? 없었어. 방법이 없었다고!

갑작스레 쏟아지는 그 말들에 안은 기가 질린 듯 그를 멍하니 바라보다가, 단호한 표정을 되찾으려 노력하면서 중얼거린다. 핍, 나 이제 갈게.

핍이 귀를 의심한다. 헤어지자고, 그녀가 다시 말한다. 그들의 나라에는 아주 오랜 시간이 지난 뒤에야 울려퍼질 것 같던 그 말들을, 지금 그녀가 또렷한 목소리로 한다. 이 순간을 연기하는 자신을 핍은 몇 번인가 상상했으나, 지금 무대에서 펼쳐지는 것은 상상과는 다르다. 더 지루하고, 더 이중적이다. 헤어지자는 그녀의 말에 허우적대면서, 그 말을 먼저 한 사람이 자신이 아니라는 비겁한 안도감이 가슴을 꿰뚫고 가는 것을 핍은 느낀다. 그러면서도 또다시, 생각한다. 그녀를 조금은 다치게 하고 싶다. 나 혼자라면 너무 억울하다.

알고 있었어.

핍이 말한다.

나도 알고 있었어…… 씨발 알고 있었다고. 그러니까 가지 마.

가지 마. 가지 말라고. 가지 말라고. 핍이 매달린다. 해서는 안 되는 말들이, 깨어 있었다고, 나도 봤다고, 봤는데 자는 척했다고, 그러니 너 혼자가 아니라고, 그런 말들이, 제멋대로 입에서 빠져나온다. 순간 혀를 깨물었으나 말은 쏟아져 남았고, 죽고 싶었으나 죽어지지가 않는다. 이것이 나인가. 이렇게 약한가. 혼자 남기 싫어서, 혼자 견디기 싫어서, 이 죄를 껴안고 그래도 같이 있자고, 심장을 치고 내리찍는다. 부수고, 태운다. 이게 대체 뭘까? 어른들이라면 참았겠지. 끝까지 말을 안 했겠지.

그들은 부서진 대리석이 깔린 거리에, 몸속의 심이 부러져 혼자 힘으로는 서 있을 수 없게 된 인형들처럼 서 있었다.

얀은 몸만 있었다. 마음은 이제 없었다. 없어졌다. 이제는 정말로 돌아갈 수가 없게 됐다. 시간을 돌릴 수만 있다면, 무슨 짓을 해서라도 그럴 수 있다면. 입에서는 짐승의 소리가 났고, 눈물은 흘렀는데, 머리는 점점 또렷해졌고, 가슴에서는 심장이 뛰었다. 빠르게, 빠르게.

**40**

혼자 남겨진 것이 꿈이 아니며, 어떻게 해도 이제부터는 자신만의 힘으로 살아가는 수밖에 없다는 사실을 받아들여야 했다. 핍은 그게 싫었다. 다행히 어머니는 약간의 현금을 남겨놓았고, 싱크대 서랍에는 그 책자가 있었다. 배달음식점과 각종 용역업체의 전화번호를 모아놓은 생활정보지였는데, 핍은 그것을 읽다가 가사도우미 업체에 전화를 했다. 굳이 이유를 대자면 청소는 해도 해도 끝이 없었고, 빨래는 지루했으며, 요리는 구차하게 여겨졌다고 대답하겠지만, 그는 무엇보다 좀 외로웠다.

아직은 전화가 살아 있었고, 전화를 받은 것은 핍과 비슷한 또래의 남자였다. 허드렛일에 적합해 보이는 편한 바지와 티셔츠 차림으로 핍의 집에 찾아온 것도 핍과 비슷한 또래의 소녀였다. 세상에는 아무런 일도 일어나지 않은 것 같았다. 은행과 경찰서에서, 오후의 초콜릿 가게와 노점상에서 일어나고 있는 것과 같은 일이 핍의 집에서도 일어나고 있었다. 어른들이 사라지자 아이들이, 마치 기계의 부품이 교체된 것처럼, 그 자리에 들어와 나이 많은 선임자들이 하던 일을 했다.

아직은 괜찮은 걸까? 언제까지 괜찮은 걸까? 냉동실의 얼음이 녹고, 창고의 식료품이 모두 떨어지고, 공장들이 멈추고, 우리의 어설픈 손과 마음만으로 때우고 땜질해놓은 것들이 점점 마모되어 부서져버리면, 그다음에는 어떻게 되는 걸까? 왜 우리는 길에 나가 개를 때려잡고 서로를 칼로 찌르면서 날뛰다가 다 같이 죽어버리지 않는 것일까? 이 일이 생기기 전 어른들이 항상 말하던 것처럼 우리는 스스로 생각하는 법을 배운 적이 없고, 그래서 어른들을 보고 배운 행동을 하며 복제된 세상의 톱니바퀴가 되는 길밖에 선택할 수 없는 것일까? 아니면 무슨 일이 있어도 세상이 망하지 않도록 질서를 유지해야 한다는 본능이, 어떤 책임감이, 선한 의지가, 이런 식으로 드러나고 있는 것일까? 핍은 마치 태어나면서부터 그 일을 해온 것처럼 냉장고 속 반찬통들을 정리하는 소녀를 보며 생각했고, 그런 생각을 하는 자신이 참으로 한가롭고 이상하다고 느꼈다.

## 26

뛰지 마.

핍은 무서운 얼굴을 했다.

그렇게 빨리 뛰면 넘어져. 야, 그렇게 차도에 뛰어들지 말고. 아이는 핍을 쳐다보더니 실실 쪼개기 시작했다. 멜빵바지를 입은, 말을 알아들을 만큼은 큰 아이였다.

차가 안 다녀요.

그래도 그러면 안 돼.

아저씨가 잘하세요. 어, 저기, 쨱쨱!

저건 비둘기야. 비둘기는 쨱쨱이 아니라 구구야.

쨱쨱!

아이는 혀를 내밀더니, 아까보다 빠르게, 운동화를 삑삑 울리며 뛰어가버렸다.


## 10

픽, 소리와 함께 TV가 죽었다.

방금 전까지 방송에는 전국의 아이들이 한 명씩 나와 돌아가며 할 말을 하고 있었다. 다시 연결되지 않으리라는 걸 핍은 직감적으로 알았다. 열흘 내내 내용은 비슷했고 아이들이 하는 말도 거의 같았다. 어디에 있든지, 보고 있다면 돌아와주시기 바랍니다. 저희와 대화를 해주십시오. 아픈 아이들이 많습니다. 지금 상황이 어렵지만 잘 해결되었으면 좋겠습니다.

어떤 아이들은 다소 무겁게 들리는 말도 했다. 이건 윤리와는 관계없는 일입니다. 그 아이들이 순수하지 못해서 함께 사라진 게 아니란 말입니다. 우리는 모르는 것을 판단해서는 안 됩니다. 어른의 말투를 쓰고, 어른답게 말하려고 애쓰고 있는 핍 또래의 아이들. 핍은 방송을 보면서도 카메라를 들고 있을 아이가, 큐 사인을 주고, 마이크를 손보고, 아이들을 통제하고, 전국을 연결하고, 콘솔 앞에 앉아 음향을 내보내고 있을 아이들의 얼굴이 궁금했다. 그들도 핍과 같은 나이일 텐데 어떻게 그 일들을 할 수 있을까? 어떻게 그런 생각을 하고, 이성적으로 행동하려고 노력하고, 저렇게 침착할 수 있을까?

핍은 사실 아직까지 갇혀 있던 풍선이 터진 듯한 기분에서 헤어나지 못하고 있었다. 하고 싶은 일들이 많았다. 실은 별일들도 아니었다. 커다란 소리로 방귀를 뀌고, 오후 세시까지 잠을 자고, 오늘은 못 가겠다고 지호 형에게 전화를 하고, 라이더 재킷을 사고, 염색약을 사다가 갈색 가방을 검은색으로 염색하고, 만화를 보고, 게임방에서 하루종일 게임을 하고, 담배를 사고, 그리고.

자신을 때린 적이 있는 아이들의 얼굴을 핍은 하나하나 떠올렸다. 찾아가보면 어떨까. 방해가 될 만한 사람들은 이제 없을 것이다. 사과를 받고 뜯긴 돈도 모두 돌려받고 싶었다. 사실, 죽이고 싶었다. 그러나 정말로 죽이면 귀찮은 일들이 생길 것이다.

담임선생님의 얼굴이 문득 떠올랐다. 수학이 아니고, 김경수가 아니고, 선생이 아니고 선생님. 자퇴를 할 때 그 선생님만은 핍을 사람 취급 해주었다. 뭘 하라고, 혹은 하지 말라고 말해줄 수가 없어서 미안하다고 말했었다. 네가 하고 싶은 일을 해도, 하고 싶지 않은 일을 해도, 쉽지 않을 거다. 그게 현실일 거다. 언제고 길에서 나를 보면 그냥 한 대 쳐라. 치고 싶은 만큼 쳐. 밟아도 된다. 뒤에서 치고 가면 넌 줄 알게.

선생님은 울었다. 남자가. 어른이. 그런데 가식으로 느껴지지 않았다. 그 선생님도 사라졌다고 생각하니, 갑자기 좀 이상했다. 하고 싶은 일이 많았다. 그런데 할 수가 없었다.

가만히 자리에 앉아서 핍은 죽어버린 화면을 보고 있었다. 한 오십 년쯤 그 자리에 그렇게 앉아 있었던 것 같았다.

## 7

형태는 좀 이상했지만 뉴스가 아직 있었으므로, 핍은 하루종일 그것을 읽었다.

정치 상황을 분석하는 글들과 의학적인 관점에서의 글들을 계속 읽자니 머리가 터질 것 같아서, 핍은 링크를 타고 돌다가, 어떤 블로그로 들어갔다. 거기서 까만 바탕에 흰 글씨로 적힌 그 문장을 읽었다.

다시 와줘서 고마워.

단지 그것뿐이었다. 페이지를 넘겼더니, 이번에는 이런 말이 있었다.

돌아가고 있구나.

핍은 페이지를 넘겼다.

핍, 나 얀이야.

핍은 의자에서 떨어졌다.

침대에 머리를 부딪히고, 몸을 수그렸다가, 일어나서 소리를 지르며, 그대로 뛰어나왔다. 거실까지 갔다가, 오 분쯤 지나 떨면서 다시 방으로 왔다. 화면은 그대로 있었다. 페이지를 넘기고 싶지 않았으나 어쩔 수가 없었다. 결국 넘겼다. 이번에는 글이 좀더 길었다.

우리는 아직 만나지 않았지만 서로를 알지. 어떻게 이런 일이 가능한지는 몰라. 어쩌면 네가 지금 나 때문에 아프기 때문일지도 몰라. 나를 사랑하고, 내 죄를 사랑하려 했지만 나만큼은 사랑하지 못해서. 핍, 우리가 어른이 아니라면, 그건 우리가 우리의 죄를 잘 다루는 법을 아직 알지 못해서일 거라고 나는 생각해.

그러니까 슬퍼하지 마. 이 하루가 지나면 나는 네게서 지워질 거야. 돌아가도, 돌아가지 못해도 그건 마찬가지일 거야. 그게 나의 죗값일 거야. 그래도 움직이는 걸 좋아하는 너는 어디로든 가겠지. 그걸 알면 서도, 나 때문에 좁은 곳에 머무르게 해서 미안해. 웃어줘서 고맙고, 말해줘서, 가지 말라고 해줘서 고마워.

우리는 다시 살고, 다시 죽고, 그러다 결국 없어지겠지만, 너를 만나서 나는 내가 사람이라는 걸 알았어. 이렇게 이상한 곳에 있지만, 우리는 누군가가 합성해놓은 타인의 회한 같은 게 아니야. 누구의 소망도, 변명도 아니야. 나는 얀이야. 우리 부모님이 낳아주신, 너를 만나 같이 살았던, 얀.

핍은 페이지를 넘겼다.

밤을 새우지 마. 잠을 자. 하루는 짧지만, 그래도 길어.

얀이라고? 핍은 생각했다. 사랑한다고?

그 페이지가 끝이었다.

그러지 말라고 했지만, 핍은 컴퓨터에 붙어 밤을 새웠다. 블로그 주인장을 검색하고, 또 검색하고, 그 문장들을 읽고, 또 읽고, 다른 곳으로 갔다가, 어디도 아닌 곳의 빈 공간에, 이런 일이 있었다. 이게 대체무슨 일인가, 그렇게 묻는 글을 올렸다가, 지우고, 다시 쓰고, 기다리고, 또 기다리고, 혼잣말을 하고, 다시 쓰고, 다시 읽다가, 그 문장들을 외우고, 잊어버리고, 다시 외우고, 그러면서 졸음이 오는 것을 느끼고, 밤이 사라지는 것을 보았다.


5

아침이 되었을 때, 핍은 겨우 잠들었다.

## 3

핍은 아버지의 회사에 전화를 걸었다.

전화를 받은 것은 어떤 여자였는데, 아버지의 이름을 말하자 그녀는 잠시 기다리라고 했다. 가까운 데 외출했다는 투여서, 핍은 잠시 당황했다. 기다리는 동안 그는 아버지와 어머니를 떠올렸다.

어머니는 핍을 가졌을 때 복숭아를 많이 먹었다고 했다.

어머니는 형제 여섯인 집의 장녀였는데, 동생들을 돌보던 어린 시절부터 어째선지 종종 헛것을, 멀쩡한 동생들이 죽어 쓰러져 있는 광경을 보는 일이 있었고, 그런 뒤에는 몸이 시름시름 아팠다. 어머니가 진학을 포기하고 키워낸 동생들은 다행히 건강했고, 환각은 스물몇 살 이후로는 없어졌지만, 어머니는 나이가 들어서도 다만 순회하듯 부위가 바뀔 뿐 온몸의 앓을 수 있는 장기라면 뭐든 쉬지 않고 한 번씩은 앓았고, 심심찮게 병원 신세를 져야 했다.

핍은 아버지와 나란히 어머니의 병실 보호자 침상에 앉아 아버지로부터 살아온 이야기를 듣는 날이 많았다. 네 엄마도 처음부터 그런 성격은 아니었어. 나를 만나서 그렇게 돼버린 거지. 이렇게 가난한 집에 시집와서 말이다. 사업이 잘못되고, 가구점이 망하고. 네 삼촌도 속을 썩이고. 아버지는 원래는 다감하고 밝은 사람이었으나 날이 갈수록 표정이 어두워졌다. 노력은 했지만 그는 어머니의 불안에 물들어버렸고, 결국 핍을 집 바깥에 세워놓고 문을 잠그는 일을, 조금씩 하게 되었다. 아무것도 입지 않은 핍을, 잘못한 일이 없을 때에도. 아니, 있었나. 잘못한 일이 있었나. 없었나. 있었나. 아침에도, 밤에도, 혼자, 밖에.

처음에는 장난 같았다. 다행히 주로 봄과 여름의 일이어서 춥지는

232

않았는데, 아니, 추웠나.

픕은 입술을 깨물고 화를 참았다. 참으면서 계속 들었다. 틈만 나면 드릴로 서로에게 구멍을 뚫으려는 듯 갈고 쪼고 후벼대던 두 사람에게도 같이 갔던 소풍이 있었다고 했다. 소풍이, 혹은 좀 긴 산책이. 그 산책에서 픕이 생겼다. 잠든 어머니의 얼굴을 보며 아버지는 특별한 감정이 담기지는 않은 얼굴로 그 이야기를 했다.

구구절절한 사연들. 질곡이라 할 만큼 무거운 사정들. 아프지 않은 것이 없었다. 누군가는 철없다고 하겠지만 기구한 사연들이라도 넘치도록 가진 그들이 픕은 부러웠다. 픕은 가난했다. 그는 한 번도 자랑스레 얘기할 만한 아픔을 가져보지 못했다.

전화는 아직도 연결되지 않았고, 침묵은 길어졌다. 픕은 기다렸다. 기다리면서 창밖으로 눈을 돌렸고, 그곳에서 무언가를 보았다. 무언가 흰 것, 희고 커다랗고 말간 것을.

저게 뭐지? 픕은 거기서 눈을 뗄 수가 없었다. 이것은 꿈인가? 픕은 생각했다.


2

그건 우리의 눈이 아니라 다만 구름인 것 같았다.


0


1

픕은 자리에서 일어나 문을 열었다. 집안은 조용했고, 아무런 기척이 없었다. 부모님은 결국 지난밤에 들어오지 않은 모양이었다. 이런 일이 없었는데 어떻게 된 걸까. 조금 걱정이 됐지만 별일은 아닐 거라고 핍은 생각했다.

거실로 나가 가스레인지 위에 있는 냄비 뚜껑을 열어보았다. 고소한 된장국 냄새가 코를 간지럽혔다. 핍은 밥통을 열어 김이 오르는 밥을 퍼서, 식탁 앞에 앉아 김치와 국과 함께 천천히 먹었다. 혼자서 밥을 먹어보는 것은 오랜만의 일이었고, 그래선지 공기에는 묘한 그리움 같은 것이 깃들어 있었다. 한 그릇을 다 비운 뒤에, 핍은 갑자기 어떤 생각이 떠오른 것처럼 앉은 채 주위를 돌아보았고, 식탁 위 빈 곳을 보며 무언가를 말하려고 했다.

그러다가 그만두었다.

숨결이 핍의 어깨를 들어올렸다가 내려놓았다. 들어올렸다가 또 내려놓았다. 그의 눈이 젖어들었다. 마치 혼자서는 감당하기 어려운 어떤 벅찬 깨달음이 그의 내부에 날아와 박혔고, 이제 그의 몸을 뚫고 나오고 싶어하는 것 같았다.

그러나 그는 말하지 않을 것이다. 어쩌면 모두가 듣고 싶어할 그 말들을, 핍은 끝내 들려주지 않을 것이다.

그 말들은 침묵과 재에 감싸인 채 영원한 미지로 남을 것이다.

그리고 누군가는 그것을 공평함이라고 부를 것이다.

캠프 루비에 있었다

플레이리스트가 또 한 바퀴 돌았다. 홀을 채운 사내들의 왁자한 목소리 사이로 귀에 익은 전주가 작은 사탕처럼 구르며 퍼져나갔다. 저 노래. 위스키를 다섯 잔이나 들이켠 건 아마도 저것 때문일 거라고 진우는 생각했다.

그 곡은 한 세기 전쯤 지구에서 히트한 팝을 마구잡이식이라고밖에는 할 수 없는 방식으로 뒤섞어놓은 선곡 한가운데 끼어 있었다. 진우의 부모의 부모가 태어나기도 전, 아직 나노봇이 여배우들의 얼굴에 얼어붙은 아름다움을 무차별 폭격하기도 전에 고전적인 방식으로 촬영된 할리우드 청춘영화에 삽입된 곡이었다. 고등학교 이야기였던 것 말고는 스토리도 기억나지 않고, 눈부시게 젊은 한 쌍의 남녀가 졸업 파티장 한가운데로 뛰어들어 주위 청춘들의 코가 납작해질 정도로 근사한 댄스를 선보이던 장면만 어제 본 것처럼 선명했다. 그 장면에 흐르던 노래였다. 분명히 찾아 기억했던 곡목과 밴드 이름은 끝내 떠오르지 않았다. 언젠가는 그 밴드의 오리지널 앨범을 찾아 듣겠다고 마음먹었으나 젊은 시절에 해보려던 숱한 일들이 대개 그러하듯 그 계획은 수첩 한 귀퉁이 낙서로만 짧게 남았고 진우는 결국 그들의 앨범을 들어보지 못한 채 지구를 떠났다.

진우는 비어 있는 옆자리를 돌아보았다. 린이 앉아 있던 자리에 선뜻 와 앉는 사람은 없었다. 오늘은 먼저 들어갈게요. 샐러드를 몇 입 먹은 린이 그렇게 말하고는 언제나 쓰고 다니는 낡고 검은 야구모자를 깊이 눌러쓰고 숙소로 올라가버린 게 몇 시간 전이었다. 요리 담당인 재니스와 메이메이를 제외하면 죄 남자뿐인 회식 자리였으니 쏟아지는 시선과 질문을 받아내는 일도 부담이었겠으나 그게 전부였을지 확신이 서지 않았다. 오후에 있었던 보고회의에서 J&L재단 이사장이 던진 질문이 진우의 머릿속을 빙빙 돌며 두통을 자아냈다. 그런데, 다른가? 저들에게 사지가, 머리처럼 생긴 게 달려 있다는 사실이 일을 어렵게 만드나? 순수한 호기심에서 묻는 거요. 외형상 우리와 조금이라도 가까우면 연민이나 측은함이 커지는지, 난 그냥 그게 궁금해서 말이지.

그 질문은 린을 향한 것이었다. 외계생명학개론 첫 수업시간에 토론 주제로 나올 법한 그 가치중립적인 질문 자체엔 문제가 없었다. 사실 린에게 말하지 않았을 뿐 진우 역시 이사장이 묻기 한참 전, 캠프 루비에 도착해 첫 브리핑을 받던 순간부터 그 질문에서 자유롭지 못한 상태였으니 말이다.

그들이 맞닥뜨려온 생명체들은 물론 진우에게 충격을 안겨주었다. 어떤 종족은 가장자리를 따라 못처럼 생긴 촉수가 달렸다는 점이 다를 뿐 아이들 장난감인 프리스비를 꼭 닮은 생김새였는데, 그들은 날면서 셋씩 겹쳐 짝을 짓고 후대를 생산했다. 반투명한 정육면체 몸 안에 검은 젤리 모양의 뇌수를 지닌 수륙양생 종족도 있었다. 그들은 일생 동안 물속을 자유롭게 떠다니며 살다가 때가 되면 육지와 바다의 경계로 올라와 자신들의 몸을 벽돌처럼 쌓음으로써 후손들이 살아갈 도시의 일부를 이루고 생을 마감했다. 어떤 종족은 그저 허공을 부유하는 가느다랗고 시커먼 그을음처럼 보였다. 어떻게도 인간과 연결짓기는 어려워 보이는 그 존재들을 접하자마자 그들의 터전을 무너뜨리는 작업이 반복되는 동안 진우는 드레이크 방정식을 처음 배웠던 초등학교 때부터 알게 모르게 마음속에서 자라난 기대와 희망, 경이로운 것에 대한 존중이 가슴속에서 재로 변하는 것을 느껴야 했다.

인류에게 먼저 접촉해올 외계 생명체가 인류보다 우월한 문명을 지녔으리라는 가정이 사실이라면 우주로 뻗어나간 인류가 먼저 발견한 그들이 지구보다 낮은 문명 단계를 지나고 있으리라는 가정에도 하등 이상할 것이 없었다. 그러나 그는 벌을 받고 싶었다. 자신을 포함한 개발현장의 모든 인간이 그들이 성배처럼 내뿜는 빛에 의해 곤죽이 되는 장면을 상상했다. 어쩌면 그러기 위해 지구를 떠나왔는지도 몰랐다. 하나 그토록 쉽고 간단하게 지구산 쇳덩이에 밀려 무력하게 쫓겨나는 생명들이라니. 진우는, 그러지 않으려 했으나, 언제나 무의식적으로 인도적인 지성체의 존재를 상상했었다. 별들 사이를 순회하며 혹여나 어떤 생명체가 부당한 고통을 당하지는 않는지, 무례한 침입자가 행성 주인의 땅을 허가 없이 갈아엎지는 않는지 감시하고 징계하는 지성체 말이다. 그 상상은 결국 우주 적응 프로그램 이틀째, 무중력 적응실 허공에 방금 먹은 점심과 함께 진우가 방울방울 토해내버린 유년기의 예쁘장한 동화로 남았을 뿐이다. 그런 존재는 없거나, 너무 멀리 있거나, 그도 아니면 모든 것을 지켜보면서도 너무 고매하고 형이상학적이어서 지구가 벌이는 방대한 토건사업의 현장에서 구체적으로 튀는 흙과 부서지는 바위에는 아무런 관심이 없었다.

그냥 화염방사기로 둥지를 밀어버리는 게 어떻소. 그 편이 훨씬 간단할 텐데? 진우는 그렇게 묻는 자신을 상상했다. 그러나 자신과 비슷하게 초로의 나이에 접어든 그 사내, 멱살을 잡아올리면 허공에서 몇 번 허우적거리다 숨을 몰아쉬며 무릎을 꿇을 듯한 왜소한 체구의 이사장 앞에서 그는 아무 말도 하지 못했다. 사실대로 말하자면 그는 압도되었다. 여러 행성을 다녀봤으나 행성의 소유주를 직접 대면한 건 이번이 처음이었다. 옛 인류와는 별로 상관없는 삶을 살며 우주를 부유하고 있다는 점에서는 자신과 같았으나 그 사내에겐 마치 단단하게 뭉쳐진 광석처럼 주위의 모든 산만함을 제압하는 눈빛이 있었다. 윈프레드 멘데스는 겨우 스물네 살의 나이에 주얼 앤드 라이프의 최고경영자 자리에 올랐고, 회사 재정이 여전히 불안한 상태에서 당시만 해도 비웃는 사람이 태반이었던 초광속추진기 개발사업에 과감하게 투자하여 몇몇 주요 기술을 독점계약했다. 그리고 모든 것이 뒤집혔다. 그는 이제 지구의 보석 재벌을 넘어 자신의 이름을 딴 윈, 프레드, 멘데스를 비롯해 총 여섯 개 행성에서 진행중인 개발작업에 절반 이상의 돈을 대는 걸어다니는 거대 자본이었다. 정작 질문을 받은 린은 무표정한 얼굴로 천천히 대답했을 뿐이다. 아뇨, 어떻게 생겼든 다르지 않아요. 그런데…… 연민이 뭐죠?

평소라면 곧바로 린을 따라가 잠드는 것까지 확인했을 테지만 그날 진우는 그렇게 하지 않았다. 안심해서도 자포자기해서도 아니었다. 해묵은 자기모순을 확인했다는 자각 속에서 그는 그저 조금 흐트러지고 싶었다. 그야말로 비효율적인 밤이었다.

라인 3팀인가 4팀의 팀장을 맡고 있다는 아이슬란드 출신 남자는 알고 보니 타고난 술꾼이었다. 두툼한 손에 비해 터무니없이 작아 보이는 집게로 얼음을 잔에 담고 꿀 빛깔의 술을 따를 때마다 그는 알아들을 수 없는 언어로 무언가를 중얼거리고는 잔을 살짝 흔들어 진우에게 내밀었다. 뭐라고 한 거죠? 진우가 묻자 불쾌해진 얼굴의 그는 느린 영어로 대답했다. 꿈 없이 깊은 잠에 들기를. 우리 어머니가 잠자기 전에 늘 해주시던 기도예요. 그는 부스럼이 올라온 팔을 습관적으로 긁었다. 이곳의 많은 사람처럼 그도 피부병으로 고생하고 있었다. 작업복 허리띠를 조금 늦춘 그가 스테이크를 썰어 포크에 찍어서는 마치 아이에게 하듯 진우의 입에 가져다 댔다. 먹어요. 마셔요. 푹 자요. 꿈 없이. 그의 표정이 너무도 진지해서 수염이 듬성듬성 난 그의 턱이 움직이며 빚어내는 짧은 명령문이 시키는 대로 진우는 술을 받아 마시고 고기를 썰어 삼켰다. 술에서는 평생 위스키가 되기를 꿈꾸었으나 결국 그러지 못한 방향제 같은 맛이 났고 돼지고기 안심 맛이 나게 할 목적으로 소스를 과도하게 쏟아부은 합성육 스테이크는 너무 질겼다. 모두가 억지스럽게 옛날을 상기시키는 조잡하고 얕은 맛이었다. 그러나 홀을 가득 채운 수백 명의 다른 남자들과 마찬가지로 진우 또한 어느새 그 음식들이 빚어내는 향기에 휘감겨 팔과 다리가 나른해지기 시작한 참이었다. 테이블 끝에 앉은 남자가 잔에 고개를 거의 처박다시피 한 채 꾸벅꾸벅 졸고 있는 게 보였다. 옆 테이블에서는 하키와 축구 얘기가 한창이었고 한쪽 뺨이 알레르기로 붉게 부어오른 남자는 대화의 흐름에는 아랑곳없이 목소리를 높이고 있었다. 내가 옛날에 길에 버려진 고양이를 세 마리나 주워다 길렀단 말이야. 이름? 맞혀봐. 돈, 권력, 셋째는 뭐? 명성.

유령들이로군. 우린 모두 유령들이야. 마치 바로 어제 지구에서 건너온 듯, 이제 그곳에 돌아가도 자신들이 알던 것들은 이미 죽어 사라진 지 오래라는 사실을 알지 못하는 것처럼 추억을 되새김질해 힘을 얻는 사람들을 보면서 진우는 '근원'이라는 단어가 주는 섬뜩함에 현기증을 느꼈다.

아이슬란드 사내가 술을 한 잔 더 따르더니 몸을 기울이며 조심스럽게 물었다. 당신 파트너. 길잡이. 그 여자, 괜찮나요? 신나게 떠들어대던 옆자리 남자들이 일순 조용해지며 그들의 눈길이 진우에게로 향했다. 당신이 그 여자 친척이라던데 정말이에요? 이번에는 옆 테이블 사람들까지 고개를 돌렸다. 그럴 만도 했다. 다음주부터는 본격적인 철거작업이었다. 몇 달간 지루하게 이어지던 작업의 끝에 긴장을 풀라고 마련된 오랜만의, 그리고 진우와 린이 도착한 뒤로는 처음 있는 회식 자리였다. 사람도 됩니까? 그러니까, 그녀가 당신 마음도 읽어요? 아이슬란드는 정상적인 호기심과 성욕을 지닌 홀 안의 모든 사내를 대변해 묻고 있었다. 피부색과 나이와 출신국과 살아온 배경은 제각각이나 궁금한 것은 비슷할 캠프 루비 소속 피고용자들의 얼굴을 진우는 흐릿한 눈으로 훑었다. 그들이 악몽을 꾸지 않도록 최후의 궂은일을 대신 하고 있다는 생각은 손톱만큼의 우월감도 가져다주지 못했다. 실상은 그들과 그리 다를 것도 없는 처지, 행성에서 또다른 행성으로 두 마리 나방처럼 날아다니며 주어진 일을 할 뿐인 계약직 노동자에 불과했음에도 린은 어디서나 신비에 휩싸인 여신이었고 진우는 어린 여신을 모시는 수수께끼의 그림자였다. 그런 게 아닙니다, 그녀는…… 대답하려다 진우는 멈칫했다. 일어나야 할 타이밍이 한참 지나 있었다. 양해를 구하고 일어서는 진우의 뒤통수에 여기저기서 불만과 탄식, 야유가 섞인 웃음소리가 날아와 박혔다.

청결한 침대 시트를 마주하고서야 취기가 조금 가셨다. 샤워를 하려다 정신이 들어 진우는 린의 방문을 두드렸다. 몇 번을 노크했으나 대답이 없어 비상용 카드로 문을 열었다. 책상 위에 놓인 린의 PDA에는 진우의 호출기록이 몇 시간 전부터 미확인 상태로 남아 있었다. 진우는 자신을 타이르며 린의 침대에 걸터앉았다. 외부로 통하는 출입문은 모두 꼼꼼히 통제되었고 린의 카드에는 밖으로 나갈 수 있는 코드가 없었다. 연락 없이 멀리, 말하자면 뛰쳐나가거나 하지는 않았을 것이다. 린은 그럴 아이가 아니었다.

아니, 정말 그럴까? 몇 벌의 옷가지와 들춰보지 않은 채 여기저기 널린 캠프 루비의 공식 홍보용 팸플릿을 빼면 아무것도 없다는 점에서 린의 방은 진우의 방과 똑같았다. 실용만을 고려해 최소한으로 꾸려진 그 순백색 방에 앉아 있자니 자신과 린이 함께 보낸 시간 또한 방과 함께 사용하라고 받은 일회용품처럼 느껴졌다.

진우는 문득 어떤 단어를 떠올렸다. 모든 공식 문서에 그는 린의 보호자로 표시되었다. 보호하는 사람. 그녀의 정신이 무너져내리지 않도록 얘기를 들어주고 등을 두드려주는 사람. 그러나 대체 어떤 방법을 써야 그녀의 마음을 지켜줄 수 있나. 린은 그녀의 부모가 실은 기계가 만든 가상의 이미지에 지나지 않는다는 사실을 안 뒤에도 충격에 사로잡히지 않았고 오히려 그들에 대해 일종의 존경심을 품었다. 그것은 선정을 펼치다 명예롭게 퇴임한 전직 대통령에게 성실한 시민이 품는 일반적인 호의와 비슷했다. 진짜 부모로 말하자면 그들이 자신에게 어떤 상처를 주었는지조차 린은 알지 못했다. 진우는 괴로워하는 그녀의 어깨를 안으며 그건 네 잘못이 아니야, 넌 혼자였고 너무 어렸어, 따위의 흔해빠진 대사를 중얼거릴 기회도 없었다. 우선 그녀는 좀처럼 괴로움을 토로하지 않았고, 그녀의 머릿속에는 잘못과 잘못이 아닌 일에 대한 개념이 거의 존재하지 않거나, 존재한다 해도 일반적인 상식과 크게 달랐다.

행성 클라리스의 캠프 토파즈에서 실수로 아침식사 시간인 여덟시보다 한 시간 일찍 텅 빈 식당으로 내려갔을 때, 린은 훌쩍훌쩍 울기 시작했었다. 왜 우느냐고 묻자 그녀는 자신이 잘못됐다고, 올바른 흐름에서 벗어났으며 그래서 죄책감을 느낀다고 대답했다. 그러나 몇 시간 뒤 그녀는 바닷물 위에 콜라를 쏟아부으며 울머버그 유충을 죽이는 일에 몰두해 어떤 말로 설득해도 해변을 떠나려 하지 않았다. 그 벌레들은 가장 작은 것이 사람의 팔뚝만했는데, 미량의 당 성분만으로도 거품을 일으키며 몸을 뒤틀다 죽어버렸다. 린은 그것들의 사체로 바닷가에 성이라도 쌓으려는 것 같았다. 진우는 순수한 희열로 빛나던 그녀의 해맑은 눈을 똑바로 볼 수가 없었다. 그녀를 볼 때마다 드는 이질감이 마치 이미 시체가 된 지 오래인 자신의 뇌에 남은 어울리지 않는 잔존 기억처럼 느껴졌다.

'생명'은 린에게 구리, 푸른색, 허리띠, 파파르델레와 다를 것 없이 아무런 권력을 갖지 못하는 단어였다. 그녀는 타인이 느끼는 감정을 이해하거나 유추하지 못했고 그것을 요구받는 순간이 오면 모자를 눌러쓰고 침묵하는 것으로 대응했다. 어쩌면 린의 정신에 있어 무너져내린다는 표현은 보통 사람의 경우와 전혀 다른 것을 의미하며 사람이면 누구나 필요로 하는 감정의 교류나 대화가 그녀에게는 외려 독이 될지도 모르는 일이었다. 그러나 그렇다고 해서 그녀의 내면에 보통 열다섯 살 소녀 같은 부분이 조금도 없으리라는 가정을 뒷받침하는 증거 또한 아무것도 없었다. 진우는 다만 그녀의 고통스러운 얼굴을 볼 기회가 별로 없었을 뿐이었다.

방문이 조용히 열린 건 그대로 한 시간쯤 지났을 때였다. 괜찮아요? 둥그레진 두 눈으로 그렇게 물은 건 린이었다. 잠이 안 와서 운동 좀 하고, 샤워하고 왔어요. 물기 어린 긴 머리카락이 린의 새하얀 얼굴을 감싸고 있었다. 손에는 김이 올라오는 따뜻한 합성우유가 담긴 플라스틱 컵이 들려 있었다. 운동? 린이 고개를 끄덕였다. 잠이 안 왔니? 응. 린이 짧게 대답하고는 배고픈 사람 같은 표정으로 물었다. 섬바디 좀 줄래요?

그게, 필요해? 진우는 바보처럼 물었다.

응. 두 알, 아니 세 알만 줘요.

세 알?

응.

왜?

린이 대답 대신 웃음 비슷한 것을 지었다.

한 알 넘게는 안 돼.

진우가 약을 건네자 린은 뾰로통한 얼굴로 그것을 받아 우유 한 모금과 함께 삼켰다. 자신의 방을 낯선 듯 잠시 둘러보던 린은 우유를 불어가며 끝까지 마신 다음 트레이닝복을 벗기 시작했다. 한순간 숨을 들이켰다가 천천히 내쉬는 것 외에 진우가 할 수 있는 일은 없었다.

무슨 일이야?

진우가 겨우 내뱉었다. 새하얀 속옷 차림이 된 린이 그의 무릎에 올라앉았다. 그러고는 중얼거렸다.

난…… 나, 피곤해요. 너무 열심히 달렸나봐.

괜찮은 거야?

좀 안아주지 않을래요?

린이 웃고는 진우의 셔츠 단추를 풀기 시작했다. 그녀의 몸은 뜨거웠고, 차갑게 젖은 머리카락은 도자기로 만든 풍경처럼 흔들리고 있어 진우가 안은 팔에 조금만 힘을 넣으면 찰그랑 소리가 날 것 같았다.

린의 손이 무방비하게 드러난 진우의 쇄골을 쓰다듬고 순식간에 아래로 내려갔다. 휘감았다. 감싸쥐었다. 랩 댄스. 음악 없이. 클럽 루신다에서 처음 만났을 때 미처 거절할 겨를도 없이 진우에게 다가와 안겨들며 추었던 그 춤이었다. 어린 짐승처럼 파고드는 그녀에게 반응해 자신의 몸도 하릴없이 뜨거워지는 것을 깨닫자 진우는 꿈에서 깨어나는 기분이 들었다. 그녀를 보호한다는 꿈. 다치지 않게 해주겠다는 꿈. 돕는다는 꿈. 누군가를, 구한다는 꿈. 그런 것들은 말 그대로 그저 꿈이었다. 깨끗이 부서지는 대신 잊힌 채 천천히 숨이 멎어버린 꿈들.

난 하지 않았어. 그 아이는 가끔씩 내게, 요구했어. 그랬지만, 그 래도, 난 하지 않았어. 그 아이는 내 환자였고, 내게 어떤 의미에서는…… 가족이었으니까. 실패한 과거 말고는 먹을 것도 말할 것도 없는 자들이 둘러앉아 그럼에도 자신 역시 한때는 순수했노라는 열변을 토해내며 이어가는 자위의 향연. 그 비린내 나는 후일담의 환영 속에서 유치한 대사를 중얼거리는 진우 자신의 모습은 너무도 자연스러웠다. 옆에 있던 환영 속 누군가가 그를 툭 치며 웃었다. 에이, 형씨, 웃기지 마쇼. 어떤 상담사가 열다섯 살 여자애한테 날마다 그런 약을 주는데? 가족? 어떤 아버지가 딸한테 그런 일을 시키느냐고?

푹 자요. 꿈 없이. 그러나 신경안정제에 취해 이완되기 시작한 린의 몸을 필사적으로 밀어내는 동안 진우의 정신은 의지와는 상관없이 점점 또렷해졌다. 그 또렷함은 점점 좁고 가늘어지더니 하나의 멜로디가 되어 머릿속을 떠돌았다. 또다시 그 노래였다.

어떤 오후. 젖은 붓으로 칠한 것처럼 이리저리 번져 디테일이 지워진 얼굴들. 남자와 여자. 옛 동료들. 오랜만의 휴일이었다. 거실에서 졸업파티가 나오는 그 고전 청춘영화를 함께 본 후 그들은 가볍게 저녁을 먹고 차와 술을 마셨다. 많이 웃었고 많이 떠들어댔다. 영화 속 장면을 흉내내 우스꽝스러운 춤도 추었다. 그들이 도우려 했으나 그 전에 목숨을 끊고 만 사람들 얘기를 입에 올리는 사람은 아무도 없었다. 추위도, 얼어붙은 수도도, 끊긴 전기도, 부서진 집의 잔해도, 이리저리 기워붙인 이불과 함성과 기도와 울음과 움켜쥔 주먹과 계속되던 노래도, 아늑한 거실 식탁의 화제 근처에도 오르지 않았다. 그리고 그 날 밤 대화의 끝에 누군가가 취한 목소리로 중얼거렸다.

그런데 정말, 왜 안 오지? 올 때가 한참 지났잖아. 우리가 이렇게 기다리는데.

누구? 누가 또 오기로 했었어?

멍한 얼굴로 그렇게 물은 건 진우였다.

남자였는지 여자였는지조차 기억나지 않는 기억 속 누군가가 중성적인 음성으로 웃었다. 누구도 대답하지 않았다. 단지 웃음뿐이었다.

안긴 채 잠든 린을 침대에 눕히고 자기 방으로 돌아온 진우는 베개에 머리를 파묻기 전에 섬바디 한 알을 입에 넣었다. 그리고 조금 뒤에 두 알을 더 입에 넣고 삼켰다. 이제 내가 알던 사람들은 모두 죽었다. 그는 마음을 가라앉히기 위해 수학 공식을 암기하는 사람처럼 몇 번이고 그 사실을 곱씹었다.


그들은 그이고 그녀인 동시에 그들이었다. 그들은 기다리고 있었다. 그들만이 할 수 있는 방식으로 그녀를 감지하고, 찾아내고, 데려갔다가 제자리에 돌려놓았다. 몇 번이나. 그 모두를 그녀가 감당할 수 있으리라는 사실을 알고 한 일이었다. 그들은 아주 많은 것을 알고 있었다. 그 일부를 보았을 때 린은 자신이 폭발하리라고 생각했다. 그녀가 하는 일은 일종의 저격이었다. 그녀에게는 자신이 쏠 대상의 역사가 보이거나 들린 적이 없었다. 이상을 감지한 린의 정신이 반사적으로 그것을 저지하려 했다. 들어오는 것을 막으려고 그들의 뇌 속을 휘저어댔다. 역부족이었다. 더 많은 것이 들어왔다. 그렇게 할 수 있는 존재들이었다.

그들은 그녀를 단수의 존재로 여기지 않았다. 그들과 마찬가지로 그녀 안에 다른 모든 존재가 있으리라 생각했다. 그들은 물었다.

왜

린은 대답할 수 없었다. 그것은 행성 크기만한 질문이었다. 그들은 대답을 찾아 그녀 안을 훑었다. 시간이 흘렀고 린의 얼굴이 이유를 알지 못한 채 붉어졌다. 원하던 것을 찾지 못하자 그들은 다른 것들을 보여주었다.

지구인들이 벌이는 일의 의미를 그들은 이해하지 못했다. 그러나 그 일이 멈추지 않을 것을 알았기에 그들은 두 가지 중 하나를 선택할 계획이었다.

가능성 하나, 그들은 고요하게 흘러갈 수 있었다. 먹고 씹고 움직여야 하는 한계투성이 형태를 벗어나 더 낮은 곳으로, 더 넓고 유순하며 자유로운 존재로. 그리고 종국에는 조용히 무無와 하나가 될 계획이었다. 순교를 닮은 소멸. 그것은 그들에게 영예이자 환희였다. 이 고귀한 흐름을 가능하게 하는 힘이 다름 아닌 그들의 둥지, 그 안에 단단하게 다져진 시간에서 비롯되었으므로 그들은 보금자리를 옮긴다는 부조리를 받아들일 수 없었다.

가능성 둘, 그들은 다른 모든 것을 사라지게 하고 자신도 사라질 수 있었다. 사라진다는 점에서는 같았으나 다른 존재를 해한다는 측면에서 거기에는 어떤 기쁨도 고요함도 없었다. 그건 복수였다. 학살이었다. 퇴행이었다. 절멸이었다. 자살이었다. 모두가 그들로서는 치욕적인 일이었으나 자신들이 생래적으로 견딜 수 없는 추함을 끝내기 위한 마지막 필요악이었다.

그들의 선택은 그녀의 대답에 달려 있었다. 린은 그 사실을 직면할 수 없었다. 자신이 대답해야 한다는 사실을 믿을 수 없었다.

그래서 린은 아래로, 안전한 곳으로 내려갔다.

더 아래로.

여기.

이제 됐어.

모든 것이 사라졌고,


다시 시작되었다:

맵고 따갑고 아픈 것. 생각만으로 눈물이 배어날 듯한 것.

그렇지만 엄마가 그것을 원한다. 입에 넣고 불을 붙이길 원한다. 내뿜기를 원한다. 맵고 뜨겁고 따가운 것을. 엄마가 너무도 강렬하게 원한다. 엄마 마음속엔 온통 그것뿐이다. 그것이 선명하게 보인다. 그래서 장난감을 내려놓는다. 일어선다. 다른 곳을 보는 엄마 앞을 지나쳐, 옷방으로 걸어간다. 옷장을 열고 아래 서랍의 낡은 옷들 틈에서 그것을 꺼낸다. 엄마가 아빠 몰래 숨겨놓은 것. 내가 그걸 엄마에게 줄 것이다. 한 손에 들고, 엄마에게 간다. 그것을 등뒤로 감춘 채 엄마의 옷자락을 잡아당긴다. 응, 왜, 아가? 엄마가 묻는다. 말을 할 수 있으면 좋을 텐데, 그럴 수가 없어서 그냥 엄마의 손을 잡아끈다. 영문을 모른 채 엄마가 따라 일어선다. 베란다로 이어지는 창문 앞까지 가서 창문을 연다. 그리고 엄마의 손에, 등뒤에 감춘 그것을 가만히 밀어넣는다. 여기. 엄마는 여기 서서 행복해지고 싶어했다. 하루종일 이것만 기다리고 있었다. 드디어 엄마가 행복해지는 걸 볼 수 있다. 웃음이 나온다.

그런데 뭔가 잘못되었다. 엄마가 웃지 않는다. 고마워, 우리 아가, 하며 안아주지 않는다. 지금이 밤이 아니라서 그런가. 내가 잠들어 있어야 하는데 아니어서 그런가. 엄마는 입을 벌리고 내가 쥐여준 것과 내 얼굴을 번갈아 보다가 이상한 소리를 내며 주저앉는다. 무너져내린다. 운다. 아가야, 미안해. 엄마가 미안해. 잘못했어. 그렇게 격격 소리를 내며 운다.

린의 눈꺼풀이 꿈과 함께 흔들렸다. 그러나 깨지는 않았다. 피아노 줄을 타고 슬며시 내려와 배우들 틈에 섞이는 데우스 엑스 마키나처럼, 꿈속의 역할을 제삼자의 입장에서 내려다보며 관찰하는 린 자신의 인격이 꿈에 끼어들었을 뿐이다. 이제는 우주 어디서나 처방전 없이 유통되는 섬바디는 본래는 그 이름에서 짐작되듯 무력한 사람들의 심신에 해를 끼치지 않을 정도로 가벼운 환각을 제공하는 수면제 겸 신경안정제로 개발된 약이었다. 클럽에서 일하던 열세 살 때부터 린 역시 다른 모든 사람들과 같은 목적으로 그것을 먹었다. 자신보다 조금 더 나은 누군가가 되는 꿈. 하지만 섬바디가 린을 데려가는 곳은 언제나 같았고, 언제나 린의 기대와는 달랐다.

그곳엔 날아다니는 포자와 금빛으로 부글거리는 바다가 아니라 어둡고 과묵한 색조의 건물들이 있었다. 손님이 아니라 걱정스러운 얼굴의 어른들이, 기계가 아니라 엄마와 아버지의 손길이 있었다. 린은 두 돌이 채 못 된 남자 아기였고, 사람들의 마음을 읽을 수 있었다. 같은 생김새, 같은 사고체계. 그 일은 쉬웠다. 특히 물기가 많은 엄마의 마음을 읽는 일은. 밖으로 나가고 싶어 온몸이 근질거리는 사내 아기 특유의 감각과 함께 기분좋게 시작된 꿈은 그러나 엄마에게 담배를 가져다주는 대목에 이르면 한없이 가늘어지며 린을 각성 상태로 밀어 내려 했다. 늘 린 자신의 인격이 끼어들고 마는 것은 그래서였다. 왜 일까. 칠해서는 안 되는 빛깔을 눈두덩과 입술에 칠한 것도 아닌데. 지갑을 뒤지려고 손님의 술에 약을 부은 것도 아닌데. 아기가 된 린의 행동은 엄마를 걷잡을 수 없는 슬픔과 죄책감으로, 그 일을 알게 된 아빠의 마음을 엄마에 대한 분노로 터질 듯하게 만들어놓았다.

꿈은 그 시점부터 거추장스러운 추진체를 떼어버린 것처럼 어지러운 속도로 날아갔다. 린은 어느 순간 아기가 아니라 소년이었고, 복도마다 과일과 꽃 그림이 그려진 낡은 건물의 작은 방에 앉아 지루한 수업이 끝나기를 기다리고 있었다. 자신 앞에 차례로 와 앉는 사람들의 마음을 린은 책처럼 꼼꼼히 읽었다. 선생님과 의사선생님, 검은 옷을 입은 수녀님과 푸근한 웃음을 지닌 스님. 모두가 원하는 것은 같았다. 소년이 다른 보통 소년들처럼 말을 할 수 있게 되는 것. 그러나 린은 그들의 마음속에 깃발처럼 내걸린 그 바람이 아니라 그 뒤에서 언뜻언뜻 고개를 내미는 것들에 더 관심이 있었다. 어떤 것은 이미지였고, 어떤 것은 소리였으나 그것들은 대체로 하나의 의미로 수렴되었다. 거칠게 언어로 옮긴다면 그것은 이런 문장에 가까웠다. 나는 결국 이 아이를 구할 수 없을 거야. 그것을 알아차린 린이 다리를 떨면서 킥킥 웃으면 그들은 놀라거나 슬픈 표정을 지었다.

다음 장면. 소년은 아버지의 손에 이끌려 걸어가면서 눈물을 뚝뚝 흘리고 있었다. 당황한 아버지가 걸음을 멈추고 손수건을 건네주며 물었다. 왜 그러니? 어디가 아파? 엄마가 보고 싶어? 다음달에 만날 수 있다고 아빠가 그랬잖니. 소년이 보고 있는 것은 길 건너편에 있는 가게 앞 게임기에 매달린 한 무리의 자기 또래 사내아이들이었다. 아이들은 조악한 화면에 퍽퍽 소리를 내며 떠오르는 동물들을 디지털 망치와 몽둥이와 장검으로 때리고 베어 쓰러뜨리고 있었다. 린은 소년의 마음속으로 쏟아져들어오는 그 아이들의 마음을, 소년들 특유의 호승심과 장난기와 잔인함으로 끈끈하게 다져진 한덩어리의 우애를 읽었고, 그것을 사무치도록 부러워하는 소년의 마음을 읽었다. 소년에게 필요한 것은 정결한 마음과 올바른 가치관을 지닌 교육자나 멘토가 아니라 친구였다.

다음 장면에서 소년은 할머니와 할아버지와 함께였다. 아버지는 어디로 갔는지 보이지 않았다. 소년 앞에 앉은 중후한 얼굴의 남자가 입을 열었다. 경찰이나 범죄수사연구소 쪽에 들어가 일한다면 의외로 쉽게 말문이 트일지도 모릅니다. 다양한 사람과 만나는 일이 필요하기도 하고, 타인의 마음을 읽는다는 건 어쨌거나 흔치 않은 능력이니까요. 할아버지의 마음은 이랬다. 살인자들의 머릿속을 빨아들이며 사느니 당분간 벙어리로 사는 게 낫겠구먼. 돈이 얼마나 들든 고쳐놓고 말겠어. 할머니의 마음은 이랬다. 내 아들은 잘못이 없어. 어미 같지도 않은 그년이 모든 걸 망쳐놓은 거야. 완강하게 고개를 젓는 그들 앞에 종이 한 장이 내밀어졌다. 한 단계 높은 전문 치료기관으로 소년을 옮기는 데 필요한 동의서였다. 그곳에 이미 가본 린은 소년의 팔을 움직여 그 종이를 빼앗으려 했으나 온몸이 마비된 듯 말을 듣지 않았다. 문득 창에 비친 얼굴을 보니 그것은 소년이 아니라 지친 얼굴의 진우였다.

그래서 린은 잠들기 전에 하려던 말을 소리치려 했다. 난 봤어요. 아주 큰일이 일어날 거예요…… 그러나 그 전에 린은 그의 몸에서 거칠게 튿겨나와 의식이 지배하는 높은 영역으로, 더 높은 영역으로 밀려올라갔다. 거기, 납작하게 엎드려 있던 몇 시간 전의 기억이 기다렸다는 듯 린을 집어삼켰다. 린은 소리를 지를 틈도 없이 물방울보다 더 작은 조각들로 갈기갈기 찢어졌다. 그리고 그들이……

외우주 진출이라는 새롭고 놀라운 이야기는 현실이 되면서 그때까지 미처 싹트지 못하고 땅에 묻혀 있던 오래되고 진부한 비극을 남김없이 발아시켜 무서운 속도로 생장하게 만들었다. 길과 골목, 거리와 도시의 차원이 아니라 지구 전체의 풍경이 다른 창조주의 작업대에 올라간 것처럼 한꺼번에 변형되기 시작했다. 빛의 속도라는, 옛 인류가 절대적이라 여기던 한계치가 무너지자 태양계는 순식간에 좁은 손바닥이 되어버렸다. 인간이 새롭게 손에 넣은 속도로는 명왕성도 너무 가까웠다. 몇 번의 실험 후 뉴스를 통해 복잡한 문제가 제기되고 토론이 이어졌다. 지구에서 목표 행성까지의 거리에 비해 추진기가 낼 수 있는 속도가 너무 빠르기 때문에 우주선에 탑승한 사람이 출발점과 도착점, 그리고 그 사이 수많은 지점에 동시에 존재하게 될 가능성에 대한 토론이었다. 그런 속도를 더 멀리로 사용하지 않는 것은 물리적으로나 철학적으로 낭비라고들 했다. 결국 외우주가 열렸고 인류의 다음 보금자리가 될 줄 알았던 달과 화성은 전진기지가 되었으며 인간은 뿔뿔이 흩어져 각자의 속도와 시간대를 살아가기 시작했다. 속도를 가진 인간들은 영원을 향해 갔다. 진우는 그들의 머릿속에 무엇이 들어 있는지 알지 못했다. 누군들 그런 미친 꿈이 그토록 빨리 지구에 내려앉을 거라고 짐작이나 했을까. 그가 떠나올 때 동네에는 몇 푼의 동전을 모으기 위해 아침저녁으로 폐지를 주우며 돌아다니다 굶어 죽는 노인이 지천이었고, 사람들이 투쟁할 때 입는 조끼는 여전히 그 모양으로 촌스러워 시민들의 눈살을 찌푸리게 하고 있었다.

도시의 절반이 몇 주 만에 밀려나가고 그 자리에 산만한 크기의 기지 건설이 시작되는 것을 동영상으로 보던 날은 마침 진우가 일 년간 상담을 진행해오던 한 해고노동자 가족이 함께 약을 먹고 목숨을 끊었다는 소식을 들은 날이기도 했다. 왜? 초등학생이 된 그 집 아들이 아버지가 살아온 이야기를 듣고 쓴 글을 함께 읽으며 세 식구 모두 오랜만에 푸근한 웃음을 지었던 게 바로 며칠 전이었는데. 다음주 희망찾기 모꼬지에 꼭 참가하겠다고 했고, 회비에 얹어 수고한다는 의미로 귤 한 봉지까지 진우의 손에 들려준 그들이었는데.

진우는 장례식에 가려고 옷을 챙기다 그 화면을 보았고, 자신에게 물었다. 무엇을 생각할 수 있지? 생각이란 게 뭐지? 준다는 건? 뭘 주지? 줘서 뭘 하게? 아니, 내가 아니라 저게 나한테 줄 수 있는 건 뭐지?

그는 닫힌 사무실 문과 흩어진 동료들의 연락처를 보며 묻다가 걷다가 묻다가 하나의 이미지를 떠올렸다. 우주에서 먹는다는 튜브에 담긴 젤리 형태의 음식. 진우는 그런 것을 먹어본 적이 없었다. 단순하고 기이한 식욕이 위장을 조였고 그는 일어나 컴퓨터 앞에 앉았다. 결국, 그도 영원으로 향하는 속도에 섞여들었다.

일단 적응이 되자 네이븐에서의 생활은 순조로웠다. 하루를 꼬박 굶으며 쉬지 않고 일해도 아직 돕지 못한 사람들이 있다는 강박 대신 진우는 자신의 클리닉에 오는 이들을 자신이 도울 수 있는 만큼만 돕는다는 새로운 원칙을 마음에 들이고 일했다. 가벼운 우주멀미 정도의 공황을 앓는 비행사부터 개척행성에서 기계와의 협업에 적응하지 못해 찾아오는 이주민까지 다양한 사람들을 상대했고 간혹 그들이 풀어놓는 이야기 끝에 지구를 떠올리는 날도 있었다. 시시각각 사람을 짓누르던 그 대기를, 어떤 사람들의 피를 투명해질 때까지 정화해 만든 물을, 무엇보다 아무것도 할 수 없다는 끝 간 데 없는 그 무력감을. 그러나 그가 알던 지구는 어차피 이제 없었다. 어쩌면…… 좋은 곳이 돼 있을 수도 있지 않을까? 그는 오직 현재만을 사는 법을 배우려 노력했다. 규칙적인 식사와 운동으로 체중이 늘기 시작했고 달이 세 개라는 사실과 관계가 있는지는 모르지만 잠도 따라 늘어 가끔 내담자의 이야기를 듣다가 표나지 않을 정도로 졸기도 했다. 우리는 세상을 바꿀 수 없어. 우리 곁의 사람들을 지켜줄 수 있을 뿐이지. 오래전 그의 동료 한 명이 스스로를 위로하듯 던진 말이 졸음 속으로 끼어들었다. 죄책감으로는 아무것도 할 수 없어. 우리는 다른 것을 생각하고 다른 것을 주어야 해.

시간이 흐르고 우주복지사들이 찾아와 새 일자리를 제안했을 때 진우는 다른 것을 생각하고 있었다. 그는 새로운 음식, 새로운 편의시설, 그리고 자신이 여태껏 보지 못한 새로운 빛깔들을 떠올렸다. 마치 지구의 봉급생활자가 모르는 도시 낯선 호텔의 깨끗한 리넨 베개와 시트가 주는 완벽한 익명성을 동경하는 것처럼.

엘레스는 지구인에 의해 가장 먼저 개척된 행성 중 하나였고 그런 행성답게 개발의 가시적인 부분에서는 광적인 관심을, 이주민의 복지나 인권처럼 지엽적이고 이차적인 부분에서는 무지와 원칙 없는 졸속 행정에서 비롯된 갖가지 시행착오를 껴안은 채 자전과 공전을 계속해

왔다. 기계들이 초기 테라포밍을 끝내자 가족과 지인을 떠나 외따로 이주해온 노동자들이 도착했고 작업이 장기화됨에 따라 그들을 위해 세분화된 편의시설이 들어서게 되었다. 린의 아버지는 그 노동자 중 한 명이었고, 어머니는 지구에서 갖가지 채무증서와 신체포기각서를 피해다니는 생활을 하다 이주선에 오른 사람으로 엘레스의 편의시설 중 하나인 클럽에서 새 삶을 시작했다. 그가 그녀의 클럽에 들렀을 때는 마침 엘레스에서의 작업계약이 끝난 시점이었고 그는 자신이 누군가의 아버지가 되었다는 사실을 알지 못한 채 다른 행성으로 향했으며 당시 우주를 떠돌던 수많은 노동자들이 대개 그렇듯 행방이 묘연해졌다. 뒤늦게 아이를 가진 사실을 알게 된 린의 어머니는 직장에서 해고된 뒤 고민과 수소문 끝에 엘레스의 연구기관 중 하나에 찾아가 꼭 일 년만 아이를 위탁한다는 계약서에 서명하고 분만을 했다. 그녀는 아이에게 미래를 되찾아주기 위해 다른 일을 찾는 대신 자신을 괴롭히던 사람들과 의무가 사라지고 없을 지구로 돌아갔고 다시 돌아오지 않았다.

문제의 성장기成長器라는 기계는 세대 우주선에 장착될 계획으로 개발된 후 시험가동을 기다리며 다른 부속장치와 함께 엘레스의 기지에 보관중이었다. 그것은 수정란에 영양을 공급해 태아로 키워낸 후 인공분만까지를 맡는 기존의 인공자궁 기능에 더해 인간생활에 필요한 정보를 뇌에 직접 공급하는 방식으로 일정한 나이까지 아이를 성장시키는 기능까지 갖춘 형태였고 린은 그 두번째 기술의 공식적인, 그러나 비밀에 부쳐진 첫 수혜자가 되었다.

그 안에선지 밖에선지 무언가가 잘못된 모양입니다. 하지만 반드시 모든 게 잘못된 건 아닐 수도 있어요. 사람들을 돕는 일을 쭉 하셨던 걸로 압니다. 그 소녀가 조금 나은 환경에서 일할 수 있게 도와주시지 않겠습니까. 환락가라는 단어에 잠깐 멈칫했고 소녀에게 동양인 피가 섞였다는 이야기에는 조금 끌리기도 했지만 그 장소와 그녀라는 대상은 그 자신이 선택한 사항이 아니었으므로 진우는 그저 하달된 지시에 반응하듯 조용히 고개를 끄덕였을 뿐이다. 그는 이제 자신이 어떤 선택을 할 수 있다고 믿는 사람이 아니었다.

지성체가 아니야.

아밋은 다짐하듯 입술을 달싹거렸다. 어둠 속이라 방안의 누구도 알아채지 못한다는 사실이 다행스러웠다. 그러자 문득 오래전 일이 떠오르며 시간이 되감기기 시작했다.

경찰들이 흩어졌다. 분필 자국이 지워졌다. 비명소리가 잦아들었다. 토마토 수프처럼 퍼진 피가 누운 아버지의 머리를 향해 스르르 모여들었다. 공중으로 뛰어오른 아버지가 훌쩍 날아가 오 미터쯤 떨어진 곳에 사뿐히 착지했다. 노란색 시트로엥 한 대가 굉음을 내며 뒤로 날아갔다. 아버지가 주위를 둘러보더니 빠른 속도로 뒷걸음질치며 차들이 가득한 거리를 지나 밀려가고 또 밀려가다가 집으로 빨려들어갔다. 문이 쾅 닫혔다. 아버지의 턱에 매달려 있던 침줄기가 입으로 스며들었다. 빽빽 울어대던 둘째가 입을 다물었다. 바닥에 놓인 과자가 펄쩍 뛰어올라 아이의 손으로 파고들었다. 깨진 접시가 도로 붙더니 아내의 손으로 날아갔다. 아내가 접시를 찬장에 던져넣었다. 눈물이 그녀의 뺨을 타고 오르더니 눈꺼풀 사이를 비집고 들어갔다. 아버지가 바지를 주워 입고 소파에 앉아 협탁 위에 놓인 신문을 펼쳐들었다. 그러고는 한참을 그대로 있었다. 밤이 오고 갔다. 알츠하이머가 아버지의 정신에서 떨어져나갔다. 첫째가 아밋의 다리를 놓고 방으로 빨려들어가며 웃었다. 아내가 아침식사를 프라이팬에 부으며 웃었다. 불이 꺼졌다.

그때 아밋은 방안에서 잠든 아내와 아이들의 고른 숨소리를 들으며 기도하듯 중얼거렸었다. 모든 게 잘될 거야. 아무 문제도 없어. 하지만 그 말을 왜 낮의 밝은 평온 속에서가 아니라, 누구도 들어서는 안 되는 불경스러운 말처럼 어둠 속에서 혼자 되뇌어야 했을까.

아밋은 불을 켰다. 길잡이 소녀가 게슴츠레한 표정으로 눈을 비볐다. 몇 주간 같은 공간에서 생활하고 식사 때나 복도에서 몇 번인가 몸을 부딪혔을 때조차도 그는 그녀가 말을, 그러니까 죄송합니다, 라거나 실례, 같은 기본적인 말조차도 하는 것을 들어본 적이 없었다. 부모에게 버림받고 성장기 속에서 자라나 환락가에서 생활했다고 했던가. 아밋은 물리적으로는 특이해 보이나 화학적 성분으로 보면 자신의 고국에서 어떤 소녀들이 겪는 것과 크게 다르지 않은 기구한 삶을 살아왔고 자신과 마찬가지로 마침내 기회의 끈을 붙잡는 데 성공한 소녀의 얼굴을 미묘한 심정으로 바라보았다. 그 끈의 끝에 있는 것이 꼭 원하던 모양새는 아니라 한들, 어쨌거나 누구도 원하는 모든 것을 가질 수는 없다.

문명의 흔적은 없습니다. 왜 굳이 이족보행을 하는 방향으로 진화했는지 궁금해질 정도예요. 아밋은 설명을 시작했다.

로봇파리들이 찍어온 영상은 어둡고 단조로우며 움직임이 거의 없었다. 거의 모든 화면의 조도를 높이고 섬유질과 포자 알갱이를 지워내야 했다. 각각의 화면은 방이었고, 그 안에서는 그들이 붉은이Reddish라고 부르는 생명체가 앉거나 서서 느리게 움직이고 있었다. 체구나 실루엣만 본다면 아밋이 어린 시절 마을에서 숱하게 보고 자란 원숭이와 비슷했으나, 눈도 코도 귀도 없이 단지 주름처럼 생긴 입만 있는 얼굴과 털 없이 나무껍질마냥 거칠거칠한 피부로 덮인 붉은 몸이 클로즈업될 때면 그는 아버지를 떠올리지 않기가 어려웠다. 아버지가 들려주던 옛이야기 속 신에게 반항하던 추한 악마들을, 그 이야기를 들려주던 아버지를. 소금 알갱이보다도 작은 기계 곤충들이 둥지로 날아들어 흩어진 다음 촬영을 시작하는 것을 붉은이들은 거의 알아차리지 못했다. 기껏해야 몇몇이 등이나 머리에 달라붙은 놈들을 철썩, 쳐서 날려버렸을 뿐이다. 화면 속에서 몇은 근처의 습지에서 주워온 작은 버섯을 먹었고 몇은 그것을 쌓아올렸다. 또 몇몇은 한데 모여 그저 웅크리고 앉아 있었다. 천장이 충분히 높았고 공간도 여유로운 편이었으나 도구나 조형물이라 할 만한 것은 보이지 않았다. 기이한 사실은 그들이 작업을 시작한 뒤로 이족보행을 그만두고 네발로 기는 개체가 늘었다는 점이었다. 밖으로 나오는 개체의 수도 급격히 줄었고 대부분이 둥지 안에 머물면서 최소한의 생명활동만 하고 있었다.

계단 모양으로 자라나는 석류버섯 위에서 살았다면 영양을 공급받기가 더 쉬웠겠지만 이들은 버섯을 타고 오르지 않아요. 땅에 붙어 자라는 조그만 버섯을 따거나 석류버섯에서 떨어져나온 팡이실과 갓의 일부를 주워 섭취할 뿐이죠.

마치 인간들이 와서 거대한 붉은 성곽처럼 자라난 그 버섯을 다 베어낼 것을 미리 알았던 것 같았다. 외계 생명체의 마음으로 들어가 그들을 양 치듯 쳐서 다른 곳으로 옮기는 일을 해야 하는 길잡이 소녀의 얼굴을 보며 아밋은 자신이 그녀가 아니라 다행이라고 생각했다. 그가 최초로 말을 배울 때부터 곁에 있어주었고 밤마다 『라마야나』에 나오는 모험담을 지친 기색 없이 들려주었으며 그 모든 친근한 눈빛과 몸짓과 웃음과 체취로 그를 지켜주었던 아버지는 도시생활 반년 만에 아밋이 모르는 사람이 되어버렸다. 상처받은 어린애 같은 표정으로 아밋의 아내를 밀쳐내 다치게 하거나 집 바로 앞에서 방향감각을 잃고 황망한 얼굴로 지나가는 사람에게 길을 묻는가 싶더니 이내 누구의 질문에도 대답하지 않게 된 것도 그때부터였다. 문제는 알츠하이머와 함께 시작된 게 아니었다. 이전부터, 고향의 좁고 불결한 두 칸짜리 방에 녹아들어 있던 아버지를 끄집어내 신식 화장실과 반짝이는 주방이 딸린 도시의 아파트로 옮기면서부터였다. 하지만 다른 길이, 있었을까? 그는 아버지처럼 시골 마을에서 염소 잔등이나 쓰다듬고 채소나 내다팔며 생활의 곤궁을 잊기 위해 설탕 범벅인 과자를 이가 다 삭도록 씹어대면서 여생을 보내고 싶지는 않았다. 우주가 열리면서 획기적으로 분야가 넓어지기 시작한 생물학 연구를 포기하고 싶지 않았고 아이들을 도시의 학교에 보내야 했으며 결혼할 때 아내와 한 약속도 지켜야 했다. 그는 상심한 아버지를 정성껏 돌봤다. 그 마음을 읽고 위로하려 했다. 그러나 잘 되지 않았다.

아버지의 죽음과 함께 모든 것이 부서져내리자 그는 물론 파편들을 도로 붙이려 허튼 발버둥을 쳤다. 그러나 그것들은 더 작은 가루로 변하더니 그의 눈물에 달라붙어 볼썽사납게 뭉쳤고 목구멍을 막아 숨쉬기 어렵게 했다. 원한과 미움이 쌓여갔다. 자신의 생전에 아내가 다시는 아이들을 볼 수 없게 하리라는 사실이 확실해지자 그는 짐을 꾸려 우주로 향했다. 마치 자신은 아버지와 달리 발밑에 깔린 흙의 성분에 구애받지 않는 사람이라고 별들에게 항변하기라도 하듯.

자신이 그토록 차갑게 모든 것을 버릴 수 있는 사람이라는 사실에 그는 놀랐다. 그러나 지구를 잊고 싶어 선택한 이 까마득히 멀고 낯선 행성의 축축한 흙 위에서 그는 어째선지 이번에도 무언가를 원래의 장소에서 파내 옮기는 일에 힘을 보태게 되었고, 흙처럼 붉은 몸에 주름 같은 입을 지닌 괴물들의 느른한 움직임은 하나하나가 모두 아버지의 마지막날들을 떠오르게 했다.

아밋은 불을 껐다. 스크린에 조금 전에 보았던 것들과 비슷한 어두운 화면이 펼쳐졌다. 방 한가운데에 다른 붉은이보다 좀더 큰 체구를 한 개체의 머리가 보였고 그 주위를 작은 개체들이 둘러싸고 앉아 있었다.

우리는 여왕이라고 부릅니다, 물론 성별이나 생식활동이 관찰된 바 없으니 편의상의 명칭이지만요, 아밋은 설명했다. 둥지의 모든 개체가 여왕을 보호하고 먹이를 그녀의 방으로 실어나르며 위협이 없을 때에도 수시로 그 방을 유지 보수하는 행동을 반복합니다. 이들이 만약 집단지능을 넘어서는 의사소통 수단, 즉 우리에게는 보이거나 들리지 않는 언어나 명령체계도 갖고 있다면 이 개체가 그 열쇠를 쥐고 있을 가능성이 높아요. 지구의 벌과 개미로부터 유추한 것이긴 하지만 그렇게 허무맹랑한 가정은 아닐 겁니다.

그는 둥지의 전체 구조도를 화면에 불러내 여왕이 머무르는 방의 위치를 알려주었다. 다시 불을 켰을 때 소녀는 졸음에 겨운 얼굴을 하고 있었다. 아밋은 하품을 했다. 이제 마지막 일은 자신이 아니라 그녀의 몫이었다. 설령 지성체라 한들 크게 달라질 건 없었다. 며칠 뒤면 붉은이들은 시야 밖으로 밀려나고 둥지는 무너지고 그 자리에는 지구인의 시설이 들어설 것이며 채굴한 레일륨을 에너지원으로 바꾸는 작업이 계속될 것이다. 일어날 일은 결국 일어난다. 시간을 되감는 일은 어둠이 선사하는 환상 속에서나 가능하며 우리는 어떤 곳으로는 결코 돌아갈 수 없다. 술 취한 운전자가 모는 시트로엥을 중앙선 너머로 날려보내 아버지의 몸을 허공에 솟구치게 한 것이 신의 뜻이라면 그를 이 자리에 있게 한 것도 그 신의 뜻일 것이다. 아밋은 그런 생각을 하는 자신에게 익숙해지려고 애썼다. 그러나 방을 나설 때 소녀의 곁에 앉은 상담사가 그녀의 낡은 모자를 고쳐 씌워주는 광경을 보며 이상한 질투가 자신을 사로잡는 것까지 막을 수는 없었다.

여기예요. 좌표 243, 82, 6, 96 지점. 원래의 둥지에서 서쪽으로 팔 킬로미터쯤 떨어져 있죠. 기후나 토지 조건도 비슷하고, 이들이 살던 습지와 정확히 같은 구성은 아니지만 부족하지 않을 정도의 버섯이 여러 종류 자라고 있어요. 해를 끼치지 않으면서 영양분을 제공해줄 작은 곤충도 여러 종류 있죠. 새 둥지를 만들고 살아가기엔 무리가 없을 거라는 게 우리의 판단이에요.

동기화 담당자가 설명했다. 진우는 손을 뻗어 린의 손을 잡으려다 그만두었다. 린은 침대에 누운 채 묵묵히 화면을 응시하고 있었다. 이곳에 처음 오셨을 때 정찰기를 타고 둘러보신 적이 있죠? 남자가 물었고 그녀는 고개를 끄덕였다. 원한다면 한번 더 가볼 수 있어요. 오늘 오후에라도. 린은 고개를 저었다. 몇 개의 이미지와 정확한 좌표, 그리고 오 분에서 십 분 사이의 동기화 작업이면 충분했다. 린의 뇌에서 정확히 어떤 일이 일어나는지 진우는 알지 못했지만 그녀는 매번 기계처럼 정확하게 외계 종족을 지시받은 곳으로 데려갔다. 생명체가 새 좌표에 도착하고 다시 돌아오지 않는 것이 확인되면 진우와 린의 임무는 끝났고 그들은 다음 행성으로 가는 수송기에 태워졌다. 생명체가 새 보금자리를 만들고 제대로 적응하는지, 혼란에 빠지거나 이상행동을 보여 주위 생태계를 교란시키거나 최악의 경우 절멸하지 않을지 상상하는 것은 진우의 몫이었고, 일이 끝나면 린이 이틀이나 사흘쯤 탈진한 상태가 돼버리는 까닭에 그런 종류의 상상이 오래 지속될 여지도 사실 많지는 않았다.

이제 이 장소를 당신의 뇌로 옮길게요.

좋은 꿈을 꾸길, 하는 표정으로 남자가 말했고 그를 보조하는 직원이 물 한 잔과 알약 몇 개를 가져왔다. 몸을 일으켜 그것을 삼킨 린의 이마에 여러 개의 전극이 부착되는 것을 보며 진우는 팔 킬로미터라는 거리에 대해 생각했다. 그다지 날카로워 보이지 않는 발톱과 멀리 이동하기에는 적합하지 않아 보이는 가느다란 사지를 지닌 붉은 생명체들이 물과 음식의 공급 없이 홀린 듯 기고 달리며 가야 하는 낯선 팔 킬로미터 대신, 뜬눈으로 꿈을 꾸며 보이지 않는 가느다란 선, 들리지 않는 피리 소리로 그들과 이어져 있어야 하는 린의 팔 킬로미터를 생각하려 애썼다.

기계가 전자음을 뱉어내 동기화 작업이 끝났음을 알렸다. 눈을 뜬 린이 가볍게 눈썹을 찡그렸다. 필요한 게 있느냐는 질문에 그녀는 따뜻한 우유를 달라고 했다. 귀한 음식이라도 되듯 우유를 호호 불어가며 마시는 그녀의 입술과 부스스한 머리를 보며 진우는 그러나 불편한 질문이 다시 자신의 뱃속을 훑고 가는 것을 느꼈다. 이것은 정말로 내게 선택의 여지가 없었던 일, 거부할 수 없는 세계의 거대한 흐름에 불과할까? 이 소녀의 머리에 이런 것을 집어넣고 이런 일을 시키는 것이? 한 생명을 곁에서 지킨다는 사명감으로 다른 생명체들의 정신을 조작하고 망가뜨리는 일이? 이 아이는 나를 만난 뒤로 쏟아지는 조명과 귀를 찢을 듯한 음악 속에서 술과 약에 취해 지내던 그날들보다 조금은 나은 시간을 보내고 있는 것일까? 진우는 알 길이 없었다. 린은 말이 없는 소녀였다. 어느 날 밤 집으로 돌아오는 길에 쥐를 닮은 엘레스의 포유동물 한 무리가 도로를 가로질러가는 것을 보다가 그들을 죽여버린 일을 담담히 고백하던 그날 이후로 그녀는 좀처럼 자신의 이야기를 들려주지 않았고 진우는 섣불리 질문을 꺼내들 수가 없었다. 그날의 대화가 머릿속을 떠나지 않아서였다.

계속 웃음이 나왔어요. 그날 밤에는요.

왜?

규칙을 어기면서 내 몸을 더듬고 추가비용도 내지 않은 손님 때문에요. 내가 계속 웃었더니 그 손님이 미쳤다고 했어요. 그러더니 나를 때려서 내 눈에 멍이 들었어요. 그 손님 얼굴에 침을 뱉었죠. 침이 초록색이었으면 보기 좋았을 텐데.

그랬구나.

길에 아무도 없었어요. 나만 웃긴 꼬락서니였고, 나만 웃고 있었죠.

그래서 다른 뭔가도 웃긴 모양으로 만들고 싶었어요. 그 생각을 하면서 우연히 그 동물들을 봤을 때 그 일이 일어났어요. 무리 맨 앞에 있던 동물이 쓰러져서 땅에 붙었어요. 파이 반죽처럼 납작하게요. 그러자 무리 전체가 끔찍한 소리를 내며 길 위에서 우왕좌왕하기 시작했어요. 마치 이런 일을 당하느니 다 같이 죽어버리는 게 낫겠다는 듯 찢어지는 비명을 지르면서요.

그래서 어떻게 했니?

다 죽어버리라고 생각했어요.

왜?

그냥요. 시끄럽잖아요. 그리고 내가 그대로 둬도 그 꼴로는 어차피 차에 치여 죽을 거잖아요.

그랬구나.

그랬더니 정말 그렇게 됐어요.

그래서 기분이 어땠니?

기분?

응.

내가 기대한 것만큼 웃기지는 않았어요. 그래서 더 웃기게 만들고 싶었죠. 그 동물들의 뼈한테 등을 뚫고 나오라고 명령했어요. 그랬더니 그대로 됐어요.

놀라거나 미안하지는 않았니?

왜요?

죽었으니까.

그러면 미안해야 하는 거예요?

그래, 알겠구나.

아저씨.

린이 눈앞에서 그를 불러 과거에서 끄집어냈다.

왜?

오늘, 이제부터는 자유시간이죠?

응. 하고 싶은 일이라도 있니?

가고 싶은 곳이 있어요. 린이 조그맣게 속삭였다.


데인은 자리에서 일어나 사무실 창문을 닫고 책상에 놓여 있던 티슈를 한 장 뽑아 코를 풀었다. 온화한 바람을 타고 날아온 붉은 포자 하나가 아쉽다는 듯 그가 닫아버린 창문 유리를 타고 미끄러져내렸다. 데인은 사무실 안으로 들어온 포자 몇 개를 조심스럽게 붙잡아 휴지통에 넣었다. 마치 여자애들 같단 말이야. 그는 얼굴을 조금 붉힌 뒤 재채기를 했다.

행성 원의 버섯이 날리는 포자는 지구의 민들레 씨를 닮았으나 더 길고 사자의 갈기처럼 풍성하며 한 올 한 올 빛깔이 다른 섬세한 솜털을 달고 있었다. 대기의 흐름에 따라 둥실 떠올랐다가 춤추듯 허공에서 턴을 하고 예상치 못한 방향으로 추락하듯 내려앉기를 반복하는 그것들 하나하나는 데인의 눈에 선홍빛 튀튀를 입은 어린 소녀처럼 보였다. 사실 그 이미지는 그가 한동안 달고 살았던 문명 발전 시뮬레이션 게임의 화면에서 온 것이었다. 그는 버섯소녀를 붙잡아 시장에 내다팔아 상업을 번창시킬 수 있었고, 땅에 심어 농장을 꾸려갈 수 있었으며, 인간의 생활을 가르쳐 결혼할 수 있었고, 원한다면 그 자신이 버섯으로 변해 그녀와 함께 균류의 삶을 살아갈 수도 있었다.

데인이 가장 자주 선택하는 것은 마지막 옵션이었다. 그가 구멍난 과목들을 재수강해 제대로 대학을 마치고 자신의 회사를 이어받기를 바라는 아버지가 방문을 두들겨댈 때마다 그는 헬멧을 쓴 채 지금껏 일궈낸 행성의 모든 문명을 버리고 버섯으로 변해 갓을 흔들어대는 자신의 모습을 들여다보는 것으로 수동적인 반항을 일삼았다. 그의 아버지는 제법 이름난 컨설팅 회사의 대표로 그의 회사가 새로 론칭한 '이너프' 프로그램은 우주시대에 정신적으로 위기를 맞은 사람들에게 희망과 동기를 부여하고 갱생의 기회를 제공한다는 기치하에 전세계로 퍼져나가며 추종자를 양산하는 중이었다. 데인은 아버지가 원하는 대로 부와 명예가 보장되는 사이비 종교 교주의 자리에 앉아 눈물을 흘리는 사람들을 안아주며 당신은 충분해요, 그리고 더 충분해질 수 있어요! 를 속삭이기 위해 세계를 떠돌고 싶지 않았지만, 그가 캠퍼스에서 만난 어떤 혜택받은 집안의 자제들처럼 '다른 삶' '그럼에도 불구하고 지구의 삶'이라는 구호를 외쳐대며 채식을 하고 인디언 텐트에서 뜨개질과 물물교환을 하며 살고 싶지도 않았다. 그가 보기에 그 양극단의 삶은 똑같이 공허했고 우주라는 단어가 가져온 혼돈은 자신을 포함한 몇 세대가 통제하기에는 너무 거대했다. 사람들은 눈앞에서 변하는 세계의 속도를 따라잡지 못해 한동안 충격과 불안속에서 헤맬 것이며 자신들이 느끼는 공허를 지구의 소외된 사람들에 대한 죄책감으로, 집단 광기를 새로운 세계에 대한 믿음으로, 분열증을 양심의 증거로 착각하며 살아갈 것이었다. 당분간은 삶 대신 삶의 부서진 조각 같은 어지러운 시간이 지구를 유성처럼 강타할 것이고 그나마 적응력이 강한 사람에게는 지독한 숙취로, 그렇지 못한 사람에게는 악몽으로 느껴지는 나날이 이어질 것이었다. 데인이 원하는 것은 그 조각 중 하나를 부여잡고 비틀거리는 대신 오직 자신만이 할 수 있는 구체적인 일을, 그 일이 가능한 시공간을 찾는 것이었다.

그리고 그는 버섯이 많은 행성을 찾아냈다.

집을 나서며 그는 작게 한숨을 내쉬었다. 몇 주째 집에 들어오지 않는 아버지에게 그는 아무 감정도 느끼지 못했다. 아버지는 그에게 영원히 반복되는 배드 엔딩과도 같았다. 오래전부터 알코올에 찌들어 살다가 지금은 재활원에 누워 이어폰으로 아버지의 강의를 듣고 있는 어머니는 조금 달랐다. 다시 볼 수 없을 것이다. 그리울 것이 분명했다. 그러나 그는 결국 재활원에 들르지 않았다. 우주라는 거대한 선택지 앞에서 이제 인간은 모두 절대적으로 혼자였고 데인 주위의 모든 인간이 그 정도 무게를 지닌 선택은 감당하며 각자의 삶을 결정해가고 있었다.

그는 캠프 루비에서 시작한 말단 행정직 생활에 만족했다. 일은 많지 않았고 쉬는 시간에는 요정과 기사들이 나오는 오래된 책을 놀림받지 않고 마음껏 읽을 수 있었다. 비록 위의 하늘을 떠다니는 버섯 포자가 게임에서처럼 소녀로 변해 눈앞에 내려앉으며 미소짓는 대신 심한 비염과 가려움만 선사하기는 했어도 말이다.

데인은 단말기 앞에 앉아 주말 동안 캠프 곳곳을 촬영한 폐쇄회로 영상을 점검하기 시작했다. 그러다 한 화면에서 손을 멈췄다. 회식이 있던 금요일 밤 C구역의 출입구 근처에서 촬영된 그 영상에는 트레이닝복에 모자를 쓴 길잡이 소녀의 뒷모습이 찍혀 있었다.

아름답기는 했으나 데인이 환상을 품기에는 너무 비범한 소녀였다. 몇 번 마주친 적은 있었고 말을 걸어볼까 생각도 해봤지만 차갑고 생기 없어 보이는 표정이 그를 위축시켰다. 그녀는 출입구 쪽으로 몇 걸음 걸어가더니 그 자리에서 사라졌다. 말 그대로, 사라져버렸다.

마치 그의 잘못된 선택에 실망해 무無로 돌아가버린 버섯소녀들처럼.

옆에 있던 젊은 남자의 팔꿈치가 린의 옆구리를 찌르다시피 밀었다. 그는 그녀의 얼굴을 보더니 조금 과하다 싶을 정도로 사과했다. 앞에 서 있던 아이 엄마가 뒤로 밀려나며 린의 발을 밟았다. 그녀가 사과할 때 그녀 볼의 홍조가, 입술 사이로 튀어나온 조그만 침방울이, 곱슬거리는 머리카락이 출렁이며 만드는 미세한 움직임이, 그녀 아이의 천진한 눈빛이 린에게 닿을 듯 가까이 있었다. 환호와 박수와 함성 속에서 린은 자신에게 미안하다고 말하는 사람들의 표정을 들여다보았다. 그러나 그녀가 찾는 대답은 거기 없었다. 린은 그들이 규칙을 잘 지키는 사람들이라는 사실만 알 수 있었다. 세계에는 클럽과 마찬가지로 규칙이 있었다. 타인에게 친절해야 한다는 규칙. 그건 이해할 수 있었다. 그러나 린은 감시자가 보지 않을 때도 그 규칙을 지키며 사람들이 왜 필요 이상으로 다행스러워하는지, 타인의 웃음이 어째서 자신에게도 기쁨인지, 남이 행복하지 않을지 모른다는 생각 때문에 어떤 사람들이 왜 종종 그토록 걱정스러운 표정을 짓는지 알 수 없었다. 린, 행복해? 진우는 술에 취해 자신이 말을 한다는 것도 모른 채 긴 이야기를 중얼거리다가 끝에 그렇게 묻곤 했다. 고작 나 같은 사람이. 네 곁에. 미안해. 그는 불안해 보였고 린은 그를 안심시키기 위해 웃음을 지어 보였다.

퍼레이드는 삼바 댄서 복장을 하고 배꼽에 버섯 모양의 피어싱을 해넣은 여자들과 캠프 루비 유니폼을 만화적으로 바꿔 디자인한 의상을 입은 남자들이 쌍을 이뤄 춤을 추면서 절정에 이르고 있었다. 린은 인파 속을 빠져나와 놀이기구 쪽으로 걸었다. 제각기 다른 중력을 적용한 벽면 여러 개로 사람을 허공에 솟구쳤다 떨어지게 하는 점프대나 장비 없이 산소발생 젤만을 몸에 바르고 호수 밑바닥까지 잠수했다 돌아오는 체험장 앞의 줄은 몇 시간 전보다 많이 줄어 있었으나 린은 그곳을 그냥 지나쳤다. 날거나 헤엄치는 일은 수없이 해보았고 그녀는 그때마다 고도의 몰입과 긴장 상태가 주는 타는 듯한 피로감 사이로 낯선 감정이 바늘처럼 자신을 따끔따끔 찔러대는 것을 느꼈다. 그것은 때로는 자신이 단지 기계로부터 받은 좌표를 발사하는 기계의 일부에 불과하다는 자학적인 쾌감이었고 때로는 다른 누구도, 진우조차도 그 특별한 작업을 대신 해줄 수도, 그 경험의 본질을 이해할 수도 없다는 자각이었다. 린은 종종 외계 종족들을 다른 곳으로 몰고 가는 대신 그들의 뇌를 태우거나 망가뜨려버리고 싶은 원초적 충동이 작업중에 이는 것을 느꼈고 그것을 힘겹게 제어했다. 규칙이었으니까. 사람들은 그 생명체들이 자기 눈앞에서 죽지 않았다는 사실에 안도하고 만족하는 것 같았으나 린은 그들의 마음과 접촉하는 순간 그들이 오래 살지 못하리라는 것을 직감했다.

우유가 질렸니? 이젠 커피구나.

그녀를 따라 회전하는 커피잔 모양의 놀이기구에 오르며 진우가 말했다. 린은 애매하게 웃는 입모양을 했다. 안전수칙을 알려주는 안내방송이 나오고 벨이 울리자 그들을 태운 잔이 다른 십여 개의 커피잔과 함께 빙글빙글 돌아가기 시작했다. 부부로 보이는 노인 한 쌍을 빼면 탑승객은 그들뿐이었다. 린은 진우와 함께 돌며 그를 보았다. 진우도 린을 보았다. 그의 눈빛은 다정했고 정겨운 주름살이 그 주위를 감싸고 있었다. 스피커에서 흘러나온 노래가 어지럽게 돌아가는 빈 커피잔 속으로 스며들며 함께 돌았다. 누군가 내게 사랑할 사람을 찾아주지 않겠어요? 매일 아침 일어나며 난 조금씩 죽어가고 있어요.* 린은 기구 손잡이를 붙잡았다. 팔 킬로미터. 그렇게 먼 거리는 아니다. 그만큼만 가면 된다. 그러나 그녀는 두려워졌고, 그래서

다시 내려갔다:

치료는 소년이 열일곱 살 때 완료되었다. 언어를 구사하는 보통의 소년이 되면서 그의 능력은 멎었다. 생생하게 펄떡이며 헤엄쳐 들어오던 날것의 이미지와 소리 대신 언어라는 건조한 번역기가 들어선 소년의 내면이 린에게는 실망스러웠다. 그는 이제 예전처럼 특별하지 않았고 둔해진 그의 마음속에서는 누군가와 이어져 있고 싶다는 지극히 평범한 욕망, 그럼에도 그 방법을 알지 못한다는 슬픔, 그리고 분노에 찬 타인들의 목소리만 메아리쳤다. 너는 나를 전혀 이해 못해. 이해할 생각, 있기는 한 거야?

소년이 다시 특별해진 것은 스물세 살 때 어느 극장의 매표소 앞에

---

* Queen, 〈Somebody to Love〉.

서 소녀를 만나면서였다. 그 소녀는 목에 쇠사슬을 감고 누워 있는 노인들이 찍힌 사진을 붙여놓은 팻말에 매달리듯 서 있었다. 그 극장이 들어선 자리에 살다가 집과 가게가 철거되어 길 위로 밀려난 이들이었다. 팻말에 적힌 내용이 소년의 눈에 들어오기 전에 그녀의 마음이 소년의 안으로 와락, 쏟아져들어왔다. 그것은 대략 이런 내용이었다:

미친, 웃기는 일이야 웃기는 일이라고 내가 뭔데 여기서 이러고 있을까 자격이 없어 그래 이 건물 때문에 사람들이 집을 잃었지만 그들은 지금도 길에서 자고 길에서 밥을 먹지만 그렇다고 여기서 이런다고 미친, 나는 그들이 아니고 그들이 될 수도 없고 그냥 가만히 있자니 자꾸만 그 할머니들 얼굴이 생각나서 여기까지 왔지만 어떻게 생각하나요? 이런 나를 이런 당신을 사실 우린 모두 같잖아요 일어나고 있는 어떤 일들을 일어나지 않는다고 생각하지 않으면서 지나가는 하루가 없잖아요 왜 우리는 이렇게 이상하게 살 수밖에 없지? 사실은 영화라는 걸 본 지도 정말 오래됐고 저쪽에서 경비원이 자꾸 쳐다보는데 HH 무비 나도 보고 싶은데 머리와 손가락으로 직접 느끼는 거라면 내게도 대사가 들릴 텐데 왜 썼나 왜 이렇게 썼나 다른 사람한테 써달라고 할걸 피라는 말을 쓰는 게 아니었어 미친, 피가 뭔지도 모르면서 쇠사슬을 몸에 아니 쇠사슬이란 걸 한번 만져본 적도 없으면서 미친, 전쟁이, 배가 고파 할머니가 맞았다고 점심을 먹고 나올걸 내가 이런다고 뭐가 달라져 팔이 아프고 사람들이 쳐다볼 때 어디를 봐야 할지 모르겠고 아래층에 동물용품 가게가 있던데 피피한테 줄 사료를 사야 되고

린은 그토록 혼란스러운 마음에 닿아본 적이 없었고 최초의 충격에서 회복된 소년이 바로 그 혼란 때문에 그녀에게 이끌리기 시작한 것을 알고 놀랐다. 팻말을 내려놓은 소녀가 매표소 줄 뒤에 가서 서자

소년은 그녀를 따라갔고 그녀가 자신의 복잡한 감정에 골몰해 무심코 매표소 직원에게 해 보인 손짓을 보고 그녀가 청각장애인이라는 사실을 알았다.

그날부터 소년은 소녀를 따라다녔다. 소녀는 여러 곳의 투쟁현장을 돌며 생활하고 있었고 지방에 가는 일이 잦았다. 소년에게는 어색하고 긴 모험이었다. 그는 처음에는 자신에게 마음의 연결이 다시 시작됐다는 놀라움과 절박한 심정 때문에 그럴 수밖에 없어서, 그다음에는 상황은 조금 다르지만 자신이 언어를 배운 것처럼 어쩌면 그녀도 말을 할 수 있을지 모른다는 생각 때문에, 그리고 그뒤에는 그녀를 투쟁현장의 다른 사람들에게서 떼어내고 싶다는 욕망 때문에 그녀를 계속 따라갔다. 소년에게는 소녀가 매달리는 모든 일들이 결국에는 아무 성과 없이 그녀를 더 슬프게만 만드는 것처럼 생각되었다.

다른 사람들은 들리지 않았다. 오직 그녀뿐이었다. 그는 그녀가 남들 때문에 우는 일을 그만두고 자신을 바라보게 하고 싶었다.

마음은 그녀에게서 그로 일방통행처럼 전해질 뿐 그녀는 그를 듣지 못했다. 그녀에게 자신을 전하려면 소년은 글을 써야 했다. 문장을, 종이 위에. 이 경우에는 그것이 가장 빠른 통신수단이었다.

자신이 읽은 과거의 다른 마음들이 가르쳐준 문장, 사람은 다른 사람을 구할 수 없어를 그는 몇 번이나 쓰려고 했다. 그러나 그럴 수 없었다.

네가 자기 때문에 힘들어하는 걸 그들은 몰라. 그러니 네 안에 다른 사람을 들이는 걸 그만둬. 그걸 아는 건 나야. 그게 얼마나 무거운지, 그럼에도 얼마나 많이 너를 너로 만드는지. 난 알아. 그런데, 사람은 다르게 살 수 있어. 좀 이상하지만 그럴 수 있어. 난 네 목소리가 어떻게 들릴지 궁금하단 말이야. 이 바보야. 그는 그렇게도 쓰려고 했다. 그러나 그러지 못했다. 그 문장들은 소년의 마음속에만 머물렀다.

왜

그는 그 문장들을 쓰는 대신 멀리서 소녀를 바라보며 뒤쫓았다. 그녀가 다른 사람들에게 하듯 수줍고 느리며 성과가 있을지 없을지 확신할 수 없는 방식으로 그녀를 향해 갔다.

음악이 바뀌어 있었다. 커피잔들이 멋었다.

아저씨. 잔에서 내린 린이 입을 열었다.

응? 진우가 그녀를 보았다.

왜 그랬어요? 린이 물었다.


맙소사. 죽은 건가요?

그런 것 같아.

이걸 어쩌죠?

어쩌긴, 파내서 캠프로 가져가야지.

여기 좀 보세요. 뭐가, 자라났어. 이걸…… 뭐라고 하죠? 이런 거 보신 적 있어요?

없어. 그러니까 얼른 파내.

팀장이 짧게 말했고 그 일을 대신 할 다른 사람은 주위에 없었다. 라울은 평소처럼 옙, 실시! 하고 소리치며 앞으로 튀어나가려 했지만 몸이 말을 듣지 않았다. 그는 마스크를 가져오지 않은 것을 후회하며 주춤주춤 장갑을 끼고 삽을 쥐었다. 젖은 흙에 삽을 찔러넣고 떠내자 반쯤 묻혀 있던 생명체의 상반신이 앞으로 조금씩 기울어지더니 이내 고꾸라지며 그의 발 위로 쓰러졌다. 라울은 소리를 지르며 뒤로 물러 났지만 주위의 시선을 느끼곤 입을 다물었다.

겁쟁이 같으니라고. 해변에 온통 돈이 깔려 있는데 그걸 그냥 주워 오는 일도 못해? 또 그만두겠다고? 이 양반아, 불알 두 쪽이 부끄럽지 도 않아? 아내의 신경질적인 목소리가 귓가에 울리는 것 같았다. 몹 쓸 년. 돼지 같은 년. 그렇게 자신 있음 네년이 해봐. 그것들이 어떻게 생겼는지 보면 처먹은 걸 그 자리에서 죄다 토해내고 말걸! 그는 이틀 에 한 번꼴로 벽을 주먹으로 쳐대며 소리질렀고 밤에는 저 계집이 죽 어버린다면 정말이지 소원이 없겠다고 생각하며 잠들곤 했다. 그러 자 그의 뜻대로 되었다. 아내는 어느 날 밤, 다른 날과 마찬가지로 그 에게 늦은 저녁을 차려주고 잔소리를 해대다가 갑자기 기침을 시작했 다. 기침은 구토로 변했고 토사물에 목이 막힌 아내는 그가 채 구급차 를 부르기도 전에 숨이 끊어졌다. 부검 결과 아내의 위장은 그가 처음 들어보는 이름의 세균에 감염되어 있었다.

정말이지 그런 것을 다시 만지기는 싫었다. 라울은 욕지기를 참으 며 그것을 간신히 끄집어내 흙무더기 위에 올려놨다. 식은땀이 배 어났다. 사방에서 신음과 한숨이 터져나왔다. 팀장이 성호를 긋는 게 보였다. 붉은이의 상반신은 체액이 다 빠져나간 것처럼 바짝 말라비 틀어지고 조그만 버섯들로 가득 뒤덮여 있었다. 흙속에 묻혀 있던 아 래쪽은 더 희한했는데, 달려 있어야 할 두 다리가 보이지 않았고 하반 신 전체가 불그죽죽하고 둥근 덩어리로 감싸여 물컹거렸다. 덩어리 아래쪽에서 자라난 붉고 구불구불한 뿌리를 똑바로 펴자 사람의 팔만

한 길이가 되었다. 땅을 받친 채 굳어 있던 앞다리 여기저기에서 자라난 것도 다른 것일 수 없었다. 뿌리였다.

식물로 변하는 짐승도 있던가?

신부님, 말씀해주세요. 사람이 간혹 짐승으로 변하는 경우도 있습니까? 악마가 그런 일을 시키나요? 제가 그렇게 됐던 걸까요? 그래서 마음으로 아내를 살해한 걸까요?

신부는 그에게 기도와 충분한 잠, 따뜻한 음식을 권했다. 그러나 고해성사와 보속을 마친 뒤에도 라울은 이해할 수가 없었다. 그것들을 만지고 수습한 건 그였지 아내가 아니었다. 집에 돌아오기 전 그들이 알려준 장소에 들러 꼼꼼히 살균샤워를 했고 그러고도 찜찜함이 사라지지 않아 자비를 들여 일회용 작업복과 장화와 장갑을 사다 썼다. 라울의 마을에서 같이 작업하던 수십 명의 사내들과 그 가족은 탈없이 멀쩡했다. 오직 그만이 신의 저주를 한몸에 받은 것 같았다. 물론 기이하게 머리가 부풀어오른 채 해변에 죽어 늘어진 물고기와 바닷새의 사체를 처음 봤을 때 천벌이라는 단어를 떠올렸고 그것들을 눈에 띄지 않게 수거해오라는 제안을 들으며 뒤가 켕긴 건 사실이었다. 궂은 일이긴 했으나 보수가 그의 상상을 훌쩍 뛰어넘을 만큼 높았던 것이다. 하지만 나 혼자가 아니었어. 그건 공공연한 비밀이자 마을 전체의 사업이었다고! 그는 허공에 대고 주먹을 휘둘렀다.

마음 맨 아래쪽에 자리한 선량하고 순박한 본성과는 별개로 라울은 다혈질에 중증 정도의 분노조절장애가 있는 사람이었고 그런 사람답게 충동에 사로잡혀 행동하다 일을 망치는 경향이 자신에게 있다는 사실을 좀처럼 깨닫지 못했다. 그는 욱하는 감정이 치밀 때마다 누르지 못하고 직장을 때려치웠고 아내의 성화에 못 이겨 또다른 직장을 찾아 나서곤 했다. 그가 도시에서 마지막으로 구한 일은 관광객을 데리고 빈민가를 돌며 설명을 해주는 가이드였다. 집 위에 집 옆에 집 위에 또 집. 판잣집이 빽빽하게 들어찬 그런 형태의 산동네가 없는 나라에서 온 관광객들은 이국 사람의 가난에 대한 자기들의 호기심을 부끄러워하면서도 완전히 숨기지는 못했고, 마을이 아름답다는 말을 던지며 연신 카메라 셔터를 눌러댔다. 이번에 라울의 신경을 긁은 건 그 셔터 소리였고 긁힌 신경의 끝에 딸려나온 건 이상하게 과열된 정의감이었으며 거기에 기름을 부어 폭발시킨 건 그 빈민가와 크게 다르지 않은 동네에서 보낸 자신의 유년에 대한 애증 섞인 기억이었다. 산동네 중간쯤의 언덕에 있는 고아원에서 찍지 말라는 당부에도 잠든 아이들의 얼굴을 찍어대던 한 여자 관광객과 그는 결국 싸움을 시작했고 종내는 손찌검까지 하고 말았다. 티셔츠 사고 기부 좀 했으면 다야? 부끄러운 줄 알아야지. 그 여자 블로그에 전시되려고 그애들이 거기서 새우잠을 자는 줄 알아? 또 한번 직장을 잃은 그는 집으로 돌아와 아내에게 그렇게 열변을 토해냈다.

그는 계속 그렇게 살았다. 고지서가 밀리고 더이상 도시의 집세를 감당할 수 없게 되자 그는 울증이 쌓인 아내와 함께 처갓집으로 내려와 얹혀살기 시작했다. 여러 번 순위가 밀려 언제 개발이 시작될지 알 수 없는, 마을 전체가 버려진 정어리 통조림을 연상시키는 바닷가 깡촌이었다.

그 일은 거기서 아침저녁으로 장인 장모에게 무능하다는 말을 들으며 지내다 겨우 잡은, 사내구실을 할 첫번째 기회였다. 그리고 그 기회가 모든 것을 망가뜨렸다. 그는 억울했다. 그 돈으로 인생을 뒤집는 데 성공하면 정말이지…… 아내에게도 잘해주려 했었다. 라울은 하루도 쉬지 않고 밀려드는 파도와 오염된 바다의 냄새, 그 속에 죽은 듯 살아 헤엄치는 모든 병든 것들, 앞으로도 평생 보고 살아야 할 아내의 무덤이 지겨웠다.

우주라는 단어가 들어간 구인광고를 보았을 때 그는 처음에 우주비행사를 연상했다. 그러니까 우주복을 입고 생명선에 매달려 까맣고 텅 빈 공간을 떠다니는, 아이들의 상상 속 그 단순한 이미지 말이다. 그는 아무도, 아무것도 없는 깨끗한 무균질 공간에서 그런 옷을 입고 일하고 싶었다. 광고에는 학력이나 국적 제한도 없었다. 특전으로 우주시민권 부여, 게다가 추후 해당 행성의 부동산 임대시 혜택이라. 그는 이번에도 깊이 생각하지 않았다. 도시에서 온 그 사람들이 어떤 조직에 속해 무슨 일을 하는지 결국 알아내지 못한 것처럼 그는 자신이 우주에서 무슨 일을 하게 될지 따져보기에는 상상력이 부족했다. 그의 마음속에는 새로운 시작에 대한 열망뿐이었다.

버섯으로 변한 것 같네요.

누군가가 말했다.

그래. 팀장이 재채기를 하며 대답했다. 그래도 달라질 건 없지.

이제 들어서 옮기게. 비처럼 내리기 시작한 포자들 속에서 라울이 대열 뒤로 슬금슬금 물러나려 했을 때 팀장이 그에게 명령했다.


그날 밤은 린과 함께한 뒤로 진우가 지나온 다른 어떤 밤과도 달랐다. 그 밤은 린의 이런 질문과 함께 시작되었다:

왜 나랑 하지 않았죠?

진우는 그 질문에 얼어맞았고 한참 뒤에야 린의 눈을 똑바로 볼 수 있었다. 왜 한 번도 나랑 하지 않았어요? 내내 그러고 싶었으면서.

대답할 수가 없었다. 그래서 진우는 그녀가 포기하기를 기다렸다. 하지만 린은 포기하지 않았다.

그러면 내가 다, 치, 게 될까봐서?

그녀는 무언가를 확신하지 못한 듯 음절 하나하나를 떼어가며 물었다. 마치 진우의 얼굴에 띄엄띄엄 적힌 글자를 읽는 것 같았다.

……그래.

내가 다치면, 왜 안 되는데요?

뭐?

아저씨는 내가 아니잖아요. 그런데 왜 내가 다치면 안 되느냐고요. 왜 사라지면 안 되죠?

무엇이?

그들.

붉은이들?

응.

사라져?

네. 그렇게 돼요. 내가 어떻게 해도요.

누가 너에게 그렇게 말한 거니?

아뇨. 아무도 말하지 않았어요.

그런데 왜 그런 생각을 했니?

내 생각이 아니에요. 그들이…… 아저씨가 그러면 안 된다고 했잖아요.

내가?

응.

왜 그렇게 생각해?

내가 아니라니까요. 아저씨가 줄곧 그렇게 생각해왔잖아요. 이런 일을 해서는 안 된다고. 이건 옳지 않다고. 내가 이런 일을 하는 것도 잘못이라고. 그런데 왜 내게 안 된다고 말하지 않았어요? 내가 할 수 있는 일이 이런 것뿐이니까? 그런데 잘못이라고 말하면 내가 다칠까 봐? ……내가 엘레스로 돌아가게 될까봐서요?

……그래.

그러면 아저씨는 슬픈가요?

그래.

왜 슬퍼요?

진우는 쏟아지는 질문 속에서 애를 썼다. 이런 경우 그가 보통 취하는 방식은 질문에 질문으로 대답하는 것이었다. 내가 슬프다는 걸 어떻게 알았니, 네가. 너는, 다르잖아…… 그는 그렇게 물을 수 없었다. 그러나 결국에는 물어야 했다.

그래서 그는 물었고, 그녀는 대답했다. 긴 대답이었다. 그는 다시 얻어맞았고, 다시 물었으며, 대답을 들었다.

그녀가 다시 물었다. 그리고 그는 힘겹게 하나의 대답을 만들었다.

그날 밤이 다른 밤과 달랐던 건 그 특별한 질문과 대답들 때문일 수도 있었다. 그러나 다른 이유도 있었다. 그는 자신이 평생 벗어나고 싶어한 질문들과 그것들이 불러일으키는 두려움 속에서, 떨면서, 처음으로 다른 무엇보다도 원하던 일을 했다.

그는 그녀에게 입맞추었다.


하늘이 붉었다. 크고 작은 포자가 위의 대기를 촘촘하게 채우고 있었다. 너무 많았으므로 모두가 보호복을 입어야 했다. 입을 벌릴 때마다 선홍빛 솜털들이 밀려들었다. 오늘 일정, 꼭 해야 합니까? 거의 다 버섯으로 변하고 얼마 남지도 않았다던데 그냥 철거에 들어가도 되지 않나요? 차량으로 이동하는 동안 누군가가 투덜거렸다. 여왕이 남았다잖아. 자네가 호텔로 모시고 룸서비스까지 해드릴 건가? 다른 누군가가 핀잔을 주자 모두가 두려운 얼굴로 입을 다물었다. 죽일 수 있습니까? 핀잔을 준 남자는 아침에 그렇게 물은 사람이었다. 죽일 수 있다면, 그렇게 하세요. 어차피 형식적인 작업이고 다른 곳에서도 그렇게들 하는 것으로 알고 있습니다. 린은 설명을 하려다 그만두었고 묵묵히 고개를 끄덕였다.

린의 몸에 백팩처럼 생긴 작은 기계가 부착되었고 짧은 리허설이 시작되었다. 그녀는 지시받은 대로 조작기의 버튼을 눌렀고 공중을 십 미터쯤 날았다가 제자리에 내려앉았다.

형편없는 솜씨로 면도한 얼굴처럼 거칠게 난도질당한 석류버섯 잔해 사이에 둥지가 서 있었다. 그들의 둥지는 화면에서 본, 위로 갈수록 좁아지는 원기둥 모양의 작은 탑과는 달랐다. 더 크고 높고 붉었으며 구멍마다 피를 머금은 듯 새빨간 버섯들이 자라 있었다. 군데군데 검붉은 얼룩 모양의 반점들이 생긴 탑 전체를 엉겨붙은 팡이실과 포자 무더기가 휘감고 있어 마치 부패가 반쯤 진행된 동물의 사체를 땅에서 꺼내놓은 것처럼 보였다.

백 마리쯤 돼 보이는 붉은이가 둥지를 울타리 모양으로 둘러싸고 있었다. 린은 이동의 자유를 포기하고 스스로의 몸을 대지에 심어 고정한 채 천천히 식물로 변해가는 그들을 바라보았다. 그들의 원래 몸은 반쯤 남아 있었다. 앞다리로 보이는 것이 아직 있었으나 머리는 넓고 납작하게 펼쳐지며 처들려 갓으로 변한 상태였고 몸 전체가 버섯 투성이였다. 옅은 바람이 불자 입이었던 곳에 매달려 있던 포자들이 조각난 언어처럼 뜯겨나와 허공으로 날렸다가 땅으로 가라앉기를 반복했다.

그럼 시작하죠. 남자가 말했다. 린은 바이저를 내렸다. 산소가 유입되는 것을 확인한 뒤 버튼을 누르고 날아올랐다. 보호복과 헬멧 차림으로 린을 지켜보는 수많은 사람들의 몸이 순식간에 줄어들었다. 린은 그 가운데 어딘가 있을 진우를 생각하며 나선 모양으로 둥지 주위를 선회하면서 올라갔다.

진우는 자신이 비겁한 인간이라고 생각했다. 어느 날인가부터 현장에 나오지 않게 된 소녀를 찾아 헤매다가 결국 놓아버렸기 때문에. 그녀가 더이상 들리지 않았기 때문에. 그녀가 한 것처럼 다른 사람들을 따라다니며 그들을 위해 일한다고 믿었지만 자신은 진심도 신념도 없이 그저 주입된 것을 고스란히 받아 어딘가에 되쏘는 존재에 불과하다는 생각을 버릴 수 없었기 때문에. 사람들을 구하지 못했기 때문에. 모든 것을 잊기로 했기 때문에.

사람들은 질문에 대답하기 위해 종종 다른 사람들의 대답을 참고하는 것 같았다. 린은 진우의 마음속을 맴도는 그 대답들을 읽었다. 그러나 그 대답들을 이어붙여 그녀 자신의 대답을 만들어낼 수는 없었다. 그것들은 너무 무겁고 어려웠다.

둥지 맨 꼭대기, 여왕의 방 근처에서 린은 멈췄다. 자극을 송신합니다. 헬멧이 말했고 둔한 충격이 린의 머리를 휘감았다. 한차례 울렁거리는 느낌이 지나갔고 다음 순간 린은 떠밀리듯 그들과 이어졌다. 잠깐 동안 침묵이 흘렀고,

왜

그들이 물었다. 이제 그들은 둥지에만 있지 않았다. 하늘에, 흙속에, 물위에, 물속에, 어디에나 존재했다. 그러나 예전만큼 많지는 않았다. 사라지기, 시작했어? 린은 꿈속으로 도망치고 싶은 마음과 싸웠다.

모르겠어.

그녀가 대답했다.

나는 모르겠어. 당신들이 왜 사라지면 안 되는 건지. 사람들이 왜 당신들이 사라지길 바라는지. 왜 그 일을 그만두지 않는지. 당신들이 왜 그걸 추하다고 여기는지. 그리고 그러면서 왜 결국 사라지려고 하는 건지. 당신들이 사라지는 게 왜 미안해해야 하는 일인지. 이걸 그만두면 내가 무슨 일을 하게 될지. 어디로 갈 수 있을지.

꽤 오랫동안 대답이 없었다. 다른 질문도 없었다. 린은 두려웠다. 그러나 허공을 돌며 정신을 집중했다. 움직인다. 린은 느꼈다. 그녀가, 그가, 그들이 내려가고 있었다.

당신들이 이 대답을 어떻게 생각할지. 무슨 일이 일어날지. 왜 나인지. 나는 몰라. 알려고 해봤지만 모르겠어. 알겠어? 모르겠다고. 난

내가 모른다는 것만 알아. 나는 당신들이 생각하는 것처럼 다른 사람들을 대표하는 사람이 아니야. 내 안에는 그렇게 많은 사람들이 들어 있지 않아. 내 머릿속에 있는 건 한 사람뿐이야. 이유는 모르지만 난 그 사람에게밖에 제대로 말할 수가 없어.

여왕이 나왔습니다. 헬멧이 속삭였다. 린은 아래를 내려다보았다. 둥지 입구에 작은 점 크기의 그녀가, 그가, 그들의 몸이 보였다. 사람들이 웅성거리며 뒤로 물러났다.

그들은 머뭇거렸다. 둥지를 둘러싸고 지키는 종족 구성원 사이를 누비며 천천히 네발로 걸어다녔다. 여왕이라 불리는 개체가 보였고 다른 수십 마리가 아이처럼 그녀에게 붙어 움직였다.

그리고 견딜 수가 없어. 내가 그 여자애를 닮았다는 사실을. 그 사람이 보고 있는 게 나인지 그 여자애인지 알 수 없어서 견딜 수가 없어. 나였으면 좋겠어. 그 사람이 나와 함께 있었으면 좋겠어. 사라지지 않았으면 좋겠어. 이렇게 오랫동안 누군가와 같이 있어본 적이 없었고 난 그걸 그만두고 싶지 않아.

움직입니다!

여왕이 앞으로 튀어나갔다. 그러자 다른 개체들도 한 방향으로 뭉치며 따라 달리기 시작했다. 사람들의 탄성이 들려왔다. 간다, 달린다! 그들은 사람들과 버섯들 사이를 헤치고 습지의 끝 쪽으로 가고 있었다. 반대 방향이었다.

왜? 알 수 없었다. 어디로 가는 거야? 어디로 가서 죽이려고? 죽으려고? 린은 몸을 빙글 돌렸다. 그들을 따라 날았다. 마음으로 그들을 보며 외쳤다. 하지 마. 알겠어? 이 사람을 내게서 빼앗아가지 마. 싫단 말이야. 당신들도 알잖아. 당신들도 오랫동안 서로와 같이 있었잖아. 그러지 마.

린, 서쪽입니다. 동쪽이 아니에요.

헬멧이 당황한 목소리로 뱉어냈다. 자극을 재전송하겠습니다.

충격이 다시 그녀의 머리를 치고 지나갔다. 즈즈, 소리와 함께 바늘 무더기 같은 통증이 관자놀이를 찔러댔다. 아팠다. 아프구나, 린은 생각했다. 아픈 건 이런 거구나. 이런 느낌. 이런 소리. 이런 냄새. 이런 빛. 꿈이 아니야. 하늘이 울컥거렸다. 그녀는 그들과 이어진 단단한 끈에 기대며 눈을 감았다. 흔들리고 솟구치며 그들을 향해 자신이 가진 전부를 쏘았다.

사라지게 하지 마. 이 바보들아. 사라지지…… 마. 가! 가서 살아. 어디든.

그 순간 거센 바람이 린의 몸을 들이받았다. 수많은 포자들이 쏟아져나와 아우성치며 남아 있던 원의 하늘과 땅 사이 모든 곳을 덮었다.

그렇게 긴 팔 킬로미터가 시작되었다.

엘로

울어도 소용없었고, 실은 울 만큼 억울함이나 부당함을 느낄 처지
도 못 됐다. 마음의 껍질은 바스락거리는 거짓말을 할 수 있었지만 더
안쪽은 사정이 그리 넉넉하지 못했다. 창밖으로 파랗게 내려앉는 아
침을 보며 마르한은 박히기 시작한 못처럼 나무의자에 앉아 있었다.
원래도 무겁던 흰둥이는 허벅지 위에서 점점 더 무거워졌다. 쓰다듬
는 건 좋아해도 무릎에 올려놓으면 칠색 팔색을 하며 뛰어내리던 놈
이, 발버둥을 치지도 발톱을 세우지도 않고 얌전히 누워 있었다. 목
욕 물통에 들어가는 걸 그리도 싫어하던 놈이었는데, 지금은 마치 허
공이 물이어서 그 안을 유유히 헤엄치는 것처럼 토실한 네 다리를 사
방으로 펼치고, 물속에서 가재라도 발견한 양 두 눈을 동그랗게 뜬 채
멎어 있었다. 그 버찌 같은 눈을 들여다볼 수가 없어, 마르한은 흰둥
이의 발만 만지작거렸다. 털 사이로 만져지는 말랑말랑한 발바닥이
아직 따스했다.

기민한 파리 한 마리가 벌써 빙빙 돌며 알 낳을 곳을 찾고 있었다. 파리의 성실한 움직임을 보니 퍼뜩 정신이 들었다. 눈을…… 감겨야겠지? 한 번에 되지 않아 손바닥에 힘을 넣어 몇 번을 쓸어내리다 손가락으로 눈을 찌를 뻔했다. 배가 빵빵하게 부풀어오른 흰둥이를 들쳐메고 마르한은 집을 나섰다. 뒷산으로 올라가 곡괭이질을 하는데, 어이없게도 꼬르륵 소리가 났다. 열두 시간에 한 번씩 위장에 걸어 허기를 더는 주문을, 어제는 미처 걸 틈이 없었던 것이다. 어제…… 대체 무슨 일이 있었던 거지? 어쩌다 이렇게 됐지? 마르한은 풀숲 사이에 고개를 내민 다람쥐에게 물었다. 알 턱이 없는 다람쥐는 꼬리를 도르르 말고 쏜살같이 내빼버렸다. 어제 낮까지만 해도 아무 일도 없었다. 당연하지만 마르한은 제 입에서 흑마법이 튀어나올 거라고는 상상도 하지 못했다.

손님이 없었으므로 늘 하던 대로 흡음초를 여남은 뿌리 다듬었고, 그러다 심심해져 흰둥이 놈을 마룻바닥에 눕혀놓고 이리 굴리고 저리 굴리며 장난을 치던 중이었다. 놈의 배 한복판에 털이 한 움큼 빠지고 살에 까만 각질이 부슬부슬 일어나 있는 게 보였다.

고양이한테는 흔한 곰팡이병이었다. 살이 벌겋게 붓지도, 염증이 생기지도 않았고 딴 데로 번진 흔적도 없었으니 나아가는 중이었거나, 실은 곰팡이조차 아니었을지도 모른다. 어디 뒹굴다 제풀에 낸 상처에 딱지가 앉아 아물던 중이었을지도…… 그러나 마르한에게 흰둥이는 아내이자 아들이자 애인 같은 고양이였고, 유일한 친구였다. 마르한은 그 손톱만한 부스럼이 보기 싫었다. 흰둥아, 여기 아프냐? 물었지만 흰둥이는 눈을 끔벅거릴 뿐 아무 대답도 안 했고, 그럼에도 배에 그런 게 있다는 희미한 불편함은 전해져왔기에, 마르한은 흰둥이의 곰팡이를 향해 정신을 집중하고, 이내 엘로, 즉 불운의 덩어리를 발견했다. 흰둥이의 엘로는 작은 티끌 모양이었다. 후 불면 곧 날아가 없어질 듯 귀여운 엘로였고, 실은 약초즙이나 몇 방울 문질러두면 되는 정도였다. 하지만 마르한은 흰둥이에게만큼은 무덤덤할 수 없었기에, 자기 안의 좋은 힘을 한껏 모아 마법의 문장을 속삭였다. 라 샬라 라봉봉 모하임(너에게 행운이 있기를).

그는 다시 흡음초 뿌리를 다듬기 시작했다. 멀리 서쪽에는 뿌리를 뽑을 때 소리를 질러 사람을 죽이는 풀이 있다는데, 마을 뒷산에 무성히 자라나는 흡음초는 그 반대라 땅에서 뽑아내면 주위의 소리를 빨아들이는 식물이었다. 갈아서 즙을 내 마시거나 달여 먹으면 반나절 동안 사람의 청각이 둔해져 시끄러운 소음을 견디기가 쉬워졌고, 채반에 받쳐 가만히 놔두기만 해도 주위의 소리가 한 단계 낮아졌다. 마르한은 하루의 대부분을 집안에서 보냈으므로 평소에는 거의 느끼지 못했지만, 가끔 저잣거리 쪽으로 나가면 귀가 먹먹할 때가 있었다. 무슨 사연인지 대낮부터 길에서 울고 다니는 사람은 왜 그리도 많으며, 발을 구르고 소리를 질러대고 갖은 욕설을 섞어 싸움질을 해대는 사람은 또 왜 그리 많은 건지…… 마르한은 알 수가 없었다. 노망이 난 부모를 모시는 자식들이나 왕궁의 사형집행인들이야 이해가 안 가는 것도 아니었지만, 정말 조용해 보이는 부부가 집에 걸어둘 거라며 흡음초를 한 묶음씩 사갈 때면 약간 궁금해지기도 했다.

잔뿌리를 떼어내다가 뭔가 느낌이 이상해 마르한이 고개를 들었을 때, 흰둥이가 입을 뻥긋거리는 게 보였다. 다리는 이미 풀렸고, 바닥에는 녹색 거품 토가 보글거리고 있었다. 마르한은 흰둥이를 끌어안았다. 부스럼은 그대로였고…… 주인이어선지, 마법사여선지 바로 알 수 있었다. 흑마법이었다.

엄청나게 크고 뜨거운 엘로가 흰둥이 속에 꽉 들어차 있었다. 부러진 갈비뼈가 폐를 찔렀고 다른 내장들도 죄다 짜부라져 곧 숨이 넘어갈 상태였다. 마르한은 흡음초 바구니를 창밖으로 내던지고, 재빨리 주문을 속삭였다. 라 살라 브레멘나 모하임(너에게 더 큰 행운이 있기를). 꿀럭거리며 흰둥이가 붉은 물을 토했다. 주문을, 다른 주문을…… 미친 사람처럼 외웠다. 라 헤리타 모하임 모하임멘(너의 행운이 다른 행운을 불러오기를), 라 잔드라 모하임 헤리테젠(너의 행운이 시간과 싸워 이기기를). 주문을 외울수록 점점 엘로가 커진다는걸, 마르한은 보았지만 믿지 않았다. 나중에는 다급한 마음에 책을 펼치고 처음 보는 주문들을 찾아 마구 읽어댔다. 흰둥이가 울컥 시커먼 액체를 토하더니 혀를 조금 내밀었다. 마르한의 무릎을 핥으려고 하는 것 같았다. 그러다 고개가 옆으로 떨어졌다. 움직임이 멎자 엘로도 등잔불 꺼지듯 꺼졌다. 마르한은 흔들고 문질렀다. 소용없었다.

개도 아닌 주제에 마르한만 보면 손이든 뺨이든 핥고 비비고, 시도 때도 없이 노래하듯 애옹애옹 울어대던 녀석이…… 그렇게 조용히 갔다. 버찌 같은 눈 속에는 미움도 원망도 없었다. 외려 놈 쪽에서 이렇게 돼서 미안해, 말하는 것 같았다.

마르한은 흰둥이를 구멍에 던져넣고 땀을 닦았다. 바람으로 새나

한 마리 빚어 같이 넣어줄까…… 평소에 새라면 미칠 듯 좋아해서 스무 마리고 서른 마리고 끝도 없이 만들어달라고 졸라대며 발톱으로 긁던 놈이었으니, 생각하다 그만두었다. 곡괭이질이야 얼마든지 할 수 있지만 마법은 마음에서 나오는 법이라, 슬픔이 삼킨 마음에 새 한 마리를 빚을 여력이 없었다. 착한 고양아, 잘 가라. 눈도 못 뜬 어린것을 길에서 주워와 마법으로 보살피며 오 년을 키웠으니 오래는 살았지만 아직 명이 다할 때는 안 됐는데. 난 너에게 그저 조그만 행운을 주고 싶었을 뿐인데, 잘못됐구나. 중간에서 뭔가가 잘못돼버렸어. 아니라고 생각하고 싶지만 아마도 나겠지? 내가 네 주인이었으니까.

행운의 주문을 지금까지 몇 번이나 외웠는지는 기억나지 않았다. 그것을 외우며 우주가 얼마나 크고 넓은지 고뇌하거나, 제 영혼의 순도를 검열하며 마음을 벼릴 필요는 없었다. 마르한은 손님들에게 5함펜에서 15함펜 정도를 받았고, 그렇게 모은 돈으로 빵과 치즈와 생선을 사서 흰둥이와 나눠 먹었다. 정당한 노동의 대가로 여겼을 뿐, 달리 생각해본 적은 없었다.

손님이 오면 마르한은 우선 향 좋은 희망차를 끓여 한 잔씩 마시게 했고, 그다음엔 공손하게 설명했다. 알고 오셨는지는 모르겠으나 저는…… 그렇게 엄청난 일은 해결 못합니다. 제가 할 수 있는 건 그저 조그만 불운을 쫓는 것, 이를테면 허리에 생긴 신경통이 조금 나아지게 한다거나, 기르는 말이 자꾸만 주인을 발로 차고 날뛰는 걸 약간 덜하게 한다거나, 애인이 뻔히 있는 사람에게 집적거리는 불한당이 있다면 그자에게 바쁜 일이 생기게 살짝 손을 써서 따라다니지 못하게 한다거나…… 행운일 경우엔 아주 작은 행운, 어쩌면 돈이 많이는 아니고 아주 약간, 그러니까 두어 끼쯤 식사를 해결할 만큼이랄까요…… 생길 수도 있고, 얼굴에 난 큰 점이 조금 작아질 수도 있고…… 그러니까 그 정도인 겁니다. 남쪽에서 돌았다는 무시무시한 역병이나, 누가 누명을 쓰고 감옥에 끌려갔다거나, 하루아침에 집안이 망했다거나, 부자들이 마음에 안 든다거나…… 그런 건 어떻게 못하니 저보다 나은 다른 마법사를 찾아가셔야 할 겁니다.

그러면 손님들은 조금 놀란 표정으로 마르한을 보았다. 그런가요, 그렇습니까…… 중얼거리고, 뭐라고 말할까 망설이다 일어나 떠나는 사람도 있었지만, 사람들은 대체로 그냥 자리에 앉아 있었다. 괜찮습니다, 아무 행운이라도 좀 있었으면 해서요…… 말하기도 했다.

마르한을 찾아오는 사람들의 몸에는 활기가 없었고, 목소리는 낮았으며, 얼굴에는 어스름이 깔려 있었다. 침울함에 오래 젖어 산 나머지 농담이란 걸 어떻게 하는 건지 잊어버린 사람이 있었고, 반대로 농담을 너무 습관적으로 하다보니 농담의 역할을 할 다른 대체물이 필요해졌는데 아직 찾지 못한 사람이 있었다. 절벽 근처나 강가를 위태롭게 서성이다 간신히 마을로 걸어온 것처럼 보이는 사람들은 희망차를 석 잔쯤 마시고 나서야 표정이 풀렸다.

간혹 출장을 다녔다. 두통, 치통, 내장의 염증, 팔다리의 부상, 감기와 고열 같은 몸의 질병은 엘로가 한곳에 집중되어 비교적 명확한 형태로 보였으므로 치료하기 쉬웠다. 그러나 사람들 대부분은 겉으로는 건강해 보여도 엘로가 몸 전체에 미지근한 죽처럼 풀어진 형태로 퍼져 있었고, 몇몇은 점성이 아주 강하고 고질적인 엘로에 거의 먹힌 상태로 오기도 했다. 가난인지 질병인지, 외로움인지 억울함인지, 아니면 잘 안 풀리는 그 모든 일들이 뒤섞여 숙성된 건지, 도저히 짐작할 수 없는 엘로들…… 대체 어쩌다 이렇게까지 됐나, 싶은 그런 엘로들은 마르한도 어찌할 방법이 없었다.

특별히 원하시는 종류의 행운이 있는지요? 물어도 대답은 잘 돌아오지 않았다. 자신이 원하는 것이 무엇인지, 자기 몸속에 생긴 엘로가 어떤 모양이고 왜 생겼는지 또렷이 아는 사람들은 마법사를 찾아오지 않았다. 그냥 전체적으로 안 좋네요. 뭐랄까 하나를 꼬집어 말하기가 어려워요. 대답이 대체로 그러했으므로 마르한은 알겠습니다, 중얼거리고 외웠던 것이다. 라 살라 라봉봉 모하임, 라 살라 브레멘나 모하임, 라 잔드라 모하임 헤리테젠…… 마르한은 엘로의 죽 속을 떠다니는 작은 엘로 알갱이들에 집중했다. 불거져나온 알갱이는 건드려 없애기 쉬운 편이었고, 사람은 아무리 슬프고 불행해도 사소한 행운 하나로 며칠을 웃으며 보내기도 하니까. 너에게 행운을, 당신에게 새 신한 켤레가 생기기를, 여자들 앞에서 말을 더듬지 않게 되기를, 머리카락이 무럭무럭 자라나기를, 몸에 살집이 도독하게 붙기를.

마르한의 마음은 사람들의 엘로를 따라가지 않았다. 주문으로 엘로가 줄어드는지 마는지, 그런 건 신경쓰지 않았다. 손님이 나가면 그의 감정은 문턱에서 멈췄다. 따라간들 어찌할 것인가. 짐작건대 뭔가 폭포 같은 걸 만나게 될 것 같았다. 두 손바닥을 한껏 펼쳐 그들의 머리 위로 폭포처럼 쏟아지는 불행을 향해 뻗었다가 옷에 튄 물 몇 방울에 움찔하며 뒷걸음질칠 자신이 너무 빤했다. 폭포란 걸 알면서 굳이 손을 갖다 대고, 내 손은 왜 이리 작을까, 그렇게 진심인지 아닌지도 실은 알 수 없는 혼잣말을 반복하는 일은 하고 싶지 않았다. 뻗었던 손을 주춤주춤 거두어 주머니에 넣는 일 자체가 황망하지 않겠는가.

그도 예전에는 조금 달랐다. 마법사가 있다는 한마디만 듣고 사흘씩, 닷새씩 먼길을 걸어온 사람들을 실망시켜야 하는 게 괴로웠고, 그들의 한숨보다는 그래, 그렇군요…… 덤덤히 수긍하는 말투가 소금처럼 쓰렸으며, 자신이 제대로 배우지도 못했고 그럴듯한 마법이라곤 부리지 못하는, 가진 건 직함뿐인 마법사라는 사실이 분하고 송구하고 무안했다.

그러나 결국 그는 선을 그었다. 가늘지만, 그에게는 단단한 결계와도 같은 선이었다. 그는 작은 손바닥을 자꾸만 들여다보고 탓하는 대신 그 손바닥이 할 수 있는 일을 지키고 싶었다. 그것마저 잃을 수는 없었다. 약간의 돈을 받고, 꼭 그만큼의 행운을 준다. 예전과는 달리 먹고살기 힘든 세상이니 돈을 안 받을 수는 없었고, 일을 하면서 행운의 부스러기라도 만드는 쪽이 좋았다. 순진한 사람들에게, 그리고 자신에게 폭포가 말라 없어질 거라는 거짓말을 할 수는 없었다. 세상 사람의 절반이 불행하다 한들 결국 자신을 정말로 뒤흔들고 아프게 하는 존재는 가끔씩 은치 한 토막을 다 먹지 않고 남기거나, 까불며 뛰어다니다 발톱이 갈라져 애옹애옹 울어대는 제 고양이밖에 없다는 사실을 마르한은 처음부터 알고 있었다.


혹시나 방안에 나쁜 기운이 고여 있었던 게 아닐까 싶어 방문을 열어놓고 며칠을 보냈다. 싸늘한 밤바람 이외에 별다른 걸 느낄 수 없어 이번엔 들판으로 나갔다. 라 샬라 라봉봉 모하임, 그가 주문을 외우자 나란히 피어 있던 기다림꽃 세 송이가 눈앞에서 차례로 꽃잎을 떨구며 갈색으로 말라비틀어졌다. 엘로 세 덩어리가 순식간에 생명을 삼키고 사그라졌다. 덜컥 겁이 났다. 풀이 짐승보다 약하다고 쳐도 한 번에 세 송이라. 더는 시험할 수 없었다. 그렇구나, 흰둥이를 죽인건 내가 맞구나. 마르한은 꽃들에게 사과하거나 용서를 빌지 않으려 애쓰면서 돌아섰다. 꽃들에게 쉽게 사과하고 나면 흰둥이에게도 쉽게 사과해버리고 말 것 같았다. 마음은 약한 법이었다. 쉽게 사과하면 쉽게 잊는다. 마르한은 집으로 돌아와 문에 '잠시 쉽니다'라고 써넣은 팻말을 만들어 걸었다.

책장 앞을 서성이다가, 그는 책 한 권을 꺼냈다. 나흡 자누얀 저, 『다그치지도 목소리를 높이지도 말고』. 마지막으로 읽은 게 언제였는지, 밑줄들이 하나같이 낯설었다. 그는 좋게 말하면 얼치기, 덜 좋게 말하면 사이비 마법사였지만, 그 책이 아니었다면 서른이 넘은 지금까지 남의 염소나 발로 차고 다녔을지 모른다. 몸안에서 뭔가 간질거리는 건 느꼈지만 누구의 도제로 들어가기에는 기회도 재능도 참을성도 겸손함도 골고루 부족했던 그에게 독학할 용기를 주고, 젊어 엉덩이가 가벼웠던 그를 몇 번이나 책상 앞에 돌아와 앉게 한 게 그 낡은 책이었다. 책장을 넘기다가, 그는 어느 밑줄에 눈이 멎었다.

완성되지 않은 마법사라면 누구라도 흑마법에 휩쓸릴 수 있으며, 일단 그 상태에 처하면 누구나 굴복하고자 하는 유혹을 느끼게 된다. 원인에는 여러 가지가 있으나 결과는 대체로 비슷하다. 그때까지 쌓아올린 모든 마법의 힘이 크기는 같으나 방향은 반대로 작용하게 된다. 붙으라 하면 깨지고, 일어서라 하면 무너지고, 살라 하면 죽을 것이다. 그렇게 보일 것이다. 이런 상황에서 당혹감과 죄책감을 느끼지 않기는 어려운 일이다. 그러나 한 번이라도 자신을 마법사로 여겨본 사람이라면 보이는 것이 전부가 아니라는 사실을 잊지 않기 위해 노력해야 한다.

'그렇게 보일 것이다.' 마르한은 가만히 따라 읽었다. 하지만 흰둥이는 죽은 것처럼 보이는 게 아니라 실제로 죽었지 않습니까. 더이상 은치도 먹지 못하고, 털도 고르지 못하고 땅속에 누워 흙에 먹히고 있는데 그게 전부가 아니라면, 어디에 다른 일부가 있다는 것이지요?

어떻게 노력하면 되는지는 책에 나와 있지 않았다. 아마 도제로 들어간 사람들은 그런 것까지 스승에게 배우는 건지도 몰랐지만, 마르한의 앎은 거기서 멈췄다. 그는 혼자였고, 이제 입에서는 흑마법이 흘러나오고 있었다. 여러 가지 생각이 오갔지만, 생계에 관한 걱정을 하지 않을 수 없었고, 사람들 생각은 한참 지난 뒤에야 떠올랐다. 언제부터였을까…… 설마 5함펜어치 마법이 사람을 상하게 하진 않았겠지. 꽃과 짐승은 다르고, 짐승과 사람은 또 다르고, 그리고 실은…… 나는 그렇게 열심도 아니었다. 위로인지 변명인지, 그는 스스로에게 중얼거렸다. 정말로 효력이 있을지 없을지, 그런 건 깊이 생각하지 않았다. 혹시나 효력이 없어서 화가 난 사람들이 돌아와 문을 두들기면 나가서 험한 소리 좀 들으면 된다 믿었고, 돌아오는 사람은 없었다.

요란한 즐거움은 없었지만 그는 자기 삶이 나쁘지 않다고 생각했다. 그저 통통하고 따뜻한 흰둥이의 몸을 껴안고 북실북실한 털을 쓰다듬으면서, 약초를 캐러 다니고, 낮잠을 자고, 그러다 가끔 누구한테 행운을 준다고 생각하면 좋고…… 그랬다. 그런데 그를 찾아온 손님들이 다들 너무도 절박했다는 게 마음에 걸렸다.

보름을 그렇게 버티다가, 그는 집을 나섰다. 그는 마법사가 아니었지만, 마법사가 아주 아닌 것도 아니었다…… 그렇게 믿고 싶었다. 수완도 없고 밑천도 없어 다른 일을 시작하기엔 어렵기도 했지만 가능하면 자신이 알던 힘을 되찾고 싶었다. 살아 있는 걸 죽이고, 길에 핀 꽃의 줄기를 비틀면서 남은 평생을 보낼 수는 없었다. 걷기에 편한 옷을 걸치고, 손수 바느질을 해 지은 딱 한 벌뿐인 망토는 곱게 접어 보따리에 넣었다.

사람들은 나흘 자누얀이 대마법사라고는 생각지 않는 듯했으나 일생 동안 마르한을 안으로, 밖으로 가장 크게 바꿔놓은 건 평범한 갈색 가죽 표지를 한 그 한 권의 책이었고, 그 안에 담긴 말들이었다. 그 책을 쓸 때 이미 아흔한 살이었으니 지금은 거동이 불편할 수도 있었고, 대화를 나눌 수 있을지 없을지도 몰랐지만, 부디……

사람들을 만나고, 길을 묻고 받아 적고, 또 물었다. 소문을 따라갔고 몇 번인가 길을 잘못 들어 갈림길로 되돌아왔다. 배움이 부족해 순간이동도 할 수 없었고, 절벽에서 날아내려오는 법도 몰랐으므로 그저 사람들의 발이 낸 길을 따라 걷는 수밖에 없었다. 수도에서 조금 떨어진 소도시 유루반에 닿았을 때쯤 그는 살이 빠져 볼이 쑥 들어가고 다리에는 단단한 알이 배어 있었다. 여관에 짐을 풀고, 보따리에서 망토를 꺼내 벽에 건 다음 그는 식당으로 내려갔다. 저녁을 먹으며 그는 옆자리에 앉은 남자 셋이 나누는 이야기를 우연히 들었다.

"나는 말이지, 마법에 관심 있는 왕이라고 해서 얼마나 설렜는지
몰라. 마법의 시대가 온다니 참 괜찮겠다 싶었네. 심지어 임금을 위해
일하는 마법사들이 누군지, 알지는 못해도 진심으로 존경했다고."

"그때 안 그랬던 사람이 어딨나. 소는 몸집이 세 배가 되고 양들은
미쳤는지 새끼를 한배에서 여섯씩 낳고, 농사는 해마다 풍년이었는
데. 밭에서 딴 호박을 쪼개보니 안에 금화가 가득 들어 있고, 지붕이
막 올라가고 가게가 늘어나고 하늘에서 빵이 떨어지는데, 누가 그런
걸 마다하겠나?"

"그래…… 밭이건 집이건, 다들 뭔가 하나씩 둘씩 얻고, 괜찮았지.
어딜 가나 끊이지 않고 노래가 흘러나오고, 셋만 모이면 낮이나 밤이
나 술을 마시고 엉덩이를 흔들면서 춤을 추곤 했으니…… 태평성대
였지. 죽거나 병이 들거나, 싸우거나 끌려가거나 미워하거나, 그런 일
은 없을 줄 알았네. 그게 흑마법일 줄 누가 알았겠나. 가난한 사람은
계속 병에 걸리고, 부자들 머리 위엔 계속 금가루가 내릴 거라고는,
나는……"

"쉿, 조용히 하게."

"허, 이 친구 아직도…… 하얗고 까맣고, 진짜고 아니고, 그런 걸
구분하는 것 자체가 이젠 민망하지 않나? 나는 좀 민망하네. 그냥 마
법이란 게 그런 거지. 우리가 여기 앉아 누가 까맣고 가짠지 떠들어낸
다고 굶는 사람들 배가 불러지나? 죄 없는데 끌려가 목이 잘리는 사
람들이 안 잘리고 풀려나나? 난 그냥 조용히 살겠네."

"아니, 누가 뭘 어쩐다고 했나? 우리같이 평범한 사람들이 마법을 몽둥이로 때려잡겠나, 쟁기를 휘둘러서 잡겠나? 그냥 나는, 옛날엔 참 대단한 마법사들도 많았던 것 같은데, 그 사람들 다 어디서 뭐하고 있나 살짝 아쉽고 궁금해서 꺼낸 얘기지, 쯧."

"난다 긴다 하는 대마법사들도 다 실패했는데 다들 별수 있겠나. 설득이 안 되니까 가서 싸우지 않았나. 그런데도 안 되는 걸 어쩐단 말인가. 그 사람들 탓할 일은 아니지."

"그래, 그렇겠지……"

마법에 관심이 많은 왕이 막 옥좌에 올랐을 때 마음이 설렜던 걸 마르한은 기억했다. 그렇게 이 년이 지나고 남쪽에서 역병이 돌기 시작했을 때 마르한은 연습에 연습을 거쳐 기초적인 마법들을 깨치고, 막 새 보금자리를 얻어 마법사 간판을 내건 참이었다. 여행 철인가? 수레를 끌고 보따리를 이고 지고 어딘가로 이동하는 사람들이 거리를 가득 메웠기에 마르한은 그렇게 생각했다. 알고 보니 그들은 역병을 피해, 그리고 세금을 낼 수 없어서 보금자리를 옮기는 사람들이었다. 한데 모이고 뒤섞여 살던 사람들이 방울방울 흩어지기 시작했다. 귀족과 평민의 경계가 무너진 것도 잠깐, 이제는 신분이 아니라 가진 것에 따라, 가진 사람들은 가진 사람들끼리, 못 가진 사람들은 못 가진 사람들끼리 다시 모여 살게 되었고, 왕은 못 가진 사람들을 돌보지 않았다. 역병은 마르한의 마을까지는 오지 않았지만, 다른 역병이 왔다. 옐로였다.

마법이라, 그렇게 묘한 말이 또 있을까. 모두가 백마법이라 생각하고 반긴 것은 실은 흑마법으로 밝혀졌고, 조금 시간이 지나자 '그냥 마법'이 되었다. 마르한은 분명 자신이 마법사인 줄 알았는데, 잘 생각해보니 진짜 마법은 따로 있고 자신이 지닌 건 그저 간단한 기술에 불과한 것 같았다. 그런데 세상을 움직이는 건 또다른 종류의 힘이었고, 사람들은 그것도 마법이라 했다.

마법이 마법을 만나고 부딪쳤다. 마르한은 보지 못했으나 불길에 돌이 섞여 날아다니고, 물에 함성이 섞여 바다를 이루었다 했다. 마법사들이 모여 싸우고, 마법사가 아닌 사람들도 함께 싸웠다. 그러나 마르한은 왕이 즉위할 때 자신이 보낸 환호와, 그를 믿었던 마음이 자꾸 생각났으므로…… 약초나 뜯으러 다녔다. 이제 사람들은 마법을 아쉬워하거나, 애도하거나, 믿지 않거나…… 하며 마법 속에 살고 있었고, 동시에 마르한, 자신 같은 인간은 마법사랍시고 여전히 밥을 벌고 있었다. 괴상한 세상이었다.

잠이 오지 않던 밤들이 있었고, 낮이고 밤이고 잠이 쏟아지는 날들이 있었다. 그러나 결국 그 모두가 그저 해 뜨고 해 지고 일어나고 자는 시간들로 변해갔다. 할 수 있는 일을 하며 의미를 만들려 했으나 할 수 있는 일 자체가 너무 볼품없었다. 그래서 자신도 모르게 모든 일을 건성으로 대했던가. 소중한 걸 지킨다고 나름대로 감정을 다스렸는데, 풀어지려 하면 잡아 묶고, 숨이 막힐 듯하면 새 공기를 마시러 산에 올랐는데. 서운할 사람 생기겠다 싶은 일도 필요하면 했지만 앞에 앉은 사람을 사람으로 보지 않은 적은 없었다. 그런데 하얀지 까만지 붉은 토인지 녹색 거품인지 모를 그 무언가는 어디로 틈입해 자신 속으로 들어왔단 말인가. 보이는 것이 전부가 아니다…… 어떻게 하란 말인가. 흰둥이를 산에 묻고 고작 한 달 남짓 지났을 뿐인데 마르한은 놈의 등에 찍혀 있던 누런 얼룩이 둥글었는지 세모 모양이었는지 기억나지 않았다.

나흡의 집은 낡고 좁은 방 두 칸과 작은 거실이 전부였고, 마법사의 집다운 특징은 별로 눈에 띄지 않았다. 저택까지는 아니어도 어느 정도 일상과는 동떨어진 집을 기대했던 마르한은 다소 실망했다. 그러나 그가 알게 된 또다른 사실에 비하면 그 실망은 아무것도 아니었다.

"미처 몰랐습니다. 죄송합니다."

"아닙니다. 그렇게 먼길을 오셨는데 제가 오히려 죄송한걸요. 아버지가 살아 계셨다면 무척 반가워하셨을 텐데요."

아자레 자누안은 은발을 곱게 빗어 틀어올린 소박한 인상의 노부인이었다. 나흡의 딸인 그녀가 벌써 일흔이었다. 웃음은 따뜻했으나 곡절 있는 삶을 살아온 흔적이 얼굴 곳곳에 배어 있었다. 마법사가 가족을 만들면 여러 가지 사연이 생기게 마련이었다. 마르한은 가족 같은 것을 꿈꿔본 적이 없었다. 마법도 그랬지만 사람과 관계를 맺는 일도 그는 어렵게만 느껴졌다.

"마법사라 하셨는지요."

"예, 실은…… 어린애 장난 수준도 못 되지만, 몇 가지 잔재주를 부릴 줄은 압니다…… 알았습니다. 공기를 빚어 허상들을 만들어내고, 부스럼을 치료하고, 약간의 행운을…… 만들곤 했습니다. 그런데 무엇이 잘못되었는지, 힘을 잃어버렸습니다. 흑마법이 제 안에 들어온 것 같습니다."

아자레의 눈빛에 의아함이 어렸다.

"흑마법이라고요."

"네."

"그게 흑마법인지 어떻게 아십니까."

마르한이 긴 사연을 털어놓았다. 아자레는 생각에 잠겼다가 입을 열었다.

"저는 마법은 전혀 모릅니다. 아버지의 재능은 저에게 전해지지 않았습니다. 하지만 평범한 사람으로 보고 들으며 나이를 먹었고, 정확하지는 않아도 대략적으로 사람을 식별하는 눈 정도는 갖게 되었습니다. 흑마법에 사로잡힌 사람들은 '흑마법'이라는 말 자체를 사용하지 않아요. 당신처럼 자신에 대한 의심 때문에 먼길을 걸어오지도 않습니다. 고양이 일은 당신 때문이 아닐 수도 있어요."

"꽃이 시드는 걸 제 눈으로 봤습니다. 모르는 사이에 사람들에게 불운을 불어넣고 엘로를 키우지 않았을까 두렵습니다."

"사람들은 모르는 사이에 많은 것을 주고받는답니다. 행운만큼 불운도 주고 또 받을 수밖에 없어요. 마법이 아니라도 말이지요."

아자레의 어조는 토닥이는 듯하면서도 어딘가 모르게 강경했다. 하지만 마르한은 그냥 돌아갈 수 없었다.

"실은…… 아버님을 뵙게 되면 병수발이라도 들며 도제로 받아주십사 청하고 기다리려 했습니다. 아무것도 붙잡지 않고 살아도 괜찮다고 생각했는데, 실은 괜찮지가 않았습니다. 몸에 든 게 너무 적어서 무언가 붙잡지 않으면 도무지 어찌해야 할지 알 수 없는 인간도 있습니다. 한심하시겠지만요."

"한심하지는 않습니다. 당신은 그저 젊은 거예요."

아자레가 엷은 웃음을 지었다.

"그런데, 아버지는 생전에 제자를 한 명도 받지 않으셨어요. ……자신이 흑마법사일지도 모른다고 평생 의심하셨거든요."

"예?"

"아버지가 젊었을 때, 지금과 비슷한 시절이 있었다고 하셨어요. 저는 나이가 들어 나중에 들었을 뿐이지만. 그때도 병이 돌고, 사람들이 굶주리고, 곡식들이 말라 죽었다 합니다. 다만 흑마법이 지금보다는 구체적인 형태로 존재해서, 돌과 진흙 덩어리가 걸어다니며 재앙을 일으켰대요. 마법사들이 생명 없는 것들을 부렸던 거지요."

"어렴풋이 들은 적은 있는 것 같습니다."

"아버지는 그 흑마법사들을 만나 그들을 설득하려 하셨던 모양이에요. 그런데 그 과정에서 본의 아니게 흑마법에 대해 너무 많은 것을 알게 되었고, 오랫동안 망상에 시달리셨던 것 같아요. 아버지와 다른 마법사들의 노력 끝에 그 이상한 존재들은 사라졌지만, 아버지는 자신이 그들을 설득한 게 아니라 실은 설득당한 게 아닌가 의심하셨어요. 왜냐하면 아버지가 그들의 마법과는 다른 선한 마법이라 믿어온 것들이 역사에 반영되었는데, 그것들이 결국 사람들의 불만을 불러일으켰고, 또다른 마법을, 그리고 또다른 재앙을 불러왔으니까요."

마르한은 잠시 생각하다 물었다.

"사람들을 만족시키는 것이 옳은 마법일까요?"

"그건…… 저도 잘 모르겠습니다. 어쩌면 저처럼 평범한 여자가 할 이야기는 아닌지도 모르겠어요. 저는 사실 아버지와, 아버지의 마법을 그다지 좋아하지 않았습니다. 꽤 오랫동안요. 어머니와 저는 아버지가 몹시 필요했는데, 아버지는 그런 문제들에 너무 깊이 골몰하느라 자신 안에 사랑할 힘이 얼마나 많은지 깨닫지 못하셨으니까요. 아버지는 자신이 누구를 사랑해서도 안 되고, 사랑받아서도 안 되는 사람이라 여기셨습니다. 사실은 전혀 그렇지 않았는데도요. 엘로…… 그래요, 아버지는 사람들의 엘로를 너무 많이 보셨던 모양입니다. 세상에 넘치는 엘로를 다 떠안으려 하셨어요. 물론 입으로는 늘 말씀하셨지요. 아무리 마법의 힘을 빌린들 엘로라는 게 그렇게 쉽게 사라지지도 않고, 사람이라는 것이 본디 변하는 존재이니 시간이 흐르면 예전에는 기쁨이었던 것이 엘로가 될 수도 있다고, 그러니 어찌할 수 없는 것이라고…… 그러나 정말로 그렇게 믿지는 않으셨어요. 볼 수는 없었지만, 제가 느끼기에는 그것이 아버지의 엘로였답니다. 당신도 혹시 그런 게 아닌가요."

마르한은 대답하지 못했다. 마법사는 자신의 엘로를 볼 수 없었다. 오직 남의 엘로를 볼 수 있을 뿐이었다.

"자기 힘으로 어찌할 수 없는 엘로를 생각하는 대신 자신이 실은 얼마나 따뜻하고 자상한 사람인지, 얼마나 많은 것들을 지킬 수 있는 사람이고 실은 자신도 모르게 지키고 있었는지, 아버지가 깨달으셨더라면…… 가끔 그런 생각을 합니다. 이제는 조금이나마 이해할 수 있게 되었다고 생각하다가도, 이해가 되지 않아요. 아버지는 자신을 의심하느라 평생 기쁨을 모르고 사셨어요."

아자레의 눈가에 눈물이 조금 어렸으나, 흐르지는 않았다. 마르한은 어두운 녹색 원피스를 입은 그녀를 바라보았다. 심장 근처에 정육

면체 모양의 엘로 덩어리가 한 모서리를 축으로 천천히 회전하며 빛을 내고 있었다. 너에게 행운을…… 빌어줄 수 있다면, 얼마나 좋을까? 문득 슬퍼졌으므로, 마르한은 마음의 결계를 가다듬었다.

"하지만 저는 아직 거의 아무것도 해보지 않았습니다."

자신의 입에서 나오는 목소리가 이상하게 들렸다. 하지만 마르한은 계속 말했다.

"이 나이 되도록…… 사람들을 많이 만나본 것도 아니고, 몰두했다 할 만큼 배움에 마음을 바친 적도 없습니다. 힘을 단단하게 다지는 일이 정말로 어떤 것인지도 알지 못합니다. 무언가를 믿기에는 세상이 너무 이상한데, 남을 의심하기에는 아는 것이 너무 없습니다. 그러니 계속 저 자신을 의심할 수밖에 없어요. 엘로가 어찌할 수 없는 것이라면…… 모두가 그냥 이대로 살아야 한다면, 저는 고양이를 죽이는 사람으로 계속 살다가 죽을 수밖에 없습니다. 하지만 저는 마법의 힘을 믿어요. 저로서는 엄두도 낼 수 없지만, 세상을 올바르고 따스한 곳으로 만들기 위해 길을 떠났던 모든 마법사들의 마음을 믿습니다. 제가 그렇게 될 수 없다 해도…… 정말로 그런지, 스스로 확인해보고 싶습니다. 그런데 방법을 알 수 없어 여기 온 겁니다."

아자레는 마르한의 얼굴을 보았다. 약간의 침묵이 흐르고, 그들은 띄엄띄엄 마법에 대한 이야기를 조금 더 나누었다. 아자레의 생각은 여러 면에서 마르한과 달랐으나, 마르한은 그녀의 눈 속에서 나홉에 대한 연민과 사람들에 대한 애정을 보았다. 찻잔이 빌 무렵, 아자레는 방으로 들어가 오래된 양피지 하나를 들고 나왔다. 거기에는 다음과 같이 쓰여 있었다.

의심에서 벗어나려는 마법사는

다음 세 가지 일을 해야 한다

첫째, 행복한 사람 한 명의 피를 유리병에 가득 담아

충분한 시간이 지나기를 기다릴 것

둘째, 나무를 베는 사람들이 나무를 베지 못하게 할 것

셋째, 내리지 못하는 빗방울 언덕으로 가서

거기서 얻은 것으로 4천 함펜을 만들 것

되돌아오지 않을지도 모르지만

사라지는 것만은 아니다


"아버지가 돌아가시기 얼마 전에 쓰신 글입니다."

아자레가 말했다.

"무슨 뜻인지, 저는 전혀 알지 못합니다. 필요한 사람에게 전해주라 하셨습니다."

마르한은 양피지를 들여다보았다.

"이게 도움이 될 수 있다면, 당신에게 드리겠습니다. 유품은 많은 사람들에게 나눠드렸지만, 이 글을 가져가는 사람은 없었습니다. 부디 행운이 있기를 빕니다."

아자레의 진심 어린 인사에 마르한은 깊이 고개를 숙였다. 양피지를 들고, 얼떨떨한 기분으로 집을 나왔다.


얻은 게 있다는 사실에 감사했지만, 그는 이제부터 어디로 가야 할

지 알 수 없었다.

나흡 같은 마법사가 거짓을 적어 세상을 미혹할 리는 없었다. 그러나 그의 글은 기이했다. 마치 그 자체가 흑마법에 입문하는 과정처럼 보였다. 따를 것인가? 따르지 않는다면 자신에게 어떤 선택지가 있을까?

물으며, 그저 걷고 있던 참이었다.

"어, 이런, 어떻게 하지. 완전히 엉망이 됐잖아."

여자라기보다는 소녀에 가까운 목소리였다. 돌아보니 열여섯, 열일곱쯤 돼 보이는 여자애 하나가 걱정스런 얼굴로 서 있었다. 치마처럼 통이 넓은 바지를 입고, 짧게 자른 머리칼은 삐죽삐죽 여러 방향으로 뻗쳐 있었다. 어느 나라 사람인지는 알 수 없지만 이방인이었다. 피부색이 짙었고, 억양도 미세하게 달랐다.

"아저씨 등에 뭐가 잔뜩 묻었어요. 새들이 똥을 쌌나봐요!"

고개를 돌려 보니 정말 등에 뭐가 묻어 있었다. 그것도 머리카락에서 망토 자락을 거쳐 바짓단까지 완전히 푹 젖었다. 뭐지, 이게? 그는 머리 위에 줄기를 뻗은 커다란 나무를 바라보았다. 새가? 순간적으로 당혹감과 짜증이 치밀었다. 시큼한 냄새가 났다.

"도와드릴게요."

소녀는 안주머니에서 청동으로 된 물병을 꺼내더니 뚜껑을 열고 그의 등에 물을 끼얹었다. 그러고는 작은 헝겊으로 문질러 닦아주었다.

"짐은 제가 들고 있을 테니 닦으세요. 머리도 닦으시고요. 어휴, 어떡해요."

마르한은 불쾌해 소리라도 치고 싶은 기분이었다. 실제로 약간 소리를 치기도 했다. 한 벌밖에 없는 마법사 망토에 새똥이라니. 소녀는 열심히 도와주었고, 어느 순간 돌아보니…… 곁에 없었다. 망토를 열심히 문지르다가, 그는 본능적으로 무언가 잘못됐다는 걸 깨달았다. 흡음초 즙을 마셨을 때처럼 주위가 기묘하게 고요했다.

보따리가 없었다.

재빨리 주위를 둘러봤지만 소녀는 보이지 않았다. 마르한은 다급한 마음에 뛰기 시작했다. 어쩐지, 마치 준비된 것처럼 품에서 물병을 꺼내고, 너무나 적극적으로 닦아주었다. 알아채지 못한 자신이 바보였다. 멍청하기는! 대낮에 길거리에서 그런 일을 당할 거라고는 상상조차 못했으니. 이럴 때 시야를 공중으로 옮기는 주문을 아는 진짜 마법사라면 얼마나 좋을까? 숨이 턱에 닿았다. 골목을 일곱번째인가 여덟번째로 돌았을 때 소녀의 뒷모습이 눈에 들어왔다. 소녀는 뒤를 돌아보았고, 아, 씨, 하고 내뱉은 다음 달아나기 시작했다. 그도 달렸다. 둘 다 있는 힘껏 뛰었지만 그가 조금 더 빨랐다.

"아야! 이거 놔!"

"이리 내."

"알았어. 알았다니까. 주면 될 거 아냐."

마르한은 소녀의 팔을 붙잡은 채 입과 한 손으로 보따리를 풀었다.

"놓으라고! 좀!"

"여기 있던 양피지는."

"그게 뭐야. 몰라."

"있었다고."

"모른다니까! 아야, 아야! 알았어. 말할게. 버렸어."

"뭐?"

갑작스레 치밀어오른 건, 살의였다.

"버렸다고. 그냥 낙서인 거 같아서 버렸는데 그게 왜?"

"버린 데로 앞장서."

"왜?"

"그게 어떤 건지 네가 알기나 해?"

"아저씨 뭐하는 사람이야? 혹시 미친 사람 아냐?"

자신도 모르게 손이 올라간 모양이었다. 소녀가 얼굴을 팍 찡그리며 죽는시늉을 했다.

"아이고! 마법사가 사람 때리네! 동네 사람들! 마법사가 사람 패려고 해요!"

행인들 몇몇이 놀란 눈으로 지나쳐 갔다. 마르한은 소녀의 입을 막았다. 길 한복판에서 새똥 범벅이 된 망토를 입고 여자를 때리는 마법사라, 가관이었다. 그들은 결국 둘 다 조용히 하기로 했다.


양피지는 마구 구겨져 있었지만 다행히 소녀가 버린 자리에 있었다. 마르한은 그것을 펴서 조심스럽게 품에 넣었다.

"내 돈은 어떻게 했니."

"벌써 다 썼지."

"그 짧은 시간 동안?"

"당연하지. 코딱지만하던데 뭘. 어디서 촌티 풀풀 나는 망토는 두르고, 웃겨."

이 아이는 대체 어디서 왔기에 이런 식의 말투를 구사하는 걸까. 여러 손님들을 만나보았지만 이런 사람을 본 적은 없었다. 충격의 연속이었다.

"너희 집 어디니?"

"알아서 뭐해."

"부모님은?"

"그런 거 없어."

"그럼 누구랑 살아?"

"왜 자꾸 물어?"

"우리말을 잘하네."

소녀의 표정이 일그러졌다.

"살아야 되니까 배웠지, 좋아서 배웠겠어? 이 나라 사람들 다들 돌았나봐. 돈도 없고, 보따리엔 냄새나는 옷이랑 이상한 낙서밖에 없고. 나무의 피를 받아서 4천 함펜이 어쩌고…… 그게 뭔 소리야?"

"돈이 별로 없어서 미안하다."

"하긴 마법사가 무슨 돈이 있겠냐. 내가 미쳤지."

마르한은 여비를 되찾는 일은 그냥 포기하기로 했다. 어린아이였다. 잘은 모르지만 이런 일을 시키는 사람들이, 있겠지. 그 사람들이 벌써 가져갔겠지. 돈은 손에 넣자마자 뜯기고 남은 물건들을 팔아서 하루하루 먹고사는 인생…… 얘기만 들어봤는데, 정말로 있었구나. 팔을 놓은 지 좀 됐는데도 소녀는 일어나 도망치지는 않았다.

"아저씨 진짜 마법사야?"

소녀가 눈썹을 찡그렸다.

"마법사면 내 부탁 좀 들어줘."

"돈 같은 건 못 만들어."

"왜? 다들 한다 그러던데."

"공기로 빚어서 잠깐 눈을 속일 수는 있지만, 몇 시간밖에 못 가. 그리고 그건 마법이 아니고 그냥 사기야. 마법은 그런 게 아니야."

"그럼 마법이란 게 대체 뭐하는 건데?"

마르한은 얼굴이 확 달아올랐다.

"아저씨, 혹시 저주 같은 것도 걸 줄 알아? 나 걸고 싶은 인간들이 좀 있는데."

마르한이 고개를 저었지만, 소녀는 가짜 새똥 만드는 법을 가르쳐 줄 테니 계속 누군가에게 저주를 걸어달라고 했다. 모든 마법사는 저주 거는 법을 알지만 모르는 척하고 있다는 게 그녀의 생각이었다. 저주에 걸린 게 아니면 먹고살기가 이렇게 힘들 수가 있겠느냐고 소녀는 투덜댔다. 그렇게 어린 여자애가 삶을 그토록 지겨워할 수 있다는 사실에 마르한은 충격을 받았다. 무심결에 고개를 돌렸다가…… 소녀의 몸에 가득찬 엘로를 보고 말았다. 물처럼 고인, 굉장히 맑고 찰 랑거리는 엘로였지만…… 엘로는 엘로였다. 소녀가 몸을 기울이자 엘로가 이마까지 올라왔다. 마르한은 고개를 돌렸다.

왜 그런 말이 나왔는지는 모른다. 정신이 들었을 때는 이미 말한 뒤 였다.

"같이 가자고?"

"그래."

"왜?"

　실은, 양피지를 처음 본 순간부터 자신이 없었던 건지도 모른다. 피라느니, 팔아서 돈을 만들라느니…… 그런 건 마르한이 잘 모르는 세계였다. 잠깐 동안 얘기를 나눴을 뿐이지만 어쩐지 소녀가 그런 세계를 조금 알고 있을 것 같다는 생각이 들었다. 범죄자니까…… 그렇게 생각하고 마르한은 흠칫했다. 그는 마음의 껍질을 바스락거리게 했고 곧 그 생각을 지워버렸다. 꼭 그런 건 아니야, 어딘가 도망치고 싶어 보이는 아이라 그냥 말을 꺼내본 거라고, 바스락 바스락.

　그 바스락 소리가 무안하게도 소녀는 마르한의 이야기를 경청했다. 마르한은 자신이 흑마법에 들었을지 모른다는 얘기는 하지 않았다. 그저 마법사들이 거쳐야 하는 중간시험을 치르는 중이라고 했고, 소녀는 매우 흥미진진해했다.

　"그 행복한 사람이라는 게 대체 어떤 사람이야? 그런 사람이 정말로 있어?"

　"어딘가에는 있겠지."

　"보면 알아볼 수 있는 거야?"

　"아마도."

　우와, 소녀가 안 믿는 얼굴로 비웃듯 내뱉었다. 행운이 아닌 행복이라는 개념은 마르한의 영역이 아니었다. 마르한이 지금껏 보아온 사람들 중에 행복해 보이는 사람은 없었다. 순간순간 즐거워 보이는 사람들은 있었으나, 행복은 즐거움과는 달랐다. 행복한 사람이 어딘가에 정말로 존재한다면 아마도 몸속에 엘로가 없거나, 아주 적은 사람일 거라고 마르한은 믿었다. 소녀가 중얼거렸다.

"내 생각엔, 부자들이 사는 동네로 가야 될 것 같은데."

그래서 그들은 거기서 그리 멀지 않은, 부유한 사람들이 모여 사는 마을을 찾아갔다. 일 때문에 자주 오는 데야, 소녀가 말했다. 집과 집 사이가 무지하게 넓은 거리를 걸으며, 마르한은 사람들의 옷차림과, 그들이 쓰고 다니는 양산과 손에 낀 장갑에 수놓인 섬세하고 화려한 무늬를 눈여겨보았다. 마차를 모는 말들의 머리장식에는 값비싸 보이는 보석이 박혀 있었다.

바람으로 허상을 얼마든지 빚을 수 있었기에 그는 현실의 물질에 별다른 욕망을 느끼지 않았지만, 경탄이 느껴지지 않은 것은 아니었다. 단지 화려한 것만은 아니었고, 마르한의 마을에서는 찾아볼 수 없는 활기가 거리 전체에 넘쳤다. 이것이…… 세상을 움직이는 마법인가? 건물들을 올려다보자니 목이 아팠다. 아름석으로 쌓아올리고 흑규석을 박아 장식하는 건축양식이 유행인 듯했다. 문 하나하나에 새겨진, 곧 살아나 뛰어오를 것 같은 상상 속 동물들의 자태를 마르한은 놀라움을 품고 바라보았다.

문을 지키고 '선 하인들도 그들보다는 훨씬 좋은 옷을 입고 있었다. 도둑으로 오인받을 게 뻔했고, 한 명은 실제로 도둑이었으므로 그들은 변장을 하기로 했다. 인적 드문 골목에 들어가 옷을 빚었다. 다행히 바람 마법은 아직 그대로 있었다. 장식이 잔뜩 달린 하얀 드레스를 보자 소녀의 입이 딱 벌어졌다. 아저씨, 진짜 마법사 맞네! 소녀는 웃음을 멈추지 못했다. 소녀의 머리카락은 옷차림과 어울리지 않았으므로 모자를 빚어 씌웠다. 마르한 자신은 셔츠와 외투와 바지를 지어 입고 가죽구두를 신었다. 불편했으나 좋아 보이기는 했다.

"칼은?"

소녀가 물었다. 그는 한참 뒤에야 말뜻을 알아차렸다.

"그럼 어쩌게? 행복한 사람을 찾으면 죄송하지만 필요해서 그러니 피 한 병만 주십시오, 정중하게 부탁하게?"

"그러면 안 될까?"

농담이 아니라는 걸 알자 소녀는 기가 막힌다는 표정을 지었다. 하지만 이 아이도 사람을 찔러본 적은 없어, 마르한은 생각했다. 살기 위해 훔칠 뿐이다. 그냥, 알 수 있었다.

그날 그들이 한 일이라곤 결국 바람 웃이 지속되는 세 시간 동안 거리에 앉아 사람들을 관찰한 게 다였다. 소녀는 제가 입은 드레스를 내려다보며 즐거워하다가 조금씩 지루해했고, 하품을 하다가, 배가 고프다고 투덜거리기 시작했다. 마르한은 지나가는 사람들을 관찰했다. 수백 명이 넘는 사람을 들여다보았지만 엘로가 없는 사람은 한 명도 보이지 않았다. 집안에 있는 걸까? 수를 써서 어찌어찌 안으로 들어간대도, 그다음엔 어쩐단 말인가? 엘로를 보기 위해 정신을 집중하는 일만으로도 머리가 핑 돌고 허기가 졌다. 그들은 값싼 여관이 나올 때까지 터덜터덜 걸었다. 마르한이 무일푼이라는 사실을 뒤늦게 상기한 소녀는 얼굴을 찡그리며 품속에서 돈을 꺼냈고, 음식값과 숙박비를 냈다. 소녀는 저녁 식탁에 앉아 식초와 치즈, 크림을 섞어 가짜 새 똥을 몇 병 만들었다.

그들은 다른 마을을 향해 걸었다. 소녀의 눈에 불안이 깃들기 시작했다.

"네가 도망친 걸 알면 쫓아오는 거니?"

"아마도. 내가 죽어라 일해서 번 돈을 뺏기는 게 싫어. 내 얼굴을 아는 사람이 없는 데로 가야겠어. 아저씨, 불편해? 불편하면 여기서 찢어져."

"여자가 혼자 여행하면 눈에 띈다며."

"그럼 오빠 행세 좀 제대로 하든지. 무슨 관계냐고 묻는데 남매라고 하면서 얼굴이 빨개지니까 사람들이 이상하게 보잖아."

"미안해."

그렇게 며칠이 갔다. 마르한은 소녀가 사람들의 짐을 훔치는 광경을 몇 번인가 멀리서 보았다. 소녀는 노천 음식점에 앉아 음식을 먹고 있는 남자에게 접근한 다음 뒤에서 의자 밑으로 은화 한 닢을 밀어넣는다. 어깨를 두드리고, 돈이 떨어졌어요, 말하며 아래를 가리킨다. 남자가 은화를 주우려고 허리를 굽히는 순간 보따리를 집어든다. 달린다. 남자가 상황을 파악했을 때 소녀는 이미 사람들 속으로 사라져 있었다. 빨랐다. 너무 빨라서 그 과정 자체가 하나의 마법처럼 보였다.

소녀가 일하는 동안 마르한은 길에서 엘로가 없는 사람들을 찾는 일을 계속했다. 그리고 몇 시간 만에, 이런 식으로는 불가능하겠다는 사실을 깨달았다. 주머니에 손을 넣어보니 동전 몇 닢이 있었다. 마르한은 식당에 들어가 맥주 한 잔을 시키고, 위장에 허기를 더는 주문을 걸었다. 그는 긴 식탁 맞은편에 앉은 청년을 물끄러미 바라보았다. 청년은 소매를 걷어올린 셔츠와 낡은 작업복 바지를 입고 있었다. 그의 엘로는 작은 사과만한 덩어리였고, 어깨부터 허리에 걸쳐 여기저기

둥그렇게 뭉쳐 있었다.

"제 얼굴에 뭐가 묻었습니까?"

"아닙니다. 그저 음식을 참 맛있게 드시기에. 실례했습니다."

"좀 드실래요? 이 집 생선 괜찮네요."

"괜찮습니다."

생선을 보면 횐둥이 생각이 났다.

"여행자이신가요?"

"예, 그런 셈입니다."

"저는 수도로 가는 중입니다. 왕궁에서 일자리를 준다고 해서요."

청년은 마르한의 잔이 빈 것을 보더니 마시던 맥주를 조금 따라주었다. 쾌활하고, 사람을 좋아하는 성격인 듯했다. 청년이 자꾸 말을 걸기에, 마르한은 자신도 모르게 이런저런 이야기를 하게 되었다. 자신이 마법사라는 사실은 밝히지 않았는데, 그러다보니 주로 고양이 이야기로 화제가 집중되었다. 청년은 고양이를 길러보고 싶지만 여유가 없다고 했다. 마르한은 청년이 자기 이야기를 무척 귀기울여 듣는다는 사실을 발견했다. 자신도 처음 마법사를 꿈꿨을 때는 그렇게 보였으리라. 어쩌다보니 그들은 술을 꽤 마셨다.

"그런데, 어디로 가시나요?"

어디 가면 행복한 사람을 만날 수 있을까요? 마르한은 불콰해진 얼굴로 그렇게 물었고, 청년도 술에 취했는지 진지한 얼굴을 하더니 대답했다. 글쎄요, 행복한 사람이라…… 철학을 공부하시는 분인가요? 아뇨. 그럼 시인? 아닙니다, 다만 그런 사람을 꼭 찾아야 할 사정이 있어서요. 그런가요. 그렇군요. 그런 사람을 찾아야 할 사정이라……
지금 생각해보니 저도 그렇게 불행하지는 않은 것 같은데요. 그렇습
니까. 그런 것 같아요. 그렇군요. 부모님 건강하시고, 몇 년 만에 여행
도 하고 있고, 무엇보다 수도에 가게 돼서 좋아요. 왕궁에서 일하는
게 소원이었는데, 잘 풀렸으면 좋겠어요. 이런 게 행복이죠 뭐, 별거
있나요. 그렇군요, 엘로가 있어도…… 예? 엘로가…… 뭐죠? 아, 아
닙니다. 제 고향에서 나는 열매 이름이에요. 예에, 그렇군요, 엘로라,
맛있습니까? 그렇게 맛있지는 않지만, 술에…… 곁들이곤 합니다.
아하. 근데…… 행복한 사람을 찾으면 무슨 일이 생기는데요?

　그때 소녀가 식당으로 들어왔다. 소녀는 마르한의 옆에 앉아 하하,
안녕하세요, 하고 청년에게 인사를 했다. 청년이 웃었다. 마르한은 청
년의 접시에 남은 생선을 한 조각 먹었다. 맛있었다. 결국 소녀가 시
킨 고기 요리도 조금 먹었다. 소녀는 고기를 찍어 먹는 마르한의 포크
를 칼로 칭 칭 칭 두드렸다. 보따리 속에 유리병이 있었다. 마르한은
소녀의 손에 들린 칼을 보았고…… 나무를 베는 일자리를 어디서 주
는지 혹시 아느냐고 청년에게 물어보았다.


　"글쎄, 내가 보기에는 별로 행복한 것 같지 않던데."
　"그래?"
　"뭐랄까, 행복한 사람은 얼굴에서 막 광채가 나고 그러지 않을까?
걔는 그냥 평범하던데. 평범하고 세상 물정 잘 모르고, 돈도 별로 없
고."
　"뭐? 그 사람 돈도 훔쳤어?"

"대놓고 훔쳐가달라고 술 먹다 조는데 그럼 안 훔쳐?"

"수도로 간다던데, 어떻게 갔을까."

"잘 갔겠지. 아저씨, 아저씨도 그 돈으로 벌써 사흘째 먹고 자고 했고, 아까 먹은 점심도 그 돈으로 냈거든? 원래 착한 척을 좋아하는 성격인지는 모르겠는데, 땡전 한푼 없는 처지에…… 소화 안 되게 그러지 좀 말지? 나 같으면, 진짜 중요한 시험이고 그 사람이 맞았으면, 끌고 가서 했겠다. 죽이는 것도 아니고, 피 한 병 받아내는 게 뭐가 어려워?"

마르한은 입을 다물었다. 청년이 졸기 시작했을 때, 모기를 오백 마리쯤 빚어서 피를 빨게 할까 싶어 식탁 밑으로 손을 조몰락거리다가 너무 야비한 짓 같아 그만두었는데. 착한 척이라, 그런지도 모르겠다.

"근데 얼마나 더 올라가야 되는 거야? 힘들어죽겠네."

소녀는 시냇물에 담갔던 손을 꺼내 옷자락에 닦았다. 힘들긴 해도 공기는 맑았다.

땀을 닦으며 한참 더 산을 올라가다보니 비교적 평평한 곳이 나왔다. 인부 여남은 명이 아름드리나무를 하나씩 맡고 도끼를 휘두르고 있었다. 수십 년은 된 것 같은 검고 굵직한 나무들은 하루종일 도끼질을 해도 쓰러지지 않을 것 같았다. 마르한은 도끼에 찍힌 부위에서부터 줄기를 나선 모양으로 휘감으며 올라가 잎사귀들까지 닿은 나무들의 엘로를 보았다. 그것을 찍어내는 인부들의 몸속에도 끈끈한 엘로가 뭉쳐 있었는데, 아주 심한 사람도 있었다.

그들은 쭈그리고 앉아 약초를 캐는 척했다. 나무를 왜 베지 못하게 하라는 거야? 소녀가 흙 파는 시늉을 하며 속삭였다.

글쎄, 왜일까? 나무를 베어야 의자도 만들고 책상도 만드는데. 마르한은 나흡의 '왜'를 짐작할 수 없었다. 그렇다고 '어떻게'가 떠오르는 것도 아니었다. 첫번째를 뒤로 미뤘으니, 두번째부터라도 해야 할 텐데.

─도와주시오.

뭐라고? 마르한이 소녀를 보았다. 응? 나 아무 말도 안 했는데? 소녀가 되물었다.

─들립니까? 들린다면, 도와주시오. 나무에 갇혀 있어요. 왕에게 반대하다 흑마법에 당해 이리됐답니다.

"누구십니까?"

"뭐가?"

─사람입니다. 여자도 있고 아이들도 여기 같이 있어요. 살려주실 수 없다면, 차라리, 차라리 우리 목숨을 끊어주시오. 제발, 그냥 죽게 해주시오. 천천히 팔다리가 베이고 있습니다.

─사람이야? 아버지, 사람이에요? 살려주세요. 저는 살고 싶어요. 우리는 양모힐에서 왔어요. 거기 살다 잡혀왔어요. 아무도 우리를 못 봐요. 살려주세요!

─도와주세요, 아파요!

─아파요……

"왜 그래?"

소녀가 마르한을 흔들었다.


자신도 모르게…… 흡음초 생각이 났다. 엘로를 들여다보는 일과

도끼에 몸이 베여 죽어가는 사람들이 지르는 날것의 비명을 듣는 일은 또 달랐다. 산이라고 이 산 하나가 아닐 테고, 세상에 저런 나무가 한두 그루가 아닐진대, 대체 얼마나 많은 사람들이 이런 일을 당하고 있단 말인가, 아무도 모르게…… 그리도 피하고 싶던 폭포가, 마르한의 머리 위로 우렁우렁 쏟아지고 있었다.

그들은 산 근처 여관에 짐을 풀었고, 매일 산을 올라 사슴풀을 만지작대다 돌아왔다. 설명을 들은 소녀가 하루는 도끼를 훔쳐보겠다고 나섰다. 하지만 산을 타며 오래 일한 인부들은 옷에 새똥이 묻는 것 따위는 신경쓰지 않았고, 도끼를 손에서 놓지도 않았다. 새똥 몇 병이 헛되이 소비되었을 뿐이다. 게다가 한 명이면 몰라도, 그 많은 인부들의 도끼를 죄다 훔칠 수 있는 방법은 아니었다.

하루는 마르한이 바람으로 돈을 빚었다. 절대 빚을 수 없을 것 같던 돈이 잘도 빚어졌다. 산어귀에서부터 땅에 공기로 만든 금화를 한 움큼씩 떨어뜨리며 올라갔고, 인부들 앞에까지 뿌려놓은 다음 수풀 뒤로 숨었다. 인부 한 명이 금화를 발견하자 인부들은 도끼를 내려놓고 앞다퉈 금화를 주우며 산을 내려갔다. 내려가면서 자기들끼리 드잡이를 하기도 했다. 마르한과 소녀는 그 틈을 타 도끼를 주워모았고, 산의 반대쪽으로 끙끙대며 운반해 땅에 묻어버렸다.

하지만 다음날 산을 올라가보니, 다른 인부들이 나무를 찍고 있었다. 먼젓번 인부들은 일자리를 잃었고…… 아마도 엘로는 더욱 커졌겠지.

기적처럼 멈췄던 도끼질이 다시 시작되자 나무 속 사람들은 깜짝 놀라 비명을 질러댔다.

―살려주세요. 아파요!

　인부들의 손에 맺힌 엘로에 정신을 모으고 행운의 주문을 외우면 어찌될까. 잠깐 손을 못 쓰게 되지 않을까. 그러나 이 사람들을 내려보낸다고 이 일이 멈출까. 달라질 일이 있을까. 마르한은 기시감을 느꼈다. 죽어가는 사람들에게 희망을 주어 고문하며 또다른 사람들의 몸을 상하게 할 뿐이 아닌가. 마르한이 생각하는 동안 나무들은 한 그루씩 베여 털썩, 털썩, 땅 위로 쓰러졌다. 돈이 떨어지자 소녀는 일을 하러 거리로 나갔고, 마르한은 고민하다 망토를 꺼내 입고 산을 올라갔다.

　"무슨 용무이신지?"

　"부탁드릴 것이 있어 왔습니다. 죄송하지만 나무 베는 일을 멈춰주실 수 없겠습니까. 이 안에 사람들이 있습니다."

　마르한은 설명했다. 몇몇은 코웃음을 쳤고 몇몇은 미친 사람 취급했지만 다 그런 것은 아니었다. 마르한은 예를 갖춰 진지하게 말했고, 인부 몇 명은 그가 입은 망토를 자세히 쳐다보았다.

　"그렇습니까. 저희 아버님도 마법을 좀 아시긴 했어요. 사람들이 못 듣는 걸 가끔 듣기도 하셨지요."

　"그러셨나요."

　―다시 오셨나요? 거기 계세요?

　"그런데 어쩌지요. 저에게는 아무 소리도 들리지가 않고, 당신 말만 믿고 일을 관두기엔 여력이 없는데요."

　―살려줘……

　"아내가 아프고 아이가 셋입니다. 한번 생각은 해보겠지만…… 당신이 제게 다른 일자리를 주실 것도 아니고, 글쎄요."

그의 이마에 띠처럼 둘린 엘로를 보다가, 마르한은 산을 내려왔다. 등뒤에서 나무들이 울부짖었다.

여관에 앉아 맥주를 마시고 있는데, 소녀가 들어왔다. 어떻게 됐어? 잘됐어? 소녀가 묻고는, 대답이 없자 웃으며 어깨를 으쓱거렸다. 오늘은 꽤 많이 벌었다. 내일은 맛있는 거 먹을 수 있겠어. 술기운 때문인지, 땀이 배어난 소녀의 얼굴이 유난히 피곤해 보였다.

"이름이 뭐니?"

"뭐라고?"

"네 이름."

"갑자기 그건 왜?"

"나같이 한심한 놈을 도와주는 여동생이니, 이름은 알아야겠어서."

웃겨. 소녀가 중얼거리고는, 이름을 말해주었다.

"엘로?"

"왜? 부모가 준 이름은 따로 있는데 맘에 안 들어서 내가 지었어. 우리나라 말로는 즐거움, 신나는 일, 기쁨, 뭐 이런 뜻인데. 이상해?"

"아니…… 그러니. 그렇구나."

"아저씨 왜 그래? 오늘 좀 희한하다."

"나는 마르한이야."

"알아. 망토 안쪽에 새겨놓은 거 봤어."

"그랬어?"

"그럼 내가 여태껏 그것도 못 봤을 줄 알았어?"

"너, 왜 날 도와주는 거야?"

엘로가 마르한을 보며 허, 하고 한숨인지 신음인지를 내뱉더니, 주먹으로 등을 마구 때리기 시작했다. 아팠다. 왜 때리는 거야? 물으려다가, 마르한은 그냥 맞고 있었다. 이 아이는 왜 나와 같이 있고, 나는 여기서 뭘 하고 있는 걸까. 어쩐지, 누구에게라도 조금 맞고 싶은 기분이었다.

내리지 못하는 빗방울 언덕이 어디 있는지 알아내는 데는 열흘이 조금 넘게 걸렸다. 여관 주인들도, 손님들도 몰랐기에 그들은 길에서 아무나 붙잡고 묻고 다녔다. 유일하게 반응을 보인 것은 눈이 멀고 정신이 반쯤 나간 듯한 거지 노파였다. 있지, 있어. 옛날에 큰 용이 죽어 거기 묻혔는데 몰라? 그런데 여기서 좀 멀어. 북쪽으로 한참 가면 미르파르센 강이 나오는데 그 강이 내려다보이는 언덕을 그렇게 부르지. 거기선 비가 못 내려. 서러워서 어떻게 내리겠어. 그렇다고 도로 올라가지도 못하지. 노파는 까만 앞니를 드러내며 말했고, 가르쳐준 대가로 뭐라도 내놓으라고 했다. 마르한은 그녀에게 은화 한 닢을 주었고, 조금 생각하다 바람으로 목도리를 빚어 둘러주었다.

그곳은 정말로 멀었고, 날씨는 점점 추워졌다. 강으로 가는 길에는 여관이 없었으므로 그들은 사람들의 집에 신세를 져야 했다. 농사를 지으며 어렵게 살아도 정은 넘치는 사람들이어서, 감자와 순무 같은 야채들로 요리를 만들어 접시에 듬뿍 담아주었다. 그들의 집에는 손님에게 내줄 방 두 칸까지는 없었고, 마르한은 여동생입니다, 하다가 언젠가부터 집사람입니다, 하게 됐다. 이번에는 엘로가 얼굴을 붉혔지만…… 때리지는 않았고, 마르한의 몸에 먼저 팔을 두른 것도 엘로였다. 어찌할 수 없는 감정 속에서 마르한은 굳이 어찌하기를 포기했고, 무너진 마음의 결계를 다잡으려 해보다가…… 그만두었다. 여자를 안는 것은 고양이를 안는 것과는 다르구나…… 마르한은 가만히 속으로 중얼거렸고, 그 놀라움 앞에 무릎을 꿇었다.

어떤 날은 바람이 아니라 괜찮은 진짜 옷감으로 만든 따뜻한 옷을 엘로에게 입히는 상상을 했고, 어떤 날은 흑마법에 대해 깊이 생각하다 입술을 깨물기도 했다. 어떤 날은 이런 부질없는 일을 계속할 게 아니라 어디로든 돌아가 자리를 잡아야 하는 것은 아닐까 싶었으며, 그래도 여전히 그 와중에…… 확인해보고 싶다는 마음이 있었다. 셋 중 둘은 흐지부지되었으나 마지막 한 가지가 까슬까슬한 가시처럼 목구멍에 걸려 넘어가질 않았다. 하나라도 해낼 수 있다면. 그 한 가지를 믿고 이 아이는 매일같이 나가 도둑질을 하며 뛰어다니고 있는 것이다. 그래도 엘로는 이제 방과 음식을 내준 사람들의 집에서 무얼 훔쳐 나오진 않았다.


하늘과 땅 사이에 뿌려져 있는 것들은, 정말로 빗방울이었다. 마르한은 우박을 본 적이 있었지만 그건 우박과는 달랐다. 더 조그맣고 투명했고, 무엇보다 땅으로 떨어지지 않고 허공에 탱글탱글 맺혀 있었다. 마치 보이지 않는 거대한 거미줄에 걸린 수없이 많은 이슬처럼, 혹은 비가 내리던 중에 시간이 무심히 멎어버린 것처럼.

언덕이 시작되는 곳부터 저 아래 옥빛 물결이 넘실대는 미르파르센 강의 하얀 모래 위까지 촘촘히 걸린 빗방울들은, 햇빛이 비치자 일제히 빛을 반사하며 수정처럼 반짝이기 시작했다. 엘로는 소리도 내지 못하고 가만히 서 있었고, 마르한은 빗방울에 비친 수없이 많은 조그만 자신을 들여다보았다.

조심스럽게 손을 뻗어 빗방울 하나를 건드려보았다. 움직이지 않았다. 손가락 두 개로 붙잡고 당겼다. 마주 당기는 힘이 느껴졌다. 손바닥으로 밀었더니, 아주 강하게 마주 미는 힘이 느껴졌다.

빗방울을 뚫지 않으면 언덕을 지나갈 수가 없었다. 더 세게 당겼다. 톡, 소리가 나며 허공에서 빗방울이 뜯겨나왔다.

마르한은 손바닥에 놓인 차갑고 동그란 빗방울을 이리저리 굴려보았다. 흐트러지지 않고 굴렀다. 둥글게 깎아낸 얼음처럼 보였으나, 가만히 눌러보니 의외로 말랑말랑했다.

"마법이지, 이거?"

"그런 것 같아."

"아름다워."

"어떻게 만들어진 걸까. 보석 같아."

"이런 데가 있다는 걸 세상 사람들은 알까?"

엘로가 중얼거리며, 손을 뻗어 빗방울 하나를 땄다.

그들은 잠시 그렇게 서 있다가, 마르한이 바람으로 빗은 바구니에 손 닿는 대로 빗방울을 따 모으기 시작했다. 연갈색 풀들이 발밑에서 서걱서걱 소리를 냈다.


팔리지 않았다.

사람들은 신기하게 들여다보았고, 유리구슬인가요? 하고 묻기도 했으나 사지는 않았다. 하나에 2함펜으로 가격을 써붙였다가 줄을

북북 긋고 1함펜으로 내렸다. 그래도 팔리지 않았다. 유리가 아니에
요, 빗방울이라고요! 이런 걸 보신 적 있나요? 마법으로 만들어진 빗
방울이에요. 엘로는 열심히 소리쳤다. 사람들은 믿지 않았다. 날씨가
너무 추워 그들은 오래 서 있지 못하고 좌판을 접었다. 하루종일 두
개가 팔렸다. 다음날에는 세 개 팔렸지만 그뿐이었다. 엘로는 신경질
을 냈다.

"이렇게 예쁜데 왜 안 사는 거야?"

"글쎄, 쓸모가 없어서 그럴까?"

엘로는 잠시 생각하다가, 이대로는 안 되겠어, 이래서 언제 4천 함
펜을 만드냐? 중얼거렸다. 그러고는 어디론가 사라지더니, 바늘과 실
뭉치 몇 개를 들고 왔다.

그런 거 만드는 건 언제 배웠어? 마르한이 신기해하며 물었다. 여
자애들은 원래 이 정도는 해. 엘로가 대답하며 완성된 빗방울 목걸이
를 들어 보였다. 예뻤다. 색색깔 실을 꼬아 써서 빗방울 속에서 무지
개가 춤추는 것처럼 보였다. 움직일 때마다 빛깔이 바뀌며 그 속에 비
친 세상이 빙글 돌았다.

바늘 끝이 닿자 빗방울 몇 개는 터져버렸다. 하지만 엘로는 조심조
심 손을 움직였고, 터지는 빗방울들은 조금씩 줄어들었다. 마르한도
바늘을 쥐었다. 쉽지 않았다. 바늘에 닿은 빗방울이 팍, 터져버릴 때
는 어쩐지 가슴이 내려앉는 기분이었다.

그들은 마을에서 마을로 옮겨다니며 목걸이를 팔았다. 많지는 않았
지만 사가는 사람들이 조금씩 생겼다. 엘로가 재료를 구해와서 그들
은 귀걸이도 만들고, 반지도 만들고, 머리장식도 만들었다. 밤에는 머

리를 맞대고 열심히 만들고, 낮에는 손을 호호 불며 만든 것을 팔았다. 마실 나온 여자들에게는 목걸이를 걸어주고 거울을 보여주었고, 여관에 묵은 사내들에게는 연인에게 선물하라며 반지를 보여주었다. 두 가지를 사면 작은 것 하나를 덤으로 얹어주기도 했다. 보석을 사기에는 여유가 부족한 사람들이 주된 고객이 되었다. 돈이 모이기 시작했다. 그래도 4천 함펜은 큰 액수였다.

"가격을 더 올릴까?"

"그럴까?"

마르한은 엘로가 소매치기를 그만두게 하고 싶었다.

"그런데, 4천 함펜을 다 모으면 무슨 일이 생기는 거야? 아저씨 손가락 끝에서 불이라도 확 나와? 갑자기 대마법사로 변하는 거야?"

"글쎄, 사실은 잘 몰라."

"모른다니? 시험이라며. 나도 조금은 알 권리가 있는 것 같은데, 말 좀 해주지?"

"그때가 되면 말해줄게."

힘을 되찾게 되면, 다시 누군가의 행운을 빌어줄 수 있게 되면, 그는 엘로에게 청혼할 생각이었다. 그리고 마을로 돌아가 열심히 일할 것이다. 먼지를 닦고, 희망차를 끓이고. 정말, 열심히 살고 싶었다.


꿈이 시작된 건 그들이 약혼반지라며 장난 반 진담 반으로 빗방울 반지를 서로에게 끼워주고 잠든 날부터였다.

마르한은 소리를 지르며 깨어났다.

"왜 그래?"

엘로가 땀으로 흥건한 마르한의 이마를 짚으며 놀라 물었다. 마르한은 설명할 수가 없었다.

꿈속에서 그는 역병에 걸린 사람이었다. 온몸이 검은 반점과 고름으로 뒤덮이고, 썩은 살에서 구더기가 꼬물꼬물 기어나왔다. 목에 더운 숨이 걸렸는데 들이쉴 수도 내쉴 수도 없었다.

진짜 역병은 마르한이 듣거나 상상한 것과는 전혀 달랐다. 꿈은 너무도 생생했고 마르한은 두려움과 살에 남은 통증의 기억 때문에 다시 잠들지 못했다. 단순한 악몽과는 달랐으므로, 그는 마법사의 예감으로 매일 다른 빗방울들을 몸에 지니고 잠을 청했다.

아이가 넷인데 하나만 남기고 셋을 제 손으로 버려야 하는 어미, 관리에게 동지들의 이름을 고해바치고 매일 천장에 묶어놓은 밧줄을 올려다보며 식사를 하는 청년, 돈 때문에 사람을 죽인 자의 기억과 돈 때문에 죽임을 당한 자의 마지막 기억, 왕을 위해 일하며 왕을 미워하는 사람들, 자신이 하는 일에 동의하지 않지만 일하지 않을 수 없는 사람들의 기억.

목걸이를 건 날은 수도 없이 많은 사람들의 불운한 기억이 한꺼번에 몰려와 몸을 뒤틀다 비명을 지르며 눈을 떴다.

알 수 있었다. 그건…… 엘로였다. 사람의 몸이 감당할 수 없을 만큼의 불운으로 뒤덮이면 넘치는 엘로가 숨과 땀과 눈물에 섞여 몸밖으로 흘러나온다는 이야기가 있었는데, 그게 사실이었던 것일까. 공기에 녹고 바람에 실린 엘로가 허공을 떠다니다가 구름이 되고, 빗방울 언덕으로 흘러갔다면.

정말로 용이 죽어 묻혔을까? 그건 알 수 없었지만, 어떤 마법의 힘이 그 엘로들을 불러들이고 맺히게 했는지도 모른다. 거기선 비가 못 내려. 서러워서 어떻게 내리겠어. 그렇다고 도로 올라가지도 못하지…… 마녀인지 광인인지 모를 거지 노파의 말이 떠올랐다.

자신도 뭔가 꿈을 꾼 것 같긴 하지만 기억은 나지 않는다고 엘로가 말했다. 그저 조금 기분이 안 좋았을 뿐이고, 일어나면 모르겠던데 확실한 거야? 마르한은 자신을 찾아왔다 그냥 돌아간 손님들의 엘로도 그 언덕 어딘가에 맺혀 있지 않을까 궁금했다.

"난 못 믿겠는데. 그런 불운이 정말로 들어 있다면 이렇게 아름다울 리가 있겠어?"

엘로가 반짝이는 빗방울 하나를 들어 보이며 말했다.

"설령 그렇다 해도 아저씨처럼 민감한 사람이면 모를까, 나 같은 사람은 아무렇지 않은데. 사간 사람 중에 누가 꿈을 꾼다 하더라도, 뭐 나쁠 건 없지 않겠어? 사람은 다른 사람이 어떻게 살아가는지 모르잖아. 꿈으로 조금 알게 된다고 해서 그게 무슨 대수야."

그러나 마르한은 남의 엘로를 예쁘게 꾸며 판다는 것 자체가 몹시 이상하게 생각되었다. 싸게…… 무엇이 들어 있는지도 잘 모르면서, 상자에 담아 몇 함펜 정도에 팔아도 되는 것은 아닌 것 같았다. 행운을 싸게 파는 일은 아무렇지 않았는데, 불운을 파는 일은 아무래도 두려웠다. 흑마법을 이기려면 이런 두려움 따위는 아무렇지 않게 대해야 하는 것인가. 아니 이 두려움 자체가 흑마법이 부리는 술수인 것인가. 그렇다 하더라도 이 빗방울들을 다 팔아 돈을 번다면 매일 밤 편히 잠들 자신이 없었다. 지금까지 판 것만 생각해도…… 이상하게 몸이 떨렸다. 돈은 2천 함펜쯤 모여 있었고, 마르한은 며칠을 고심하다

거기서 멈추기로 마음먹었다.

"아저씨, 진짜 바보구나."

엘로가 마르한을 보며 중얼거렸다.

"하긴, 어리벙벙해 보이지 않았으면 내 눈에 띄지도 않았겠지. 바보 같은 사람이 좋아진 건 처음이어서 나도 놀랐는데, 이건 좀 심하게 바보 같네."

엘로가 씁쓸하게 웃었다. 마르한은 그녀가 자신에게 진심으로 실망했다는 걸 알았다. 그는 마법사로서도, 남자로서도 실패한 것이다.

"자, 그럼 이제 어떻게 하지?"

그들은 언덕으로 돌아갔다. 남은 빗방울들을 제자리에 돌려놓을 방법이 없어 어떻게 하지, 고민하고 있는데, 어린 소년 하나가 소쿠리에 빗방울을 따 모으고 있는 게 보였다. 이 마을에 사는지 솜으로 옷을 지어 입고 양털로 짠 모자를 쓴 소년은, 그들과 눈이 마주치자 고개를 갸웃거리더니 천천히 다가왔다.

"어디서 오셨어요?"

"좀 멀리서 왔는데."

"도와주러 오신 거죠?"

영문을 알 수 없어 마르한은 소년의 빨간 볼을 바라보았다. 소년이 손을 후후 불더니 마르한을 보았다.

"이렇게 따서 저 아래 강물에 흘려보내요. 엄마가 그렇게 가르쳐주셨어요. 어차피 하늘로 올라갔다가 다시 돌아오겠지만, 가끔씩 따주지 않으면 쌓이고 흘러넘쳐서 언덕을 넘어 세상의 다른 곳들에도 맷

히게 되고, 그러면 아무도 걸어다닐 수 없게 된대요. 이 빗방울들에게
는 가혹한 일이지만, 그냥 두면 다른 사람들이 불편해진대요."

그들은 언덕을 내려가, 소년이 하는 대로 빗방울을 강물에 띄워 보
냈다. 차가운 옥빛 강물이 빗방울을 천천히 삼켰다. 칼바람이 얼굴을
때렸다.

"평안을 빌어주세요."

소년이 바람 속에서 중얼거렸다.

그들은 소년의 집에서 하루를 묵었다. 어디서 무슨 일을 하는지는
모르지만 가끔씩 여기까지 부러 찾아와 빗방울을 따서 강에 넣어주고
가는 사람들이 있답니다. 사연은 모르겠지만…… 고마운 분들이지
요. 저희 힘만으로는 안 되니까요. 소년의 어머니는 말하며 뜨거운 죽
을 마르한의 그릇에 부어주었다.


마르한은 고향으로 돌아왔다. 먼지가 쌓인 집안을 깨끗이 치우고,
희망차를 끓여 좋은 향기가 맴돌게 했다.

2천 함펜을 들여 집을 공방으로 개조하고, 돌을 다듬는 도구와 장
식에 들어갈 재료들을 산 다음, 그는 조약돌 공예를 시작했다. 마을
사람들은 망토 대신 작업복을 입고 돌을 주우러 다니는 마르한을 처
음에는 의아한 눈으로 쳐다보았지만, 그가 만들어낸 목걸이와 반지들
을 자세히 들여다보았고, 다시 들여다보더니, 마침내 감탄하기 시작
했다. 그들은 종종 물건을 사러 왔고, 장사는 생각보다 순조로웠다.

아무리 다듬어도 빛나지 않아 보석은 될 수 없는 색색깔의 조약돌
들을 조심스럽게 갈아내며…… 마르한은 생각했다. 이 돌멩이에도

사연 하나쯤 담겨 있겠지. 큰 바위에서 떨어져나온 조각이 어떤 일을 겪으면서 구르고 닳아가며 작아져 그의 손까지 오게 되었는지, 그는 짐작할 수 없었지만 가끔은 짐작해보려 했다. 간판을 바꿔 달고, 작업 선반을 들이고, 벽을 새로 칠했지만 낡은 마법서들과 양피지와 망토를 버릴 수는 없어서…… 커다란 궤짝에 담아 방 한구석에 그대로 두었다.

그 궤짝에 눈이 머물려 할 때면 돌들이 도와주었다. 작은 돌이 엉뚱한 모양으로 부서지지 않게 주의를 기울이는 일은 마음을 단단히 여며주었다. 처음엔 단지 차갑기만 했으나, 계속 쥐고 있자 돌들의 차가움이 온기처럼 느껴지기 시작했다.

되돌아오지 않을지도 모르지만, 사라지는 것만은 아니다. 그는 확인하고 싶었고, 확인하려 노력했으며, 확인할 수 있어 다행이었다. 아마도 비겁하거나, 나약하거나, 어리석어서겠지…… 어쨌든 그는 흑마법이 아닌 마법을 하는 진짜 마법사가 될 수는 없었고, 알았으니 그것으로 됐다. 희망과 두려움을 반반씩 품고 자신을 좋은 쪽으로, 나쁜 쪽으로 끝없이 의심하던 마음이, 하루하루를 사로잡고 놓아주지 않던 그 괴로움이 사라지자 몸은 한결 편해졌다. 다만…… 자신이 하는 일이 누군가에게 작은 기쁨이 되기를 바라는 마음만은 그의 몸속에 여전히 남아 있었다. 옳은 것인지 그른 것인지는 알 수 없었으나 그것은 태어날 때부터 그의 몸속에 깊이 박혀 있던 핵심이어서, 어떻게 할 수 있는 것이 아니었다.

그리고 엘로…… 자신만큼 바보 같은 여자가 세상에 있을 거라고는 생각하지 못했는데, 그녀는 떠나지 않고 그의 곁에 머물렀다. 그녀는 더이상 도둑질을 하지 않았고, 새똥을 만드는 대신 그를 도와 장사를 했다. 마을 사람들은 엘로의 시원시원한 성격을 좋아했고, 그녀를 보러 와서 수다를 떨다 돌아가곤 했다. 어째서 나 같은 놈을? 그는 가끔 묻고 싶었으나, 묻지 않았다. 알 것도 모를 것도 같았고, 답이 있는 질문도 아니었다.

어느 날 그가 가루를 불어내며 돌을 다듬고 있을 때, 곁에 앉아 있던 엘로가 무심히 중얼거렸다.

"라, 샬라, 라봉봉 모하임."

마르한은 고개를 들었다. 엘로가 그를 보고 있었다.

"이게 무슨 뜻이야? 마법 주문이야?"

"그걸 어떻게 알아?"

"밤마다 내 얼굴에 대고 잠꼬대같이 중얼거리던데? 하도 자주 그러기에 처음엔 적어놨고, 나중엔 아예 외웠어. 불쌍한 아저씨, 얼마나 주위에 사람이 없었으면 자기한테 잠꼬대하는 버릇이 있다는 것도 모를까. 시험에 방해될까봐 못 물어봤는데, 뭐야?"

가슴에서 쿵, 소리가 났다. 그는 엘로를 보았고, 참으로 오랜만에 그녀의 몸을 들여다보았다. 다른 사람의 엘로를 보는 것이 미안해 들여다보지 않으려 한 지도 꽤 되었는데, 그녀의 엘로는 심장 근처에, 티끌 모양으로 아주 조그맣게 말라붙어 있었다. 목까지 올라오며 물처럼 찰랑거리던 것이 다 어디로 갔는지⋯⋯

"행운의 주문이야."

"그래? 그럼 내가 지금 아저씨한테 행운을 준 거야?"

"그래."

"그럼 고맙게 여겨라."

"그래……"

"아저씨, 처음부터 다시 시작해볼 생각 없어?"

"뭘?"

엘로가 유리병을 들어, 거기 들어 있던 조약돌을 책상 위에 와르르 쏟아냈다. 그러고는 책상에 놓인 조각칼을 집어들어 손목 가까이로 가져갔다.

"나, 아저씨한테 피 한 병 정도는 줄 수 있을 것 같아. 잘 생각해보니까, 내가 행복한 사람이 아닐 이유도 별로 없는 것 같고. 혹시 아니면 아닌 거지만, 까짓거 그 정도도 못하겠어? 그 시험, 꼭 통과하고 싶어했잖아."

마르한은 그녀의 손에서 조각칼을 빼앗았다.

"그런 소리 하지 마. 바보 같은 짓 할 생각도 말고."

싫었다. 엘로의 몸에서 피 한 방울이라도 나오는 게 싫었고, 그녀가 조금이라도 아픈 게 싫었다. 이 마음이 흑마법이라 한들, 어쩔 수 없었다. 그가 세상에서 지킬 수 있는 것은 오직 그녀밖에 없었고, 그는 실수하고 싶지 않았다. 에이그, 멍청이, 엘로가 중얼거리며 입을 쑥 내밀고는 미소를 지었다.

"아저씨가 나한테 주문을 외워줬으니까, 나도 매일매일 주문을 외워줄게."

라 샬라…… 엘로가 입술을 움직이기 시작했다. 마르한은 조각칼을 내려놓고 그녀를 두 팔로 끌어안았다. 조그만 어깨. 이제는 많이 자라 단발에 가까워진, 하지만 여전히 삐죽삐죽한 머리카락. 옅은 주근깨. 따뜻한 숨결.

슬프지 않았다. 그녀의 심장이 아주 가까운 곳에서 뛰고 있었다.

그들이 공방 근처 풀숲에서 새끼 고양이 한 마리를 발견한 것은 열흘쯤 지난 뒤였다. 한줌밖에 안 되는 고양이는 누런 줄무늬를 망토처럼 뒤집어쓰고 있었고, 말라서 갈비가 조금 드러나 있었다. 눈곱이 말라붙은 눈을 깜빡이며 삐약삐약 울어대는 쬐끄만 놈을 엘로가 안아 집안으로 데려왔다. 여기저기 살펴보았지만 큰 상처는 없었다. 곰팡이병을 앓다 나았는지 코 근처에 거뭇거뭇한 흔적이 남아 있을 뿐이었다. 엘로가 노랑둥이를 안아올리고, 작은 머리를 뺨에 비비며 웃음을 지었다. 마르한은 고양이의 몸을 들여다보았고, 그 안에 고인 말캉말캉한 엘로를 보다가…… 시장으로 갔다.

우유는 신선했지만 새끼 고양이가 먹기에는 차가웠다. 마르한은 유리병에 담긴 우유를 작고 납작한 그릇에 따랐다. 그러고는 마루에 앉아 찬 기운이 빠지기를 기다렸다.

더는 부인할 수 없었다. 그는 자기 안에 다시 생기지 않을 것 같던 의심이 돌아왔음을 알았고…… 자신의 의지와는 상관없이 온몸을 적시기 시작한 그 기쁨과 고통을 어쩌지 못해 말을 잃고, 숨을 죽이고, 가만히 고양이만 보고 있었다. 궤짝 뒤에서 삐져나온, 털이 보송보송한 꼬리가 가늘게 떨리며 물음표 모양으로 휘어지는 게 보였다.

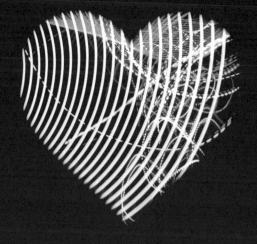

# 가망 없는 세계의 사랑

양경언(문학평론가)

## 1. 밀봉된 순간들

두 사람이 있다. 슬개골연골연화증이 전하는 통증을 잊기 위해 종종 콧노래를 부르는 예순아홉 살의 여자와 주름도 나쁜 의도도 하나 없는 얼굴로 상대에게 말을 걸 줄 아는 스물네 살의 남자.

이들이 누군지에 대해서는 조금 더 말할 필요가 있다. 여자는 조용한 방에 홀로 앉아 소주를 컵에 따라 마시며 "나는 기계가 아니다"(21쪽)라고 욀 때야 저 자신이 그나마 사람다운 존재로 회복되는 기분을 느끼는 사람이다. 한편 여자에게도 울고 싶은 순간이 있으리라는 생각을 전혀 하지 못할 것 같은 사람들 속에서, 남자는 여자의 감정 곁으로 다가갈 줄 아는 유일한 사람이다. 이들은 둘 다 아이를 돌봐야 하는 노동에 종사하고 있다. 또한, 그 때문에 아이의 기분에 맞추어 쉼없이 움직이는 생활을 감당해야 하는 처지에 놓인 자들이기도 하다. 그런 두 사람이 나란히 앉아서 서로의 몸에 난 상처의 연유를 묻는다. 어떻게 다치게 되었는지에 관해 열심히 얘기를 나누고 있지만, 실은 각자의 얼룩을 통해 이들 몸이 감당해온 역사를 나누는 중이다.

여긴 왜 이래?

네? 뭐가요?

어쩨 이리 상처도 흉도 하나 없어. 애 보는 사람이.

그러게요. 아, 여기 하나 있다.

이게 뭐야?

〈은하 친구들〉 캐릭터 도장요. 지희가 안 받는다고 해서 제가 대신 받았는데 안 지워져요.

잘했다. 안 지워질 거야. 너 이제 큰일났다.

사십 년 지나도 안 지워질까요?

사십 년 지나도 안 지워져.

그러면 좋겠다.

왜?

할머니랑 이 얘기 한 거 기억날 테니까요.(「대니」, 36~37쪽)

'두 사람'이라고 했지만, 「대니」에서 남자가 '남자'로 혹은 '사람'으로 불릴 때는 여자의 입장에서 이야기가 진행될 때와 남자가 저 자신을 지칭할 때뿐이다. 다른 이들의 시선 속에서 남자는, 사용자의 고의가 없을 시에 행하는 모든 움직임은 '버그'로 판명되는 '안드로이드

베이비시터'이다. 그래서인가. 사십 년이 지나도 여전히 같은 외모를 하고 있을 남자가, 캐릭터 도장의 흔적이 지워지지 않을 것이 뻔한데도 그것이 '지워지지 않았으면 좋겠다'고 바라는 것과, 그 바람의 이유로 '흔적에 대한 얘기를 나눈 상대'를 기억하기 위해서라는 의지를 꼽는 위 장면은 일부 독자들에게는 다소 의아하게 다가올지도 모른다. 그러나 그 누구의 강요도, 그 무엇의 강제도 없이 형성된 저 장면이 빚어내는 감정을 과연 의아하게만 여길 수 있을까. 저들의 다정한 대화를 엿들을 때 우리가 가지고 있던 '인간'과 '인간 아닌 존재'의 구분을 위한 경계심은 허물어진다.

기계에게도 어김없이 인간과 닮은 감정이 깃들 정도로 테크놀로지가 발전했으니 로봇도 인간처럼 대우해주어야 한다는 주장을 하려는 게 아니다. 오히려 저 장면은 오가는 말 속에, 이 둘의 정체성을 따지는 일은 하나도 중요하지 않다는 생각을 배면으로 둔다. 달리 말해 이들의 정체성은 둘 사이에 오가는 말을 통해서만 구성될 수 있다는 얘기다. 「대니」는 두 존재가 저 자신의 감정과 욕망을 가장 능동적으로 끌어올려 표현한 말들을 통해 서로의 차이를 지우고 동등한 존재적 지위를 확보하는 상황을, 마치 들키면 안 될 것 같은 비밀이 본의 아니게 삐죽 새어나온 모양새로 배치한다. 이 글 역시도 방금 독자들이 저 대화를 '엿들었다'고 표현함으로써 여자가 복기한 장면을 비밀스러운 것으로 만들지 않았던가. 안드로이드인 '대니'가 어떻게 사람에게 돈을 요구할 수 있는지를 핵심 갈등으로 삼는 이야기 층위에서 저 대화 장면은 끝내 누구에게도 드러나지 않는 자리에서 가까스로 희미한 빛을 내는 기억으로 남겨질 것이다.

새어나온 비밀은 또 있다. '루카'와 '딸기'라는 이름으로 서로를 부르던 이들이 어떻게 만났고 헤어졌는지에 대한 이야기「루카」가 그렇다. 우리는 루카가 왜 저 자신을 그 이름으로 칭했는지, 딸기가 루카의 어떤 부분을 몰랐듯 루카는 딸기의 어떤 면을 몰랐는지에 관해선 끝내 알 수 없다. 그것은 물론 딸기의 입장에서 둘의 서사가 말해지고 있어서이기도 하지만, 둘의 얘기가 현실에서는 가시화되지 못하는 자리에 있음을 소설이 이미 의식하고 있기 때문이기도 하다. 딸기는 루카의 아버지가 '예성이에 관한 얘기를 들려달라'고 노골적으로 요청하는 상황에 처했을 때, 어쩌면 그 자리에서 말할 수도 있었을 내용을 굳이 꺼내지 않는다. 그 대신 은밀하게 지속되었던 둘의 동거생활을 회상의 방식으로 독자에게 전시하고, 그러는 와중에 루카가 끝맺지 못한 단편영화 시나리오의 결말이 드러나도록 둔다.

시나리오에 대해 좀더 말하자. 소설 속의 또다른 이야기라 할 수 있을 시나리오는 인류의 절반 이상이 전자뇌를 매개로 소통하는 시대를 배경으로 한다. 신체상의 사정으로 혹은 경제적인 이유로 전자뇌 수술을 받지 않은 두 명의 소년을 주인공으로 내세우는 이 시나리오는, 모두와의 소통이 차단된 속에서 두 소년의 우정이 어떻게 커나가는지를 줄거리로 삼는다. 루카는 두 소년이 수술을 받지 않은 진짜 이유가 밝혀지는 결말을 공개하지 않았다. 그러나 루카와의 관계에 대한 이야기를 (루카의 아버지에겐 들리지 않는 자리에서) 이어가던 딸기는, 루카의 아버지가 들려주는 이야기 사이에 자신이 상상한 결말을 불현듯 끼워넣는다. 그 덕분에 독자는 루카에게 전달된 바 없는, 딸기의 상상 속에서 비밀리에 꾸려진 시나리오의 내용을 전달받는다.

두 소년이 전자뇌를 달지 않은 진짜 이유는 무엇이었을까? 서로를 사랑하기 시작했다는 것 외에 다른 이유는 없지 않을까? 자신과 마찬가지로 전자뇌가 없는 다른 소년이 있다는 사실을 알았을 때 그들은 자신마저 수술을 받아 반 아이들의 집단지성에 합류함으로써 상대방을 혼자 남게 하고 싶지는 않다고 각자 생각했을 것이다. 처음에는 단지 그뿐이었겠지만 서로를 알아보고 이야기를 나누면서 그들은 곧 사랑하는 사이가 되었을 것이다. 설령 다른 이유가 있었다 한들 그 시점에서는 이미 중요하지 않아졌을 것이다. 그때의 나는 그렇게 생각했다.(「루카」, 142쪽)

서로를 알아보고 이야기를 나누면서 사랑하는 사이가 되었다는 것 말고는 두 소년이 수술받지 않을 이유를 찾지 못했던 딸기의 입장은, 루카의 아버지가 아들의 사랑을 어떻게 납득하고 이해하며 용인할지를 두고 씨름하는 방식과 정면으로 부딪친다. 딸기에게 중요한 것은 서로를 어떻게 받아들일지에 골몰해 있는 게 아니라 서로가 서로에게 '있다'는 그 자체로 살아가는 일이었다. 두 사람은 결코 한 사람이 될 수 없으며 동시에 '있음' 그 자체만으로는 충분치 않음을 받아들여야 하는 상황 앞에서, 딸기는 방어적인 태도를 취할 수밖에 없는 사람이었던 것이다. 소설은 그러한 딸기를 비난하지도, 두둔하지도 않는다. 다만 루카와 딸기가 함께한 시간의 정서가 저 시나리오에 고스란히 스며들 수밖에 없었음을 짐작하게 할 뿐이다. 루카의 시나리오를 위와 같은 방식으로 해석할 줄 아는 이야말로 실은 루카와 깊은 사랑에 빠질 수 있었던 자이자, 바로 그 깊은 곳에서도 서로에 대한 이해가 해갈되지 않음을 느끼고 그로부터 멀리 떠나가게 되는 이임을, 감추어진 시나리오를 읽은 우리는 모르지 않는다.

「루카」는 루카와 딸기가 나누었던 감정을 소설의 가장 내밀한 자리에서 드러나도록 하여, 어떤 진실은 제자리에 있을지라도 끝끝내 삶의 수수께끼로 남겨질 수밖에 없음을 알린다. 딸기가 루카와 있었던 일들을 쏟아내면 쏟아낼수록, 억지 없이 형성되었던 과거의 감정들은 (다른 이들의 시선이야 어찌되었든 간에) 흐릿한 자리에서 분명히 각인된다.

「대니」에서 여자가 대니를 기억하는 방식이나, 「루카」에서 딸기가 루카를 기억하는 방식은 그것이 지켜내고, 보존하고 싶은 것이 무엇인지 뚜렷하지 않은 상태라 할지라도 '비밀'의 장면을 만들어내고, 그것이 반짝일 수 있게끔 한다. 소설이 어떤 장면들을 밀봉의 상태로 독자에게만 은밀히 노출할 때, 독자는 그것이 현실에서는 추문으로 알려지거나 혹은, 사건으로 기록되거나 그도 아니면 앞으로 사라질 것이 예고된 부질없는 기억에 불과할 일임을 직감한다. 어떤 경우에 이와 같은 일들은 누구에게도 알려져선 안 되는 것이기 때문이다. 하지만 바로 그러한 이유로 밀봉의 형식은 언어로 형해화하기가 쉽지 않은 과거의 일들, 그러나 지나간 시간에 지문처럼 남아서 지금의 순간까지 영향을 미치는 관계를 그려내는 방편으로 역할을 한다. 마치 수신자 없는 편지처럼 어떤 방향으로 갈지에 대한 확신이 아무것도 없는 채로, 게다가 그 진의를 확인할 수도 없는 밀봉의 형식으로 전해지는 순간들은 윤이형의 이번 소설집에 실린 어떤 소설을 꺼내들어도 발견할 수 있다.

윤이형은 곳곳에 묻혀 있던 어떤 해명되지 않는 순간들을 느닷없이 건져올리고는 그것을 철저히 사수하는 방식을 통해 그 순간들이 정말 부질없기만 했는지를 묻는다. 어떤 순간들은 왜 이렇게까지 보존되어 우리에게 전해질까. 잘 모르겠는 그 순간으로 다시는 돌아갈 수 없음을 깨달을 때 밀려오는 슬픔과 그럼에도 "어떤 일들은 그저 어쩔 수 없"(「루카」, 150쪽)다고 여기면서 계속해서 살아갈 때 다져지는 안심이 공존하는 기이한 정서를, 윤이형의 소설은 왜 자꾸 남길까. 이 부정교합의 감정은 어디에서 오는가.

## 2. 나 없이도 세계는 여전히 지속되고

그 이유를 윤이형 소설이 그리는 세계가 어떤지를 먼저 살피면서 좇기로 한다. 주지하다시피 윤이형은 "기술 문명의 폭력성과 제도성을 환기"(백지연)하기 위해 환상과 현실을 오가는 시공간을 직조하는 일에 능한 작가다. 이는 장르의 빗장을 푸는 역할에 한몫을 했다는 평가가 윤이형에게 던져지는 배경이기도 하다. 그녀의 소설을 일러 고도로 발전한 기술 시대라 불릴 가상의 미래를 소재적으로만 활용했다고 할 수 없는 이유는, 소설의 자장에 '지금 여기'라는 중력의 힘이 강력하게 작용하며 팽팽한 긴장관계를 형성하고 있기 때문이다. 특히 이번 소설집에 수록된 작품들은, 윤이형의 이전 소설들에서 넘나들던 환상과 현실의 시공간을 진실과 허상, 존재와 부재가 접해 있는 이야기 층위로 벼려내어 세계의 구성원들이 '지금'을 어떻게 감당하고 있는지에 관해 심문할 수 있도록 독자를 이끈다.

「굿바이」는 사람들이 자신의 몸을 얼음 속에 재워두고 머릿속에 든 모든 것을 전자뇌에 이식시킨 후 기계의 몸으로 화성에 갈 수 있는 시기를 배경으로 한다. 이때 기계의 몸이 되기로 한 이들이 추구하는 바는 "어떤 생명도 착취하지 않으면서 사는 삶"(54쪽)이었다. 그렇지만 이들이 저 스스로를 무생물의 형태로 두고자 하는 원인에는 기어이 살아 있는 모든 생명을 착취해야만 유지되는 시스템이 있음을 부정할 수는 없을 것 같다. 소설은 지구에서 자본주의의 폐해가 지속될 때, 그것의 작동을 멈추기 위해 시스템의 바깥을 상정하기는커녕 시공간적 바깥만을 마련하고자 팽창의 움직임에 복무하는 사회에서 일어날 법한 일을 그린다. 이를테면 '여기의 세계'가 아닌 다른 어디에도 갈 수 없는 '당신'이 감당하는 삶의 이야기가 '당신'의 몸속에서 새롭게 태어날 아이의 시선으로 다뤄지고, 화성에서 돌아온 사람들이 본래의 몸으로 돌아갈 수 있도록 안내하는 서비스업에 종사하는 '당신'이 중학교 동창을 통해 전해 들은 지구 바깥으로 나간 이들의 이야기가 또 다른 층위로 진행되는 것이다.

문제는 정해진 구역 바깥으로 떠날 수 있다는 생각 자체를 저 스스로 폐기시키고 '이 세계'에 저당잡힌 채 살아가는 '당신'이나, "지구에서 더이상 인간으로 살 수 없어"(70쪽) 화성행을 택한 이들이나 모두 지금 세계 시스템의 폐해로 인해 각자의 정체성이 희박해지는 궁지에 몰려 있다는 데에 있다. '당신'은 "백 년 전의 어떤 사람들이 느끼던 것과 정확히 똑같은 두통을 느끼며 통속적인 삶에 매달려"(55쪽) 살아가고, 화성으로 건너간 기계 몸들은 전자뇌끼리 연결된 망 속에서

"지금 하는 게 내 생각인지 남의 생각인지 구별할 수도 없"는 지경에 이르러 "자아까지 포기한"(60~61쪽) 상태로 산다. 말하자면 이 소설은 새로운 삶의 시작이 불가능한 사회가 행하는 폭력성의 극단이란 결국 개개인으로 하여금 자기 자신을 포기하게 만드는 상황이라는 점을 보여주는 셈이다.

이와 같은 독법으로 윤이형 소설에 접근한다면, 자신을 지운 자리에 다른 사람의 삶을 입혀야만 살아갈 수 있는 「러브 레플리카」의 '경'은 그러한 문제 상황을 의인화한 존재에 해당할 것이다. 어른들이 사라진 세계에서 어른들처럼 되어가는 삶을 여생으로 부여받은 아이들(「핍」)은 왜 아닐까. '내'가 사라지고 있음에도 세계는 여전히 지속된다는 것, '네'가 없음에도 내가 견뎌야 하는 세상은 그대로라는 것. 그 때문에 '내가 사는 이유'를 질문하는 일이 무의미해지고, '나'의 죽음마저도 '나-자아'의 고유한 일로 보장받지 못함을 아는 것. 이는 윤이형이 이전 소설집에서부터 천착해온 문제의식과 연결되는 상황이자 그녀가 그리는 세계가 근원적으로 품고 있는 공포에 해당한다.

'여전히'라는 표현이 '내'가 끝장나고 있는 세계에 불시착해 '내'가 없어도 쉽게 끝나지 않을 세계를 견인한다. 그 속에서 어떻게든 부대끼며 살아야 하는 상황에 윤이형의 인물들은 봉착해 있다. 「쿤의 여행」에서 쿤과 결별한 '나'가 "나는 나를 사랑하는 사람이 되고 싶었다. (……) 그러나 어떻게 눈을 깜빡일지, 어떻게 숨을 쉬어야 할지조차 나는 알 수 없었다"(110쪽)라고 토로하는 상황은 따라서 '나'라는 존재를 위해 애써 마련한 결여로부터 터져나온, 생존을 위한 처절한 고백일 수도 있다.

## 3. 아직 '끝장나지 않은 세계'의 사랑

'나'와 '네'가 희미해진다 할지라도 눈 하나 깜짝하지 않고 지속되는 세계에서 살아가는 일이란 무엇을 의미할까. 의미가 있기는 할까. 이와 같은 문제를 상대하기 위해 윤이형의 소설은 이야기에 꺾는 지점을 마련한다. 무슨 말인가. 서술자가 서 있으리라 짐작되는 자리에서 이야기를 앞이 아닌 뒤로 가도록 만들어, 지금의 자리에서는 찾아볼 수 없는 삶의 비밀을 꺼내놓도록 한다는 얘기다.

「핍」에서 그 몫은 '핍'에게 맡겨진다. 소설은 어느 날 갑자기 사라져버린 어른들을 대신해서 세계를 꾸려가야만 하는 아이들을 비추면서 시작하는데, 지나칠 정도로 어설프게 역할을 수행하는 아이들은 지금의 세계가 '진짜'냐고 자꾸 물으면서도 어쨌든 꾸역꾸역 살아간다. 핍 역시도 그런 아이들 속에서 살아가는, 남겨진 아이 중 하나다. 거리에서 위험에 빠진 '얀'을 구한 이후에는 얀과 함께 생활하고, 버려진 아이를 기르기도 하면서 유사 어른의 삶을 이어가는 핍의 이야기는 그러나 마치 순서가 마구 뒤섞여버린 카드처럼 인과 없이, 조금의 개연성도 없이 진행된다. 가령 이런 식이다. 부모가 사라진 당일, 핍이 하지 못했던 말들은 장막에 싸인 채 소설의 도입부가 아니라 맨 마지막에 배치되어 있다. 핍과 얀의 동거생활에 대해서는 어떤가. 이들이 생활하면서 감내해야 했을 상처와 기쁨, 이들 만남의 시작과 헤어짐은 그 순서가 뒤죽박죽으로 섞인 채 핍의 삶 여기저기에 박혀 전달된다. 이는 더이상 진전할 길 없는 세계에서, 그럼에도 살아가는 이들을 보여주기 위한 방식이라고 말할 수도 있지 않을까.

핍과 얀이 서로를 만나기 전, 핍은 얀이 언젠가 남겨놓았던 메시지를 확인하게 된다.

> 우리는 다시 살고, 다시 죽고, 그러다 결국 없어지겠지만, 너를 만나서 나는 내가 사람이라는 걸 알았어. 이렇게 이상한 곳에 있지만, 우리는 누군가가 합성해놓은 타인의 회한 같은 게 아니야. 누구의 소망도, 변명도 아니야. 나는 얀이야. 우리 부모님이 낳아주신, 너를 만나 같이 살았던, 얀.(「핍」, 231쪽)

밀봉되어 있어서 아무도 알아보지 못한다 할지라도 분명히 존재했던 어떤 순간을 우리는 결코 부정하지 못한다고, 얀의 메시지는 말한다. 소설이 돌아본 자리에서 탄로나는 비밀의 정체란 핍과 얀이 함께했던 순간과 같이, 세계가 '종말' 자체를 면하기 위해 일찍부터 품어왔던 관계를 이르는 걸지도 모르겠다.

권명아는 오늘날 부풀 대로 부풀어오른 '사랑의 담론'이 "'종언 이후'라는 시대감각의 상응물"이라고 언급한 바 있다.(권명아, 『무한히 정치적인 외로움』, 갈무리, 2012, 252쪽) 요컨대 '사랑의 담론'이란 "혁명적 열정의 세계가 끝장나버렸다는 인식"(같은 책, 250쪽)을 가진 파편화된 개개인이, 몰락해가는 자기 세계에 대한 구원을 얻고자 요청한 것이라는 얘기다. 이때 사랑의 담론은 '진짜 세계'가 사라져버렸다는 증거이자, 사라져버린 진짜 세계를 찾아내기 위한 유일한 열쇠가 된다. 그러나 윤이형을 읽은 우리는 그 반대의 경우를 생각해볼 수 있겠다. '진짜 세계'는 정말 사라졌을까. 아니, 우리는 무엇을 일러 '진짜 세계'라 이름 붙일까.

윤이형은 이야기의 여기저기를 꺾어뜨려, '내'가 사라지는 가운데 여전히 지속되는 세계가 은폐하고 있었던 '진짜 세계'를 개시開示한다. 그 자리엔 핍과 만나 같이 살았던 실체로서의 안이 있고(「핍」), 다른 사람의 삶을 흉내낸다 할지라도 이연 앞에서 웃으며 고개를 끄덕이던 실체로서의 경이 있으며(「러브 레플리카」), 나이든 여자의 생일날 찾아와 같이 살자던 실체로서의 대니가(「대니」), 오래된 빌라에서 딸기와 살림을 차리고 시나리오를 쓰던 실체로서의 루카가(「루카」) 있다. 소설이 쳐다본 그 자리에서 우리는 '나'와 '네'가 애초부터 희미하게 연결되어 있었다는 사실을 발견한다. 또한, 그렇게 조명된 관계가 다른 무엇으로도 대체할 수 없는 것임을 알 때, 거기에 의존한 세계 역시도 결코 사라질 수 없음을 상기한다. '내'가 사라지고 있음에도 세계가 여전히 지속된다는 공포는, 사랑의 담론을 통해 '아직 끝장나지 않은 세계'에서 '여전히' 지속될 수 있는 존재로서의 '나'와 '너'를 가시화하는 방편으로 전환된다.

세계는 쉽게 끝장나지 않는다. 보라. 세대 간, 계급 간, 젠더 간의 갈등이 '여전히' 하나도 해결되지 않았는데도 세계는 그를 껴안은 채 계속되고 있지 않은가. 그러니 윤이형은 끝장나버린 세계 이후에 그 자리를 대신하는 사랑을 말하는 게 아니라, 끝장나지 않은 세계를 제대로 인지할 수 있게 해주는 사랑, 따라서 점점 희박해질지언정 완전히 사라질 수 없을 '나'와 '네'가 지속되도록 해주는 사랑을 말한다. "함께함being-with이 어리석게 넘쳐흐를" 사랑의 장면들이 잘 밀봉되어 등장할 때, "사회적 지성과 분별 있는 활동을 명문화하는 법", 그러니까 지금 세계를 지탱하는 제도로서의 법은 중지된다.(아비탈 로 넬, 『어리석음』, 강우성 옮김, 문학동네, 2015, 150쪽) 그때 다른 세계에 대한 상상이 반짝하고 그 자리로 들어서기도 하는 것이다.

어쩌면 '나'와 '네'가 연결되는 바로 그 순간을 끝까지 놓지 않으려 는 태도에 우리 삶의 의미가 숨겨져 있는 건 아닐까. 그 안에 슬픔과 위안이라는 부정교합의 감정이, 윤이형 소설의 아름다움이 숨어 있는 게 아닐까.


## 4. 가망 없는 의지의 질문, "희망은 좋은 것일까"

이야기를 꺾는다고 했거니와, 이제 우리는 윤이형의 이번 소설집이 전하는 중요한 메시지에 관한 힌트를 얻기 위해 한 편의 소설 앞부분 으로 돌아갈까 한다.

어떻게 그토록 모르는 것이 가능할까. 그 까만 무지에서 당신의 희 망이 자라난다. 희망은 좋은 것일까. 나는 아주 천천히 숨을 쉬어본다. 어떻게 생각해야 할지 모르겠다. 희망에 대해서는 잠시 잊고 나는 당 신에게 집중하기로 한다.(「굿바이」, 51쪽)

희망은 좋은 것일까? 모른다. '희망'이라는 말이 얼마나 순진한지, 이 말이 감당해야 하는 현실의 무게가 얼마나 무거운지, '살 만큼 살 아본' 사람은 안다. '당할 만큼 당해본' 사람은 감히 희망을 말하지 못한다. 기대가 헛됨을 알 때 밀려올 고통이란 희망이 자라나길 바라는 "무지"만큼이나 적막한 것이기 때문이다. 하지만 그렇다고 해서 내다버리고 싶지 않은 게 또한 희망이지 않은가. 같잖다고 생각하면서, 상투적이라 여기면서, 끝내 놓지 못하는 말이기도 하지 않은가. 희망을 손에서 놓아버리면 살아야 할 이유도 성립되지 않기 때문이다. 생각해보라. 우리는 처음부터 자유의지가 생략된 채 지금 세계에 맡겨졌다. 국가도, 부모도, 피부색도, 언어도 그것이 주어지는 최초의 자리는 언제나 선택할 수 있는 권한의 박탈로부터 마련된다. 우리가 '삶'이란 표현을 부여할 수 있는 시기는 언제부터인가. '내'가 '내' 곁에 있는 이를 향해 '당신'이라고 칭할 때부터, 어떤 존재가 어떤 존재들 사이에 머물러 있음이 확인될 때부터다. 그리고 이쯤에서, 우리는 '인간에게 생명(삶)이란, 사람들 사이에 머문다는 것을 의미하며, 죽음은 사람들 사이에 머물기를 중단하는 것을 의미한다'고 했던 한나 아렌트의 말을 떠올려볼 수도 있겠다. 그러니까 '희망'은 의지가 허락되지 않은 채 출발한 인간의 삶이 '인간다운' '삶다운' 정의를 얻기 위해 필요한 의지를 표현하기 위한 다른 말이다.

윤이형은 이 말을 '살 만큼 살아본' 이의 입에서가 아닌, 앞으로 '살아갈 만큼 살아야 할' 이의 입에서 꺼내게 한다. "희망은 좋은 것일까"를 묻고, "어떻게 생각해야 할지 모르겠다"고 답하게 한다. 그이가 앞으로 감당해야 할 막막함이 너무나 뻔한데, 그럼에도 그이로 하여금 끝내, 물음과 답을 지속하게 만드는 것이다. 중요한 건 그 사이에 놓인 말이다. 순진하기 짝이 없고 허약하기만 한 '희망'이라는 말을 앞에 두고 "아주 천천히 숨을 쉬어"보는 이가 자신의 태도를 고르며 "당신에게 집중하기로 한다"고 할 때 우리는 '나'의 이야기와 '당신'의 이야기가 함께 시작될 수 있다는 것을 알게 된다. '나'를 '삶다움'의 한가운데로 이끄는 '당신'은 바로 그 이유 때문에 어떻게든 '나'와 연루될 수밖에 없고, 우리 사이에 놓인 그 간격에서 표정과 감정, 근육과 주름이 굽이치면서 이야기는 계속된다. 그러므로 희망에 대한 판가름은 희망이 향해 있는 대상을 통해서가 아니라, 희망을 자라게 하는 그 간격을 통해 이루어진다. 희망이 절망으로 쉽게 바뀔지도 모르는 세계에서 어리석을지언정 무모하게라도 사랑을 바투 잡으려는 그 간격이 삶의 의미를 만드는 것이다. 우리는 '어리석음을 버리지 못한' 사람들이 아니라, '어리석음을 버리지 않기로 한' 사람들이다. "까만 무지"로 이루어진 가망 없는 의지가 우리를 계속 살게 할 것이다. 윤이형을 읽은 오늘의 우리는 어렴풋이나마 그것을 깨닫는다. 함께 천천히 숨을 쉬어본다.

# 작가의 말

안녕하세요. 저의 세번째 소설집입니다.

작가로서 과대평가받고, 엄마로서 힘겨워하며, 까마득한 낙차와 분열을 매일 느끼면서 썼습니다. 다시 쓸 수 있어서, 그것이 기쁨임을 느낄 수 있어서 기뻤습니다.

우리집은 왜 부자가 아니냐고 우는 아이의 눈물을 그치게 하지 못하고, 폭설처럼 온 세상에 쏟아지는 죽음에 대해 어떤 조치도 취하지 못하며, 넣은 동전만큼 정확하게 무언가를 내주지도 않고, 혐오를 사랑으로 바꾸지도 못하는 소설 쓰는 일을,

좋아합니다, 대책 없이. 그 대책 없음을 조금은 받아들이게 되었습니다.

그러니까 이것은 이런 고백과 비슷합니다. 내 앞에 당신이 있습니다. 나는 당신을 행복하게 해줄 수도 없고, 우리가 오래 살거나, 당신이 나를 불안에서 해방시켜줄 거라는 생각도 들지 않습니다. 나는 모

르는 사이에 당신을 파괴하고, 당신의 꿈과 시간과 기쁨을 희생시켜 내 살과 피로 바꿔놓고는 철면피처럼 계속 같이 있어줘, 라는 말을 던질지도 모릅니다. 우리가 사는 방은 초라해져가고, 우리는 함께 낡아가며 종종 서로 때문에 눈물을 흘릴 것입니다. 마음이 모든 것을 이길 수 있다고 나는 믿지 않습니다.

그런데도 당신을 좋아합니다. 이 일에 어떤 가치가 있는지, 약간의 옳은 부분이라도 있기는 한지 알지 못합니다. 그래도 나는 당신이 필요합니다. 이렇듯 미숙하고 무능하게 당신을 좋아해왔습니다. 지금, 당신은 아직도 내 말을 듣고 있네요. 이런 내 곁에 있어줘서 고마웠어요.

이 책에 실린 짧은 이야기들은 대체로 그런 고백입니다.

부족하다는 걸 알지만 할 수 없습니다. 계속 쓸 수밖에. 내일도 우리가 함께이고, 기적이 일어나서 내가 조금 더 건강한 사람이 되어, 조금 더 나은 방식으로 당신을 좋아할 수 있을 거라고 믿는 수밖에.

깊이 읽어주시고 해설을 써주신 양경언 평론가와, 꼼꼼하게 조언을 해주신 정은진 편집자께 감사드립니다.

그리고 DK에게, 고맙습니다. 당신이 없었다면 이 책은 세상에 나올 수 없었습니다.

2016년 1월
윤이형

| 수록 작품 발표 지면 |

대니……『문학과사회』 2013년 가을호

굿바이……『한국문학』 2012년 겨울호

쿤의 여행……『실천문학』 2013년 가을호

루카……『자음과모음』 2014년 여름호

러브 레플리카……『문학동네』 2014년 여름호

핍……『문학사상』 2014년 8월호

캠프 루비에 있었다……『창작과비평』 2013년 겨울호(발표 당시 제목은 '윈. 캠프 루비')

엘로……테마소설집『일곱 가지 색깔로 내리는 비』(열림원, 2011)

문학동네 소설집
# 러브 레플리카
ⓒ 윤이형 2016

1판 1쇄 2016년 1월 13일
1판 3쇄 2016년 11월 15일

지은이 윤이형
펴낸이 염현숙
책임편집 정은진 | 편집 김내리 이성근 황예인
디자인 고은이 유현아 | 마케팅 정민호 박보람 이동엽
홍보 김희숙 김상만 이천희
제작 강신은 김동욱 임현식 | 제작처 영신사

펴낸곳 (주)문학동네
출판등록 1993년 10월 22일 제406-2003-000045호
주소 10881 경기도 파주시 회동길 210
전자우편 editor@munhak.com | 대표전화 031) 955-8888 | 팩스 031) 955-8855
문의전화 031) 955-3576(마케팅) 031) 955-8864(편집)
문학동네카페 http://cafe.naver.com/mhdn | 트위터 @munhakdongne

ISBN 978-89-546-3925-5 03810
* 이 도서의 국립중앙도서관 출판예정도서목록(CIP)은 서지정보유통지원시스템 홈페이지
  (http://seoji.nl.go.kr)와 국가자료공동목록시스템(http://www.nl.go.kr/kolisnet)에서
  이용하실 수 있습니다.(CIP 제어번호: 2015035884)
* 이 책은 서울문화재단 '2014 문학창작집 발간지원사업'의 지원을 받아 발간되었습니다.

**www.munhak.com**